Дарья Донцова

Урожай ядовитых ягодок

Москва
ЭКСМО
2003

ИРОНИЧЕСКИЙ ДЕТЕКТИВ

УДК 882
ББК 84(2Рос-Рус)6-4
  Д 67

Разработка серийного оформления
художника *В. Щербакова*

Д 67   **Донцова Д. А.**
       Урожай ядовитых ягодок: Роман. — М.: Изд-во
       Эксмо, 2003. — 416 с. (Серия «Иронический детектив»).

ISBN 5-04-009196-6

Жизнь бьет ключом, и все норовит попасть мне, Виоле Таракановой, по голове... Жаркой майской ночью я не могла заснуть и услышала, что под окном кого-то бьют. Спасла мужика — это оказался мой сосед Жора. Он попросил передать дискету его знакомой. Первый раз вышел облом, при попытке отдать дискету второй раз я едва не лишилась жизни. Что же за секретная информация на этой дискете? Три истории болезни. Как я их ни изучала, ничего общего не нашла, кроме того, что все трое умерли от разных болячек и в разных больницах. Но, видно, все-таки не зря ограбили Жоркину квартиру, а потом убили его жену. Сам сосед скрывается, но мне удалось выяснить, что он устроился в страховое агентство. Не копнуть ли там? Так, похоже, уже горячее...

УДК 882
ББК 84(2Рос-Рус)6-4

УрОжай ядовитых ягодок

Донцова Д. А.

Д67 Урожай ядовитых ягодок: Роман. — М.: Изд-во
Эксмо, 2002. — 416 с. (Серия «Иронический детектив»).

—————————————————————————————————————
————————————————————————————————————— роман
—————————————————————————————————————

ИРОНИЧЕСКИЙ ДЕТЕКТИВ

В квартире стояла звенящая тишина. Я валялась на диване и читала старый-престарый, невесть как попавший к нам «Космополитен». Наконец это занятие мне надоело, и рука щелкнула пультом. Вмиг черный экран стал голубым.

— Коробка шоколадных конфет «Россия»! Что может быть вкуснее? — понеслось из динамика.

Я тяжело вздохнула — попала на рекламный блок. Интересно, люди, которые придумывают все эти слоганы, призывы и броские фразы, сами их слушают? Что может быть вкуснее коробки шоколадных конфет? Вкуснее коробки могут быть конфеты. Нет, все-таки у людей начисто отсутствует здравый смысл. Вчера заглянула на рынок и, идя по ряду, где продается сантехника, увидела ценник «Унитаз сидячий на одну персону». Был позыв подойти к продавцу и спросить:

— Парень, а мне нужен стоячий, для двоих, где купить?

Но я подавила идиотское желание и отправилась за мясом. И вообще у рекламщиков мало фантазии. Взять хотя бы компанию «Кока-кола», вечно предлагает одно и то же: откройте пробку и загляните в нее с «изнанки», а уж там... автомобили, поездки за рубеж, магнитофоны, самокаты. Впрочем, и другие производители делают то же самое.

Одно время люди в надежде на удачу кинулись скупать бутылки, я сама собрала штук сорок наклеек от йогурта, пока сообразила: мне постоянно попадается изображение заднего колеса от велосипеда, переднего не было ни разу. И вообще, если сложить все деньги, потраченные на йогурт, запросто можно самой купить велосипед.

Очевидно, эта простая истина пришла в голову не только мне, потому что наши знакомые перестали «покупаться» на рекламные акции. Но ведь та же «Кока-кола», например, все продолжает заманивать нас призами. Нет бы создать что-нибудь новенькое, оригинальное. Вот мне вчера в голову пришла дельная мысль, я придумала неожиданный поворот в рекламной кампании. Как вам понравится такая идея: «Покупайте кока-колу, под каждой двадцатой пробкой водка». Гарантирую, что через день в Москве возникнет дефицит прохладительных напитков.

Я щелкнула пультом, телевизор погас. Часы показывали два часа ночи, все в доме спали, только на меня напала бессонница. Наверное, это из-за духоты. Май, дышать нечем, жарко, в воздухе висит бензиновый смог. Лучше всего сейчас на даче, и она у нас есть, близко от МКАД, можно спокойно ездить на работу. Но наша семья проводит время в городе. Причина легко объяснима. Моя подруга Тамара ждет ребенка, и ее муж Семен категорически заявил:

— Нет уж, не дай бог начнутся роды, что будем делать на даче?

Томочка робко сказала:

— Но Сенечка, у Кристины на майские праздники будет нечто вроде каникул, как же она в городе?

— Ничего, — рявкнул всегда ласковый Сеня, — отправлю ее в дом отдыха.

— Не надо, — перепугалась Крися, — лучше дома, да и мне совсем не нравится на даче, тоска, никого знакомых...

— Нет, — упорствовала Тома, — ребенку лучше на воздухе, в случае чего вызовем «Скорую», позвоним тебе на мобильный!

Сеня посинел и железным тоном произнес:

— Я сказал в городе, значит, в городе.

Вот поэтому мы и сидим в раскаленной Москве, а не в прохладном Подмосковье. По расчетам врачей, Томуська должна была стать матерью третьего-четвертого мая, но сегодня пятое, вернее, уже шестое, но никаких признаков надвигающихся родов незаметно. Тамарочка весела, как пташка, бодро хлопочет у плиты и на все мои просьбы пойти полежать отмахивается со словами:

— Сейчас, сейчас, вот только суп сварю.

Но процесс строгания ингредиентов для вкусного супа занимает в нашей семье прорву времени, уж очень много народа живет в квартире: Томочка, ее муж Семен, Кристина, дочка Сени от первого брака, я и мой супруг Олег Куприн.

Наша квартира состоит из двух, и теоретически мы можем закрыть дверь, которая ведет из общей гостиной на нашу половину, и остаться с Олегом вдвоем. Но практически такого не делали ни разу. Я и Томочка провели вместе детство, юность и большую часть зрелых лет и теперь искренно считаем себя сестрами, хотя кровного родства между нами нет. А остаться с моим супругом наедине невозможно по одной простой причине — его никогда нет дома. Олег работает в милиции, он следователь, и я не стану вам рассказывать, сколь тяжела ноша жены того, кто решил с корнем вырвать преступность в столице. Несмотря на, скажем так, зрелый возраст, Олег не растерял романтических настроений и абсолютно уверен, что «вор должен сидеть в тюрьме». Впрочем, насильник, грабитель, убийца и мошенник тоже.

— Есть же страны, — горячась, говорит муж, — в которых люди даже не запирают на ночь двери. Там не крадут машины, не грабят квартиры, не убивают на улицах. Очень хочу, чтобы Москва стала такой.

Я, услышав подобное высказывание, как правило, молчу.

Ехидный Семен однажды не утерпел и спросил:

— Ну-ка назови, что же это за страна такая всеобщего благоденствия, Эльдорадо, что ли?

— Почему? — возразил Олег. — Эмираты, к примеру.

Сеня захохотал.

— Да там, если чужой кошелек стырил, руку отрубают, ежели убил кого, на рыночной площади вешают. Сам видел, ездил пару лет назад отдыхать, вышел в город, мама родная! Виселица! Чуть не умер. Вот если у нас подобную ответственность введут, то и тюрьмы освободятся, и охотников разбойничать не станет.

Олег начал возмущенно спорить с приятелем, мой муж — противник смертной казни, и они, как всегда, переругались. Мы с Тамарой никогда не вмешиваемся в их разговоры, пусть дерутся без нас. Каким образом мы, такие разные, оказались вместе и зажили одной семьей, отдельная история. Рассказывала ее раньше и повторять не стану[1].

Я распахнула окно и высунулась наружу. Воздух, словно пар в сауне, застыл в неподвижности.

---

[1] См. книгу Дарьи Донцовой «Черт из табакерки», вышедшую в издательстве «ЭКСМО-Пресс».

Было очень тихо, в соседнем доме горело только одно окно. Во дворе, естественно, никого не было, лишь у забора шевелилась какая-то масса. Очевидно, бродячие собаки, воспользовавшись тотальным отсутствием людей, решили справить бурную свадьбу. Но уже через секунду, приглядевшись, я поняла, что темные тени, беззвучно двигающиеся у гаражей, это не животные, а люди. Точнее, мужчины. Сгрудившись вместе, они сосредоточенно пинали что-то, типа большого мешка, ногами. На какую-то секунду человеческий клубок распался, и я сообразила, что они исступленно колотят ботинками распростертое на асфальте тело.

— Эй, — завопила я, — ну-ка, прекратите немедленно! Думаете, все спят, сейчас милицию вызову!

Услышав мой голос, грабители, а это скорей всего были маргиналы, решившие ограбить припозднившегося прохожего, словно стая испуганных грифов, шарахнулись в сторону и исчезли. На дороге остался лежать лишь несчастный избитый дядька.

— Вам плохо? — проорала я.

Ответа не последовало.

— Эй, вы живы?

И снова тишина. Небось бедолагу сильно покалечили, если он молчит и не шевелится. В «Скорую помощь» я дозвонилась с третьего раза, в милиции трубку сняли на сороковой звонок и весьма вяло отреагировали на сообщение о том, что на вверенном им участке отмечен факт безобразия. Лучше всего было бы заставить Олега общаться с коллегами, но он, как назло, укатил на два дня в Питер, в командировку.

Исполнив гражданский долг, я вновь высунулась в окно. Кажется, тело лежит в иной позе. Бедный мужчина, он ведь не знает, что я позвала на помощь, и пытается отползти с места происшествия. Схватив ключи, я ринулась вниз.

То, что человек скорей мертв, чем жив, стало ясно сразу. Он был весь в крови и никак не прореагировал, когда я присела возле него на корточки. Лицо его, покрытое ссадинами, страшное, какое-то раздувшееся, показалось мне отчего-то знакомым.

— Вы не волнуйтесь, — нарочито бодрым голосом произнесла я, — сейчас приедет врач и вас живо вылечит. Скорей всего, ерундовое дело. Ну пара синяков вскочит!

Мужчина молчал. Я сначала перепугалась, решив, что он умер, но потом увидела, что грудь несчастного медленно опускается и подымается. Значит, дышит.

— Лежите спокойно, — продолжила я идиотские речи, — сейчас людей с того света вытаскивают, по кусочкам собирают, не волнуйтесь! На дворе май, но очень жарко, вам не грозит простудиться. Вот если бы вас отдубасили в декабре, тогда да, страшно валяться на асфальте.

Внезапно избитый приоткрыл глаза.

— Вот видите, — воодушевилась я, — вам уже лучше!

Мужчина с трудом разлепил губы:

— Вилка... Ты... Откуда...

Я так и подскочила на месте. Родители дали мне дурацкое имя Виола, что в сочетании с фамилией Тараканова звучит, ну согласитесь, не слишком привлекательно. Все знакомые рано или поздно начинают звать меня просто Вилка. Значит, я знаю этого несчастного, но откуда?

— Вилка, — хрипел мужик, задыхаясь, — влезь мне в карман.

Я сунула руку в его брюки.

— Нет, — сипел несчастный, — расстегни ремень, с внутренней стороны, внизу, почти на брючине, справа, потайной кармашек на молнии.

Я покорно выполнила его просьбу и на самом деле обнаружила нечто плоское, оказавшееся при более детальном рассмотрении самой обычной дискетой, только не черного, а красного цвета.

— Отнеси, — с видимым трудом бормотал избитый, — только Ритке не говори, умоляю...

— Куда нести? — я решила поддержать разговор, недоумевая, кто такая Рита.

— Завтра, в три часа дня, возле памятника Пушкину на Тверской, женщина придет, Лариса...

— И как я ее узнаю?

— Возьмешь в правую руку новый номер журнала «Отдохни», встанешь справа от монумента и жди, она сама подойдет, только никому ни слова, особенно Ритке.

— Ладно.

— Нет, поклянись.

Я не очень люблю произносить торжественные обещания, в самую драматическую минуту меня начинает разбирать смех. Из-за этого меня в третьем классе не приняли в пионеры. Когда на сцену, где стояла шеренга детей, одетых по случаю праздника в белые рубашечки и блузочки, влез ветеран и козлиным голосом заблеял о том, как мы должны быть благодарны партии и правительству за счастливое детство, я начала хихикать. Сколько ни щипала меня Томуська за ногу, сколько ни шипела: «Немедленно прекрати», — не помогло.

В результате красные галстуки получили все, кроме меня, и мачеха Раиса была вызвана к директору. Назад она вернулась потная, слегка пьяноватая, швырнула на стол пакетик карамелек и сказала:

— Ешь, Вилка, забудь про ихнюю обиду. Ишь, чего удумали, за хорошее настроение ребенка наказать, уроды! Я так и сказала твоему директору: «Что ж она, когда галстук повязывают, рыдать должна?»

— А он? — замирая, поинтересовалась я.

Директор казался таким всемогущим, всесильным. Раиса вытащила из сумки шкалик, плеснула в стакан, ловко опрокинула содержимое в рот и с чувством произнесла:

— Хватает, зараза, прямо горло обожгло. А он заявил, что сообщит по моему месту работы о том, что я не умею воспитывать ребенка в духе социалистических идеалов.

— А ты?

— А я, — хмыкнула Раиса и снова наполнила стакан, — а я ответила, звони куда хочешь, хрен моржовый, на мое место никто не зарится. Мало охотников-то с тряпкой по подъездам бегать да лестницы тереть. А девочку мою более не трожь, не то я тоже найду куда пойти и сказать, что ты моево ребенка обучить как следовает не смог! Какой с меня спрос? Три класса всего и закончила, ничего не знаю, это вы ее до ума довести взялися. Так-то!

Я сидела с раскрытым ртом, восхищаясь мачехой. Та спокойно допила бутылку, плохо слушающимися руками вытащила из сумки красный галстук, мятый, словно его жевала корова, и заплетающимся языком произнесла:

— Накось, завтрева повяжи на шею и ступай спокойно в школу, пионерка ты теперича, выросла совсем.

Затем она пошатнулась и рухнула на диван. Я притащила подушки, подсунула их под голову Раисы и накинула на оглушительно храпящую бабу одеяло. Мне частенько доставались от мачехи тычки и затрещины, но она меня любила.

Гадкую привычку смеяться во время самых торжественных церемоний я искоренить не сумела. Последний раз идиотски хихикала в тот момент, когда Олег старательно натягивал мне на палец обручальное кольцо. Поэтому сейчас, сидя на корточках возле лежащего в луже крови мужика, мне совсем не хотелось произносить какие-нибудь клятвы. Но несчастный очень нервничал и настаивал:

— Поклянись! Ну, Вилка!

— Чтоб мне сдохнуть, — осторожно произнесла я.

— Не говори Ритке, это она...

— Никогда, — спокойно пообещала я, совершенно не зная, кто он и кто такая Рита.

— Вообще никому, — затухающим голосом бормотал бедняга, — ментам ни-ни, отнеси, Вилка, Христом-богом прошу, иначе мне плохо будет!

На мой взгляд, ему уже было достаточно нехорошо, просто хуже некуда.

— Отнеси...

— Хорошо, хорошо, не переживай.

— Не забудь...

— Все будет в порядке.

— Ритке...

— Ничего не скажу, пусть она меня режет!

— Менты... Ментам не надо...

— Ни за что, — соглашалась я.

Несчастный закрыл глаза и захрипел.

— Эй, эй, — испугалась я, — погоди, поговори еще!

Но парню стало совсем невмоготу, и тут разом прибыли «Скорая помощь» и милиция. Избитого, чуть живого, несчастного увезли в больницу. Один из ребяток в форме начал опрос свидетельницы, то бишь меня. Сержант, поминутно зевая, записал мои паспортные данные, потом молча выслушал рассказ о подсмотренной драке и без всякого энтузиазма спросил:

— Значит, личности потерпевшего не знаете?

— Нет.

— Ага, — кивнул парень, потом вытащил бордовую книжечку и сообщил: — А ведь он с вами в одном доме прописан.

Я слегка удивилась, в башне, правда, много квартир, но лица соседей примелькались.

— Радько Георгий Андреевич, — продолжил тем временем сержант, — женат на Маргарите Сергеевне...

— Жора! — закричала я.

— Так вы знаете потерпевшего?

— Конечно, очень хорошо, его квартира над нами. И с ним знакома, и с Ритой...

— Ага, а говорили, что никогда не встречались.

— Я не поняла, что это он, лицо сильно изуродовано, то-то он меня по имени позвал...

— И что сказал? — быстро отреагировал парень.

Я прикусила язык и пожала плечами.

— Ничего особенного, просто шептал: «Вилка, Вилка». Меня так друзья зовут. Вот оно как, он меня узнал, а я его нет.

— Ну у вас-то на лице никаких изменений не случилось, — резонно заметил паренек и зевнул вновь. Ему явно хотелось спать, и не было совершенно никакого желания вешать на родное отделение очередной «висяк». А дело об избиении человека, да еще ночью, бомжами мигом попадает в разряд нераскрываемых и портит всю статистику. На пухлогубом лице сержанта явственно читался не высказанный вслух упрек. Ну какого черта эта тетка не спит по ночам, а смотрит в окно? Подрались мужики спокойно и разошлись, ан нет, теперь придется начинать следствие, а все из-за глупой бабы, на которую некстати напала бессонница.

— Вы, гражданка, — сурово велел юноша, — ступайте себе спокойно по месту прописки. Вам позвонят, когда надо будет!

Бело-синий «газик», дребезжа всеми внутренностями и одышливо кашляя, поехал в сторону проспекта. Я побрела домой. Бедный Жорка, за что его так? Неужели из-за этой дискеты? Интересно, какая на ней содержится информация? Отчего Жора нес ее не в сумке, а в потайном, хитро расположенном кармане? Я доехала до своей квартиры, потом, подумав секунду, поднялась на этаж выше. Надо сказать Ритке, что Жора отправлен в больницу.

ГЛАВА 2

Не успела я нажать на звонок, как дверь распахнулась, и мне в лицо выплеснулась холодная жидкость. От неожиданности я чуть не упала, но потом, встряхнувшись, словно собака после дождя, сказала:

— Ты чего, Ритка, белены объелась?

Соседка поставила на пол ведро и запричитала:

— Ой, Вилка, прости бога ради, думала мой кобель домой вернулся, чтоб ему ни дна, ни покрышки, гад ползучий, все по бабам шляется.

Вставить хотя бы слово в поток, который выливался изо рта Ритки, было невозможно, и пришлось дать ей возможность выпустить первый пар.

— Вечно брешет, что у него клиенты, — тарахтела Рита, — утром дрыхнет до полудня, потом, как старая бабка, телик глядит, а после четырех подхватится и уносится. А домой, спасибо, если к трем ночи придет. Ну какие такие клиенты?

— Действительно, — вклинилась я в ее речь, воспользовавшись тем, что Ритка на секунду остановилась, чтобы набрать полную грудь воздуха для нового раунда, — и в самом деле, при чем тут какие-то клиенты, он же у тебя в архиве работает!

— О господи, — всплеснула руками Рита, — да его хранилище сотрудникам по двести пятьдесят рублей в месяц платит! А в последнее время и вовсе всех по домам распустили. Директор им сказал: «Сидите, ребята, до лучших времен в неоплачиваемом отпуске. Авось через какое-то время жизнь наладится». Ну народ и побежал в разные стороны, кто куда мог. У всех семьи, дети. Вон Иван Сергеевич на рынке встал, дрянью торгует, Ольга Михалева в школу учительницей пристроилась, Женя Зинченко с газетами у метро топчется. Все выжить хотят, один мой губы кривил: «Извини, Рита, но я кандидат наук, из архива уйти не могу, кто-то же должен думать не о своем животе, а о потомках! Историю следует сохранить!»

Ритка на секунду остановилась, я попыталась было сообщить ей неприятную новость:

— Тут такое дело...

Но соседка, очевидно, слишком долго копила в себе информацию о ленивом супруге, потому что понеслась дальше, не обращая на меня никакого внимания:

— История! Уржаться можно! Кушать-то сейчас хочется! Вон, я Катьку к родителям отправила!

Виданное ли дело, сидим на шее у двух пенсионеров! Уж я Жорку грызла, грызла и догрызла. Нашел он работу. Из архива увольняться не стал, трудовая там лежит. Это и правильно, а сам пошел в страховую компанию, агентом на проценте. Кстати, тебе не надо чего застраховать? Квартиру, машину... Или жизнь? Знаешь, выгодные условия: если помрешь от предусмотренного случая, Тамарка хорошие деньги получит, и на похороны хватит, и на поминки останется...

Я обозлилась и перестала деликатно ждать, пока соседка заткнется сама по себе.

— Твоего мужа только что увезли на «Скорой» в Склифосовского.

Рита попятилась.

— Почему?

— Избили его во дворе, у гаражей, бомжи.

— Ой, мамочка, — заметалась по коридору Рита, — делать, делать-то что? Как туда добраться?

Я попыталась ее успокоить:

— Утром поедешь, сейчас небось там двери закрыты, никто тебя не пустит.

— Господи, — запричитала Рита, — ну за что мне одни несчастья? Сначала у Катьки в аквариуме все рыбки передохли, а теперь Жорка в больнице!

На мой взгляд, два этих события были совершенно несопоставимы, но Ритка принялась рыться в сумке, безостановочно ноя:

— Господи, бедные рыбки, а ведь я хорошо за ними ухаживала.

Через пару минут она сказала:

— Слышь, Вилка, дай рублей пятьсот до двадцатого.

Я тяжело вздохнула. За последний месяц Рита уже три раза прибегала ко мне с подобной просьбой, правда, брала маленькие суммы, не больше сотни, но она их не вернула. Видя мои колебания, Ритка со слезой в голосе заявила:

— Сама знаешь, врачам сунуть надо, иначе в коридоре бросят и ни за что не подойдут!

— Ладно, — вздохнула я, — пошли к нам.

В холле ярко горели все шесть рожков у люстры. Я удивилась, уходила тихо, чтобы не разбудить домашних, и не зажигала света. Но тут из коридора вывернула бледная Томуська с ворохом постельного белья в руках.

— Что случилось? — насторожилась я.

Подруга смущенно заулыбалась.

— Ты не спишь? Чего так?

— Рита денег в долг просит, — я решила не рассказывать Томочке всю правду, незачем ей знать пока про то, как избили Жорку, — пятьсот рублей.

Тамара, совершенно не удивившись тому, что соседка заявилась с подобной просьбой в три утра, быстро сказала:

— Сейчас принесу, только простыни в бачок суну.

— Ты меняешь белье посреди ночи?

Томуся замялась, потом рассмеялась:

— Знаешь, у беременных вечная беда с туалетом, каждые пять минут туда хочется... Ну... Цирк прямо, только не смейся, в общем, я проснулась, а подо мной лужа. Хорошо хоть Семен в кабинете пока спит!

— Со всяким случиться может, — философски заметила я.

— Это у тебя роды начались, — заявила Ритка, — воды отошли, у меня с Катькой так было!

— Но у меня ничего не болит, — залепетала Тамарочка.

— Потом заболит, — пообещала Рита, — не волнуйся, так прихватит, что взвоешь!

— Прекрати, — поморщилась я и пошла будить Сеню.

Вынутый из кровати Семен минут пять не мог сообразить, что происходит, потом заметался по комнате с воплем:

— Господи, вот ужас-то! Ужас! Страх божий!

Глядя на потного, всклокоченного мужика, натягивающего на себя сарафан Томуськи, можно было подумать, что рожать придется ему.

— Господи, — причитал Сеня, путаясь в лямках, — что с моей рубашкой? Кому пришло в голову ее изрезать?

— Успокойся, — велела я, — это платье Тамары, если ты наденешь его, то в приемном покое роддома вызовут перевозку для психов.

— Нам ехать, да?

— Естественно, если не хочешь принимать роды сам.

— Нет!!! — завопил Сеня и ринулся в холл. — Где ключи от машины?

Тамарочка по-прежнему в халате стояла у вешалки.

— Ты почему по сих пор не оделась? — налетела я на нее.

— Так не болит ничего, может, рано?

— Иди собирайся.

— Где ключи? — кричал Сеня и расшвыривал в разные стороны обувь. — Где? Вчера вот тут положил!

— А ботинки? — ехидно осведомилась Рита.

Будущий отец на секунду замер, потом вполне нормальным голосом ответил:

— Нет, повесил на крючок.

— Там и возьми!

— Но их нет...

Ритка пожала плечами. В этот момент Тамара тихо охнула.

— Что? — подскочил к ней Сеня. — Что?

— Не знаю, словно рука внутри схватила, подержала и отпустила.

— Схватки начинаются, — хладнокровным голосом специалиста пояснила Рита, — сначала коротенькие, а потом как понесутся! Криком изойдешь! Еще хорошо, если ребенок нормально лежит, а бывает ягодицами идет или того хуже — поперек устроился! Со мной вместе тетка в родильной лежала, ну никак у нее не получалось! Пришлось докторам мужа звать и спрашивать: «Вы кого хотите живого — жену или младенца?» Ну он, конечно, бабу выбрал. Вот медики и выковыривали из нее плод по частям.

Тома опустилась на стул и уставилась на Риту.

Мои ладони непроизвольно начали сжиматься в кулаки, сейчас тресну противную госпожу Радько по носу... Сеня сильно побледнел и звенящим голосом поинтересовался:

— Как это, по частям?

— Сначала одну ногу, потом другую, потом кусок спины, — как ни в чем не бывало вещала Ритка, — ну разрезали внутри матери, словно цыпленка разделали. Жуткое дело! Вот если с Томуськой такая ситуация приключится и у тебя доктор спросит, ты кого выберешь? Ее или ребенка?

На секунду в холле повисла тишина, потом Семен издал странный, всхлипывающий звук и упал на пол.

— Сеня! — крикнула жена и ринулась к мужу. — Вилка, скорей валокордин, воды!

Мы начали шлепать Семена по щекам, водить по его лицу кубиком льда, вынутым из морозильника, но не добились никакого результата.

— Эх, мужики, — вздохнула Ритка, — нежные, словно цветы. Мой такой же! Как бы Сеню паралич не разбил, со страху случается. Со мной тетка работала, так у нее супружник ночью пошел в туалет и наступил коту на хвост. Тот, ясное дело, взвыл дуриной. Парень спросонок не разобрал что к чему и с перепугу в обморок свалился. Вот так же на пол упал, никак в себя прийти не мог. Десятый год в постели гниет, бревном валяется, только глазами ворочает.

Я ринулась к телефону и набрала «03». Гудки мерно влетали в ухо. Ту-ту-ту-ту... Обалдеть можно, чем они там занимаются?

— «Скорая», двадцать вторая, слушаю.

— Мужчине плохо.

— Возраст?

— Сорок восемь лет.

— Пил?

— Нет, что вы.

— На пьяном вызове бригада работать не станет, могу дать телефон наркологической помощи, платной.

— Семен не употребляет.

— Что случилось?

— Он в обморок упал.

— Что пил?

— Вас заклинило? — заорала я. — Говорю же, непьющий.

— Все так начинают, а врач приедет — больной на кровати весь в блевотине валяется.

— С сердцем у него плохо!

— Чем болеет?

— Здоров совсем.

— Отчего решили про сердце?

— Жена у него рожать начала, а он без чувств упал.

— Ну и что? — равнодушно заметила диспетчер. — Зачем такому «Скорая»? Нашатырь понюхать дайте, по щекам поколотите, водой побрызгайте, он и очнется. Вот народ, как бесплатная помощь, так прям изнасилуют по ерунде. Небось за деньги бы не стали дергать. Да пока я тут с вами время теряю, кто-то и впрямь загнется!

Я не успела ничего сказать, потому что «ученица Гиппократа» отсоединилась. Пришлось, кипя от негодования, вновь тыкать пальцем в кнопки. На этот раз отозвались сразу.

— Пятнадцатая, что у вас случилось?

— Мужчина, сорок восемь лет, упал в обморок.

— Сколько выпил?

Поняв, что сейчас опять состоится бесплодный диалог, я попросила:

— Дайте телефон платной помощи.

Через минуту мне в ухо зажурчал милый голосок.

— «Врачи для вас», рады помочь.

Наученная горьким опытом, я рявкнула:

— Мужчина, совершенно трезвый, словно буддистский монах, упал в обморок.

— Пожалуйста, адрес. Вы наши расценки знаете? Тысяча рублей в час, время в пути включается в счет.

— Скорее, умоляю.

— Ждите, уже едут.

Я швырнула трубку и повернулась к Семену. Он лежал по-прежнему с закрытыми глазами. Томуська сидела на диване, синяя, с трясущимися губами.

— Так больно? — кинулась я к ней.

— Терпеть можно, — пробормотала она, — ерунда, главное, чтобы Сене помогли.

— Ты не сиди, — заявила Ритка, — ляг.

— Почему? — спросила подруга. — Мне так удобно.

— Ребенку шею сломаешь, — пояснила соседка, — со мной вместе баба рожала, села в потугах — и все, каюк, позвонки младенцу сместила.

Тамара послушно легла. Я вытащила из секретера пятьсот рублей и сунула Рите.

— Забирай и уходи, не до тебя сейчас!

— Нет, останусь, — не дрогнула противная баба, — может, помочь чем потребуется.

— Тут не цирк, — гаркнула я, — получила свое и утопывай!

Рита открыла рот, но тут раздался звонок, и появилась бригада врачей, удививших меня до колик.

Во-первых, они вытащили одноразовые бахилы и нацепили их на ботинки, а во-вторых, пошли мыть руки. Да и специалисты оказались хорошие, привели Сеню в чувство, сняли кардиограмму, сделали кучу уколов.

— Теперь ему поспать надо, — заметил один эскулап, — часика три-четыре, спокойненько, со вкусом, и забудет о неприятности. Не переживайте, сейчас погода быстро меняется, случаются у людей сосудистые реакции!

— Со мной баба работала, — мигом сообщила Ритка, — умерла во время грозы, давление упало, и каюк! Вон чего погода наделать может. Сенька-то у вас толстый, шея короткая, первый кандидат на инсульт!

Доктора уставились на Риту. Сеня зевнул.

— А он машину вести сможет? — поинтересовалась я.

— Вряд ли, — ответил более пожилой, — спать ему надо, незачем никуда ехать. Позвоните на работу, объясните ситуацию.

— Да он должен Тамару отвезти! Прямо сейчас!

— Вызовете такси, ей куда, на вокзал?

— Она рожает.

— Где? — оторопел врач. — Кто?

— Томуся, жена Сени, вон на диване лежит.

Доктор повернул голову, заметил серую, прикусившую нижнюю губу Тамару и воскликнул:

— Ничего себе? Почему молчите?

— А зачем кричать, — прошептала подруга, — только Сеню опять перепугаю.

— Ну-ка, — забормотал терапевт, осматривая Томусю, — я, конечно, не гинеколог, но можем не успеть довезти.

— Вот, — удовлетворенно отметила Рита, — говорила же! Сейчас помрет, прямо чует сердце. Бабы в родах чисто мухами падают. Пока я рожала, трое окочурились.

Сеня, только что довольно бодро сидевший в кресле, вновь закатил глаза и сполз на пол. Врачи растерянно переглянулись и кинулись к нему.

— Ого, — отметила Рита, — точно, инсульт, вон у него какое лицо красное.

— Не пошла бы ты на..., — рявкнул фельдшер, ломая ампулу.

Я с благодарностью посмотрела на него. Может, Ритулька обидится и уйдет? Куда там, соседка, напрочь забыв о своем избитом супруге, поудобней устроилась в кресле, наблюдая за происходящим с громадным интересом, если не сказать с восторгом.

— Вилка, — прошептала Тамара, — мне что-то там мешает.

Доктор, бросив Сеню, подскочил к роженице и сообщил:

— Так, головка показалась. Быстро сюда простыни, желательно прогладить с двух сторон, горячую воду...

Я заметалась по квартире, натыкаясь на мебель. Сеня, пришедший в себя, вжался в угол кресла и спросил:

— Может, вы ее отвезете в роддом, я заплачу.

— Поздно, — ответил доктор, — рожаем тут.

— Томулечка, — забормотал муж, — потерпи чуть-чуть, ну погоди, сейчас в больницу отправят. Чего тебе стоит еще немножечко погодить!

Внезапно Тамара издала легкий крик.

— Ты тужься, — велел доктор, — давай со мной вместе на счет «три», ну, раз, два...

— Во, ща вся порвется, — пообещала Рита. — Меня после родов два часа шили, а уж как больно!

Сеня вновь сполз на ковер, но на него уже никто не обратил внимания.

Около девяти утра Томусю и новорожденного мальчика отправили в роддом. Еле живой Сеня, оглядев ворох окровавленных простыней, шатаясь, пошел в спальню.

— Эх, пропал диван, — резюмировала Ритка, — никакая химчистка не возьмет, придется новый покупать!

— Ты, часом, не забыла про Жору? — злобно спросила я. — Небось мается мужик на каталке в коридоре, ждет, когда его женушка явится.

— Надо было мне в «Скорую помощь» сесть, — всплеснула руками Рита, — вот не додумалась. Меня бы до Склифака добросили, все не пехом переть.

— Тамару повезли в НИИ акушерства и гинекологии, — пояснила я, — совсем не по дороге.

— Ерунда, — отмахнулась Ритка, — сделали бы крючочек небольшой, чего им? Ну ладно, пойду, пока!

Я только кивнула, разговаривать с наглой эгоисткой не хотелось. Рита шумно дотопала до двери, потом повернулась и попросила:

— Вилка, дай мне еще двадцатку, куплю билет на метро, на пять поездок, неохота пятисотенную из-за такой ерунды менять!

Я вытащила из кошелька еще две бумажки. Похоже, от Ритки иначе не избавиться.

ГЛАВА 3

Без пяти три я, ощущая себя Матой Хари, встала возле памятника, сжимая в руке журнал «Лиза». Мимо текла галдящая толпа. Основная масса молодых женщин шла в коротком, прозрачном и невесомом. Дамы постарше рискнули нацепить бриджи и капри, даже старушки скинули вязаные кофты и влезли в босоножки. Более консервативные представители мужского пола не решились поголовно облачиться в шорты, но все же отказались от пиджаков и теплых ботинок. Почти у каждого второго в руках была бутылка с водой или газета, используемая вместо веера. Воздуха словно не было, над дорогой плыло сизое марево. Я продолжала стоять на солнцепеке. По своей привычке я явилась раньше времени, а эта Лариса небось опоздает, жди ее на жуткой жаре! В десять минут четвертого я принялась расхаживать вдоль памятника, выставив перед собой журнал «Лиза», но никто не спешил ко мне со словами:

— Ну, где моя дискета?

Я полезла в сумочку, вытащила банку «Пепси», глотнула противную теплую жидкость и с тоской уставилась на бегущих мимо прохожих. Бывают такие женщины, которые везде и всегда опаздывают, похоже, Лариса из их числа.

Ровно в четыре я отошла от монумента и двинулась в сторону метро «Тверская». В конце концов, я сделала что могла и больше жариться на солнце не стану. Отдам Жорке дискету, когда его выпишут из больницы, и дело с концом.

Злая, потная и усталая, я добралась до дома и обнаружила, что нам отключили электричество. Бывают такие дни, когда все идет наперекосяк! Пришлось шагать по лестнице, огибая на каждом этаже железную трубу мусоропровода. На третьем меня чуть не стошнило, кто-то бросил возле ковша пустую банку из-под селедки, и аромат стоял соответственный.

Зажав пальцами нос, я вскарабкалась на четвертый и вздохнула. Слава богу, тут пахло хорошим мужским одеколоном. Через секунду я поняла от кого. Сверху спускались два парня, одетые в легкие светло-бежевые тренировочные костюмы. Один поднял глаза, и отчего-то по моей спине пробежала дрожь. У симпатичного юноши с правильным, слегка капризным лицом был взгляд, как у тухлой рыбы, погасший, невообразимо противный. На всякий случай я прижалась к перилам. Парни легко пробежали мимо, обдав меня запахом хорошего одеколона и сигарет. Я потащилась дальше, недоумевая, отчего так перепугалась. Ребята были аккуратно одеты, трезвы и выглядели вполне респектабельно, очевидно, африканская жара повлияла на мой ум.

Дома я быстренько сбегала в душ, а потом плюхнулась на диван. Следовало отдохнуть. Бессонная ночь давала о себе знать, глаза начали слипаться. Я повернулась на левый бок и ощутила, как мягкие лапки начали топтаться на одеяле. Наши кошки, стоит кому улечься вздремнуть, мигом торопятся к этому человеку, чтобы прижаться и заурчать. В полной тишине было слышно, как в кухне капает вода из крана.

«Надо сменить прокладку», — вяло подумала я и отбыла в царство Морфея.

Резкий звонок будильника сдернул меня с подушки. Я села и уставилась на циферблат: восемь, кошмар, забыла вовремя разбудить Олега. Он встает в семь. Представляю, как муж начнет ругаться! Но уже через секунду до меня дошло: Олег в Петербурге, он приедет только завтра, и сейчас не утро, а вечер, да и звон исходит не от будильника, а от входной двери. Наверное, Семен забыл дома ключи.

Я влезла в тапки и не торопясь пошла в холл. Звонок разрывался.

— Чего ты так торопишься, — недовольно пробормотала я, открывая замок.

Но на пороге возник не Сеня, в проеме двери замаячила Ритка.

— Денег больше нет, и не проси!

— Вилка...

— Говорю же, все кончились!

— Вилка...

— Как Жорка? — я решила переменить тему разговора.

Но Ритка отмахнулась:

— Ты послушай, что случилось!

— Входи, — вздохнула я.

— Нет, лучше ты ко мне.

— Зачем?

— Поднимись, слов нет!

Недоумевая, что еще могло стрястись у Риты, а главное, что могло лишить ее дара речи, я пошла наверх. Радько живут в трехкомнатной квартире.

Семен, когда мы переехали в этот дом, приобрел две жилплощади, поэтому Риткины хоромы расположены над нашей гостиной, кабинетом и спальней Сени и Томуси. Из «лишней» кухни мы сделали гардеробную, избавившись от громоздких шкафов и нависающих над головой антресолей.

Ритка, несмотря на крайний эгоизм и глупость, отличная хозяйка. Сколько раз ни забегала к ней, всегда обнаруживала полный порядок и некую кокетливость. На кухне у нее вместо тряпок хорошенькие полотенчики, а на столе — не клеенка, а накрахмаленная скатерть. Но сегодня перед глазами предстала иная картина.

От красоты не осталось и следа. Вещи из шкафов, разорванные на части, валялись тут и там разноцветными кучками. В кухне неизвестные вандалы вспороли все пакеты с крупой, и теперь рис, гречка, пшено и геркулес лежали вперемешку на кухонных столиках, словно поджидая Золушку, которая вместо поездки на бал начнет перебирать запасы. Впрочем, банки с вареньем оказались разбиты, сахар высыпан в раковину. Хулиганы расковыряли батон хлеба, разломали на куски творожную запеканку. В ванной гель и шампунь были вылиты в раковину, сверху дрожали острова из пенок для укладки волос и крема для бритья, резко пахло разлитыми духами, а на полу, словно снег, лежал стиральный порошок. Странно, что спальню не тронули, может, не успели?

— Вот, — всхлипнула Ритка, — нас обокрали!

— Что взяли? — отмерла я, когда прошел первый шок. — И когда же это случилось?

Рита заплакала.

— Разве в таком бардаке разберешься? Вот гады, нет бы стырить что хочется и уйти нормально.

Ну зачем же остальное ломать? Чем им мое варенье не понравилось?

— Некоторые люди кладут ценности в пакет и засовывают в припасы. Олег рассказывал, что теперь домушники первым делом лезут в морозильники и кухонные шкафчики. Раньше народ дорогие вещи в белье засовывал, а теперь в продукты.

Ритка продолжала всхлипывать.

— Делать что?

— Убирать. Надо выяснить, что пропало.

— Бедная я, бедная, — застонала Ритуся, — ну за что мне такая беда? Это же неделю разбираться!

— Сначала в милицию позвони!

Рита принялась покорно нажимать на кнопки, но в отделении было все время занято. Милиция находится в соседнем доме, буквально в пяти шагах, и я предложила:

— Лучше сбегай, быстрей получится!

Рита пробурчала:

— Мне краситься надо, вон вся тушь стекла, может, ты сходишь?

Но я проявила твердость:

— Кого обокрали? У меня заявление не примут, давай, ступай живей, можешь не макияжиться, не на конкурс красоты идешь. А я пока крупу хоть замету.

Рита ушла. Я принялась собирать пшено, гречку и рис. Внезапно зазвонил телефон. Трубки не было видно. Впрочем, в таком бардаке неудивительно потерять все. Раздался щелчок и голос Жоры:

— Привет, вы позвонили в квартиру Радько, сейчас никто не может подойти, оставьте сообщение после звукового сигнала.

Повисла пауза, потом раздалось резкое пиканье и чужая, какая-то сдавленная речь:

— Кинуть решил? Не пришел к Лариске? Ну это ты зря. Имей в виду, будет хуже, сам виноват. Верни дискету, срок до завтра. Если в полдень ее у меня не будет, лучше бы тебе не родиться. Квартиру-то отмой.

Я выронила совок, на который старательно заметала рассыпанное, и бросилась к автоответчику. Надо немедленно вытащить из него кассету и срочно ехать к Жоре в Склифосовского. Парень заставил меня поклясться, что я ничего не расскажу Рите, не хочется его подводить, но он должен знать про угрозу. Где-то тут находится кнопочка, нажмешь на нее — и выскакивает крохотная кассета, во всяком случае, у нас это так происходит. Сверху на аппарате виднелись две клавиши. Я ткнула в правую. В автоответчике зашуршало, затем раздалось бесстрастное:

— Память свободна.

От злости я чуть не шваркнула идиотский телефон об пол. Надо же, стерла сообщение.

Сразу уйти мне не удалось. Пришлось дожидаться Риту, а потом выкручиваться из ее цепких пальцев.

— Ага, обещала помочь, а сама! — зудела соседка.

— Вечером приду.

— Так уже полдевятого.

— Значит, завтра.

— Вот, вечно так! Мне тут одной ковыряться, да еще с ментами разговаривать! Сейчас приедут. Между прочим, спина болит, прямо отваливается!

Последние слова Ритка произнесла с глубокой обидой в голосе. Я хотела было напомнить ей, что мы не такие уж близкие подруги, чтобы предъявлять мне претензии, но неожиданно сказала другое:

— Ты попроси Нинку из двенадцатой квартиры, она у людей полы моет, поможет тебе, уберет
хоромы.

— Ага, так ей денег дать надо! Небось пятьдесят
рублей возьмет. Видишь, какая ты! Откуда у меня
такие средства! Думала, ты поможешь. Ну куда бе-
жишь? Ночь на дворе. Кстати, где твой Олег?

Я молча вытащила из кошелька голубую бумажку и протянула противной бабе.

— На, в качестве спонсорской помощи.

— А сотни не будет?

— Нет, только пятьдесят, не хочешь — не бери.

— Давай, — резко ответила Ритка и вырвала
у меня из пальцев купюру, — мало, конечно, да
ладно.

К Институту Склифосовского я добралась около десяти вечера. Естественно, центральный вход
был закрыт. На звонок выглянул секьюрити, оки-
нул меня холодным взглядом и отрезал:

— Куда рвешься? Больные спят, посещения закончились.

— Пустите, пожалуйста, только с работы еду.

— Не положено.

Наверное, следовало сунуть ему рублей сто, но
Ритка основательно опустошила мой кошелек, поэтому я решила проникнуть внутрь бесплатно.

— Сделайте одолжение...

— Идите домой.

Я еще поныла несколько минут, но охранник
был спокоен, как удав, и неприступен, словно
иная галактика.

— Сказано — нет, значит, нет.

Внезапно дверь распахнулась, с улицы вбежала
пара. Молодой мужчина и женщина лет сорока,
они что-то показали дежурному, и тот не стал их
останавливать.

— Ага, вон этих пустил...

— У этих пропуск на посещение в любое время.

— Где такой берут, я тоже хочу.

Охранник вздохнул.

— Дура ты, не дай бог эту бумажку от врача получить.

— Почему?

— Сама подумай, в каком случае ночью в больницу пускают!

Вымолвив последнюю фразу, он буквально вытолкал меня на улицу. Я спустилась по ступенькам и стала огибать большое здание. Сам дурак. Любая больница, кроме, пожалуй, косметической лечебницы, не бывает никогда закрыта полностью, а уж Институт Склифосовского тем более. Как, скажите на милость, сюда попадают больные, а? Правильно, через приемное отделение. Вот там и дверь открыта, и народа полно.

Возле пандуса, по которому въезжали машины с красным крестом, и впрямь оказался незапертый подъезд. Правда, у двери стоял охранник, тоже бдительно поинтересовавшийся:

— Вы куда?

Я сделала тревожное лицо:

— Маму сюда привезла только что, а я полис в машине забыла, вот, бегала за документом.

Охранник потерял ко мне всякий интерес, и я спокойно прошла внутрь.

По обе стороны длинного коридора шли двери, тут и там сидели и лежали люди, их было довольно много, никто не остановил меня, когда я вошла в большой грузовой лифт, куда только что втолкнули каталку с несчастным парнем со свежим гипсом на ноге.

В отделении стояла тишина. Больных не было

видно, на посту тосковала медсестра, читавшая журнал.

— Подскажите, Радько в какой палате?

— Посещения закончены.

Я оперлась на высокий прилавок и вздохнула.

— Послушай, будь другом, ну пусти. Днем к нему жена ходит, сидит тут безвылазно, мне без шансов попасть, еще морду набьет, коли встретимся.

Женщина улыбнулась.

— Так и быть. Иди по коридору, справа последняя дверь. Там твой Радько лежит.

Я побежала в указанном направлении и постучала в белую дверь.

— Войдите, — раздался мужской голос.

В довольно просторной палате оказалось четыре кровати. На двух, накрывшись с головой одеялами, лежали спящие. Третий обитатель с загипсованной ногой, покоящейся на подставке, смотрел телевизор. Постель у окна была пуста.

— Вы к кому? — спросил дядька, отрываясь от экрана.

— Радько Георгий тут лежит?

— Вон его койка.

— Так она пустая.

— А к нему приятели пришли.

— Кто? — удивилась я.

Загипсованный зевнул.

— А я чего, прокурор, чтобы фамилиями интересоваться?

— Куда отправились, не знаете?

— Здеся далеко не уйдешь. Напротив палаты дверь, за ней лестница, курят небось.

Я вышла, пересекла коридор, толкнула дверь и увидела ступеньки. Сначала поднялась наверх, потом спустилась вниз, затем вновь вернулась на прежнее место. Больные и впрямь приспособили лестницу под курительную. На подоконниках виднелись консервные банки с окурками, кое-где обнаружились обгорелые спички. Впрочем, между третьим и вторым этажом нашлась парочка, занятая поцелуями. Но ни Жоры, ни его приятелей не было видно. Я подождала, пока юноша и девушка оторвутся друг от друга, потом спросила:

— Тут не проходили мужчины?

Влюбленные глянули на меня затуманенным взором, девица пробормотала:

— Не видели.

Действительно, очень глупо задавать им какие-то вопросы. Ромео и Джульетта были заняты только собой.

Я вернулась в палату и сообщила загипсованному:

— На лестнице никого нет.

— Не знаю тогда, куда он делся.

Медсестра тоже удивилась.

— Радько нет? Не может быть, мимо меня он не проходил, это точно.

— К нему вроде гости пришли.

— Нет-нет, никого не было, да и закрыто все. Наверное, к кому-то в палату пошел в гости, сейчас проверю.

— Разве он передвигается? — запоздало удивилась я.

Медсестра порылась в ящике, вытащила тоненькую историю болезни и ответила:

— Так переломов нет, только нос, а он ходьбе не помеха. Погодите тут.

Шурша голубой пижамкой, она ушла. Я принялась разглядывать ее стол. Куча каких-то бумажек, шоколадка, журналы «Лиза» и «Отдохни». Внезапно в голове закопошилось что-то неоформившееся. Журналы «Лиза» и «Отдохни»! Господи, ну и дура же я! Ведь Жора велел взять в руки новый номер «Отдохни», а я перепутала и взяла «Лизу». Теперь понятно, почему этой Ларисы не было. Возле памятника великому поэту на Тверской вечно клубится толпа. Очевидно, Лариса ждала человека с «Отдохни» сколько могла и ушла несолоно хлебавши. Из-за жары многие вчера несли в руках различные издания, используя их вместо веера... Боже, какая я идиотка!

ГЛАВА 4

Домой я вернулась злая. Куда мог запропасть Жора? Хотя, насколько знаю, он иногда может заложить за воротник. Наверное, приятели были на машине, сел к ним и поехал погулять. Сломанный нос и морда в синяках никого не смутили. Правда, ночью, лежа на асфальте, Георгий выглядел ужасно, я даже не узнала соседа, но почти через сутки после происшествия он оклемался, и его потянуло на подвиги. Нет ничего странного и в том, что приятели заявились к нему поздним вечером. Небось Жора им позвонил и сказал:

— Вы, ребята, после девяти прискакивайте, когда Ритка уйдет.

Рита женщина скандальная, мы иногда слышим, как она метелит наверху супруга. Она ни за что не разрешит муженьку пойти побаловаться пивком. Но Жорку-то надо предупредить! Может, подняться к соседке и спросить у нее невзначай телефоны друзей мужа?

Я не успела принять решение, потому что в квартиру ввалились Семен с Кристиной. В руках у них виднелись чемоданы и какие-то палки.

— Вот, — отдуваясь, сообщил приятель, — приданое купили, до полуночи по городу гоняли, давай, Криська, тащи из машины памперсы. Смотри, Вилка, тут распашонки, ползунки... Как думаешь, хватит?

— Сколько же ты купил?

— Пятьдесят штук теплых, сто легких...

— С ума сошел! А что это за деревяшки?

— Балдахин от кроватки.

Я скривилась.

— Отвратительная вещь, в нем станет пыль скапливаться, младенцу нужен свежий воздух.

— Да? — расстроился Сеня. — А Крися велела взять, сказала, очень красиво, вон, с мишками.

И он развернул кусок ткани с оборочками. На желтом фоне виднелись коричневые капли, превратившиеся при более детальном разглядывании в медвежат.

Прозвенел звонок. Думая, что это Крися, я рванула дверь и увидела своего папеньку Ленинида с глуповатой ухмылочкой на лице. Нос мигом уловил резкий запах алкоголя.

— О, Ленинид, — обрадовался Сеня, — давай, заходи, пивка желаешь? У меня и рыбец есть.

— Он уже нахлебался, — каменным тоном сообщила я. — Сколько раз тебе говорить: коли нажрался, ко мне не приходи!

— Ну, доча, — залебезил папенька, — случай вышел экстра... экс... эк...

— Хочешь выговорить экстраординарный? — прищурилась я. — И не старайся, не получится.

— Злая ты, — вздохнул папаша, — неласковая, грубая, так с родителями не поступают. Ну да ладно, скушаю обиду, лучше глянь, кого к тебе привел, узнаешь?

Я уставилась на маленькую, тощую, похожую на шпротину женщину с ярко-медной головой. Такой цвет получается, если на седые волосы намазать хну и подержать часок-другой. Нежданная гостья смущенно хихикнула, стало видно, что у нее не хватает парочки передних зубов.

— Ну, — поторопил Ленинид, — так как, признала?

— Нет, — покачала я головой, — уж извините, никак не вспомню.

— Экая ты беспамятная, — укорил меня папенька, — это же Светка.

— Кто?

— Маманька твоя, Светка, моя первая жена.

Разобранный балдахин выпал из моих рук на пол.

— Кто?!

Света смущенно закашлялась.

— Ну, в общем, здравствуй, дочка.

Затем она растопырила в разные стороны руки и попыталась заключить меня в объятия. Но я ловко увернулась, шмыгнула в кухню, налила себе воды и стала пить ее огромными глотками, слушая, как Сеня бубнит:

— Проходите, раздевайтесь.

Я доглотала воду, умылась и вытерлась посудным полотенцем. Мое детство прошло вместе с мачехой Раисой. Папенька угодил на зону впервые где-то в 1971-м и с тех пор дома не показывался. А милая маменька убежала еще раньше, когда новорожденной дочурке, то есть мне, не исполнилось и месяца. К чести Ленинида следует отметить, что он не сдал меня в интернат, а принялся воспитывать, как умел. Папенька вскоре женился на Раисе, и я долгое время, пока «сердобольные» соседки не объяснили, что к чему, считала ее своей настоящей мамой. Честно говоря, даже узнав, что Раиса моя мачеха, я не расстроилась. О родной матери не вспоминала никогда, ее фотокарточек дома не было. Впрочем, снимков Ленинида тоже. Я была совсем малышкой, когда папеньку сунули за колючую проволоку. И до самой своей смерти Раиса недрогнувшим голосом сообщала, что Ленинид умер. Правда, причина смерти многократно менялась: то он утонул, то попал под машину, то свалился с поезда...

Отец появился в моей жизни недавно, проведя большую часть своей за решеткой. Как-то он попытался было подсчитать, сколько раз садился на скамью подсудимых, но сбился. Путается и сейчас. Иногда выходит восемь, иногда семь судимостей. Но то, что не десять, это точно. Отбегав под конвоем, папенька решил «завязать». В одной из колоний он получил профессию столяра и начал весьма успешно делать мебель. Он вообще рукастый, способен починить любые приборы и быстро возвести шкаф в прихожей...

Мы с Тамарой, тогда еще незамужние женщины, взяли его к себе. Ленинид не растерялся, женился на нашей соседке Наташке и зажил вполне счастливо. Сейчас он вполне нормально зарабатывает. Многие люди, построив дачи, обставляют потом их в стиле «рашен изба», вот тут-то и появляется папенька. Всякие столы, стулья и кресла он «выпекает» мастерски, а берет не так дорого. Клиенты передают его телефон по эстафете.

Одна беда, Ленинид любит заложить за воротник. Собственно говоря, все его бесконечные посадки связаны с опьянением. Если папенька вылакал бутылку, он неуправляем.

Поэтому Наташка держит его в ежовых рукавицах. Она у нас женщина крупного телосложения, громогласная, скорая на расправу. Щуплый Ленинид боится грозную вторую половину почти до полной отключки. Если Наташа унюхает, что от супруга попахивает чуть-чуть пивком, она запросто поколотит бедолагу, не слишком выбирая «инструмент». Просто схватит то, что попадется под руку: чайник, кастрюлю, стул, торшер, доску для резки мяса... Я тоже не перевариваю папеньку в состоянии даже самого легкого опьянения, поэтому ему ничего не остается, кроме как вести трезвый образ жизни.

— Негостеприимная ты, — завел папуля, входя в кухню, — нет бы людям чайку предложить с устатку. Разве гостей так привечают?

— Я вас не звала.

— Садись, Ленинид, — велел Семен, — и вы, Света, устраивайтесь.

— Поздно уже, — отрезала я, — нам спать пора, всю ночь сегодня пропрыгали!

— Чего так? — заинтересовался Ленинид.

— Сын у меня родился, — пояснил Семен, распахнул шкафчик, вытащил бутылку коньяка и сообщил: — Надо выпить по такому случаю.

— Ленинид не употребляет, — каменным тоном сообщила я.

— Ну ради такого случая по чуть-чуть, — залебезил родитель.

Сеня мигом наполнил фужеры. Ленинид и Света не стали кривляться и разом отправили коричневую жидкость в горло. Я обратила внимание, что женщина даже не поморщилась, и испугалась. Так, похоже, она тоже из «употребляющих». И потом, где она провела последние тридцать лет? Судя по отсутствию зубов, тоже сидела под надзором. Отлично, раньше у меня имелся папенька, алкоголик со стажем и рецидивист, а теперь к нему прибавилась маменька, любительница крепких напитков и уголовница. Если с присутствием Ленинида Томочка, безмерно жалостливая и добрая, заставила меня смириться, то с мамашей я совершенно не собираюсь иметь никаких дел.

— Ладно, — сказала я, — пойду спать, а вы гуляйте хоть до утра.

Не успела я лечь в кровать, как в дверь поскреблись. Я упорно молчала. Ленинид всунул голову в комнату:

— Вилка, можно? Ну ты же не спишь! Не вредничай, доча.

— Чего тебе?

Папенька ужом юркнул в спальню.

— Ей жить негде.

— Кому?

— Да Светке.

— И что?

— Ну...

— В общем...

— Что?

— На улицу-то не выгнать.

— К себе пригласи, у вас места много.

— Так ведь Наташка. Она ее живо отметелит. И потом, штука одна получилась.

Ленинид крякнул и принялся тереть затылок.

— Какая штука?

— Выходит, что я двоеженец, — решился наконец папенька.

— Почему?

— Дык... — завел было папенька и осекся.

— Говори, — приказала я.

— Так уж вышло, получилось не со зла, — забубнил Ленинид, ероша волосы, — случайность, одним словом. В паспорте отметок никаких. Мне его недавно дали, паспорт. В деле Светки не было, я смолчал про первую жену, когда меня арестовали в 71-м, вот про Раису рассказал. Только получается, что и она незаконная была.

— Постой, — дошла до меня наконец суть его несвязных речей, — ты хочешь сказать, что не оформлял развод со Светой?

Ленинид кивнул.

— Как же так? — возмутилась я.

Папенька развел руками:

— Где бы я ее искал? Думал, спилась давно. Знаешь, как она ханку трескала? Ведрами.

Я тяжело вздохнула: радостная информация.

— И тебя расписали с Раисой? Постой, когда это произошло?

— Официально отметились в 68-м.

— Не ври, не могло быть такого. В советские времена люди бдительность проявляли, тебя бы в загс без свидетельства о разводе не впустили.

Ленинид захихикал.

— Эх, доча! В те года паспорта другие ходили, не нонешние, красные, а серые, сделанные в виде книжечки, странички пронумерованы, посередине скрепочки. Я железочки разогнул, аккуратно все листочки вынул. Тот, который со штампом о браке, сжег, а на его место положил другой, чистый, с таким же номером внизу. Потом железочки загнул, и пожалте, мужчина неженатый. Сообразила?

Я кивнула. У меня в школе имелась очень вредная учительница по математике, запрещавшая вырывать странички из тетради. Мы иногда тоже расшивали листы, убирали испорченные и вкладывали новые. Так что технология понятна, неясно другое.

— Где же ты взял листочек с номером?

— Ладно, дело давнее. Спер паспорт у парнишки, соседа со второго этажа, и распотрошил. Уж не помню, как звали мальчонку. Да ему новый без проблем дали, ну, может, поругали чуток. И правильно, не будь растяпой!

— Когда женился на Наташе, принес в ЗАГС свидетельство о смерти Раисы?

— Точно.

— А теперь появилась Света?

— Угу.

— Ты у нас прямо словно падишах. Расскажи Наташке, в чем дело, и забудь.

— Да она меня убьет.

— Правильно сделает.

— Слышь, доча, ну пусть она у вас недельку-другую перекантуется, а? Не гони, мать ведь. Куда ж ей идти, на вокзал? Ни денег, ни жилья. Она только вышла.

— И за что ее посадили?

— Не спросил.

— А ты поинтересуйся, вдруг она добрых людей, которые ее на постой берут, убивает!

— Ну, Вилка!

— Ладно, предположим, я разрешу ей тут пожить денек-другой, потом-то она куда денется?

— Трое ребят у нее. Двое мальчишек и девочка. Парни на Украине живут, а девка где-то в Молдавии. Она к ним съедет.

— Как она вообще тебя нашла?

— Да просто заплатила за справку, ей и дали адрес по прописке. Хорошо еще сегодня притопала, когда Наташка к матери поехала, прикинь, что бы она со мной сделала?

Села бы и раздавила! Значит, на просторах ближнего зарубежья живут еще и другие мои родственники: двое сводных братьев и сестра. Вот как интересно. Считаешь себя сиротой, а потом невесть откуда начинается появление родичей.

— Ну, Вилка, — зудел папенька, — ночь на дворе...

— Положи ее в гостиной, — выдавила я из себя, — только предупреди: на неделю. Пусть за это время ищет деток. Имей в виду, ровно через семь дней выставлю ее вон!

Утром я сначала съездила в Институт акушерства и гинекологии и поговорила с Тамарочкой.

— Нас выпишут через три дня, — радостно щебетала подруга, — внизу на доске висит список того, что следует принести младенцам, а мне притащи темно-синее платье, которое я в январе купила.

— На улице жара, ты в нем с ума сойдешь, лучше сарафан!

— Нет, очень хочется пояс на талии затянуть, а оно одно такое в шкафу, все остальные вещи свободного покроя.

Этот аргумент показался мне весомым, я пообещала выполнить указания и поехала в Склифосовского. На этот раз внутрь меня впустили беспрепятственно. Я добралась до палаты и увидела четыре пустые койки со смятым бельем. Очевидно, больных развезли по разным кабинетам. Одного на перевязку, другого на рентген, третьего на уколы...

На посту болтали девчонки, по виду чуть старше Криси.

— Простите, не знаете, когда Радько вернется в палату?

Девицы повернули головы, увенчанные огромными колпаками.

— А вы ему кто?

— Коллега, с работы послали навестить.

— Удрал ваш Радько.

— Как? Куда? Почему?

Медсестры тихонько захихикали.

— Кто ж его знает куда? Небось домой. Вот почему — понятно. Мужики жуткие трусы! Уколов испугался и убежал. Случается такое иногда.

Я поехала назад. Наверное, Жорка вчера перепил и постеснялся с утра появиться в больнице, небось похмельем мучается. Но где его искать? Может, он дома?

За дверью Ритиной квартиры стояла тишина. Рита всю жизнь бегает на фабрику, которая производит декоративную косметику, она у нас технолог.

Понажимав бесплодно на звонок, я спустилась к себе и мигом была схвачена Кристиной.

— Вилка, — прыгала девочка, — ты глянь, какая у меня юбка, только осторожно, она на наметке!

— Симпатичная вещичка и сидит хорошо, прямо как влитая. Материал вроде знакомый.

— Не узнала? Это же старый плащ Тамары.

— Действительно, вишневый.

— Ага, — веселилась Крися, — рукава протерлись, а спина целая. Света сказала, чего вещь зря выбрасывать, давай юбку сгоношу. Знаешь, как она ловко управляется! Размеры не снимает, выкройку не делает, вжик по материалу ножничками, прямо в минуту отрезала.

Я чуть было не спросила, кто такая Света, но вовремя вспомнила, что это моя вновь обретенная маменька, и ехидно осведомилась:

— Значит, она мастерица!

— Еще кофточку сошьет, — бесхитростно радовалась Крися. — Эх, жаль у нас машинки нет. Где бы взять, а? Меня завтра на день рождения пригласили, хочется в новом пойти.

— У соседей поспрашивай, может, дадут.

— Точно!

Не снимая кое-как сметанной юбчонки, Кристина рванулась на лестницу.

ГЛАВА 5

Я вошла в гостиную. У разложенной на обеденном столе ткани стояла с ножницами в руках Света. Услышав мои шаги, она, не поднимая головы, сказала:

— Блузка запросто выходит, материала полно. Знаешь, хочу предложить другой вариант. Сейчас очень модны «двойки». Представляешь, топик и кофточка без пуговиц. Давай такие сделаю, а? Самая красивая будешь!

Она повернулась, увидела меня и покраснела.

— Не знала, что ты шьешь, — я решила поддержать разговор.

— Да вот, чуток балуюсь, — смущенно ответила Света, — чего без дела сидеть. Денег у меня нет, чтобы за приют заплатить, так шитьем отблагодарю. Хочешь, брюки тебе зафитилю, капри. Неси материю.

— Какую? — заинтересовалась я.

— Любую, мужнины старые брюки есть?

— Старья полно.

— Неси.

Я открыла шкаф, вытащила штаны, которые перестали застегиваться на животе Олега, и протянула их Свете.

— Подойдет?

— Вельвет, — задумчиво протянула швея и потом добавила: — Мелкий рубчик, это хорошо, красиво ляжет. Ну-ка, повернись!

Я покорно встала боком.

— Ага, — пробормотала Света, — ща!

Она моментально сдернула со стола ткань, бросила на него брюки и принялась щелкать ножницами. Раз, раз, раз...

Я смотрела на нее в полнейшем изумлении.

— Ты вот так сразу, без выкройки?

— У меня глаз — ватерпас, — спокойно ответила Света, — и мерить не стану, вот увидишь, как сидеть будут, словно вторая кожа.

— Ты не пропадешь с такими способностями!

Света ухмыльнулась:

— Пока что от моего таланта одни неприятности были.

— Почему?

Маменька отложила ножницы и встряхнула кусок вельвета.

— По моей первой статье было положено УДО.

— Что? — не поняла я.

— Ну условно-досрочное освобождение. Вот, к примеру, дали мне восемь лет, значит, примерно через пять я могу на волю проситься, если работала и замечаний не имела. Так не отпустили, а все из-за шитья.

— Это как?

Света засмеялась.

— Сглупила я. Когда на зону впервые приехала, сразу объявила, что шью хорошо. А кругом-то одни бабы.

— Ясное дело, зона женская.

— Нет, не поняла ты, — рассмеялась Света, —

отрядные, воспитатели, политработники... Ну все кругом бабье. Я-то решила, что мне послабление сделают за шмотки. Впрочем, вначале так и вышло. Всех зэчек на мороз погонят дорогу мостить, а меня в тепле у швейной машинки оставят. И кормили хорошо. Только когда время УДО подоспело, — она махнула рукой, — живо в ШИЗО, то есть в штрафной изолятор, угодила. Ну и все, пришлось до конца досиживать, все восемь лет, от звонка до звонка, оттрубила. Не захотели бабы дармовой швеи лишаться и устроили мне посадку в карцер.

— А за что ты на зону угодила?

— Запойная я, — без всякого стеснения пояснила Света, — целый год могу ни капли в рот не взять, даже не понюхаю, а потом срываюсь и пью все, что попадется... Ну а как нажрусь, сразу на подвиги тянет. Первый раз стекло в магазине разбила и велосипед из витрины увела, в 65-м было. Вот скажи на милость, зачем мне велик понадобился? Во-первых, на дворе декабрь стоял, а во-вторых, ездить на нем совсем не умею. Только стоил он рублей двести, самый дорогой под руку попался, получилось хищение в особо крупных размерах и восемь лет. Отсидела, домой поехала, к Лениниду. Он, правда, не писал мне, посылок не слал, только муж ведь. Правда, по тем годам в столице таких, как я, не прописывали, за 101-й километр селили, но я все равно решила скатать и на всех посмотреть. Заявилась по адресу, открывает дверь незнакомая баба и говорит:

— Ленинид на зоне, девочку добрые люди удочерили, ступай, откуда пришла. Теперь мы тут с дочкой прописаны. Вали колбаской по Малой Спасской.

Злая такая, неприветливая. Я ее попросила: «Пусти хоть воды попить, четыре дня в поезде на третьей полке ехала, только освободилась».

А она как рявкнет: «Убирайся, сейчас моя дочка из школы придет, она посторонних боится!»

Света замолчала и принялась вдевать нитку в иголку. Я тоже не произнесла ни слова. Значит, Раиса знала, что моя мать жива, но побоялась показать ребенка бывшей зэчке, решила уберечь меня от неприятностей.

— Ну я и ушла, — закончила Светка. — Добралась до первого винного магазина и нажралась вдупель. Чего потом было, и не упомню. В милиции очнулась, в кармане справка об освобождении, а на столе у следователя протокол. Вроде я к какому-то мужику пристала с неприличным предложением, хотя отродясь проституткой не была. Он со мной в подъезд зашел, а я у него в процессе кошелек сперла и тут же у батареи спать легла. Он ментов привел, портмоне на подоконнике лежало, небось само выпало, только кто же мне поверит? Во-первых, пьяная, во-вторых, только из заключения. Опять посадили, девять лет дали.

— Много как!

— Времена суровые были, потом рецидив... Вышла я в 1982-м и уехала в Карлово, под Москвой это. Пристроилась швеей в ателье, клиентами обросла, затем с Петром повстречалась. Пять лет прожили, хорошо было. Он меня крепко держал, однажды увидел, что к бутылке тянусь, так отметелил... Неделю в постели валялась да охала. Трое детей у нас народилось, думала, все наладилось. В городе почет и уважение. У меня знаешь какая клиентура была? Все жены начальства бегали и не боялись, что бывшая заключенная. По советским временам в магазинах никаких тряпок не найти, а я из говна конфетку делала и брала недорого! Эх, жила, как сыр в масле, продуктов — полный холодильник, мы с Петром на машину копили.

Она опять замолчала.

— А дальше? — поторопила я ее.

— Дальше, — буркнула Света, — дальше ничего хорошего. Поехал Петя в Москву и под электричку попал. Ну я на поминках и нажралась. Знала ведь, что нельзя мне водяру даже нюхать, и отказывалась сначала. Только народ знаешь какой! Давай приставать: опрокинь стопочку, чтобы Пете земля на том свете пухом была, проводи покойничка. Ну и уломали, развязала. Месяц квасила без продыху, а потом в драку ввязалась. Поверь, ничегошеньки не помню, вообще ничего, словно спала. Только в свалке мужика убили, а нож у меня в руке оказался. Вот четырнадцать лет и мучилась на зоне. Иногда проснусь в бараке и плачу. Ну точно меня подставили, кто-то убил, а ножик мне подсунул. Я спереть могу, но убить не способна. Вот выпустили, а идти некуда. Где дети, не знаю, искать надо. Вспомнила про Ленинида, понадеялась, поможет... Видишь, какая у меня жизнь бестолковая, только и было счастья, что пять лет с Петей. Еще спасибо, Ленинид признал, мы с ним не разведены официально, вроде мужем и женой считаемся. Кабы не он, мне хоть в реку прыгай. И тебе спасибо, не побоялась к себе пустить.

Она аккуратно расправила вельвет рукой. Я не нашлась, что сказать. В наступившей тишине стало слышно, как сопит спящая на диване Дюшка.

— Кристина прям пропала, — вздохнула Света, — пошла за машинкой и чисто провалилась.

Не успела она договорить, как дверь в гостиную распахнулась и возникла Крися.

— Нашла машинку? — спросила я.

Девочка села на диван и затряслась.

— Там, там, там...

— Что? — кинулась я к ней. — Тебя кто-то обидел?

— Там, там, там...

— Где?

Кристина с видимым трудом подняла руку и ткнула пальцем в потолок.

— Там...

— Ты была у Риты?

— Д-д-да.

— Что случилось?

— Там...

— Что?!!

— Там... там... — так и не выговорив до конца, залилась плачем девочка.

Поняв, что у соседки случилось нечто страшное, мы со Светой понеслись вверх по лестнице.

Дверь в квартиру Риты была нараспашку. Я отметила, что беспорядок в прихожей ликвидирован. Впрочем, в большой комнате и детской тоже все стояло, лежало и висело на своих местах. Спальню же и раньше не тронули. То ли Рита и впрямь наняла уборщицу, то ли не спала всю ночь, разбирая кавардак. Недоумевая, что могло до такой степени напугать Кристину, я шагнула в кухню и замерла. Крупа лежала кучами на столиках. Ритулька не успела навести тут порядок, наверное, устала и решила отдохнуть. Довольно большой обеденный стол закрывал мне обзор. В левом углу около него роились мухи, очевидно, они слетелись на пролитое варенье. Я сделала шаг вперед, увидела голую пятку, потом вторую... Затем увидела всю Риту, одетую только в крохотные трусики-сюгринги. Она лежала на животе, уткнувшись головой в лужу темно-красного варенья. Но уже через секунду мне стало понятно — это не сладкий сироп, а кровь.

— Ну, ё-мое, — пробормотала Светка и кинулась на лестничную клетку.

Я бросилась за ней, забыв захлопнуть дверь квартиры. Быстрее молнии мы пробежали по ступенькам и влетели домой. Крися продолжала трястись на диване. Я схватила пузырек с валерьянкой, щедро наплескала в рюмку, влила в девочку и спросила:

— Ты видела, как это случилось?

— Нет, — всхлипнула Крися, — я вошла, а она лежит.

— Кто же тебе дверь открыл?

Без конца шмыгая носом, Кристина пояснила:

— Я побежала по соседям, ни у кого машинки нет, а потом вспомнила, что тетя Рита недавно занавески на кухню новые сшила, она еще их показывала!

Я кивнула.

— Ну и позвонила к ней. Только мне никто не открыл. Я чуть не заплакала, очень на день рождения к Верке хотелось в новом пойти, ну и стукнула со всей силы по створке ногой.

Дверь неожиданно отворилась. Обрадованная Крися вошла внутрь, решив, что соседка просто не услышала звонка. Сначала заглянула во все комнаты, заметила в спальне на подоконнике «Зингер» и, чрезвычайно оживившись, поскреблась в ванную. На кухне девочка оказалась в последнюю очередь...

Уложив Кристину в постель, я стала накручивать «02». Света спокойно слушала мои переговоры с милицией, а потом попросила:

— Сделай милость, не говори, что я с тобой ходила. Биография у меня, в общем, сама понимаешь...

Милиционеры прибыли быстро. Самый главный, потный, толстый дядька лет пятидесяти пяти, начал меня допрашивать. Я честно рассказала, что знала. Вчера квартиру Радько ограбили, а сегодня хозяйку убили. Кабанообразный мент слушал с каменным лицом, не выказывая никаких эмоций. Я завершила фактическую сторону дела и решила поделиться своими соображениями.

— Мне кажется, это не просто ограбление.

— Разберемся, — хмуро прервал меня капитан.

— Рите угрожали, вернее, не ей, а ее мужу.

Я быстро изложила историю про телефонный звонок.

— Сейчас изымем кассету, — пообещал мужчина.

— Я случайно стерла запись.

— Тогда чего вы хотите?

— Просто советую...

— Спасибо, сами сообразим.

— Но муж Риты...

— Вы можете быть свободны.

— Его ночью...

— Я вас более не задерживаю.

Будучи женой сотрудника милиции, я возмутилась до глубины души:

— Как вы разговариваете с основным свидетелем! Мой муж говорит, что девяносто процентов ценной информации узнается в первый день от людей, а вам послушать лень.

— И кто у нас муж? — съехидничал кабан.

— Олег Михайлович Куприн, майор с Петровки.

По тому, как глаза капитана сузились, превратившись в щелочки, я поняла, что совершила ошибку. Эх, поздно вспомнила, что Олег объяснял: «Между районными отделениями и теми, кто сидит в городском управлении, идет борьба. Первые считают вторых карьеристами, людьми, которые забирают себе интересные, перспективные дела, раскрыв которые получают поощрения от начальства и новые звезды на погонах. «Жадные пенкосниматели» самое мягкое сравнение, которым они нас удостаивают. На Петровке, в свою очередь, с явным пренебрежением относятся к работе отделений. Коли мужик сидит в районе всю жизнь и не продвинулся по службе, значит, он либо идиот, либо пьяница, либо лентяй. Лишь в одном «районники» и «городские» едины — и те и другие терпеть не могут ребят из ФСБ».

Кабан нахмурился и процедил:

— У вашего муженька свои заботы, нечего меня поучать!

— Просто выслушайте меня, у Жоры в кармане...

— Говорите конкретно по факту смерти гражданки Радько.

— Но речь идет о ее супруге...

— Только о Маргарите Радько, меня сплетни не интересуют, — отрезал мент.

Я растерялась, а вот Олег говорил, что от дворовых кумушек можно узнать массу полезных вещей! Но мой муж великолепный профессионал, а этот свиноподобный монстр, похоже, идиот!

— Ну, рассказывайте быстрей!

Я вздохнула.

— Больше не о чем.

Ментяра захлопнул планшет.

— Ладушки, понадобитесь — вызову.

Тяжело ступая, он ушел, на кухне остался лишь густой запах пота. Я распахнула окно. Встречаются же такие недоумки! Не то что Олег, тот...

«Дзынь, дзынь», — ожил телефон. Я схватила трубку и услышала голос мужа:

— Как дела? Дома все в порядке?

Больше всего меня злят эти вопросы, произнесенные вскользь, между прочим, скороговоркой. Олег трудоголик. Оказавшись на работе, он капитально забывает обо мне и обо всех семейных заботах. Домой Олег во время рабочего дня не звонит. Первое время я сама пыталась с ним соединиться, но каждый раз звонила не вовремя. То он отъехал, то у начальства, то в комнате сидят посторонние, при которых неудобно вести интимные разговоры... Потом я перестала звонить. В течение дня у меня не раз возникает желание поболтать с мужем, но я заставляю себя не делать этого. А Олегу мысль соединиться с женой приходит в голову около девяти вечера.

— Как дела? — кричит он. — Дома все в порядке?

Меня так и подмывает ответить: «А если что-то случилось, ты чем поможешь, а? И как до тебя дозвониться, если вдруг понадобится помощь? Что за дурацкие демонстрации заботы? Если на самом деле волнуются о семье, то не ленятся звонить домой хоть пару раз за день!»

Но, естественно, ничего такого я не говорю, да и зачем? Олега не переделать. Но вопрос раздражает. Наверное, поэтому я сегодня слишком резко ответила:

— В принципе все в порядке, за исключением...

— Вот и хорошо, — прервал меня Олег, не дослушав фразу до конца, — сбегай в мой кабинет и посмотри на столе визитку, Россиянов Сергей Герасимович, мне его телефон нужен.

Я покорно выполнила просьбу, продиктовала цифры и спросила:

— Ты каким поездом завтра приедешь?

— Задержусь тут на недельку, — скороговоркой выпалил муженек, — дела, понимаешь.

— Как же так! — возмутилась я. — Хоть бы предупредил, я жду тебя!

— Не надо, душенька, — бормотнул Олег, — занимайся спокойно своими делами.

— Ты меня совсем не любишь!

— Извини, Вилка, звоню из чужого кабинета, просто телефон Россиянова срочно понадобился. Освобожусь, дойду до гостиницы, и тогда поболтаем. Давай, пока.

Я растерянно посмотрела на пищащую трубку. Значит, он позвонил не потому, что соскучился, а из-за забытой визитки. Не успела ему рассказать ни о рождении сына у Томочки, ни об убийстве Риты, ни о приезде Светы...

Внезапно к глазам подступили слезы, он и правда меня не любит, Олег женат на работе. Шмыгая носом, я добралась до ванной, пустила душ, влезла под теплую воду и наревелась от души. Потом вымыла голову, уложила волосы феном и заметила на полочке косметичку Криси. Девочке скоро исполнится четырнадцать, и все карманные деньги она тратит на тушь, помаду и лак для ногтей. Кристина тщательно следит за рекламой и приобретает всякие интересные новинки типа теней, которые меняют цвет в зависимости от температуры тела. Забыв о плохом настроении, я принялась упоенно рыться в мазилках. Так, ну-ка попробуем вот этот тональный крем.

Через десять минут из зеркала на меня смотрела интересная женщина чуть старше двадцати пяти. Напевая себе под нос, я вышла из ванной. С чего это я впала в истерику? Всю жизнь рассчитывала только на себя. Если Олег не способен оценить меня, то и не надо, не стану напрашиваться. Вон Ритка постоянно висла на Жоре, а он бегал от нее налево...

Я прошла к себе, натянула легкие брюки, взяла тоненькую футболочку с карманом, стала ее выворачивать, и тут на пол упала яркая дискета. Интересно, что за информация хранится на ней?

ГЛАВА 6

Компьютеров у нас два. Большой, с огромным монитором, находится в кабинете у Семена, ноутбуком владеет Олег. Мужская часть семьи запросто управляется с машинами. Тамара, кстати, тоже весьма ловко общается с компьютером, я уже не говорю о Крисе, которая ухитряется лазить по всему Интернету и заползать туда, куда, казалось, и входа нет. Вот только у меня плохо получается контакт с этой консервной банкой. У нас с ней взаимная нелюбовь и полное непонимание, но дискету открыть я сумею.

Я пошла в кабинет к Семену, заглянув по дороге к Кристине. Она спала, а Света сидела у торшера с иголкой в руках.

— Вот, — улыбнулась она мне, — юбочку дошиваю, будет Кристине утром сюрприз, на машинке, конечно, быстрей, но и без нее управимся.

Прежде чем открыть дискету, я перенесла ее

содержимое в рабочую папку, так меня научил делать Олег. Потом вытащила ее, отложила в сторону и открыла переписанный файл.

По экрану побежали строчки... История болезни Левитиной Ларисы Григорьевны, 1952 года рождения, проживающей по адресу: Иконников переулок, дом 12, квартира 46. Больная наблюдалась в клинике эндокринологии. Жалобы на утомляемость, прибавку в весе, перебои в сердцебиении. Анализ крови...

Дальше замелькали непонятные вещи: содержание сахара в крови, реакция оседания эритроцитов... Я не стала смотреть файл до конца и переписала на бумажку адрес Левитиной. Все сразу стало на свои места. Слава богу, дискета не имеет никакого отношения ни к ограблению, ни к смерти Риты. Я было подумала, что воры искали ее, иначе зачем перерыли и переломали все. Но теперь понимаю, что дело обстоит просто. Какая-то из баб Жорки попросила его принести ей дискету с этой информацией. Вернее, не какая-то, а Левитина Лариса. Жора спрятал дискету в потайной кармашек. Ритка ревнива, компьютер у них есть, она могла прочесть файл и устроить мужу разбор полетов. Вот он и решил обезопаситься. А тут налетели бомжи, охотники за кошельками... Почему Жорка просил меня пойти на встречу с этой Ларисой, что за спешка такая? Небось тетка вновь в больницу ложится, вот и торопился. Почему умолял не рассказывать Ритке? Ну это и ежу ясно!

С чувством выполненного долга я выключила компьютер. Завтра поеду в Иконников переулок, отыщу эту Ларису, извинюсь... Хотя... Я посмотрела на часы: ровно половина девятого. Эта Лариса небось утром убежит на работу, надо ехать сейчас.

Иконников переулок расположен в Центре, перпендикулярно Садовому кольцу, в пяти минутах ходьбы от метро «Смоленская». Дом двенадцать оказался старым зданием, стоящим в глубине хорошо убранного двора. Консьержка не сидела на месте. На небольшом столе лежала газета, сверху покоились очки. Очевидно, женщина отошла на минутку, и я беспрепятственно проникла в подъезд, поднялась на пятый этаж и позвонила в нужную квартиру.

Дверь распахнулась сразу. На пороге стояла прехорошенькая девочка в кожаной мини-юбочке и свитерочке-лапше, обтягивающем точеные плечики. На лестничную клетку вырвались звуки музыки, смех и выплыл аромат пирогов. В доме явно принимали гостей.

— Вы ко мне? — улыбнулась девочка.

— Позовите Ларису Григорьевну Левитину.

— Кого? — удивилась хозяйка, отступая в глубь холла.

— Левитину Ларису, — повторила я, — у меня к ней дела.

— Мама умерла, — ответила девочка.

— Как? — изумилась я.

Она пожала плечами.

— А как умирают — просто. Легла в больницу, щитовидка у нее болела, а назад не вышла.

Я стояла в полной растерянности. Девушка спокойно захлопнула дверь. Из квартиры донеслись взрывы веселого смеха. Однако дочь не слишком горюет по умершей не так давно матери.

Спустившись вниз, я пошла к двери.

— Женщина, — окликнула меня консьержка, — платочек потеряли!

Я обернулась и увидела на полу у лифта платок из голубого батиста.

— Это не мой.

— Значит, Глаголева из 64-й обронила, — вздохнула лифтерша, — она только что ушла.

Я нагнулась.

— Не трогайте, — испугалась тетка.

— Он мне не нужен, просто я хотела его вам на стол положить, передадите той, которая выронила.

— Ни боже мой, — замахала руками женщина, — никогда не прикасайтесь к чужим носовым платкам! Даже у родных не берите.

Я улыбнулась.

— Как же стирать?

— Пусть сами в машину засовывают. Я своим сразу заявила: не смейте платки в общий бачок класть. Испачкали, быстренько сполоснули и сушить повесили.

В подъезд вошла худенькая черноволосая девушка.

— Здравствуйте, Марья Сергеевна, — улыбнулась она.

— Добрый день, Анечка, — отозвалась лифтерша, — что же ты у Олеси не гуляешь? Там давно пляшут.

— Некогда мне, — вздохнула Аня, — работы много.

Она вошла в лифт, двери со скрипом закрылись, платочек продолжал сиротливо лежать на кафельной плитке.

— Отчего же вы шарахаетесь от носовых платков, — улыбнулась я, — боитесь инфекцию подхватить?

— Если берешь в руки не свой платок, — на полном серьезе заявила Марья Сергеевна, — то вместе со слезами получаешь и чужие беды, ну и заражаешься ими.

Я не выдержала и рассмеялась.

— Жуткая чушь!

— Вот и нет, — обиделась Марья Сергеевна. — Мне Лариса Григорьевна объяснила. Она знаете кто была?

— Кто?

— Лучшая гадалка в России, жаль, умерла, но смерть свою предчувствовала, шла в больницу и сказала: «Эх, Маша, прощай, не увидимся более на этом свете».

— Вы говорите про Левитину из 46-й квартиры?

— Именно. Грустная такая из дома уходила. Я ей вслед кричу: «Лариса Григорьевна, не волнуйтесь, все люди, если в больницу собрались, о смерти думают». А она повернулась и тихо ответила: «Я, Машенька, смерти не боюсь, потому как знаю, что ждет за чертой. Мне жутко делается, когда вспоминаю, кто меня на тот свет отправит».

— Ее убили?

— Господи, отчего такой ужас вам в голову пришел? — всплеснула руками Марья Сергеевна. — У нее болезнь имелась, вот название забыла, слишком хитрое. Лариса Григорьевна очень прозорливая была. Ее в нашем доме побаивались слегка, но бегали, если хотели что узнать. Никому не отказывала, а денег не брала.

— Да ну? Сейчас все гадалки дорого запрашивают.

— Лариса Григорьевна не из таких была, она от платы отказывалась. Говорила, что господь дар бесплатно дал, значит, и зарабатывать им нельзя. Очень совестливая женщина, не то что Олеся.

— Это кто?

— Дочь ее, — поморщилась Марья Сергеевна. — И еще говорят, будто яблоко от яблони недалеко падает! Леся полная противоположность матери, совсем бесстыжая выросла. А уж как ее Лариса Григорьевна любила! После смерти мужа прямо в зубах носила, ни в чем капризнице не отказывала. Ну и выросла еще та штучка! Мимо пройдет, никогда не поздоровается, а ведь я в этом доме всю жизнь работаю, совсем маленькой ее помню. И что бы вы думали, стоило матери умереть, как эта девчонка созвала вечеринку! Сорока дней не прошло, душа еще тут мается, а Олеся гулянку устроила с музыкой и танцами. Я не утерпела и сказала ей: «Знаешь, детка, положено траур держать, понятное дело, что год, наверное, много, но хоть месяц бы потерпела. Еще земля на могиле не осела, а ты козой скачешь!»

А она нахмурила лобик и процедила сквозь зубы: «Не твое дело, старая идиотка, лучше пол в лифте мой как следует, а то развела грязь».

Марья Сергеевна помолчала, а затем возмущенно добавила:

— Всех подруг своих растеряла, потому что грубая очень и жадная. Вон Анечка сейчас прошла, хорошая такая девочка, на врача выучилась, диплом в прошлом году получила. Они с Олесей еще школьницами вместе ходили, за одной партой сидели. Как Лариса Григорьевна умерла, Анечка и раздружилась с ее дочерью, черная кошка между ними пробежала. У Олеси теперь иные подруги, на «Мерседесах» ездят, Анечка же на троллейбусе в свою больницу добирается. А носовые платки чужие никогда не трогайте, Лариса Григорьевна зря ничего не советовала.

Я поехала домой, безостановочно зевая. День выдался суматошным и нервным, хотелось отдохнуть, почитать газету, съесть шоколадку... Уже возле квартиры я разозлилась на саму себя. Совсем ума лишилась! Подумала, что дискета нужна женщине, которая ложится в больницу, и успокоилась. А телефонный звонок? Кто пугал Жору, а?

Пол в холле был завален пакетами и свертками. Я открыла один мешочек и увидела ярко-голубой спортивный костюм, в другом оказались роликовые коньки, шлем и наколенники. Очевидно, Семен от радости совсем тронулся умом и начал скупать все вещи, предназначенные для подрастающего поколения.

Из кухни донесся приглушенный смех, я заглянула туда. У большого стола уютно устроились Семен, Ленинид и Юра. Перед каждым из мужиков стояло несколько бутылок пива, в центре, на большой тарелке, высилась гора креветок.

— О, доча, — испуганно воскликнул папенька, — глянь, какую штуку я Никитке купил!

— Кому? — не поняла я, разглядывая устрашающе огромную пожарную машину.

— Решили мальчика назвать Никиткой, — осоловело икнул Семен и потянулся к бутылке.

Я схватила приятеля за руку.

— С тебя хватит, — потом обвела взглядом кухню, заметила в углу, возле холодильника, целую шеренгу пустых емкостей из-под «Клинского» и добавила: — Впрочем, и остальным тоже пора остановиться, завтра на работу!

— Так сын у него родился, — зашумел Юрка, — такое событие, может, один раз за всю жизнь и случилось. Как не погулять, мы же по-скромному, пивком балуемся, не водку гоняем.

Интересно, сколько они выпили, если опьянели? Наверное, счет идет не на бутылки, а на ящики.

В кухню тихо вошла Света и робко спросила:

— Вилка, можно чайку попить?

— Давай, садись к нам, — радушно предложил Ленинид, — креветочки классные, толстенькие попались, мясистые.

— Не смей даже нюхать пиво, — приказала я Светке, — оставь этих пьяниц тут, принесу тебе чай в комнату.

Маменька грустно улыбнулась. Она может обижаться сколько угодно, но после того, как рассказала свою биографию, я не имею права подпускать ее к любой хмельной жидкости ближе, чем на сто метров.

— Ну, доча, — заблеял папенька, — вечно ты людям праздник портишь. Сидели себе душевно, мы ща еще и споем. Давайте, мужики, ну эту, как ее... про вечера.

— «Не слышны в саду даже шорохи»! — заорал Юрка, не обладающий никаким слухом.

— Погодь, — прервал его Ленинид, — не про то. «Как упоительны в России вечера...»

Нестройный хор сиплых голосов завел народный хит. Думаю, если бы господин Жечкин услышал их интерпретацию песни, даже его, напрочь лишенного музыкальных данных, хватил бы инфаркт.

— Немедленно прекратите, — обозлилась я, — Кристину разбудите, ей завтра в школу.

— Ради праздничка и прогулять можно, — сообщил Семен, — подумаешь, один денечек не сходит, беды нет.

— Чем вы тут занимаетесь, а? — раздался знакомый голос.

Я обернулась и увидела, что в кухню тяжелым шагом входит Лелька, жена Юры.

С Юркой мы дружим много лет. До недавнего времени жили в одном доме, *более того, в одном* подъезде. Вместе ходили в школу и частенько бегали друг к другу делать уроки. Кстати, именно Юрка и познакомил меня с Олегом, они работают в одном отделе. Поэтому я очень хорошо знаю всю его семью. Она невелика. Двое мальчишек-близнецов и жена. Леля интересная женщина, вполне умная и умеющая себя вести. Одна беда: ревнива до безобразия. Бедняга Отелло — ребенок по сравнению с мадам Петровой. Той не надо даже повода, чтобы взбеситься. Лелька обшаривает карманы и портфель супруга, обнюхивает его и, если обнаруживает нечто, по ее мнению, подозрительное, устраивает вселенский скандал, с битьем посуды и швырянием тяжелых предметов. Ненормальная баба ухитряется ревновать Юрку даже к нам с Тамарой. Правда, ради объективности следует отметить, что потом ей делается стыдно и она начинает извиняться. Но это потом, а в злую минуту Леля готова нас разорвать на части.

Вот и сейчас ее глаза лихорадочно блестели, а руки сжимались в кулаки.

— Лелечка, — быстро сообщила я, желая погасить пока еще не разгоревшийся пожар, — выпей скорей, знаешь, у Тамары сын родился, решили Никитой назвать.

Бедный Юрка сидел тихо-тихо. Наверное, приятель надеялся, что супруга его не заметит. Но не тут-то было. Леля ткнула пальцем в Свету, стоящую у плиты.

— Что, новую хахелицу завел, потаскун!

Юрка молчал, он по опыту знает, что спорить с рассвирепевшей супругой бесполезно, убьет и не заметит. Я поспешила ему на помощь:

— Да ты чего, Лелька, ослепла никак! Это Света, она же Юрке в матери годится.

Ревнивица на секунду притихла, потом отбила удар:

— Да какая разница, сколько ей лет? Возраст ничему не помеха.

— Прекрати сейчас же, — поморщилась я, — не порти людям праздник, Света пришла с Ленинидом!

— С кем? — донеслось сзади. — Кто тут заявился с моим мужем?

ГЛАВА 7

Я попятилась. Легко сдвинув Лелю с дороги, в кухню вплыла Наташка. Папенька ойкнул и быстренько спрятался за Семена. От растерянности и неожиданности я поинтересовалась:

— Девушки, а что вас сюда принесло, да еще вдвоем? И как только вошли в квартиру, вроде в дверь не звонили?

— Она у вас открытая стоит, — пояснила слегка успокоившаяся Лелька.

Тут Наташка схватила со стола тарелку с креветками и, швырнув ее в Светку, заорала:

— Значит, ты с Ленинидом таскаешься?

Розовые морепродукты дождем посыпались на пол. Давя их туфельками сорокового размера, Наталья двинулась к мужу. Ленинид в ужасе сполз под стол.

— Ах ты кобель! — взвизгнула Наташка. — Значит, к клиенту, говоришь, поехал? Думал, не узнаю, куда подевался? Рассчитывал у доченьки погулять? Где только откопал эту старую, сморщенную обезьяну, да у нее, смотри, зубов нет!

— Котеночек, — засюсюкал папенька из-под стола, — ты не права...

— Ах вот так! — прогремела супруга и со всего размаха треснула кулаком по столешнице.

Раздался сухой звук «крак», и посреди стола образовалась здоровенная дырища. На минуту все замолчали, потом Семен протянул:

— Ну ты даешь! Прямо морская пехота!

Воспользовавшись временной тишиной, Света попыталась проскользнуть в прихожую, но бдительная Лелька ухватила ее за юбку.

— Нет, постой, куда торопишься! Объясни лучше, зачем тебе Ленинид понадобился, он человек женатый!

— Отстань, — рванулась Света.

— Ишь, раскомандовалась, — толкнула ее Леля.

Светка оступилась и упала прямо в груду раздавленных креветок.

— Ага, — завопила довольная Наташка, хватая со стола бутылку с пивом, — ща узнаешь, каково мужиков из семьи уводить!

Она подняла пол-литровую емкость, а я, испугавшись, что «мачеха» сейчас раскроит несчастной Светке голову, бросилась вперед. Но Наташка не стала колошматить соперницу, она перевернула «Клинское» горлышком вниз и облила ее пахучим напитком. Света лягнула обидчицу.

— Ах вот ты какая! — взвизгнула Лелька и налетела на Свету.

Вмиг у нас на кухне образовался клубок из отчаянно вопящих, царапающих друг друга дам. В разные стороны разлетались креветки, которым катастрофически не повезло по жизни. Сначала их выловили, потом сварили, затем уронили на пол и вообще растоптали. Слишком много мучений для маленьких организмов.

Я растерянно глянула в сторону мужской части компании. Ленинид трясся под столом. Папенька трус, он ни за что не вылезет, пока буря не утихнет. Юрка, воспользовавшись тем, что Лелька отвлеклась от него, постыдно бежал с поля боя. Стул, на котором он только что сидел, распевая во все горло, оказался пуст. Один Семен, вытаращив глаза, наблюдал за происходящим, но он был заметно пьян, и помощи от него не жди. Значит, купировать ситуацию надо самой.

Я шагнула к мойке, и тут зазвонил телефон, но мне было не до того, чтобы интересоваться, кто это решил поболтать с нами в полночь. Визг, который издавали фурии, перешел в хрип. Я схватила огромную кастрюлю, в которой Томочка иногда варит холодец, и сунула ее под кран с холодной водой. Подождав, пока десятилитровая эмалированная бадейка наполнится до краев, я, с трудом подняв ее, опрокинула на шумно дерущихся баб.

Вмиг клубок распался.

— Совсем сдурела, да?! — заорала Наташка. — Холодно же!

Я оглядела поле сражения. Леля привалилась к плите. Из ее красивой прически было вырвано несколько прядей, по щеке змеилась царапина, белая, полупрозрачная кофточка разорвана, и в прореху высунулась розовая пышная грудь, совершенно не испорченная кормлением близнецов. Наташка выглядела не лучше. Она отчего-то стала ниже ростом. Присмотревшись, я сообразила, что элегантные лодочки на ее ногах потеряли каблуки и превратились в некое подобие тапок. Юбка свисала лохмотьями, а под глазом наливался с невероятной скоростью синяк. Света, на первый взгляд, совсем целая, сидела на полу, уткнув голову в колени.

— Сдурела, да?! — кричала Наташка. — Охренела совсем.

— Это вы с ума посходили, — рявкнула я, — явились ночью сюда без приглашения!

— Эта прошмандовка, — попробовала было начать новый виток скандала Наташка, — вот эта... явилась с моим Ленинидом!

— Извини, не успела познакомить вас. Светлана, моя мать.

Наташка попятилась:

— Кто?

— Моя мать, первая жена твоего мужа. Ревновать к ней не стоит, они разбежались еще в 1965-м, — спокойно пояснила я.

— Это правда? — ошарашенно спросила Наталья.

— Да, — пискнул из-под стола Ленинид, — Вилка же никогда не брешет.

— Ага, — забормотала скандалистка, — ну тогда ясно, ладно, ошибочка вышла.

Потом она повернулась ко мне:

— Все ты, Вилка, виновата, отчего сразу не сказала?

— Так не успела. С чего вам вообще пришло в голову явиться сюда за полночь и устроить дебош?

Наташа плюхнулась на стул, Лелька рухнула на диван. Вновь зазвонил телефон.

— Трубку сыми, — велел из-под стола Ленинид.

Он понял, что сегодня его бить не будут, и слегка осмелел, но вылезти все еще боялся.

— Пусть звенит, — отмахнулась я.

Женщины, перебивая друг друга, начали рассказывать.

Сегодня Юрка заскочил домой в неурочный час и пошел в ванную. Лелька, привыкшая следить за мужем, приоткрыла тихонечко дверь в санузел и увидела в щелку, что супруг осторожно вытащил из-за бачка унитаза несколько купюр, пересчитал их и спрятал в карман. Безусловно, тот факт, что у Юрки имеется заначка, обозлил Лелю чрезвычайно, но она сдержалась и не устроила сразу скандал. Больше всего ревнивицу заинтересовало, с кем муженек собрался потратить припрятанные деньги. Юрка, не подозревавший о том, что за ним наблюдает жена, тщательно побрился, чем окончательно ввергнул Лелю в припадок ревности. Ясное дело, наодеколонился и двинул к бабе.

Кипя от возмущения, она решила поймать неверного мужика с поличным и, когда веселый, словно волнистый попугайчик, Юра пошел к метро, двинулась за ним следом.

У входа в подземку «Казанова» еще раз пересчитал наличность и нырнул в магазин игрушек. Лелька прямо взбесилась, когда увидела, что он покупает огромного плюшевого медведя. Все ясно. У любовницы имеется ребенок, и Юрка хочет ему понравиться. Затем он сел в такси, Лелька, наплевав на бережливость, тоже схватила машину. Представьте теперь ее удивление, когда Юрка нырнул в наш подъезд. Лелька не успела и глазом моргнуть, как на пороге возник Ленинид с пожарной машиной.

Чувствуя, что ярость сейчас выльется наружу, Леля влетела в телефонную будку и набрала наш номер. Ей ответил незнакомый женский голос.

— Позовите Виолу, — потребовала Леля.

— Ее нет.

— А Олега?

— Никого нет, все ушли.

Но тут из трубки донесся до боли знакомый голос муженька: «Эй, Ленинид, бросай креветки в воду!»

Все ушли, у Ленинида есть запасные ключи, и они с Юрасиком решили оттянуться по полной программе с креветками и девками. Глупее ничего и не придумать, но у Лели от ревности начисто отшибает ум. Она мигом набрала номер Наташки и сообщила той буквально следующее:

— Только что видела, как твой и мой муженьки вошли в квартиру Вилки с размалеванными девками и бутылками.

Ровно через десять минут Наташка, синяя от злобы, появилась около нашего дома. Дальнейшее вам известно.

— Дуры стоеросовые, — в сердцах сказала я, — мишка и машина были куплены для Никиты, новорожденного сына Тамары. Ну захотелось им мальчишник устроить с пивом, и что?

— Да, и что? — встрял Ленинид, высовывая голову из-под стола. — Ну не бабы, а атомная война, все разметали, переломали, разве так можно. И потом, Натусенька, ну подумай, куда мне по чужим бабам бегать? Пятьдесят восьмой год катит!

— Седина в бороду, а бес за причинное место, — буркнула Наташка.

У нее явно начиналась фаза раскаяния, впрочем, у Лельки тоже, потому что та сказала:

— Слышь, Вилка, мы тут все помоем.

— Естественно, — фыркнула я, — кто бардак развел, тому его и убирать. Можете начинать прямо сейчас. Сначала креветки выкиньте, очень воняют.

И тут опять зазвонил телефон. Кому это так не терпится посреди ночи? Я схватила трубку.

— Вилка, ты отдала дискету?

— Жора, извини!

— Не отдала?! — голосом, полным отчаяния, воскликнул сосед. — Как же так!

— А ты где?

— Не важно.

Я утащила аппарат в прихожую и дословно рассказала историю про телефонный звонок. Жора молчал.

— Жора, ты меня слышишь?

— Да.

— Ты хоть знаешь про Риту и квартиру?

— Нет, а что случилось?

Меньше всего мне хотелось быть вестницей несчастья, но делать нечего, пришлось рассказать об ограблении и о смерти Риты.

Жора никак не реагировал, только напряженно сопел. Меня удивило его молчание, мог бы и ужаснуться, услыхав о кончине супруги.

— Слышь, Вилка, — отмер наконец мужик, — вишь, дело какое... Дискета эта... В общем, помоги, сделай милость.

— Чем?

— Отнеси ее завтра.

— Куда?

— На то же место, только умоляю, на этот раз журнал не перепутай. Возьми новый «Космополитен».

— Он очень дорогой, я его никогда не покупаю.

— Я компенсирую тебе расходы, но будь аккуратна, не «Домашний очаг», а «Космополитен», ясно?

— Ладно, а сам не можешь?

— Нет.

— Почему?

— Потом объясню, не по телефону. В три часа встань у памятника Пушкину на Тверской, слева!

Бога ради, будь аккуратна, не вздумай купить журнал «Домашний очаг», они очень похожи с «Космо». Хотя, знаешь, лучше так поступим. Ты что наденешь?

— Если такая же погода, как сегодня, то светло-розовые брюки и футболочку в тон, костюмчик такой, купила в «Глобал USA» на распродаже. Отличная вещичка, всего 400 рублей стоила, их, словно горячие пирожки, расхватали, не жарко, красиво...

— Значит, в розовом?

— Да.

— Хорошо, не забудь, в три, слева от памятника, вся в розовом и с журналом в руках. Да, чуть не забыл! Дискету вложи в конверт и помести между страницами. К тебе подойдет женщина по имени Лариса, ей отдашь «Космо» с дискетой внутри. Ты не перепутаешь?

— Я похожа на идиотку?

Жорка ничего не ответил и отсоединился.

Утром Семен, охая и держась за голову, всунулся ко мне в комнату.

— Где у нас анальгин?

— Пить надо меньше, — в сердцах ответила я и стала рыться в комоде.

— Кто бы мог подумать, что я от пива так окосею, кстати, ты сегодня едешь на работу? Могу захватить, если по известной бабской привычке не начнешь два часа собираться!

Я вздохнула. К сожалению, у меня нет высшего образования, жизнь так повернулась, что за плечами только школа. Правда, меня там отлично выучили немецкому языку, да и в аттестате стояли одни пятерки, но у нас с Тамарой, когда мы только-только поступили в институты, не осталось никого из родственников и пришлось идти работать, чтобы выжить. Долгие годы я провела с ведром и тряпкой, убирая грязь. Если бы уборщицам давали звания, то я точно бы уже стала заслуженной или народной. Потом Наташка попросила меня подтянуть по-немецкому языку ее сына Тёму, жуткого лентяя и балбеса. Я долго отнекивалась, но соседка добила меня аргументом. На мое робко сказанное: «Извини, но ведь я не профессиональный преподаватель, просто хорошо знаю язык в рамках общеобразовательной школы» — она ответила: «А у меня нет денег на нормального репетитора. Между прочим, детям из бедных семей тоже кто-то помогать должен! Что же им теперь, из-за отсутствия средств у родителей, дураками оставаться? Могу платить тебе сто рублей за час!»

Я поколебалась, согласилась и вмиг обросла учениками. Потом Тамарочка вышла замуж за Сеню, и тот предложил мне попробовать себя в журналистике. У Семена издательский бизнес, ему принадлежит парочка еженедельников и журналов. Один из них незатейливо называется «Криминальный рассказ», и вот в его штат он и взял меня на работу специальным корреспондентом.

Требуется от меня не так уж много. Раз в месяц написать и сдать статью на соответствующую тематику. Неожиданно новое занятие увлекло, к тому же у меня оказался так называемый «легкий слог». А если учесть, что я совершенно не боюсь хозяина и главного редактора, поскольку проживаю с ним в одной квартире, то становится понятно: не всем так повезло со службой, как мне. Но на данном этапе у меня творческий кризис. Три недели назад я отдала материал о мошенничестве в сфере риэлтерского бизнеса.

Я провела целое расследование, прикинувшись

глупой клиенткой, и вывела кое-кого на чистую воду. Откровенно сказать, мне нравятся такие истории с переодеванием.

Криминальный очерк выйдет в июньском номере, сами понимаете, что материалы в «толстый» журнал сдаются загодя. Теперь пора бы подумать и об успешном выступлении в июльском выпуске, но... Но пока никак не могу определиться с темой. Прикинуться дамой легкого поведения? Да о проститутках не писал только ленивый. Изучить проблему детской преступности? Старо и избито. Следует быть оригинальной... Один раз Олег рассказал мне об уголовном деле, запутанном, хитроумном и даже красивом. Я воодушевленно накропала материал, он понравился и был отмечен на планерке.

— Вот, — удовлетворенно сообщил Сеня, потрясая журналом, — вот такие «бомбы» нам нужны, не общие рассуждения, а конкретика, на живом примере, со свежей фактурой. Так держать, Вилка, подбрось еще подобных сказочек для «Криминального рассказа»!!

Но сколько я ни умоляла Олега поделиться со мной интересными сведениями, муж только бурчал:

— Ничего нет, одна бытовуха. Сели, поели, попили, убили. Это неинтересно.

Поэтому сейчас я нахожусь в мучительных раздумьях: о чем же писать? А Семен недовольно ворчит:

— Ваньку валяешь? Думаешь, из дружеских чувств не стану наказывать за простой? Вот тут ты ошибаешься. Дружба дружбой, а служба службой. Ясненько? Живо ищи тему...

— Так как? — поторопил Сеня. — Едешь?

— Нет.

— Еще не определилась? Ну сколько можно баклуши бить? — обозлился приятель.

Чтобы он не начал делать мне выговор, я быстренько заявила:

— Как раз сегодня принимаюсь за работу, отправляюсь собирать материал.

— О чем?

— Знаешь, пока не скажу, очень оригинальная задумка.

— Ну-ну, — буркнул Сеня и ушел.

Я вытянулась на кровати. О чем писать? Как назло в голову ничего не лезет.

Без пятнадцати три я вышла из вагона на станции «Тверская» и остановилась в подземном переходе у газетного ларька. Глаза выхватили из общей массы знакомую обложку «Криминального рассказа». О чем же написать в следующем номере? Отогнав назойливую, словно злая осенняя муха, мысль, я попросила:

— Дайте мне «Космополитен».

Торговец протянул яркое глянцевое издание. Я разорвала прозрачный пакет, вытащила «Космо», сунула между страницами конвертик с дискетой и пошла наверх.

По подземному переходу текла яркая, по-летнему веселая толпа. Неожиданно на душе стало радостно. Нет, что бы ни говорили политики, а жить сейчас лучше, чем раньше. Никаких проблем с едой, одеждой, машинами, стройматериалами. Деньги можно заработать... Одним словом, я отчего-то впала в эйфорическое состояние, которое мигом улетучилось, потому что у ларька с цветами я увидела женщину, одетую точь-в-точь в такой же костюм, как у меня: розовые брючки с футболкой.

В довершение у тетки на плече болталась белая сумка, а на ногах красовались босоножки того же цвета. Мы выглядели, словно «двое из ларца, одинаковы с лица». Вот оно, отрицательное качество распродаж в дешевых магазинах. Покупаете приглянувшуюся вещь, а потом встречаете на каждой второй такую же!

Настроение испортилось. Я повнимательней осмотрела толпу и впала в окончательное уныние. День сегодня жаркий, душный, а материал, из которого сшит костюмчик, замечательно легкий, прямо невесомый. Поэтому многие москвички и нацепили на себя обновку. Правда, одни натянули лишь брючки, дополнив их другой футболкой, другие, наоборот, надели «верх» с юбкой, целиком прикид попался только один раз, но все равно не слишком приятно...

Возле памятника я встала без пяти три. Жора просил занять место слева. Но лишь оказавшись у монумента, я задалась простым вопросом: а где у него лево? Если стоять лицом, то мне сюда, но ежели повернуться спиной, то в обратном направлении. В конце концов я решила ходить по кругу и через две минуты поняла, что начинается головокружение. Народа было не так много, жара стояла невыносимая. Чуть поодаль, под большим разноцветным зонтиком, устроилась торговка с холодильником. Я быстрым шагом пошла к ней. Куплю бутылочку минералки или мороженое. И тут на площади появилась тетка в розовом костюме, та самая, которая только что упоенно разглядывала витрины в подземном переходе. Но самое ужасное, что незнакомка держала в руке новый «Космо». Я чуть не лопнула от злости. Если встану сейчас у памятника, более идиотской картины и не придумать. Ну представьте себе: огромный бронзовый Пушкин, а по бокам две совершенно одинаковые бабы с журналами в руках. Цирк, да и только. Ладно, постою тут, в тенечке, под зонтиком. Прохожих не слишком много. Эта Лариса небось начнет оглядываться, искать глазами, тогда я и подойду к ней. Впрочем, может, «близняшка» сейчас покинет площадь? Кстати, она старше меня, толще и прическу носит какую-то идиотскую, с кудельками.

Я облизала эскимо, понимая, что сделала глупость. В такую жару от мороженого толку мало, лишь пить еще больше хочется. Я повернулась к торговке:

— Минералочки не найдется?

— Десять рублей, — равнодушно ответила она и открыла холодильник.

Сжимая запотевшую бутылочку, я повернулась и обрадовалась. К тетке в розовом подошел парень лет двадцати пяти, впрочем, может, и старше, я видела только спину мужчины, и парочка села на скамейку позади памятника. Можно было выходить из укрытия, но на площади возле монумента было пусто, раскаленное солнце жарило вовсю, и я, поколебавшись секунду, осталась под зонтиком, спросив у мороженщицы:

— Не помешаю?

— Стой тута, — благосклонно кивнула та, — на солнцепеке удар хватить может.

Время тянулось, словно свежая жвачка. В десять минут четвертого я решила купить еще воды, повернулась к холодильнику, потом снова заняла исходную позицию и увидела, что парень, разговаривавший с женщиной в розовом, быстрым шагом идет к подземному переходу, я вновь не видела его лица, только спину, а у него виднелся под мышкой «Космополитен». Странное чтение для молодого мужчины. Как правило, они предпочитают иные издания.

Не успела я подумать об этом, как в голове что-то щелкнуло. Мой взгляд уперся в «близняшку». Она сидела на лавке, странно скривившись на один бок, голова упала на грудь, руки безвольно свисали вдоль тела. Беленькая сумочка валяется на скамейке. Ни одной женщине не придет в голову так отшвырнуть от себя элегантный кожаный ридикюль стоимостью более чем сто долларов... Я почувствовала, как желудок начинает превращаться в ворочающегося ежа.

Тут к скамейке доплелась женщина, обвешанная пакетами. Она плюхнулась на лавку, вытерла потный лоб, глянула по сторонам и заорала, издавая звук, подобный тому, который испускает по утрам кофемолка.

Вмиг набежал народ. Откуда ни возьмись, появились люди в форме. На негнущихся ногах я дошла до места происшествия, протиснулась сквозь толпу и увидела, что в груди несчастной торчит рукоятка то ли ножа, то ли заточки. Крови не было совсем.

— Разойдемся, граждане, — прогремел командный голос, — чего столпились, мертвецов не видели? Включите телик и любуйтесь. Идите по своим делам, не скапливайтесь!

Я осторожно подергала говорившего за рукав. Милиционер повернул ко мне красное, потное лицо.

— В чем дело?

— Понимаете, на ее месте должна быть я.

— Вы знаете труп? — поинтересовался парень.

Может, предложить министру внутренних дел брать на работу сотрудников после сдачи теста по русскому языку? «Знаете ли вы труп?» Славно звучит фраза.

— Нет, первый раз вижу несчастную.

— Тогда чего хотите?

— Понимаете, — принялась я сумбурно объяснять суть, — у нас с ней одинаковые костюмы...

Мент слушал, не мигая, затем перебил меня:

— Мужчину знаете?

— Нет, конечно.

— Описать сумеете.

— Ну такой... Вроде брюнет.

— А может, блондин?

Я заколебалась.

— Он в бейсболке был, лица не видно, впрочем, волос тоже.

— Хорошо, спасибо, вы помогли следствию, до свидания.

— Как? — удивилась я. — Он хотел убить МЕНЯ.

— С чего вы взяли?

— Я же только что рассказала про одинаковые костюмы!

Милиционер обвел глазами не желавшую расходиться толпу и ткнул рукой влево:

— А может, он на нее покушался?

Я проследила взглядом за его корявым пальцем с не слишком чистым ногтем и увидела еще одну бабенку точь-в-точь в таком же розовом одеянии.

— Домой ступайте, — вздохнул представитель закона, — жарко очень, вот вам ерунда и мерещится. Этих костюмов полно, у меня жена тоже купила, польстилась на дешевизну, теперь не носит.

ГЛАВА 8

Еле шевеля ногами, я добралась до харчевни «Елки-палки», положила в миску овощи с кальмарами и села в дальний угол. Так, соберем воедино всю информацию. Я не видела, как парень подошел к убитой, зато заметила его в момент ухода. Зачем мужчине «Космополитен»? Он подобное читать не сможет. Объяснение могло быть только одно: бандит знал, что внутри лежит дискета. Значит, никакой Ларисы не было, навстречу прислали киллера, опытного и хладнокровного. Убить ножом женщину посреди бела дня, в достаточно людном месте... На такое не всякий способен. И что теперь делать?

Я порылась вилкой в тарелке, есть не хотелось совершенно. Как что? Искать негодяев, которым по неизвестной причине понадобилась дискета. Причем до такой степени, что они сначала избили Жору. Теперь-то я понимаю, что бомжи, скорей всего, были наняты. Они знали, что дискета у Жоры и лупили его, чтобы ее заполучить. Но тут я выглянула в окно и заорала: «Сейчас милицию позову!»

Маргиналы испугались и убежали. Ну а заказчик продолжил поиски. Разгромил квартиру, убил Риту, теперь эту тетку.

Нет, я непременно должна найти его. Почему? Да просто из соображений личной безопасности. Жорка в ужасе прячется, боится, что его лишат жизни, но он каким-то образом поддерживает связь с негодяем. Договорился же вчера с ним, сообщил, что я приду в розовом. Сейчас киллер передаст журнал заказчику, тот, естественно, обнаружит, что никакой дискеты в нем нет, и насядет на Жору. Уж небось сосед не станет молчать, своя жизнь дороже, и мигом сообщит мой адрес, телефон, имя, фамилию, год рождения, семейное положение и вероисповедание. Значит, нужно быстро действовать самой!

Я вскочила, бросив на столике нетронутую еду, и понеслась к метро. Отлично, сначала разузнаю, в чем дело, разрою историю до конца, раскопаю все секреты и тайны, а потом напишу криминальный очерк. Следствие ведет репортер! Это будет та самая бомба, которую ждет от меня Семен, убойный материал, лучший в сезоне. Да меня назовут «золотым пером» редакции, может, представят на премию «Журналист года». Не хочет Олег помогать жене — не надо. Не желает рассказывать супруге об интересных, захватывающих делах, обойдемся своими силами. Мы сами с усами — и преступников вычислим, и в звезды журналистики пробьемся. Так-то!

В полном ажиотаже я вскочила в поезд и на следующей станции обнаружила, что двигаюсь не в ту сторону, перепутала пути. Пришлось пересаживаться. На этот раз в вагоне не оказалось пустого места. Я встала у двери и прислонилась головой к стеклу. Ну, посмотрим, кто кого! Всем нос утру, в особенности Семену, ишь, взял привычку обзываться «тухлой бездельницей».

Дома меня встретила радостным криком Крися:

— Вилка, смотри!

Она принялась размахивать симпатичной кофточкой с рукавом в три четверти.

— Здесь пуговки, а там бантик, — трещала девочка, — смотри, как сидит!

Вмиг она стянула футболку и влезла в обновку. Блузочка идеально облегала фигуру, у Светы был явный талант модельера и портнихи.

— А юбочка! — подпрыгивала Крися. — Ну как? Ни морщинки, ни складочки, с запáхом! Писк моды, такие знаешь сколько стоят? Закачаться. А это из старья! Да никому в голову не придет. Еще Света обещала из ненужной Олеговой дубленки курточку сварганить. Класс! Эх, жаль, она ботинки тачать не умеет!

— Ну это ты, пожалуй, слишком много хочешь, — улыбнулась я и пошла в кабинет Семена. Посмотрю-ка дискету до конца, вдруг там масса полезной информации.

Сегодня компьютер не стал капризничать и вывешивать всякие окна типа «Остались невыполненные задания на печать» или «Нет места на жестком диске». Экран вспыхнул ровным светом, я пощелкала мышкой. Так, что у нас... история болезни Левитиной, я ее уже видела, правда, до конца не досмотрела. Ну-ка, что дальше? Мелькали медицинские термины, совершенно непонятные, пошли результаты анализов, которые тоже ничего не объяснили. Похоже, это была самая обычная карточка, заведенная в больнице. Заканчивался документ сообщением о смерти больной. Левитина скончалась в пять утра, в январе этого года.

Я нажала на клавишу мышки и увидела новые строчки. Рассказов Сергей Мефодьевич, 1942 года рождения. Опять пошла медицинская информация. Я с трудом сообразила, что мужчина мучился от сердечной болячки. Ему даже сделали кардиоскопию, готовили к операции по шунтированию, но накануне вмешательства Сергей Мефодьевич неожиданно скончался, и было это в ноябре прошлого года.

Но это еще не все. Дискета хранила информацию о некой Рамазановой Екатерине Борисовне, совсем молодой девушке. Несчастной не исполнилось и двадцати пяти, когда с ней приключился инсульт. Виданное ли дело — заработать такую болячку в столь юном возрасте? Дело тоже завершилось плохо. Катя Рамазанова скончалась, не приходя в сознание, в специализированной клинике в марте, совсем недавно.

Я прочитала содержимое дискеты еще пару раз. Почему эти три истории болезни оказались вместе? На первый взгляд между ними нет ничего общего. Левитина мучилась щитовидкой, Рассказов имел больное сердце, бедняжка Рамазанова отправилась на тот свет вследствие инсульта. Естественно, лежали они в разных больницах, в разное время. Жили также далеко друг от друга. Левитина в Центре, а Рассказов в Люблино. Отчего эти истории болезни заинтересовали того, кто перекопировал их на дискету? По какому принципу он подбирал их? На первый взгляд все выглядит вполне обычно. Хотя...

Я включила принтер, подождала, пока аппарат закончит распечатку, потом спустилась на второй этаж и позвонила в пятую квартиру.

— Ты, что ли, Вилка? — зевая, спросила Анечка Корсакова, появляясь на пороге. — Что, опять у ваших мужиков давление зашкалило? Сейчас иду, только придется тебе на проспект за шприцами бежать, мои закончились.

— Слышь, Аня, — попросила я, — посмотри сюда.

Соседка взяла листочки.

— Это что?

— Прочти, пожалуйста, и скажи, нет ли в кончине этих людей чего-то странного.

— Проходи, — велела Аня и посторонилась.

Она провела меня на кухню и сказала:

— Пей компот, холодный, кисленький, первое дело в жару, лучше любой газировки.

Я послушно налила чашку, Аня уткнулась в бумаги, примерно через полчаса она подняла голову и спросила:

— Ну? Чего?

— Так как, все нормально?

— Во-первых, — вздохнула Аня, — я гинеколог, не слишком-то разбираюсь в сердечно-сосудистых и эндокринологии. А во-вторых, зачем тебе мое мнение?

Я отставила чашку, Анечка не соврала, компот на самом деле изумительно утолял жажду.

— Понимаешь, я работаю в журнале «Криминальный рассказ».

— Знаю, — перебила Аня, — читала его в метро, видела твои материалы, бойко пишешь, очень даже интересно, где только информацию берешь?

— От людей, — улыбнулась я. — Вот, видишь, притащили мне эти истории болезни и уверяют, что тут есть криминальная подоплека. На твой взгляд, это так?

Аня еще раз поворошила листы.

— Понимаешь, я узкий специалист. Вот когда ко мне Тамарка принялась бегать и рассказывать, что у нее живот странно сжимается, тут я была в материале, живо ей про тонус матки объяснила. А сердечно-сосудистые...

— Ну ты же училась в медицинском, — возмутилась я, — неужели все позабыла?

— Нет, конечно, на первый взгляд ничего странного. Вот, допустим, эта девочка, Рамазанова, с инсультом...

— Не рано ли в двадцать пять лет такое получить?

— К сожалению, инфаркт мозга случается и у детей.

— Как ты читала, — рассердилась я, — чем смотрела? У нее инсульт приключился, а ты про инфаркт.

— Инфаркт мозга и инсульт — это два названия одной вещи, — спокойно пояснила Аня. — У девушки парализовало дыхательный центр, ее долго держали на аппаратах, но потом все. Знаешь, в случае инсульта трудно делать прогнозы, это загадочная вещь. У Левитиной произошел тиреотоксический криз, а у Рассказова была просто очень тяжелая стенокардия. Нет, никаких подозрений у меня эти записи не вызывают. Лечили всех правильно, истории болезни оформлены аккуратно, анализы, осмотры, назначения... Нет, Вилка, ничего криминального. Хотя, подчеркиваю, хорошим специалистом я являюсь только в области гинекологии.

Я поблагодарила Аню и пошла к себе. Нет, тут что-то явно не так! Из-за этой дискеты убили Риту и неизвестную женщину, разгромили квартиру Радько и побили Жорку. Нет, есть в этих бумажках нечто этакое... Только что?

На следующий день мы забирали рано утром из родильного дома Тамарочку с Никитой. Подруга выглядела бледной, но держалась бодро. Мы с Семеном вручили ей огромный букет из пурпурных роз. Сеня взял сына, запеленутого в одеяло, и побрел к машине, шаркая ногами.

— Ты чего так странно идешь, пап? — поинтересовалась Крися, решившая ради такого торжественного случая, как получение из роддома брата, прогулять школу.

— Боюсь оступиться, — прошептал мужик, — еще упаду, не дай бог.

— А шепчешься почему?

— Так спит ведь.

Тамара улыбнулась.

— Он пока ничего не слышит и не видит.

— Да ну? — изумился муж. — Откуда ты знаешь?

— В книге прочитала, — ответила Томочка.

Дома мы положили младенца в кровать. Маленький кулечек совершенно потерялся на матрасе.

— Надо его развернуть, — сказала Тома.

— Зачем? — испугался Семен.

— Жарко очень.

— Нет, — влезла Кристина, — вот тут написано, смотрите, дети до месяца плохо держат температуру тела, она у них такая же, как в помещении.

— Так в этой комнате небось все тридцать, — сказала я, — доставайте несчастного ребенка из верблюжьего пледа, мальчик небось вскипел.

Очень острожно, еле дыша от напряжения, двумя пальцами Сеня развязал пышные голубые банты и раскрыл одеяльце. Показался младенец, облаченный в теплую распашонку, два чепчика и фланелевую пеленку. Не успела я испугаться его крохотного вида, как маленький беззубый ротик раскрылся и понесся довольно сердитый крик.

— Жарко ему, — с видом специалиста заявила Кристина, — вон какой красный.

Томочка сняла с ребенка шапочки. Но Никитка не успокоился, наоборот, он заорал еще громче. Тамара раскрыла пеленки.

— Мамочка, — прошептал Сеня, — какой крохотный, жуть берет.

— Он нормальный, — обиделась Томуся, — три кило шестьсот двадцать грамм, рост пятьдесят два сантиметра. Ты маленьких не видел. Знаешь, какие рождаются? Меньше двух кило.

Никита полежал пару минут молча, потом начал странно вздрагивать.

— Что с ним? — попятился счастливый отец. — Никак судороги!

Тамара побелела.

— По-моему, он замерз и икает, — быстро сказала я, видя, что подруга сейчас грохнется в обморок, — надо его одеть.

Томуся кое-как замотала сына во фланель. Ровно через секунду он опять заорал и стал похож на свеклу.

— Жарко, — закачала головой Кристина, — как бы не перегрелся.

Молодая мать покорно выпутала новорожденного из пеленок. Мальчик незамедлительно заикал, пришлось спешно его закутывать. Но, оказавшись в теплой фланельке, ребятенок заорал. Мы опять раздели бедолагу. Начался приступ икоты.

— Господи, — заплакала Тамара, — что делать-то, а?

— Врача вызывать, — закричал Сеня, — немедленно! Ребенку плохо!

Тамарочка заплакала и бросилась вновь заворачивать бедолагу в одеяльце. Естественно, начался сердитый крик.

— По-моему, он есть просит, — сообщила Кристина.

Тамара перестала рыдать и глянула на часы.

— Ой, половина первого, их в роддоме в полдень приносили, я опоздала на полчаса!!! Что делать?

Я посмотрела на подругу. Тамара очень спокойный человек, она практически никогда не выходит из себя. Плачущей я видела ее всего пару раз в жизни, кричащей от негодования или злобы никогда. Она приветлива со всеми и в первую очередь думает о том, чтобы хорошо было другим, а не ей. И еще она никогда не впадает в уныние, не предается отчаянию или просто не демонстрирует этих чувств перед окружающими. Томочка очень хорошо воспитана и интеллигентна.

Но сейчас она билась в истерике.

— Что? Что делать?

— Успокойся, — сказала я, — где смесь, которую тебе вручили в роддоме? Надо просто развести ее и дать Никите, он поест и успокоится.

— Господи, конечно, — подскочила Тома. — Мне и в голову не пришло! Значит, так, пусть Сеня и Кристя остаются с Никитой, а мы с тобой побежим разводить еду.

Начался новый виток хлопот. Сначала Томуська наливала в бутылочку положенное количество жидкости. Заняла нехитрая процедура минут пять, никак не меньше. Подруге все никак не удавалось отмерить нужный объем воды. Следом настал час молочной смеси. Желая добиться точности, молодая мать многократно проводила лезвием ножа по мерной ложечке, стряхивая излишек порошка, но руки у нее дрожали, «Фрисолом» вновь падал в банку. Наконец настал час встряхивания бутылочки.

— Не дай бог комочек попадется, — шептала Томуська, изо всей силы вертя емкость с соской.

Из спальни тем временем несся негодующий крик, нет, вопль. Затем подруга многократно проверила температуру еды. Бессчетное количество раз, капая себе на внутреннюю сторону запястья, она бормотала:

— Так горячо, — и совала бутылку под кран с холодной водой.

Понятное дело, что через минуту заменитель молока слишком остывал и его приходилось подогревать. На пятый раз я перехватила Тамарину руку.

— Хватит. Пока донесешь до комнаты, дойдет до нужной температуры.

Посуетившись вокруг Никиты пару минут, Тамара наконец утихомирилась и всунула ему в рот соску.

— Кушай, мой маленький.

Крохотный человечек замолк, все замерли в умилении.

— Первый обед дома, — пробормотал Сеня, — пойду за видеокамерой.

— Ты чего, пап? — возмутилась Крися. — Я же давным-давно снимаю! Как только Томуська его в кровать положила, так и начала!

И тут Никита заорал, но как! Я даже и предположить не могла, что существо, равное по весу банке с вареньем, способно издать подобные звуки.

— Котик мой, — перепугалась Тамара, — что случилось?

Мы начали проделывать кучу бесполезных, суетливых действий. Разворачивать, заворачивать, снова разворачивать ребенка, запихивать ему в рот бутылочки, вынимать, опять запихивать. Держали его «столбом», качали, клали в кроватку, трясли, вынимали... Толку никакого. Никита синел от вопля и сучил ножонками.

Вдруг меня осенило.

— Ну-ка, дай бутылку.

Дрожащим голосом подруга сказала:

— Держи.

Я мигом всунула соску себе в рот. Ага, понятно.

— Очевидно, очень маленькая дырочка, даже мне, взрослому человеку, приходится прилагать силу, чтобы высосать смесь, он просто не может ничего съесть.

— Сейчас, сейчас. — Тамара кинулась на кухню за другой соской.

Спустя пару минут Никита удовлетворенно затих, мы перевели дух, и тут он закашлялся, по его подбородку потекли белые струйки.

— Захлебывается, — испугалась Томуся, — ой, он сейчас умрет, боже, нет, это ужасно...

Зарыдав, она бросилась вон из спальни. За ней побежали Семен и Кристя, не забывающая запечатлевать все на камеру. Мы остались с Никитой вдвоем. Младенец перестал кашлять, зато опять закатился в рыданиях. У меня нет никакого опыта общения с новорожденным, но в отличие от Томуськи и Семена мои мозги сохранили ясность. Ладно, пусть еще немного покричит.

Я сходила на кухню, пересмотрела кучу сосок, нашла на мой взгляд подходящую и взяла Никитку на руки. Послышалось тихое чмоканье и довольное сопение.

— Он умер, да? — дрожащим голосом спросила Томочка, появляясь в спальне.

Глаза подруги блестели под покрасневшими веками, нос распух, щеки ввалились.

— Типун тебе на язык, — рассердилась я, — просто наелся и заснул.

Тамара взяла Никиту на руки.

— Ему жарко!

— Нет, — твердо заявила я, — мальчику хорошо, оставьте несчастного в покое. Вы замучаете его заботой.

ГЛАВА 9

Если честно признаться, в голове у меня не было никаких версий. Посидев, тупо глядя в окно, я приняла решение: поеду к Жоре на работу и порасспрашиваю его коллег. Небось у него там есть друзья. Жорка говорлив и страшно активен, вокруг подобных личностей всегда много людей. Где он служит, я хорошо знаю. Когда год тому назад Радько защищал диссертацию, Ритуська пригласила полдома посмотреть на действо. Я тогда впервые оказалась участницей подобной процедуры и очень пожалела членов ученого совета. Вот бедолаги! Я-то один раз всего и мучилась, слушая заунывные речи, а каково им выслушивать такое чуть ли не ежедневно, с ума сойти можно! Впрочем, кое-кто из профессоров откровенно зевал, другие дремали с открытыми глазами, сохраняя на лице выражение крайнего интереса к происходящему, а две бабы самозабвенно болтали, не обращая никакого внимания на собравшихся.

Адрес НИИ я помню, вернее, знаю, как туда добраться. Сначала до станции «Белорусская», а там пешочком по улицам в сторону Тишинского рынка. Серое кирпичное здание, типовой проект для школ и НИИ, устроилось во дворах. Вот только не помню названия учреждения. То ли Научно-исследовательский институт архитектурных памятников, то ли там занимаются изучением культурных ценностей... Вот то, что Жора сидел в архиве, я знаю точно. Рита часто упрекала мужа:

— Пришел домой и свалился на диван. Нет бы картошечки почистить да меня покормить! Между прочим, целый день штаны протираешь, ничего тяжелей бумажки в своем архиве в руках не держал, а я по цехам, словно заведенная, мотаюсь, ноги к вечеру свинцовые делаются...

Жора обычно не огрызался, но и жарить вкусную картошечку не спешил. Если Рита очень его доставала, ронял сквозь зубы:

— Да уж, в одну телегу впрячь не можно коня и трепетную лань!

По его тону становилось понятно, что ланью он считает себя.

После этого высказывания у них в квартире, как правило, начинали летать столы и стулья, а я быстренько убегала к себе.

Память меня не подвела. НИИ стоял на месте, только у входа отчего-то не было вывески, лишь пустое место, темный квадрат на фоне слегка выгоревших стен.

Внутри было безлюдно, звук моих шагов гулко отдавался под высоченными потолками. Я пошла по широким, прямым коридорам, застеленным протертым линолеумом омерзительного желто-зеленого оттенка, недоумевая, куда же подевались сотрудники? Вроде самый разгар рабочего дня, они должны сидеть тут, изучать культурные ценности... Но тут я вспомнила, что Ритка говорила, будто сотрудников до лучших времен распустили за свой счет. Что же делать?

Тут за одной из обшарпанных дверей послышались возбужденные голоса, я всунулась в комнату. Очевидно, это кабинет начальства, потому что всю середину помещения занимает длинный стол. Вокруг него, склонившись над листом бумаги, стояли мужчины. Они повернулись в мою сторону, и самый молодой не очень любезно поинтересовался:

— Что вам угодно?

— Вы не знаете, где тут отдел кадров?

— Вам зачем?

Я на секунду замялась, потом бодро соврала, старательно «гэкая»:

— Вот, с Украины прислали, с Киева, диссертацию защищать, а где люди? Хожу, хожу, нигде вообще никого!

— Ну вы даете, — недовольно протянул другой дядька, толстяк в мятой футболке, — института тут уже месяц как нет. Здание отдано нам.

— И что мне делать? — растерянно забубнила я. — Мне бы хоть с кем потолковать. А куда они перебрались?

— Без понятия, — ответил молодой, — нам это совсем неинтересно, совершенно без разницы.

— Неужели вы никак мне не поможете? — заныла я. — Ведь с Украины ехала, не ближний путь, денег сколько потратила! Мой институт никто не предупредил о переезде. Запрос послали, ответ получили: приезжайте в мае... Делать-то что?

Молчавший до сих пор мужчина, одетый, несмотря на жару, в черный костюм, мягко сказал:

— Не переживайте так. Выйдете во двор, увидите маленькую пристроечку, на двери написано «Архив». Загляните внутрь, там еще вчера какие-то сотрудники из этого НИИ документы собирали. Сомневаюсь, что они успели к сегодняшнему дню все вывезти, у них бумаг до фига.

Я побежала во двор, обнаружила в нем нечто, больше всего похожее на двухэтажный спичечный коробок. Здание выглядело более чем странно, в нем не было окон, а дверь оказалась такой свинцово тяжелой, что мне пришлось толкать ее с разбегу, и то она приотворилась чуть-чуть.

Протиснувшись в щель, я увидела длинный-длинный коридор. С потолка на витых шнурах свисали тусклые электролампочки, упрятанные в железные клеточки. После жаркой, душной улицы тут было холодно и сухо.

«Бум», — раздалось за спиной. Я обернулась. Тяжелая дверь захлопнулась, и перед глазами возник лист бумаги с надписью, сделанной печатными буквами: «Перед уходом включить сигнализацию, проверить датчики температуры и воздуха».

— Есть тут кто?! — заорала я, покрываясь потом от страха.

С внутренней стороны дверь была абсолютно гладкой, без ручки и замочной скважины, совершенно непонятно, как ее открывать. Если в архиве отсутствуют сотрудники, мне придется тут куковать довольно долго, окон-то в доме нет!

— Эй, отзовитесь!

Неожиданно в конце коридора раздалось:

— Вы к кому?

— К вам! — радостно заорала я и кинулась на звук.

Из самой последней двери выглядывала маленькая, похожая на подростка женщина, одетая в синий халат.

— Как вы сюда попали? — удивилась она.

— Дверь толкнула, такая тяжелая!

— Она была незаперта?

— Нет.

— Ну надо же, мы совсем бдительность потеряли, а что вы хотите?

— Это ведь архив НИИ?

— Да.

— Значит, Радько Георгий Андреевич тут работает?

Женщина поджала губы, потом крикнула:

— Софья Львовна, тут Радько спрашивают!

Появилась другая служащая, на этот раз полная и достаточно пожилая, тоже облаченная в синий халат.

— Зачем так шуметь, Лена, люди работают!

— Да будет вам, — отмахнулась от нее, как от назойливой мухи, Лена. — Никого тут нет, не прежние времена, двое нас всего и осталось.

— А Радько вам к чему? — строго поинтересовалась Софья Львовна.

Я слегка растерялась: надо же, не придумала
повод, по которому разыскиваю Жору, впрочем...

— Соседи мы, он над нами живет!

— И что?

— В отпуске были, ездили отдыхать в Сочи,
вернулись, чуть не умерли. Весь потолок в разво-
дах, обои полопались и на полу лежат, мебель гниет, паркет вздулся... Стали выяснять, что к чему, и
узнали. Рита, жена Жоры, замочила в ванной белье да уехала в деревню, к матери. Только забыла
шланговый душ выключить. Исподнее плавало,
плавало и заткнуло отверстие перелива, вся вода
на пол и побежала. Хлестало неделю. Прикиньте,
что вышло? Мы в Сочи гуляем, ничего не ведаем,
а Ритка грибочки собирает и в ус не дует. Никто не
спохватился.

— Неужели дальше вниз не потекло? — удивилась Софья Львовна. — В таких случаях дверь
взламывают!

— А мы на первом этаже живем, — нашлась
я, — только одни и пострадали. Естественно, хотим ущерб стребовать. Только Радько хитрые. Они
живо смекнули, что им нашу квартиру ремонтиро-
вать придется, и по-быстрому куда-то делись. Вот,
думала, на работе застать!

— Очень похоже на Жорика, — дернула плечом
Лена, — да вы входите.

— У нас документы разложены, — попробовала
возразить Софья Львовна.

Но Лена засмеялась.

— Забудьте, кому они теперь нужны, идите,
идите, сейчас подумаем, как вам помочь.

Она втащила меня в просторную комнату, густо
заставленную стеллажами. Очевидно, в архиве ра-

ботали мощные кондиционеры, потому что в помещении было холодно. Лена разгребла письменный стол и радушно предложила:

— Хотите кофе?

На свет явилась банка «Нескафе» и сахарница.

— Меня поступок Радько совершенно не удивляет, — сообщила Лена, наливая в огромную кружку кипяток, — он негодяй и вор!

— Лена! — предостерегающе воскликнула Софья Львовна.

Девушка возмущенно фыркнула.

— Да ладно вам проявлять квасной патриотизм, НИИ нет, он умер, сотрудников на биржу отправили, очень жалею, что вы тогда меня остановили и не дали милицию вызвать!

Она повернулась ко мне:

— Вот послушайте, что про Жорку расскажу, ни дна ему ни покрышки!

— Может, человек торопится, — попробовала остановить Лену Софья Львовна.

— Нет-нет, — быстро сказала я, — я совершенно свободна, отпуск у меня до середины мая, дел никаких.

Лена стала рассказывать, не обращая внимания на недовольные взгляды Софьи Львовны.

Осенью прошлого года у них начались в отделе кражи. Сперва у одной из сотрудниц пропал конверт с зарплатой, который та неосторожно оставила лежать без присмотра. Впрочем, ранее в архиве ничего не исчезало, люди сидели здесь по двадцать-тридцать лет и полностью доверяли друг другу. Поэтому все решили, что конверт случайно вместе с кипой старых газет выбросили вон. Но через три дня у Софьи Львовны исчезло кольцо. Дама, настоящая патриотка архива, можно сказать, его живая история, обожала драгоценности и унизывала пальцы тяжелыми перстнями. Но в середине рабочего дня она уставала, начинала снимать каменья, складируя их около перекидного календаря. Вечером Софья Львовна «украшалась» вновь и шла домой. И у нее испарилось самое дорогое кольцо с сапфиром и бриллиантовой россыпью, подарок покойной свекрови. Среди сотрудников начался шепоток, и кое-кто начал косо поглядывать на Лену. Девушку совсем недавно приняли сюда на работу, и до ее появления никаких ЧП не происходило.

Прошла неделя, и случилась еще одна пропажа. Роман Сергеевич, начальник архива, пошел в туалет, а часы оставил в своем кабинете. Это были дорогие часы, и они пропали. Их приобрели сотрудники любимому начальнику на пятидесятилетие — самый настоящий «Лонжин». Не электронная подделка, а механический агрегат изумительного качества. Роман Сергеевич и месяца не успел порадоваться на подарок, как тот «убежал». Тут уже почти все были уверены: воровка — Лена. Ей положили на стол записку: «Лучше увольняйся, иначе обратимся в милицию». Девушка долго плакала, поняв наконец, в чем ее обвиняют и отчего большинство сотрудников при взгляде на нее корчат кислые мины.

Кульминация наступила в конце декабря. Перед Новым годом выдали довольно большое количество денег: зарплату, премиальные, какие-то еще суммы. В итоге получилось много. Люди побежали обедать в столовую, в основное здание, а когда вернулись, сразу четверо не нашли своих денег. Несмотря на то, что в архиве начали происходить кражи, сотрудники по-прежнему вели себя беспечно, разбрасывая повсюду кошельки и ценности. Впрочем, их не стоит осуждать. Слишком долго в этом богоугодном месте царили тишь да гладь.

Не успела Лена войти в кабинет, как на нее накинулись разъяренные коллеги, забывшие об интеллигентности. Софья Львовна пыталась воззвать к разуму негодующих людей:

— Погодите, она же ходила с нами есть!

Но слабый голосок пожилой дамы утонул в хоре выкриков:

— Дрянь!

— Убирайся отсюда!

— Воровка!

— Сволочь!

— Негодяйка!

— Сейчас милицию вызовем!

Лена закричала в ответ:

— Я ничего не брала!

Повисла тишина.

— Здоровьем клянусь, — пробормотала девушка, — не трогала я ваши деньги!

— Знаете что, — спокойно сказала Софья Львовна, — не надо звать сюда представителей власти. На архив ляжет пятно, надо дорожить репутацией. Лучше пусть все вывернут карманы и выложат содержимое сумок, портфелей и письменных столов наружу.

Сотрудники молча смотрели на Софью Львовну.

— Смотрите, — сказала женщина и сняла с себя пиджак, — в блузке и юбке карманов нет, в жакете ключи, в сумке и столе ничего, а теперь ваша очередь.

Через десять минут все были обысканы. В этот миг в комнате не было Радько, он еще не пришел с обеда. Решительным шагом Лена подошла к его рабочему месту, вытряхнула ящики, и в последнем, под бумагой, постеленной на дно, обнаружились купюры.

Народ ахнул. Никто и предположить не мог, что Георгий Андреевич, кандидат наук, проработавший в архиве почти десять лет, окажется вором.

Дело замяли. Раскипятившаяся Лена топала ногами и требовала немедленно вызвать милицию, оформить протокол и отправить негодяя в тюрьму. Но Софья Львовна увела ее в кабинет к начальнику, Роман Сергеевич мигом достал коньяк и начал отпаивать плачущую девушку, приговаривая:

— Леночка, ладно тебе, извини нас. А в милицию сообщать не будем, поднимется шум, потом на всех совещаниях начнут в нос тыкать, что мы в коллективе вора завели, позор, да и только. Мы сами с ним расправимся.

Жорке было велено увольняться, тихо, по собственному желанию. Радько, правда, сначала возмущался, кричал:

— Мне подсунули деньги, я ничего не брал!

Но ему, естественно, никто не поверил. Жора не сдавался и заявил:

— Не буду увольняться! Я ни в чем не виноват.

Тогда коллеги объявили мужику настоящий бойкот. К нему никто не обращался, ему не выдавали документы, а стол выкинули в коридор. Больше трех дней бойкота Жора не вынес и ушел.

— Вот какой гад, — завершила рассказ Лена, — прямо гнида! Поэтому меня совершенно не удивляет, что он сбежал, не желая платить вам за причиненный ущерб.

— Куда же он устроился? — спросила я.

Лена покачала головой.

— Знаете, здесь работала Галя Щербакова, вот она непременно в курсе.

— Почему?

— Трахались они с Жориком!

— Лена, — подскочила Софья Львовна.

— А что? — хмыкнула девушка. — Все, кроме вас, в курсе были, они совершенно не стеснялись, иногда в углу между туалетами обжимались, сколько раз сама видела. Сейчас попробую вам ее координаты добыть.

И она вышла за дверь.

ГЛАВА 10

Мы с Софьей Львовной остались одни. Дама осторожно сказала:

— Знаете, я не слишком верю в то, что Георгий Андреевич вор.

— Но Лена ведь рассказала...

— Леночка, естественно, безумно зла на Радько, и ее легко понять. Девушке пришлось пережить не слишком приятные минуты, когда все ходили мимо и шептались. Но, мне кажется, настоящий вор не был найден. Хотя после ухода Радько кражи прекратились.

— Почему вы так решили?

Софья Львовна замялась.

— История одна у нас с ним приключилась. Я о ней никому никогда не рассказывала, потому что большего ужаса и позора в жизни не переживала. Но сейчас, когда архив умер и все уволились... Ладно, слушайте. Вы когда-нибудь имели дело с раритетными документами, знаете правила их выдачи исследователям на руки?

— Нет, конечно, откуда.

— Тогда придется объяснить что к чему, иначе не поймете.

Я внимательно слушала Софью Львовну. В архиве имеется читальный зал; куда приходят ученые и просят для работы те или иные единицы хранения. Только не надо путать это заведение с библиотекой, естественно, тут не выдают бумаги на дом. Работать с ними можно, только сидя в специальном зале, под надзором бдительной дежурной. Если вам захотелось пообедать или покурить, то оставлять документы на столе нельзя. Необходимо сдать их, и только тогда можно уйти. Впрочем, эти правила распространялись не только на посторонних посетителей, но и на сотрудников института. Они, естественно, работали на своих местах, но им также неукоснительно вменялось, выходя даже в туалет, отдавать бумаги Софье Львовне.

Однажды Радько принес ей папочки и сказал:

— Голова заболела.

— Дождь на улице, — посетовала Софья Львовна, — вот у вас давление и упало.

— Хочу в аптеку сходить. Отпустите?

— Конечно, Георгий Андреевич, в чем вопрос.

Софья Львовна поставила в читательскую карточку Радько штамп «Документы сданы». Без этой отметки Жора не сумел бы миновать милицейский пост у входа. Многие неприметные бумажонки, лежащие в хранилище, имели огромную ценность, и сотрудники тщательно соблюдали правила безопасности.

Потом Софья Львовна водрузила папку на полку. Если Радько не заявится до конца рабочего дня, она отправит документ в хранилище. Вообще говоря, дама должна была открыть папку и убедиться, что письмо Достоевского, с которым работал Радько, лежит на месте. Софья Львовна, опытный сотрудник, архивист с безупречной репутацией, именно так всегда и поступала, но в тот день на нее отчего-то нашло затмение, и она сунула папку на место, не заглянув внутрь.

В половине шестого Жора позвонил Софье Львовне.

— Извините, я поехал домой, так голова болит.

— Конечно, голубчик, отдыхайте, — спокойно ответила дама.

Потом она отнесла папки в хранилище, расставила по местам и тоже ушла.

Утром Жора, бледный, с трясущимися губами, шепнул ей:

— Софья Львовна, пройдите тихонько в курительную...

Женщина удивилась, но пошла. В утренний час там было пусто, любители подымить обычно собирались в крохотном помещении после полудня.

— Что случилось, Георгий Андреевич? — воскликнула Софья Львовна.

В ответ Жора молча открыл свою сумку, вытащил папку, раскрыл...

Дама чуть не лишилась чувств. Перед ней лежало письмо Ф.М. Достоевского.

— Но как? Почему? Откуда? — забормотала она.

Жора, весь красный, начал объясняться. Вчера он работал с документом. Естественно, вынул его из архивной обертки и положил на стол, где валялись всякие листки, не представляющие никакой ценности. Часа два он писал, потом у бедняги дико заболела голова. Понимая, что больше ничего хорошего он сегодня не сделает, Жора положил письмо в обложку, сдал и отправился шляться по городу. Зарулил в одну аптеку, купил анальгин, слопал сразу две таблетки, в другой приобрел аспирин. Боль не отпускала. Измученный мужик побежал в кафе и «взял на грудь» двести граммов коньяка, но даже эта мера не помогла. Череп просто раскалывался на части. Еле живой Жора дополз до дома и рухнул в кровать.

Представляете теперь его ужас, когда утром он, обрадованный тем, что ужасная боль наконец-то отступила, начав собираться на работу, обнаружил в бумажках, лежащих в своем портфеле, письмо Достоевского.

— Понимаете, — объяснял он онемевшей Софье Львовне, — я вчера так плохо себя чувствовал, что перепутал листочки. Вложил в архивную папку пустую бумагу. Еще хорошо, что обнаружил документ только утром, не дай бог бы вечером наткнулся. Прикиньте, я с этим портфелем везде вчера таскался: в аптеку, в кафе... А кабы посеял? Представляете?

Софья Львовна представляла. Более того, она понимала, что, не принеси Радько письмо, отвечать пришлось бы ей. Обнаружься пропажа, а это рано или поздно обязательно должно было произойти, то к ответу призвали бы ее. Самая элементарная проверка мигом установила бы, кто брал последним автограф великого писателя. Но против фамилии Радько в журнале стояло «Документы сданы». Значит, надо признаваться, что сама нарушила правила и не заглянула в папку, или прослыть воровкой. И то и другое было просто ужасно. Бедная Софья Львовна, не в силах вымолвить ни слова, только открывала и закрывала рот, походя на вытащенную из воды рыбу.

— Давайте никому об этом не расскажем, — взмолился Жора, — за такое и уволить могут.

Софья Львовна кивнула. В первую очередь это было в ее интересах.

Вспоминая эту историю, пожилая дама разнервничалась так, словно происшествие произошло сегодня утром. Ее щеки и лоб покрыли красные пятна, а голос предательски дрожал.

— Нет, Георгий Андреевич не вор, понимаете?

— Честно говоря, не слишком.

— Письмо Достоевского он вынес совершенно незаметно. Даже в случае поднявшегося шума он всегда мог развести руками и заявить: «Ничего не знаю, ничего не видел, ничего не слышал, отдал Софье Львовне папку, получил печать и ушел». Какие претензии? И все. Забрал бы документ себе!

— Но зачем ему старое, никому не нужное письмо? — удивилась я.

Дама посмотрела на меня и глубоко вздохнула.

— Милая, совсем недавно одно из писем Тургенева к Виардо, слышали про таких людей?..

— Конечно, — слегка обиженно ответила я, — может, я и не имею высшего образования, но кое-какие книги читала. Великий русский писатель Иван Тургенев всю жизнь любил певицу Полину Виардо, но она была женой другого человека...

— Так вот, — перебила меня Софья Львовна, — это, по вашему выражению, старое, никому не нужное письмо ушло с аукциона за двести тысяч долларов.

Я чуть не уронила чашку с омерзительным растворимым кофе.

— За сколько?

— Последняя цена оказалась двести тысяч в американской валюте. Теперь понимаете? Георгий Андреевич мог элементарно продать то, что вынес. Устроители аукционов свято блюдут тайну сдатчиков вещей, имен и фамилий не назовут никому, даже правоохранительным органам, сумеют выкрутиться... Но он принес документ назад, и мы потихонечку положили его в папку. Радько оказался честным человеком, не все выдерживали такую проверку. И теперь скажите, мог ли он таскать у людей деньги?

Я пожала плечами. Всякое бывает. Хотя Жорка, работая всю жизнь в архиве, великолепно понимал, какой лакомый кусок случайно упал ему в руки. Действительно, странно.

— Вот, — радостно сообщила Лена, влетая в комнату, — извините, задержалась, зато нарыла все телефоны Гали Щербаковой. Держите, небось она на работе.

— Куда Галина пристроилась? — полюбопытствовала Софья Львовна.

Лена рассмеялась.

— Лучше вам не знать! Она теперь в фирме Овалова, слышали?

— Нет, никогда, — изумилась ее коллега, — и чем занимается? Антиквариатом торгует или раритетными книгами?

Лена продолжала веселиться.

— Да нет, эта контора устраивает гастроли артистов эстрады.

— Ужасно, — прошептала Софья Львовна, — бедная Галочка, такая интеллигентная, тонкая, из хорошей семьи, папа — профессор, мама — преподаватель иностранных языков, и попала в совершенно неподходящее место.

— Кушать захочешь — и не то еще сделаешь, — философски заметила Лена, пододвигая мне телефон, — вот, позвоните ей прямо сейчас, она небось на месте.

Я подавила улыбку и стала накручивать диск древнего аппарата. Лена терпеть не может Жорку и горит желанием ему навредить. Ей очень хочется, чтобы я нашла его и стребовала с него денежки за испорченную квартиру по полной программе.

— Говорите, — донеслось из трубки.

— Позовите, пожалуйста, Щербакову.

— Это кто такая? Как ее зовут?

— Галина... э...

— Максимовна, — быстро подсказала Софья Львовна.

— Галина Максимовна, — подхватила я.

— Раису Максимовну знал, а про Галину не слышал, — хихикнули в трубке, — эй, ребята, кто у нас Галина Максимовна Щербакова?

Видно, ему ответили, потому что юноша противно заржал.

— Галка, что ли, нужна? Целка-невидимка, да?

— Кто? — растерялась я.

Только не надо думать, что я не поняла его последних слов. Мое детство в основном прошло на улице, сами понимаете, какие выражения застряли в голове, да еще Раиса, напившись, начинала выступать, значительно пополняя знания ненормативной лексики своей падчерицы. Так что, если надо, я спокойно переругаю портового грузчика, но мне не нравится манера людей материться по каждому поводу и без оного. И уж совсем удивительно, что совершенно незнакомый парень разговаривает по телефону в таком духе. Но юноша, не испытывая ни малейшего стеснения, спокойно продолжал:

— Носится тут где-то!

— Позовите ее, пожалуйста.

— Где я ее тебе... искать буду? Я же не..., чтобы по всем этажам летать. Оставь номерок, передам, ежели столкнусь.

— Подскажите ваш адрес.

— Березовский переулок, шесть.

— И часы работы...

— Чего?

— Ну, когда у вас обед и во сколько сотрудники по домам расходятся. Мне не очень хочется прийти, когда никого нет.

— В сумасшедшем доме обеда не бывает, — грохнул парень, — а разбегаются тут только тогда, когда Ленька нас на... пошлет, но он это раньше полуночи не делает!

Я повесила трубку, попрощалась с милыми дамами из архива и отправилась в Березовский переулок.

ГЛАВА 11

Роскошная дверь из цельного дуба легко поддалась. Я ступила внутрь здания, ожидая увидеть бдительного дежурного. Но нет, никого даже отдаленно похожего на секьюрити тут не нашлось. По светлому к覆рволину, устилавшему коридор, носились весьма колоритные особы. Глаза выхватили из копошащейся толпы парня лет двадцати пяти, одетого в пончо, потом прошмыгнула мускулистая девица с длинными кудрявыми волосами, стянутыми на затылке резинкой. Из-под юбчонки в красно-синюю клетку выглядывали тощие, мосластые, волосатые ножки, обутые в кроссовки гигантского размера. У девушки был явно нарушен гормональный фон, я бы на ее месте схватилась за бритву или купила эпилятор. Но тут к ней подлетела другая девочка в расшитых джинсах, чудом державшихся на тощеватых бедрах, и заверещала:

— Димка, верни немедленно радиомикрофон.

Девица в клетчатой юбчонке обернулась, я уставилась на ее физиономию, украшенную густыми усами и бородой. Оказывается, это мужчина, обряженный в килт. Удивление было столь огромным, что на женщину в кожаных мини-шортах и голубом бюстгальтере я не обратила никакого внимания. Впрочем, добрая половина лиц женского пола сверху оказалась облачена в нижнее белье или такую одежду, которая сильно смахивала на полупрозрачные ночнушки. И все это бегало, размахивало руками, кричало и материлось.

Изловчившись, я выудила из эпицентра людского потока самую симпатичную личность, девушку, одетую в простые голубые джинсы и белую футболку без всяких излишеств.

— Будьте любезны...

Девушка подняла на меня затуманенный взор и прошептала:

— Они хотят шесть стульев непременно с красной обивкой, два ящика «Перье» и отварной редьки шесть кило. Ну, предположим, стулья я достану без проблем, смотаюсь в «Три кита», и дело в шляпе. «Перье» купить, как два пальца обплевать, в любом супермаркете. Но редька!!! Во-первых, какая, черная или зеленая? Во-вторых, как ее готовить? Варить сколько времени? Ты не знаешь?

— Нет, — обалдев, ответила я. — Насколько понимаю, этот овощ трут на терке, а потом заправляют маслом или майонезом, кому как нравится. Варят репу, вы, наверное, перепутали.

— Нет, — со слезами на глазах воскликнула собеседница, — именно редька, им подавай ее в отварном виде! Ну, козлы, ..., ..., идиоты, ...!

— Кто? — попятилась я.

— «Зеленые попугаи», — пояснила девица, — желают красные стулья, «Перье» и редьку. С ума сойти. «Железные черви» и те были лучше, только селедку в пиве потребовали.

У меня к горлу подступила тошнота, а перед глазами тут же возникла картина. Волнистые попугайчики, сидящие на красных стульях, одним крылом ловко подносят к клювам бутылки с минеральной водой, а другим ломают отварной овощ. Внизу, на полу, стоит чан с селедкой, залитой пивом. Там же устроились и довольно большие дождевые червяки в панцирях, время о времени заползающие в емкость. Было от чего рехнуться!

— Тебе чего надо? — забыла о своих бедах девчонка.

— Где найти Галину Щербакову?

— Щербакова, Щербакова, Галина... а Галку! Ступай сюда, потом налево, затем прямо, на второй этаж, снова влево, через буфет, дойдешь до приемной козла, ее дверь следующая, покедова, больше не могу, опаздываю!

И она умчалась, выкрикивая на ходу:

— Кто знает, как варить редьку?

Я двинулась в путь, боясь забыть описание дороги: влево, прямо, второй этаж, налево буфет... миновав комнату, где торговали кофе, я уперлась в дверь с табличкой «Приемная Котова», но напротив имелась еще одна дверь с вывеской «Приемная Дардыкина».

Пришлось вновь вылавливать из толпы аборигена. На этот раз попался парнишка в красных слаксах и сетчатой футболке. Решив особо не церемониться, я поинтересовалась:

— Кто из них козел? Дардыкин или Котов?

— Оба гниды, — пожал плечами юноша.

— Нет, — уперлась я, — речь идет не о вшах, а о козлах! Кто больше его напоминает?

Парень выпятил нижнюю губу и сообщил:

— Дардыкин..., а Котов..., но, пожалуй, он козел, а Дардыкин отстойный обмылок.

Я обрадовалась и осмотрела коридор, отлично, вот нужная дверь, наверное, стучать тут не принято.

В небольшом кабинетике сидела женщина лет сорока с совершенно несчастным лицом, держащая трубку у уха.

— Вы Щербакова?

Галина прикрыла рукой микрофон и тихо сказала:

— Сделайте любезность, присядьте!

Я обрадовалась. Слава богу, она разговаривает, как нормальный человек! Устроившись на стуле, я стала поджидать, пока дама освободится. Галина тем временем журчала в трубку:

— Еще ему нужен лимузин, белый, с красными сиденьями, водитель в возрасте от тридцати пяти до сорока. Шофер не должен пользоваться одеколоном, иначе Дугласа стошнит. Минеральная вода, коньяк и лимоны. Кроме того, десять банок собачьих консервов, только фирмы «Пурина» и только говяжьих. Нет, Дуглас не питается этим кормом, он вообще мяса не ест, предпочитает рыбу, но возит с собой собачку, чау-чау, Долли, это для нее. Еще папайя, три кило. Как нет? Вы что? Достаньте! Что за разговор? Ах так! Ну погодите, сейчас!

Тонкой бледной рукой она пошарила на столе.

— Где она? Ага, вот, слушайте. Имей в виду... гнутый, если у Дугласа не будет папайи, весь твой концерт... накроется, усек?

Потом она швырнула трубку, выдвинула ящик, вытащила валокордин и принялась капать его в стакан.

Я подождала, пока она примет лекарство, и улыбнулась:

— У вас ругательства записаны на бумажке? Так не помните?

Неожиданно Галя бурно зарыдала, я быстро налила из бутылки, стоявшей на столе, воду и протянула ей:

— Выпейте.

Женщина покорно сделала несколько глотков и сказала:

— Меня из-за заслуженной иерихонской трубы России выгонят, придется на биржу идти.

— Из-за кого?

— Певец есть такой, Дуглас, неужели по телевизору не видели? Орет как полоумный.

— А почему выгонят?

Галя грустно пояснила:

— Не подхожу я для такой работы. Эта контора занимается гастролями артистов, ну, мы должны предусмотреть все. Допустим, Киркоров ростом два метра, следовательно, надо предупредить гостиницы о размере кровати «кинг сайз»! Еще обязательно объяснить принимающей стороне все требования к звуку, освещению, гримеркам. Потом начинается! Один пьет «Святой источник» с газом, другому подавай «Эвиан» без пузырьков, третий желает коньяк, но обязательно «Хенесси» V.S.O.P. Подтанцовки требуют шоколад определенной марки, подпевки гоголь-моголь из гусиных яиц. Звезда начинает растопыривать пальцы и кривить нос при виде гостиницы. Занавески в номере только голубые, подушек восемь, сортир чтобы с розовым сиденьем, а туалетная бумага синяя, в зеленую крапинку. Я обязана заставить принимающую сторону все это обеспечить, или купить самой, или припереть, допустим, в городок Малые Вяземы, иначе их эстрадные величества распсихуются и откажутся петь, плясать и веселить народ. Кстати, настоящие звезды совершенно не выпендриваются.

Вот, рассказывали мне, Алла Борисовна Пугачева, уж звездее не бывает, прибыла в городишко, не помню какой. За кулисами туалета не оказалось, надо идти сквозь толпу к деревянной будке типа сортир. И что? Примадонна в платок замоталась, чтобы народ не узнал, и почапала. Местная администрация давай извиняться, а Аллочка тихо так ответила: «Вы, конечно, жуткие говнюки, могли уж биотуалет купить, но люди ведь заплатили за билеты, они ко мне пришли, я концерты никогда не отменяю». Вот это профессионализм! Впрочем, и Орбакайте, и Газманов, и Алена Свиридова, и Гурцкая без всяких закидонов, только по делу, их волнует не марка автомобиля, поданного к трапу, а звук, свет, электророзетки для инструментов, одним словом, то, как пройдет концерт. Зато те, кто только выполз на сцену... О! Тут по полной программе. Чем моложе и неопытней, тем сильней раздувают щеки. Вот, Андрей Раков, слышали про такого?

— Нет.

— То-то и оно! Пять минут поет, а гонору! Лимузин, номер люкс, ящик коньяка, синий халат, розовые тапки, креветки с дыней и, заметьте, никаких просьб с профессиональной стороны! Да и понятно, рот разевает под фанеру! Теперь вот Дуглас! Взбрело ему в голову папайю есть! А принимающая сторона идиотничает, делает вид, что первый раз про этот овощ или фрукт, уж не знаю, как правильно, слышит! Если Дуглас концерт сорвет, меня уволят, придется на биржу топать, а дома мама больная и сын-студент. Вот Катя Кривицкая, спасибо ей, написала на бумажке, как ругаться!

Я до сорока пяти дожила, а мата не знала, теперь читаю в трудных ситуациях, обычно помогает, здесь нормальной речи не понимают, но сегодня не получилось!

И она тихо заплакала.

— Дай-ка я попробую! Набери номер.

Галя послушно потыкала в кнопки.

— Держите.

— Алло, — послышался гнусавый голос.

— Слушай, ты ... гнутый, — спокойно завела я, — чтоб у Дугласа была папайя, свежая, сочная и ароматная. Не то ... будет тебе. Явится продюсер и глаз на жопу натянет. Бери ... в зубы и скачи в магазин, недоумок ..., козел ..., вонючка ...! Нашел с кем шутить! Билеты продал?

— Да, — заблеял собеседник.

— Имей в виду, Дугласу все равно заплатишь... спел он концерт или нет, никого не.... А зажмешь «капусту», мигом наша «крыша» наедет! Сказать, что они с тобой сделают? ... в кофемолку засунут и включат, будешь, как ...! Усек, ... рогатый? А теперь рысью за папайей, иначе нехорошо получится, малыш, бо-бо будет. Без папайи нет Дугласа, у него бабушка обезьяной была, поэтому он только этот продукт и жрет, скумекал?

— Уже несусь, — пискнуло в ответ.

Я перевела дух.

— Дело сделано, полетел за фруктом или овощем, как и ты, я не знаю, что это такое.

— Миленькая, — взмолилась Галина, — дорогая, как вас зовут?

— Виола.

— Дорогая Виолочка, умоляю, заклинаю просто, напишите слова! Вы так ловко, так здорово ругаетесь!

Я усмехнулась и выполнила ее просьбу. Галя положила листочек перед собой и робко спросила:

— Как вам кажется, у меня получится так же убедительно? Про бабушку-обезьяну просто гениальная фраза, она ко всем подходит...

— Вообще-то, — развеселилась я, — тренироваться надо с детства, но, думаю, освоишь науку!

— А что вам надо? — спохватилась Галя, сообразив наконец задать этот вопрос. — Какое дело привело вас ко мне?

— Георгия Андреевича Радько знаете?

Щербакова вспыхнула огнем.

— Конечно, мы в одном архиве долгое время вместе работали!

— Не в этом смысле, вы ведь были любовниками?

Женщина стала цвета сильно перезревшей вишни.

— Кто вам сказал такие глупости! Взбредет же людям в голову, у него семья, у меня мама и сын! Просто общались иногда, ну в буфете или в курительной...

— Вы курите?

— Нет.

Я рассмеялась.

— Зачем тогда ходила с Радько в место, которое отведено тем, кто балуется сигаретами?

Галя не нашлась, что сказать, на ее глазах вновь выступили слезы. Да, с такой тонкой душой и легкой обидчивостью ей в шоу-бизнесе делать нечего. Когда-то я работала уборщицей в Доме моделей[1] и хорошо знаю, какие там царят нравы, небось за кулисами происходит то же самое.

— Пойми, — улыбнулась я, — мне совершенно все равно, спали вы с ним или нет.

---

[1] См. книгу Дарьи Донцовой «Черт из табакерки».

— Вас послала жена Жоры? — прервала меня Галя.

— Нет, но Радько грозит опасность, смертельная, он влип в очень неприятную историю. Кстати, домой Георгий Андреевич носа не кажет, он не у вас случайно прячется?

— Вас все-таки отправила сюда Рита, — прошептала Галина, — очень странная женщина. Сама изменяла Жоре, унижала его достоинство, но, как только узнала про меня, просто взбесилась.

Я удивилась.

— У Риты был любовник?

— Да, — торжествующе сообщила Галя, — она непорядочная женщина.

— Как его зовут, не знаете?

— Имени нет, зато я в курсе, где он работает! Вам и в голову не придет, в каком месте ее кавалер служит.

— И где же?

Галя скривилась.

— Он милиционер! Вот ведь ужас! Да ни одна приличная женщина не свяжется с этими чурбанами в форме!

Мне захотелось треснуть ее телефоном по макушке, с трудом удержавшись, я спросила:

— Откуда такая осведомленность, думаю, вы не дружили, а Рита, скорей всего, не рассказывала на всех углах о своем прелюбодеянии.

Галя вновь покраснела, потом собрала волю в кулак и спросила:

— Простите, какое вам дело? Кто вы? Зачем ищете Жору? Почему расспрашиваете о Рите?

Я помолчала секунду и ответила:

— Рита убита.

— Как?! — вскрикнула Галина. — Это ужасно! Не может быть! За что? Где?

— Дома ее нашли, на полу. Следствие уверено, что убийца муж, — бодро соврала я, — хочу помочь Жоре выкарабкаться, потому как уверена: он ни при чем. Поэтому расскажите все, что знаете. В особенности меня интересует место, где он прячется...

— Честное слово, я даже не предполагаю.

— Ой ли?

— Вот вам крест! Ей-богу!

— И не звонит вам?

— Нет.

— Странно.

— Почему?

— Вроде роман между вами.

— Он от меня ушел, — тихо сообщила Галя, — в январе, от меня все мужчины убегают, уж не знаю почему, вот и осталась одна, только мама рядом и сын.

И она опять заплакала.

— Вам ведь нравился Жора? — бесцеремонно полезла я сапогами в ее душу. — Вероятно, вы его любили!

— Да, очень, — шмыгнула носом Галина.

— Тогда попробуйте подумать, где он может быть? У друга, коллег по работе. Кстати, куда он устроился после ухода из архива?

— В страховую компанию «Верико», агентом на проценте. Ужасно!

— Почему?

— Ну, он кандидат наук, исследователь, кабинетный ученый, и вынужден бегать по сервисам и рынкам.

— Зачем?

— А где клиентов взять? Вот и крутился, как белка в колесе, похудел, измучился. А Рита, стерва

ненасытная, прости господи, плохо о покойнице
сказала, все шпыняла его: давай деньги, давай
деньги... Он ей не сказал, что из архива ушел.

— Да ну? Отчего же?

— Так, не захотел! — ушла от ответа Галя.

— Вот что, — решительно произнесла я, — хотите, чтобы Жорка оказался в тюрьме? Однако, ей-
богу, это не самое плохое место, где он может очу-
титься.

— Что же хуже заключения? — всплеснула руками Галя. — Какое такое место гаже тюрьмы?

— Кладбище, — уронила я, — поверь, в гробу
намного неприятней, чем на самой пакостной зоне. Впрочем, сама ни там ни там, как понимаешь,
не была, но предполагаю, что...

Галя снова завыла. Угораздило же меня свя-
заться с истеричкой.

— Вот что, прекрати! — рявкнула я. — Хочешь
помочь парню, живо рассказывай все: про любовника Риты, про работу Жоры в страховой компании, только так спасешь мужику жизнь.

ГЛАВА 12

Абсолютно не зная, как подобраться к тому человеку, которому понадобилась дискета, я надеялась услышать от Гали что-то интересное. Но нет,
ее история оказалась проще некуда.

Справив сорокалетие, милая, интеллигентная
Галочка приуныла. Жизнь явно перевалила через
вершину и катилась вниз. Впереди ее поджидала
старость с неизбежными болезнями и депрессией.
И коротать ее придется в одиночестве, потому что
из лиц мужского пола около Гали был только сын.
Бывший супруг Щербаковой давным-давно связал

свою судьбу с другой женщиной и, похоже, чувствовал себя совершенно счастливым во втором браке. Пока рос мальчик, Галочка испытывала только материальные трудности. Ботиночки, брючки, курточки... Потом потребовались велосипед и лыжи, затем пришлось нанимать репетиторов. Но вот настал день, когда, плача от радости, Галя проводила сына на занятия в университет. Ребеночек вырос, получился хорошим: не пил, не курил, маме с бабушкой не грубил — но у него теперь образовалась своя веселая студенческая компания, и мама оказалась отодвинута даже не на второй, на двадцать второй план.

Вот тут-то на Галину и навалилась депрессия. Ей было лишь сорок два года, а жизнь казалась конченной. Никому она больше не нужна, мужа нет, сын вылетел из гнезда, оставалась только мама. Но у старшей Щербаковой прогрессировала болезнь Альцгеймера, и общаться с ней с каждым днем становилось все трудней и трудней.

Многие дамы, попав в подобную ситуацию, записываются на шейпинг, плавание или начинают усиленно самообразовываться, постигая азы макраме, вязания или шитья. Кое-кто заводит романы, другие ударяются в домашнее хозяйство, начинают пестовать внуков и готовить экзотические, сложные блюда, простаивая у плиты по двенадцать часов. Но Галочка была апатичной, прыжки в спортивном зале под одуряющий рев магнитофона ее не прельщали, возня с нитками раздражала, внуки еще не родились, а мужчины... Где их было взять? На работе сплошняком сидели не слишком молодые женщины, редкие представители противоположного пола были давно прибраны к рукам, а Щербакова и помыслить не могла, чтобы отбить у кого-то супруга.

Роман с Жорой Радько начался неожиданно. Однажды начальник высунулся из своего кабинета и попросил:

— Кто из вас может на субботу, воскресенье скатать в Питер? Заставить не могу, потому как надо отправиться в выходные дни, но дам отгулы. Нужны двое.

Сотрудники быстренько уткнули носы в бумаги, надеясь, что Роман Сергеевич передумает. Галочка, представив, как вновь придется коротать двое суток в одиночестве у телика, быстро сказала:

— Я могу.

— И я, — раздался голос Радько.

Вот так и завязалась любовь, странная, какая-то больная. Встречались раз в неделю, дома у Гали. В постель укладывались редко, по большей части пили чай и болтали. Жора безостановочно жаловался на Риту. Грубая, резкая, совсем неласковая.

— Она меня не понимает, — пел мужик, — только о деньгах и думает. Постоянно укоряет: «Вон, одни соседи машину купили, другие дачу, третьи сделали ремонт! Когда зарабатывать начнешь, а? Получаешь в своем хранилище копейки, даже на новые штаны вместо протертых не хватает!»

Галочка сочувственно кивала головой. А Жорка, оглядывая белые занавесочки, хрустящую от крахмала скатерть, отрезал очередной кусище приготовленной для него кулебяки с мясом и вздыхал.

— Ритка у меня грязнуля, а уж готовит такую дрянь.

Будь Галя поопытней, она бы знала, что мужья, погуливающие налево, ругают своих жен, стремясь предстать перед пассиями страдальцами, но только никто из них не спешит менять надоевшую супругу на чудесную любовницу. Но Галочка искренне жалела Жору, он ей нравился, казался близким по духу человеком, а то, что не зарабатывает... Это ерунда, не в деньгах счастье.

Постепенно в душе Гали подросла и окрепла уверенность: если Рита отпустит Жору, он женится на ней.

«Ну зачем ей муж? — думала бессонными ночами Галя, — не любит его, не заботится...»

Роман Жоры и Галины тянулся целый год, прежде чем Щербакова решила поехать к Рите и поговорить с той по душам. Она долго выбирала момент, и наконец настал подходящий. Жора обронил, что жена подцепила грипп и сидит дома. Галя отпросилась с работы и поехала к сопернице, прихватив небольшой тортик.

«Посидим спокойно, обсудим ситуацию, — думала наивная тетка, — обговорим проблему, как интеллигентные люди».

Но вышло совсем по-иному. Рита сначала долго не хотела отпирать, без конца спрашивая:

— Кто там? Что нужно?

Галя кричала:

— Откройте, поговорить надо!

Но дверь не распахивалась. В конце концов Щербакова заорала:

— Не бойтесь, я из архива, от Георгия Андреевича!

Только тогда между косяком и дверью появилась щелка.

— Случилось чего? — неприветливо спросила Рита, впуская незваную гостью в прихожую.

Галя принялась бормотать:

— Вот, пришла поговорить о Георгии Андреевиче, в общем...

Рита нахмурившись слушала сбивчивую речь, потом до нее дошла суть дела, и она побагровела.

Галина перепугалась и быстро протянула сопернице торт.

— Может, чаю попьем!

— Чайку тебе... захотелось! — взвыла Рита и,
швырнув на пол коробку, наступила ногой на
крышку.

Раздался тихий треск, и комья свежего бискви-
та вперемешку со сливочным кремом разлетелись
в разные стороны.

— Вали отсюда, — прошипела Ритка, — а ну,
живо!

Галочка, понимая, что интеллигентной беседы
за накрытым столом не получится, попятилась к
двери, и тут она случайно увидела милицейскую
фуражку, которая висела на вешалке.

— А ну, уматывай, пока жива, — голосом, не
предвещающим ничего хорошего, взвизгнула за-
конная супруга, и вдруг из комнаты, дверь в которую была плотно закрыта, раздался звон.

Было похоже, что кто-то уронил на пол бокал,
чашку или стакан. Рита на секунду оселкась, затем
сказала напряженным голосом:

— Давай, убирайся, пока моя кошка всю посуду
не переколотила.

Галочка вышла на лестницу и с бьющимся
сердцем стала у окна. В ее голове мигом зароились
мысли. Очевидно, Рита испугалась, услышав звон,
потому что сказала глупость про кошку. Галя отлично знала, никаких домашних животных у Радько нет. Следовательно, в комнате кто-то сидел. А
кто? Жора на работе... Подруга? Зачем тогда врать?
И еще, кому могла принадлежать фуражка, пока-
чивающаяся на крючке? Сложив вместе умозаклю-
чения, Галя обозлилась. Значит, Рита изменяет
мужу! Что ж, очень хорошо, сейчас Галина подка-

раулит любовника, проследит за ним, а потом расскажет Жоре правду, пусть тогда он сам решает, с кем дальше жить! Бедная, наивная архивистка не знала, что меньше всего мужчины любят, когда их загоняют в угол, требуя принимать судьбоносные решения.

Щербакова спустилась вниз. Если знаете, на первых этажах бывает такое табло, показывающее, где находится кабина. Вот Галина и стала ждать. Пару раз лифт оказывался на нужном месте, но внизу из него выходили то молодая мать с коляской, то старуха с сумкой. Маяться пришлось больше часа, у бедняжки заболели от непривычно долгого стояния ноги. Милиционер появился только около четырех. Галочка тенью последовала за ним, но мужчина, пройдя по улице буквально пару метров, нырнул в отделение, Щербакова ринулась туда же и налетела на дежурного.

— Простите, — вежливо осведомилась у него Галя, — сейчас сюда вошел милиционер, не подскажете, как его зовут?

— Участковый уполномоченный Крысов Михаил Ильич, — ответил лейтенант, — а вам зачем?

Галочка вновь проявила смекалку, достала из сумочки расческу и протянула менту.

— Вот, передайте ему, пожалуйста, на улице обронил.

Прибежав на работу, Галя шепнула Жоре:

— Поговорить надо, срочно.

Они отправились в основное здание, поднялись на последний этаж и сели на ступеньки «черной» лестницы. Галочка, торопясь, проглатывая окончания слов, рассказала все. Жора ничего не говорил, только курил. Молчание затянулось, потом любовник сухо бросил:

— Разберусь.

Целую неделю после этого он упорно не заме-
чал Галю, а в урочный день не явился на свидание.
Щербакова выбросила в помойное ведро зачерст-
вевший пирог и решила потребовать объяснений.

— Я тебя так ждала, — сказала она на следующий день любовнику.

Тот неожиданно предложил:

— Пошли, посидим на лестнице.

Закурив, Жора резко, без всякого вступления
сообщил:

— Нам больше не следует встречаться.

— Почему? — оторопела женщина.

— Хватит.

— Ну уж нет, — рассердилась Галя, — целый
год провели вместе, и, очевидно, я имею право...

— Не имеешь, — злобно оборвал ее Радько, —
ты ни на что не имеешь прав, и в первую очередь
на то, чтобы являться к нам домой и болтать глупости.

Словечко «нам» резануло слух Галочки.

— Но ты же говорил, что не любишь Риту.

— Тебя это не касается!

— У нее любовник! Милиционер с благозвуч-
ной фамилией Крысов!

— Дура, — выпалил Радько, — идиотка без ра-
зума. Этот мент наш участковый, он ходил по
квартирам и показывал фото разыскиваемых преступников.

Галя засмеялась.

— Это Рита тебе рассказала? Цирк прямо! Экий
ты легковерный! Жена дурит тебе голову.

— Нет, — ответил Жора, — она побоится.

И тут Галочку просто понесло.

— Чего, интересно, она испугается? Хамки, как
правило, страха не ощущают.

Радько глянул на любовницу.

— Рита знает, если до меня дойдет, что у нее есть мужик, плохо ей придется.

— Да ну? И что ты сделаешь?

— Убью обоих.

Галина чуть не скатилась с лестницы. Кто мог предположить, что в душе интеллигентного, мягкотелого Жоры таятся такие демоны.

— Побоишься небось, — ответила она, — посадят ведь. И потом — он сотрудник МВД, цеховая солидарность страшная вещь, тебя точно отыщут и накажут. Мой тебе совет, разведись с ней по-быстрому, перебирайся ко мне и забудь про Риту.

Жора резко встал.

— Сказал же, все, больше встречаться не будем, а насчет наказания... Может, я и кажусь тебе идиотом, только сумею и изменницу наказать, и от ответственности уйти, по-тихому все обстряпаю. Так-то.

И он неожиданно сильно пнул ногой продолжавшую сидеть на ступеньках любовницу.

— Ой, — вскрикнула та, — мне же больно!

— Дрянь ты, — припечатал Жора, — мелкая сучонка! Надо бы наподдавать тебе как следует за то, что длинный свой нос во все щели суешь, только связываться неохота!

И, плюнув на пол, Радько ушел. Бедная Галя сначала сидела пару минут молча, потом разрыдалась, поняв, что роман окончен. Она взяла бюллетень и отсутствовала на работе почти две недели, боясь войти в кабинет и наткнуться на Жору. Но потом ей позвонила Софья Львовна, осведомилась о здоровье и спросила:

— Знаешь уже?

— О чем?

— Вором-то оказался Георгий Андреевич Радько.

Больше с Жорой она не встречалась. Но спустя примерно два месяца после разрыва бывший любовник позвонил Гале и как ни в чем не бывало спросил:

— У тебя квартира застрахована?

— Нет, — очень удивилась Галина, — мне и в голову не приходило, да и зачем?

— Что ты, — принялся он с жаром объяснять, — все может случиться: пожар, наводнение, кража. Хочешь, подъеду, и оформим договор? Скидку дам. Не сомневайся, для своих наилучшие условия выбираю.

Меньше всего Гале хотелось встречаться с Радько, но она спросила:

— Какое отношение ты имеешь к страхованию?

— Работаю теперь агентом в компании «Верико», сижу на проценте, клиенты позарез нужны. Хочешь, анекдот расскажу?

— Давай, — согласилась от неожиданности Щербакова.

— Приходит мужчина в страховую компанию и говорит: «Застрахерьте меня». Ну служащая ему в ответ: «Как вам не стыдно ругаться, безобразие!» А парень возражает: «Разве «застрахуйте» звучит лучше?»

Галина оцепенела. Анекдот покоробил ее и совсем не показался смешным, но бывший любовник, весело хихикая, поинтересовался:

— Здорово, да, а вот еще...

— Не надо, — ответила Галя, — очень благодарна, но мне страховать нечего!

Жора минут десять пытался ее уломать, описывая неприятности, которые могут посыпаться на голову Щербаковой, но она проявила твердость. Повесив трубку, Галя заплакала. Ну до чего может измениться человек, оказавшись в неподобающей компании. Жора, кандидат наук, исследователь, тонкий, интеллигентный, ранимый, и... анекдоты на грани фола.

Когда слезы иссякли, в голову неожиданно змеей вползла мысль. А что, если он никогда не был таким, что, если она ошибалась и Жора на самом деле хам, лжец и вор?

ГЛАВА 13

Бедные мужчины даже не представляют себе, на что способна обиженная ими женщина! Выплескивание серной кислоты в лицо предмету недавнего обожания, анонимные письма жене, живописующие интимные пристрастия супруга, скандалы с применением оружия... Одна из наших с Тамарой знакомых, прослышав, что любовник решил с ней расстаться, подарила ему с милой улыбкой запечатанную упаковку, на которой со всех сторон стояло: «Пищевая добавка. США».

— Хоть мы и разбегаемся, — щебетала Танька, протягивая теперь уже бывшему приятелю коробочку, — но давай останемся друзьями. Меня сильно беспокоит, что ты такой худой и бледный, вот, возьми в подарок, изумительное, потрясающее средство, принимай по столовой ложке с горкой, а главное, выпей потом стакан воды залпом, сразу почувствуешь резкое изменение.

Мужика спасло чудо, потому что, откушав «пищевую добавку» и запив ее жидкостью, он бы и в самом деле почувствовал резкое изменение в физическом состоянии, так как в яркой коробочке лежал... цемент. Когда мы с Тамарой, отвалявшись в ногах у разозленного мужика, хотевшего идти в милицию, уговорили его простить Таньку и пришли к неудавшейся убийце, та на все наши укоры совершенно спокойно ответила:

— Очень жаль, что не зацементировался, если не мне, то пусть никому не достается.

Мне не слишком понятно, как можно желать смерти человеку, с которым тебя связывает, ну пусть не любовь, но хорошие, теплые отношения, однако Танюша мгновенно переменилась. Еще вчера она носилась по городу, пытаясь отыскать для любовника какую-то необыкновенную рубашку, сегодня возжаждала его смерти.

В метро было душно, усталые москвичи тупо покачивались в вагоне. Люди настолько обалдели от напряженного рабочего дня, что не хотели даже читать. Основная масса молча смотрела остановившимся взглядом вдаль, только у двух пассажиров были в руках кроссворды, нехитрое развлечение для утомительной дороги.

Я осмотрела присутствующих. Интересно, сколько из сидящих тут женщин одиноки и готовы разбить чужую семью, чтобы обрести свое счастье? Например, вон та крашеная блондинка лет пятидесяти в не по возрасту сексуально открытом сарафане или полненькая тетка с красным лицом, поставившая на полу между ног туго набитую сумку? Скажете, ошибаюсь? Женщина без макияжа и драгоценностей, купившая к ужину продукты, явно верная супруга или отличная мать? А вот тут вы не правы! Внешний вид ни о чем не говорит.

Галя Щербакова тоже на первый взгляд показалась мне незлобивой простушкой, а на самом деле она иная. Услышав о смерти Риты, мигом прикинулась испуганной, стала вроде бы защищать Жору и без всяких колебаний сообщила мне, где он работает, и рассказала о том, что Радько грозился убить жену в случае измены. Голову на отсечение даю, она сейчас звонит в отделение милиции, то самое, которое расположено в двух шагах от нашего дома, где работает участковый с милой фамилией Крысов, и быстро ябедничает мужику на Жору.

Галя возненавидела Радько, под маской интеллигентки скрывается злобная баба, понявшая, что упустила мужика.

Внезапно мне стало холодно. А вдруг это правда? Вдруг Жорка на самом деле укокошил Риту? Здорово, однако, придумал. У него алиби, лежит в больнице. Наверное, он сам нашел бомжей, чтобы те изобразили драку. Интересно, однако, получается. Когда я подошла в ту ночь к Жорке, он лежал на земле в невменяемом состоянии, лицо в крови... Но вскоре выяснилось, что никаких особых увечий нет, лишь сломан нос. Пожертвовал своим, прямо скажем, не идеальным по форме органом обоняния, чтобы у милиции не осталось сомнений: драка настоящая. А что, логично! Избитого увозят, а киллер приходит к Рите. Было только несколько нестыковок, но я после небольших раздумий отмела их. Жора не мог предположить, что я, мучаясь бессонницей, выгляну в окно и кинусь его спасать! Ну и что? Он, наверное, собирался пойти потом домой, упасть в прихожей и прошептать:

— Вызови врача.

Увидел меня и решил на ходу поменять план.

Зачем ему дискета, отчего он отправлял меня к этой Ларисе? Вполне объяснимо, скорей всего информация связана с его работой, что-то со страхованием. Небось таинственная Лариса — сотрудник «Верико». Почему он нес дискету в потайном кармане? Скорей всего... Тут я забуксовала. Скорей всего что? И кто звонил на автоответчик? Почему убили тетку в розовом? Ее явно приняли за меня! И потом, Жорка-то удрал из больницы! Почему? Он должен был лежать на койке и стонать! И Риту убили, когда Жора уже убежал из клиники!

Полностью дезориентированная, я вошла домой и услышала множество звуков. Из спальни Тамары несся негодующий крик Никиты, из гостиной — женские голоса. Я приотворила дверь в ту комнату, где мы обычно принимаем гостей, и увидела, что она превращена в ателье. Обеденный стол разложен, на нем валяются куски ткани, у окна стоит ножная швейная машинка, возле нее сидит, согнувшись, Света, а на диване самозабвенно роются в журналах Леля и Наташка.

— Откуда машинку взяли? — удивилась я.

— От меня приволокли, — ответила Леля и спросила: — А клетка совпадет?

— Угу, — ответила Света, — не сомневайся.

Я посмотрела на быстро выползающую из-под железной лапки полоску материи и ушла. Так, эта троица помирилась, и, судя по всему, Лелька с Наташкой осядут у нас надолго, скорей всего до тех пор, пока им не надоест надевать обновки.

Выйдя из гостиной, я сунулась к Томочке.

— Как дела?

— Ужасно, — пробормотала подруга, — ест, спит и кричит!

— Правильно, чего же ты хотела, чтобы он картины рисовал?

— Нет, конечно, — вздохнула Тамара, — но он плачет все время, даже тогда, когда дремлет. Я фи-

зически устала от вопля, а Сени нет дома, он работает.

— Хочешь, займусь Никитой?

— Да, — с благодарностью ответила подруга, —
только его надо выкупать.

— Ерунда.

— Вода должна быть 36,6 градуса, проверь тер-
мометром.

— Не волнуйся.

— Потом его следует одеть в тоненькую байко-
вую распашоночку, два чепчика, завернуть в пеленки, памперс не забудь!

— Хорошо, отдыхай.

— А после дать смесь, развести...

— Успокойся, на банке все написано.

— Без комочков.

— Ложись, почитай спокойно.

— Не давай ему плакать, качай кроватку.

Первый раз в жизни мне захотелось ущипнуть
подругу.

— Укладывайся и не дергайся.

Тамара вытянулась на постели и, закрывая глаза, прошептала:

— Смотри, горячим не напои, капни смесь на
запястье.

Я подхватила кряхтящий сверток и поволокла
его в ванную. Выкупались мы без особых проблем,
правда, я не знала, следует ли мыть голову с мылом, но, подумав, решила просто поплескать на
нее водой. Волос у Никитки пока нет, значит, детский шампунь тут ни при чем.

Кое-как нацепив на младенца распашонки и
чепчики, я вытащила упаковку памперсов, раскрыла ее, вынула огромные бумажные трусики и
стала обряжать мальчишечку. Странное дело, он

проваливался в новомодный подгузник целиком. Штанишки закрывали почти все маленькое тельце, застежки пришлись на грудь, под самыми руками, а маленькие ножки свободно болтались в прорезях. Мне такая конструкция показалась идиотской, ну зачем запаковывать младенца целиком в бумагу? Хватило бы надежно укрытой филейной части. Да еще пояс с липучками, который находился под мышками, оказался слишком свободным. Никитка просто выскальзывал из памперса. Подумав секундочку, я застегнула «Хаггис» поверх распашонок и осталась довольна, теперь ничего не болталось и не елозило.

Намного трудней оказалось справиться с пеленками. Никита сучил ножками, легкая ткань мигом разматывалась. Через полчаса я поняла, что не способна запеленать младенца, но не в моих правилах пасовать перед трудностями. Я схватила широкий бинт, и спустя пару минут Никитка был сначала запеленут, а потом забинтован. Теперь он мог сколько угодно пытаться сбросить с себя фланель и ситец. Широкий бинт оказался великолепным свивальником.

Но младенец не растерялся, он каким-то непостижимым образом ухитрился описаться. Я посмотрела на свою мокрую кровать и освободила мальчонку от пут. Вот вам их хваленые по всем телепрограммам товары для новорожденных! А уж кричат: тепло, сухо, комфортно! Ни фига подобного! У нас все холодно, мокро и неудобно, да и распашонки спереди испачкались.

Пришлось начинать процедуру сначала. Правда, на этот раз я действовала более умело и сразу забинтовала парнишечку.

Смесь он выпил без писка. Концерт начался потом. Не успела соска покинуть ротик, как Никита заорал. Я принялась трясти коляску. Без толку. Вернее, маленький мучитель затихал в тот самый момент, пока я возила его взад-вперед по комнате. Но стоило остановиться, как тут же раздавался негодующий вопль.

Через час у меня онемели руки, я села и попыталась качать мучителя, комфортно устроившись в кресле. Но нет! Хитрое существо каким-то образом просекло, что нянька решила отдохнуть, и завизжало так, что я, мигом подскочив, забегала по комнате. Крик тут же стих. Еще через полчаса я освоила трюк: левая нога толкает коляску, правая рука тянет ее назад, а глаза уставились в книжку. Стало слегка веселей, более того, Никита мирно заснул. Боясь скрипнуть, я на цыпочках дошла до кровати и рухнула на плед. Блаженная тишина окутывала комнату, я не могла даже читать, просто лежала, глядя в потолок. Внезапно раздался крик! Я подскочила вверх и ту же минуту поняла, это не младенец, а кот Сыночек, требующий ужин. Никита спит, слава богу, он не плачет. Но тут дверь распахнулась, и влетела Леля с воплем:

— Вилка, нет ли у тебя часом красных ниток?

— Тише ты, — замахала я на нее руками, — с ума сошла, ребенка разбудишь!

— Извини, — зашептала Лелька, — никак не могу привыкнуть, что у вас теперь младенец имеется.

Но она могла не понижать голоса, потому что по спальне разнеслось пронзительное «А-а-а-а...».

— Вот это голос, — восхитилась Лелька, — просто Елена Образцова.

— Она женщина, — сердито сказала я, толкая коляску, — скорей уж Федор Шаляпин, если сравнивать с великими россиянами.

— Нет, — усмехнулась Леля, — есть такой Дуглас, ну по телику поет, сначала нормально, даже красиво получается, потом как завизжит: «А-а-а-а...» Жуткое дело! Очень похоже Никита выступает, определенно станет певцом.

Я быстро сложила пальцы крестиком, нет уж, не надо. Леля склонилась над коляской.

— Когда видишь маленького, сразу такого же хочется!

— Ну и в чем дело? Кто мешает?

— Издеваешься, да? — рассердилась Лелька. — Близнецы только в школу пошли. Кстати, знаешь, у него жабры на шее!

— Что?! — заорала я, наклонившись к коляске. — Какие жабры? Где? Кошмар!

— Да не у Никиты, — отмахнулась Леля, — а у Дугласа, ну, у певца. Вон вчера в «Экспресске» прочитала, он способен больше пяти минут под водой сидеть!

Я перевела дух и принялась вновь укачивать ребятенка. Жабры! Такое не всякому придет в голову! Молодец, «Экспресс-газета»!

— Почему он забинтован? — спросила Леля.

— Пеленки все время разворачиваются.

Юркина жена рассмеялась.

— Ну ты даешь, давай покажу, как надо завертывать.

— Лучше потом, видишь, заснул, слава богу, или ты уже уходишь?

— Нет, — радостно объявила Леля, — эта Света гениально шьет, такие брюки забацала...

— Эй, девки! — раздалось за спиной.

— А-а-а-а, — мигом закатился Никита.

— Чтоб ты провалился, — накинулась я на Ленинида, — разве можно так кричать в доме, где только что заснул ребенок? Я у тебя ключи отберу, если будешь подкрадываться и орать. На вот, теперь сам его утрясывай!

— Так я забыл про малыша, — начал оправдываться папенька, — из головы вылетело!

— Зачем пришел? — я продолжала злиться. — Поздно уже, ночь почти на дворе.

— Так Светка обещалась из старого пиджака мне жилетку сварганить, — пояснил папенька.

Еще один любитель обновок! Скоро тут будет филиал Дома моделей. Вячеслав Зайцев от зависти все локти себе искусает! Не успела я обозлиться окончательно, как раздался резкий, требовательный звонок. Никитка вновь зарыдал. Вне себя я сунула папеньке ручку от коляски и понеслась к входной двери. Интересно, кому еще Светка пообещала новое платье или брюки?

На пороге стояла совершенно незнакомая худенькая женщина с робким, каким-то кроличьим лицом.

— Уж простите, Христа ради, — завела она, — но я прямо с поезда, документы у меня украли...

Ну вот, теперь попрошайки являются на дом. Пошарив в кармане куртки, висевшей на вешалке, я протянула нищенке горсть мелочи.

— Возьми.

Та вспыхнула огнем.

— Нет, спасибо, я не побираться пришла. Мне нужен Ленинид.

— Кто? — удивилась я, окидывая взглядом бесцветную бабенку, у ног которой устроился жуткий, ободранный чемодан, больше похожий на посылочный ящик, чем на саквояж.

— Ленинид Иванович Тараканов тут? — робко повторила тетка. — Уж извините, коли что не так, мне по справке его адрес дали, только там заявили, будто Ленинид к дочери ушел, и рассказали, как к вам добраться. Простите, коли помешала... А вы случайно не Виола?

— Случайно да, — ответила я.

Женщина закрыла глаза и, рухнув на стул у входа, зарыдала в голос:

— Доченька моя, родименькая, прости свою мать неразумную, сиротой тебя оставила, разлучили нас злые люди...

— Вы чего? — попятилась я. — Вы кто?

— Мама твоя, Светлана Алексеевна Коломийцева, — перестала всхлипывать баба, — всю жизнь тебя искала, еле-еле нашла, доченька, кровинушка, солнышко ясное!

Забыв, что в доме спит младенец, я заорала:

— Ленинид, поди сюда!

Тут же понесся сердитый плач Никиты. Папенька выскочил в прихожую и забормотал:

— Чего визжишь, словно потерпевшая? Только-только криксу утряс! Теперь по новой здорово! Ну неужели...

— Это кто? — прервала я его стоны и ткнула пальцем в Свету-2. — Отвечай, на милость!

— Баба, — сообщил папенька, вытаращив маленькие глазки.

— Вижу, что не мужчина. Кем она тебе приходится?

— Так никем, впервые вижу.

— Что же ты, Ленинид, жену не признаешь? — всхлипнула гостья. — Хотя, понятное дело, больше тридцати годков не видались! Значит, сильно я изменилась!

— Ка-ка-какую жену, — попятился папенька, — вы, гражданка, того, ошибаетесь, наверное.

Хотя личность мне ваша вроде теперь и кажется знакомой. Вот только вспомнить не могу, где мы с вами встречались?

— В постели, — усмехнулась Света-2, — на подушке, ну погляди повнимательней, я твоя первая жена, мать Виолы, Светлана Алексеевна Коломийцева.

Ленинид уставился на тетку, потом крякнул.

— Ну, — налетела я на него, — как такое понимать? Света, поди сюда!

Естественно, Никитка тут же заорал, но я побежала, схватила ручку коляски и так яростно затрясла ее, что бедный мальчик мигом замолчал.

— Что случилось? — раздалось из гостиной.

— Давай сюда скорей! — вывозя коляску в прихожую, заорала я.

Из гостиной вышли Света, Наташа, Леля и Кристя.

— Вот, — недовольно протянула Юркина жена, — всем замечания без конца делаешь, а сама орешь!

Но мне было не до нее.

— Ну-ка, Ленинид, отвечай, кто из них твоя первая жена, эта или та?

Глаза папеньки заметались между женщинами. Надо сказать, что обе они были похожи: маленькие, тощеватые, с острыми носиками, мелкими глазками и волосами, выкрашенными хной. Совпадал примерно и возраст, что-то вокруг пятидесяти пяти.

Бедный Ленинид находился в явной растерянности. Сначала он покосился на Свету-1, потом уставился на Свету-2. Обе тетки какое-то время тоже неотрывно смотрели друг на друга, затем хором воскликнули:

— Ты как сюда попала?

ГЛАВА 14

— Так вы знакомы?! — возмутилась я.

— Ага, — вновь в унисон ответили бабы, — это обманщица!

— Кто? — переспросила я.

— Обманщица, — прозвучало вновь дуэтом.

— Хватит идиотничать, кто из вас Светлана Коломийцева?

— Я, — ответил хор из двух голосов.

— А обманщица?

— Она, — прозвучало без запинки разом от двух теток.

Я почувствовала легкое головокружение и уцепилась за вешалку.

— В чем дело? — протянула Наташка. — Не врублюсь никак.

— Эти дамы утверждают, — пояснила я, — что они мои маменьки и жены Ленинида.

Папенька мигом закрыл голову руками. Вполне понятная предосторожность. Наташка страшна в гневе и может опустить мужу на черепушку что ни попадя: стул, ботинок или вон ту невесть откуда взявшуюся в нашей прихожей палку.

Но Наташка неожиданно вполне миролюбиво сказала:

— Интересное кино! Ну-ка, Ленинидка, признавайся! Может, ты с обеими шуры-муры крутил, а?

Папенька посерел и забубнил:

— Ну так... по молодости... бывало порой, что ж, всех и упомнить, однако.

— Не пори чушь, — оборвала его я, — они называются одним именем, и каждая утверждает, что является моей маменькой. Вполне вероятно, что ты гулял с обеими, но родить меня могла только одна: интересно, которая?

— Я! — выкрикнули Светы.

— Ну-ка, — сурово приказала Лелька, — осмотри их как следует и вспомни, кто твоя первая жена?

Ленинид забубнил:

— Ну, ежели так уж напрячься... Светка, вообще, беленькая была, а эти рыжие.

— Ты когда ее в последний раз видел? — налетела на мужа Наташка.

Ленинид почесал макушку:

— В 65-м, похоже, больше не встречал.

— Ясное дело, — вздохнула я, — тогда она была русая, а сейчас седая и крашеная, цвет глаз помнишь?

— Нет.

— Ну спросила, — фыркнула Наташка, — он и про мои не знает.

— Это ты зря, — закашлялся папенька, — у тебя, как у ведьмы, зеленые.

Наташка треснула его по затылку.

— Сам ведьмак, маньяк сексуальный, в женах запутался! Виданное ли дело, спал, спал с бабой и не помнит, как она выглядела!

— Так больше тридцати лет прошло, — возразил папенька, — целая жизнь протекла, вот что Светой звали — это точно, а отчество я забыл.

— Минуточку! — заорала Наташка. — Должны же у них быть документы! Сказать можно все, что угодно, но в паспортах-то стоят правильные фамилии!

— Меня обокрали, — хором заявили обе маменьки, — документов нет.

Воцарилась тишина.

Внезапно Света-2 заплакала и села на чемодан.

— Мне теперь вон убираться, да? И куда я пойду, ни денег, ни жилья, только бомжевать и осталось! Прости, доченька, обеспокоила. Знаю, виновата перед тобой, уйду сейчас в ночь, дайте лишь воды попить.

Кристина смоталась на кухню и приволокла боржоми.

— Спасибо, внученька, — продолжал рыдать дубль маменьки, — добрая ты, пошли господь счастья. Ладно, ухожу, хоть в реку бросайся! Кому я нужна? Раньше хоть отпущенным материальную помощь давали, а сейчас шиш с маслом.

— Так ты тоже с зоны, — протянула я, — и за что, если не секрет, сидела?

— За пьянку, — пускала сопли новая маменька, — целый год могу не пить, но если приму на грудь, все, тянет на подвиги.

Чем дольше она говорила, тем больше у меня отвисала челюсть. Рассказ Светы-2 полностью совпадал с историей, которую сообщила ее предшественница. Выпивка, посадка, умение шить, муж Петя, дети, смерть любимого супруга и пробуждение с окровавленным ножом в руке.

— Надо гнать обеих, — решила я, — вон, взашей. Сейчас дам денег на дорогу, и катитесь отсюда.

— Ты что? — взвыли Наташка, Леля и Кристя. — А обновки?

Света-1 отступила к гостиной.

— Ой, — всплеснула руками Света-2, — это она юбчонки вам сгоношила? Ну, блин, и дерьмовая работа, на жопе морщит, строчка кривая, я-то ровнехонько веду, ну чисто картинка выходит! Гоните обманщицу, всех обошью.

— Дрянь ты, — закричала Света-1, — не верьте ей! Мы в лагере в одном отряде были! Я ей сдуру все про себя рассказала и данные Ленинида сообщила. Еще поделилась, идиотка, что он добрый, поможет. А потом, перед самым освобождением, дизентерию подхватила и слегла. Вот она и решила, что я помру. Доктор так прямо всем и заявил: «Не жилица Коломийцева». Тут и надумала она мной прикинуться, чтоб семью получить, куда ей податься, бомжихе убогой!

— Ой-ой-ой, — скривилась Света-2, — вот теперь правду говоришь, только поправочка одна, не у тебя, а у меня дизентерия случилась, а ты воспользовалась и прилетела сюда! Думала, отброшу коньки, ан нет! Не верь ей, доченька!

Мне стало совсем дурно.

— Пошли вон, обе!

Мой крик пронесся по прихожей, ударился о дверь и отлетел назад. Внезапно настала полная тишина, даже Никита замолк в коляске.

— Видать, нечего делать, — вздохнула Света-2, — уж простите, не хотела обидеть, понятное дело, не гожусь в родственники. Ладно, пойду на вокзал.

И она стала медленно зашнуровывать потерявшие всякий вид кроссовки.

— А мне чего, тоже того, да? — прошептала Света-1. — Сейчас, сейчас. Можно только чаю глотну, а то и неизвестно, когда поем в следующий раз.

— На вокзал, что ли, тоже собралась? — спросила вторая маменька.

— Да нет, — спокойно пояснила первая, — сердце у меня совсем больное, бомжевать не смогу. Лучше сопру в ювелирном магазине кольцо да попадусь. Меня арестуют и посадят.

— Почему обязательно золото красть надо? — удивилась Кристя.

— Так больше срок дадут, — бесхитростно пояснила Света-1, — утяну батон, так просто пятак начистят и выгонят из легавки, неохота ментам с мелочовкой возиться. А золото — это в особо крупных размерах ущерб получается. Отправят в СИЗО, затем на зону, хоть и плохо за решеткой, да в тепле, и накормят, пайку дадут, подруги от дачек отсыплют. Не судьба мне на воле жить, не нужна я никому.

— Знаешь, Вилка, — взорвалась Наташка, — некрасиво людей из дома на мороз гнать, не по-христиански!

— Жара на улице, — буркнула я, понимая, что в душе поднимает голову жалость, — лето впереди, не замерзнут.

Обе маменьки уставились на меня несчастными глазами, так смотрит на спешащих мимо прохожих маленькая, голодная, бездомная собачка, у которой в жизни никогда не было полной миски, теплой подстилки и ласкового хозяина. По щеке Светы-1 медленно-медленно потекла прозрачная, светлая, чистая слезинка...

— Ладно, — сказала я, — пусть первая по счету топает в гостиную и продолжает шитье. Вторая живо двигает в ванную, как следует моется, грязную одежду положишь в стиральную машину, дам пока свои вещи.

— Правильно! — завопила Кристина.

— Это временное решение проблемы, — быстро добавила я, — пока пусть одна живет в гостиной, а другая в маленькой комнате у кухни. Потом сообразим, как с ними поступить.

— Что у нас происходит? — раздался веселый голосок, и в прихожую вошла выспавшаяся Тамарочка. — Здравствуй, Ленинид. Ну что, Света, сшила ты им брюки?

— Нет, — хором ответили женщины и убежали в гостиную.

Ленинид тоже поспешил ретироваться. Томочка, ласково улыбаясь, спросила у меня:

— Познакомь меня с гостьей. Это кто?

— Моя очередная маменька, — хмыкнула я, — Светлана Коломийцева, вторая по счету. Прошу любить и жаловать.

На секунду в глазах Томуськи вспыхнуло изумление, но она мигом сказала:

— Очень приятно, рада знакомству. Не хотите принять душ с дороги?

Я пошла в свою комнату. Тамара в своем репертуаре. Если она встретит в лесу людоеда, то обязательно поинтересуется, не снять ли ей серьги, потому что каннибал может подавиться, грызя ее на ужин.

Оставшуюся часть вечера я провела, разыскивая Олега. Наконец муж схватил мобильник и рявкнул:

— Ну...

— Это я, понимаешь...

— Перезвони через час, я занят.

— Но очень надо...

— Все живы-здоровы?

— Да.

— Тогда через час.

— Погоди, погоди, когда вернешься?

— В конце мая.

— Как?! Обещал же на днях!

— Вилка, я не на танцульках, работаю, потом созвонимся.

И он мигом отсоединился. Я уставилась на телефон. Вот здорово! Дома все живы, здоровы? Значит, чтобы Олег обратил на жену хоть какое-нибудь внимание, ей необходимо умереть! Перед глазами мигом предстала картина. Красивый гроб с открытой крышкой, внутри на белоснежной шелковой подушке лежу я, тихая, молчаливая, одним словом, мертвая. Вокруг рыдающие подруги и родственники, все несут огромные букеты: Ленинид, Наташка, Тамара. А где Олег? Мужа-то нет. Он сидит на работе и звонит в крематорий:

— Извините, нельзя ли отложить кремацию Виолы Таракановой? Очень занят, ни минуты времени.

А это что? К гробу подскакивают мужики, захлопывают крышку и утаскивают меня в холодильник. Лежи, дорогая Вилка, поджидай, пока супруг переловит на просторах необъятной Родины всех криминальных элементов и найдет времечко проститься с дорогой покойницей.

От злости я заскрипела зубами и чуть не разбила телефон. Вот как! Даже на мои похороны не пришел! Ладно, поищем Юрку. Но приятель, очевидно, уже ушел с работы, а до дома еще не добрался, потому что не снимал трубку ни в кабинете, ни в квартире. Мобильный же безостановочно талдычил: «Аппарат абонента находится вне зоны действия сети».

Около полуночи раздался грохот и отчаянный плач Никитки. Я вышла в коридор и увидела, что Наташка достает с антресолей раскладушки.

— Вы у нас поселиться решили? — не утерпела я.

— Да вот, — спокойно ответила Лелька, — подумали, чего домой тащиться, завтра с утра за шитье и примемся.

— На работу не пойдете?

— Завтра суббота, — напомнила Наташка.

— Как это ты Юрасика одного в квартире оставила? — съехидничала я, глядя, как Лелька поднимает выпавший с антресолей чемодан.

— Так он в Питер укатил, к Олегу, — пояснила та, — сказал, раньше двадцатого не вернется. Мальчишки у мамы. Чего мне одной куковать! Знаешь, сколько мы за выходные нашьем? Светка быстро все делает!

— Вторая тоже ловкая, — вступила в разговор Наташка, — нам бы еще одну машинку найти!

Я вернулась к себе. Значит, придется терпеть маманек самое меньшее до конца месяца, а потом вернутся Олег с Юркой, и я заставлю их отправить запрос на зону. Ну должны же где-то в деле остаться фотографии, вот тогда и станет ясно, кто есть ху?

Утром я решительно объявила маменькам:

— Значит, так, звать вас обеих Светами — только путаться. Пусть та, которая заявилась второй, подбирает себе другое имя.

— Почему я? — попробовала сопротивляться вторая самозванка.

— Без скандалов! Ну, как звать станем?

— Туся, — подсказала Кристина.

Все уставились на нее.

— От Светы можно сделать ласкательное Светуся, — пояснила девочка.

— Ладно, — я подвела черту, — Света и Туся, очень хорошо, прямо здорово. И чтобы никаких выяснений отношений, иначе выгоню.

Маменьки быстро закивали. Посчитав, что домашняя ситуация стабилизирована, я вернулась к себе, распахнула окно и услышала плач и шум. У соседнего дома, блочной пятиэтажки, стоял бело-синий автобус, к боку которого была привалена крышка гроба. Сама домовина с покойником была, очевидно, в катафалке. Возле машины толпились одетые в черное люди. Я быстро захлопнула окно. Не слишком приятное зрелище похороны, в отличие от некоторых людей я очень не люблю смотреть на чужое горе.

Примерно через час я вышла на улицу и двинулась мимо того места, где недавно стоял автобус. Пожилая дворничиха сметала в кучу пустые пластиковые стаканчики, обломки гвоздик и какие-то тряпки. Я аккуратно обошла ее.

— Вот ведь горе, — неожиданно сказала бабка, — хороший человек был, душевный, а умер.

— Вы про кого говорите? — вежливо спросила я.

— А хоронили сейчас, неужто не видела?

— Автобус заметила, а кто покойник, не знаю.

— Так Мишка Крысов, — пояснила бабулька, — участковый наш. Он вот тут жил, во втором подъезде, на своем участке. Добрый, отличный парень. Моего Витьку сколько раз за пьянку ругал.

— Кто? — насторожилась я. — Крысов? Точно?

— Какие же тут сомнения, — удивилась дворничиха, — он самый и есть.

— От чего он умер? Похоже, нестарый совсем.

— Молодой еще, пятидесяти не справил. Убили его хулиганы, вон там, в арке, ножиком пырнули и убегли. Место темное, он кровью и истек. Небось прижал хвост кому-то, ему и отомстили. Миша правильный человек был, несовременный, бандитам спуску не давал.

На плохо слушающихся ногах я пошла к метро. Интересная картина получается! Ритка мертва, и ее смерть выглядит так, словно она стала жертвой разбойного нападения. Тут же, буквально сразу, погибает от рук хулиганов и ее любовник Михаил

Крысов. Надо срочно отыскать Жору, сдается мне, он знает, кто лишил жизни несчастных.

Компания «Верико» располагалась в трехэтажном здании возле метро «Алексеевская». Очевидно, дела шли хорошо, в помещении недавно был сделан ремонт, стены радовали глаз нежно-песочным цветом, а полы — ковровыми дорожками. Я решила не лезть напролом, спокойно вошла в приемную и улыбнулась даме, сидевшей за новеньким офисным столом.

— Здравствуйте.

Женщина мигом оторвалась от компьютера и очень приветливо ответила:

— Добрый день, чем могу помочь?

На лацкане ее модного льняного пиджачка болталась табличка «Невзорова Виктория Сергеевна».

— Я по образованию педагог, но сейчас потеряла работу. А мой сосед, Радько Георгий Андреевич, устроился к вам агентом, вот хочу пойти по его стопам.

Виктория Сергеевна ласково улыбнулась.

— Правильный выбор. Наша компания не только дает стабильный заработок. Перед вами открываются перспективы карьерного роста, конечно, придется походить на курсы, но, заметьте, в отличие от других страховых обществ, мы обучаем совершенно бесплатно.

Вдохновенно выпалив явно заученную речь, Виктория Сергеевна перевела дух и другим, деловым, тоном сообщила:

— Ступайте в девятую комнату, к Марковой Марине Игоревне, она определит вас на курсы.

Я пошла по коридору, отыскала нужную дверь, увидела опять даму безукоризненной внешности, в элегантном костюме и стала рассказывать о своем желании стать агентом.

— Следующий поток пойдет на занятия через неделю, — сообщила Марина Игоревна, — начало лекций в девять утра, после двухнедельного курса предстоит экзамен.

— Замечательно, — оживилась я, — с удовольствием начну учиться.

Пришлось заполнить анкету, написать заявление и ответить на простенький тест. Наконец мне удалось спросить:

— Не подскажете, Георгий Андреевич Радько, агент, где сидит?

Марина Игоревна улыбнулась:

— Дорогая Виола Ленинидовна, агенты, как правило, бегают по городу.

— Ну хоть в каком отделе он трудится?

— А вам зачем?

— Это мой сосед по дому и хороший приятель, хотелось бы работать с ним вместе.

— Секундочку, сейчас уточню.

Марина Игоревна вытащила список и стала водить пальцем по строчкам.

— Радько, Радько, ага, вот он, восемнадцатый кабинет, второй этаж, страхование жизни граждан.

— Разве он не автомобилями занимается?

— Видите ли, душенька, такого четкого разделения у нас нет. Каждый агент может застраховать что угодно: квартиру, машину, дачу, вашу жизнь, здоровье...

— Здоровье?

— Вот об этом вам подробно расскажут на курсах, — ослепительно улыбнулась Марина Игоревна, — для того и учиться будете, чтобы постичь азы.

Я вышла в коридор и решительно направилась в восемнадцатую комнату. У меня не было ни времени, ни желания ждать целую неделю, чтобы разобраться в страховом бизнесе, следовало действовать оперативно.

ГЛАВА 15

В не слишком большом помещении сидела над кипой бумаг девушка лет двадцати пяти.

— Вам кого? — не слишком любезно поинтересовалась она.

— Радько Жора тут работает?

Девушка, заполняя какой-то бланк, лениво бросила:

— Вроде здесь.

— А когда придет?

— Кто ж его знает?

— Вот беда.

— Случилось что? — равнодушно осведомилась служащая.

— Георгий Андреевич обещал мне немного рассказать о «Верико».

Девушка внезапно заинтересовалась.

— Застраховаться хотите? И зачем вам Жора? Давайте оформим. Будем знакомы, Настя.

— Очень приятно, Виола. Только я хочу устроиться сюда на работу и не знаю, стоит ли.

Настя оперлась локтями на стол.

— А сейчас где ломаешься?

— В риэлтерской конторе, по квартирам бегаю.

— Нравится?

— Нет, конечно. Иначе бы уходить не хотела.

— Чего так?

— Оклада нет, работаю за процент, хозяин вечно норовит обмануть, хорошие сделки только его любимчикам достаются, в общем, мрак. Жора говорил, в «Верико» здорово.

Настя хмыкнула.

— Хорошо там, где нас нет, не верь, тут помойная яма почище твоей риэлтерской конторы и условия гадкие. Шило на мыло поменяешь. Оклада нет, снова процент, а если найдешь выгодную сделку, у тебя ее быстро старшие товарищи отнимут и в два счета объяснят, что ты оформить как надо не сумеешь.

— Да? А вот Жора говорил...

— Уж не знаю, чего он тебе наплел, но имей в виду, за каждого нового волонтера человек, притащивший его сюда, имеет небольшое вознаграждение. Небось он заработать хотел, вот и тащил тебя сюда.

— Настенька, дорогая, — залебезила я, умоляюще глядя на девушку, — будьте добры, расскажите немного о «Верико». Может, и впрямь другое место подыскать, если Жорка меня обманывает!

Настя пару секунд молча перекладывала какие-то бумажки, потом вздохнула:

— Только смотри, не проговорись кому, что со мной беседовала.

— Ни за что!!!

— Если кто сюда войдет, скажи, что страховать жизнь пришла, ясно?

— Конечно. А что такое страхование жизни?

Настя усмехнулась.

— Простое дело, можно страховаться на небольшой ущерб или временную потерю трудоспособности, а можно — на летальный исход.

— Это как?

— Предположим, ты страхуешься от перелома рук или ног, если с тобой такое происходит, компания выплачивает определенную договором сумму. А можно застраховать жизнь. Коли умрешь, то родственники получат деньги, те, кому завещаешь.

— И сколько такое стоит?

— Ну, как договориться. Суммы случаются разные. Там много нюансов. Если человек пожилого возраста, болен, ему предстоит лечь в больницу, то «Верико» ни за что не пойдет на то, чтобы договариваться с ним о больших выплатах, слишком велик риск. Скоро придется раскошеливаться. Обычно у клиента просят справку о состоянии здоровья. Бывают, понятно, случаи, когда люди обманывают. Ну допустим, онкологический больной, с ним ни одна страховая компания связываться не станет. Так вот, принесет такой бумажонку от врача, что у него здоровье космонавта, а сам через полгода на тот свет отъедет.

— И родственникам заплатят?

— А куда деваться! Только агенту, который сделку оформлял, штраф начислят, это в первый раз. А во второй могут и выгнать.

— Очень несправедливо, у бедняги же не рентгеновские лучи вместо глаз, посмотрел справки и поверил.

Настя сморщила нос.

— Говорю же, собачья работа. Вон, Шурика Нестеренко выперли.

— За что же?

Настя скривилась:

— Тут такой шум был. Вроде у него разом три клиента на тот свет отъехали, прямо друг за дружкой умирали. Двое-то вроде в возрасте, а третья совсем девчонка, инсульт у нее приключился! Прикинь, двадцати пяти не исполнилось — и инфаркт мозга. Такого просто не бывает! Сумма выплаты огромная была, мать получила, ни слезинки не проронила. Очень странная особа. Меня в качестве свидетеля позвали, когда бабе деньги вручали. Представь, начальник с постной миной пачки отдает, чуть не рыдает, ясное дело, рубли жалко, а мамаша преспокойненько все в сумку сгребла и нагло заявила:

— Теперь предоставьте мне машину, чтобы в банк ехать, а то знаю, как некоторые поступают. Стоит клиенту из конторы с хорошей суммой выйти, как мигом бандиты налетают и грабят. Со мной подобный номер не пройдет.

Тут у всех челюсти поотвисли, родственники обычно плачут, убиваются, даже если старики умерли. А здесь девчонка молодая, не пожила совсем! Ну и мамочка!

Вот после этого случая Шурика и бортанули. Уж не знаю, где он теперь.

Неожиданно в моей голове вихрем пронеслись фамилии Левитина, Рассказов...

— Рамазанова Екатерина, — невольно выпалила я, — так звали эту несчастную девушку?

— Откуда ты знаешь? — удивилась Настя. — Похоже, погоди-ка!

Она включила компьютер и пощелкала мышкой.

— Точно! Ты с ней знакома была?

Я кивнула.

— Бывают же такие совпадения, мы соседки по лестничной клетке.

— Вот уж удивительно, — засмеялась Настя, — верно говорят, мир тесен. Шурику крупно не повезло. Главное, до этой твоей соседки у него уже два прокола случились, умерли люди, их родственникам большие суммы выплатили, ну и выставили парня на улицу без всякой жалости. Кстати, Жора

Радько... Эй, постой! Ты же вроде сказала, что Георгий Андреевич твой сосед?

Я кивнула.

— На этаж выше живет.

— А девочка эта, ну Рамазанова, которая от инсульта померла, тоже твоя соседка?

Я осторожно спросила:

— Ну и что?

— Значит, Жора ее знал?

— Вполне вероятно.

— Тогда все понятно, вот гад! Никогда он мне не нравился, противный очень. Все понятненько! Думает, самый хитрый! Ну ничего, обязательно попадется. Это Шурик наивный был, незлобивый, вот и ушел тихо. А другой непременно шум поднимет. Ну Жора, ну гусь!

— Что-то не пойму, за что ты Радько ругаешь? — спросила я.

— Ты с ним дружишь, да?

— Нет, просто по-соседски общаемся. Войдешь в лифт, скажешь: «Здравствуйте», или у подъезда столкнешься и перебросишься парой словечек, вот и вся дружба.

— Говоришь, он тебя сюда пригласил...

Я кивнула.

— Иду раз с работы, еле ноги волочу, а навстречу Жорка. Ну остановились, он спросил: «Чего такая никакая, болеешь?» Я и ответила: «Устала дико, денег не платят, мрак, надо другую работу искать». Тут он и рассказал про «Верико».

— Вот гад, — кипела Настя.

— Так в чем дело?

Девушка с гневом воскликнула:

— Мне еще тогда это странным показалось: кто же клиентом поделится?

— Не понимаю.

Настя вытащила сигареты, щелкнула дешевенькой зажигалкой и пустилась в объяснения.

Шурик Нестеренко, тихий, робкий паренек, пришел на работу в «Верико» почти одновременно с Жорой. Но если Радько был быстр на ногу, коммуникабелен, активен и мгновенно оброс клиентами, то у юноши дела обстояли плохо. К тому же, начав нервничать, Шурик тут же принимался заикаться, слегка, не очень сильно, тормозил на звуках «п» и «д», но клиентам такой агент не слишком нравился, и никто не спешил заключать договоры через Нестеренко. Парень явно выбрал себе не ту работу. Но в лицо ему об этом ни Жора, ни Настя говорить не решались.

Как-то раз девушка вошла в комнату и стала свидетельницей такого диалога.

— Спасибо, Георгий Андреевич, — чуть ли не со слезами на глазах благодарил Нестеренко.

— Ерунда, — отмахнулся Жора, — забудь!

— Ну как же, так помогли!

— Ой, прекрати.

— Огромное, огромное спасибо.

Очевидно, Жоре надоел разговор, потому что он довольно резко оборвал Нестеренко:

— Хватит слюну пускать, лучше будь другом, сходи за сигаретами, у меня бумаги потолок подперли, ни минуты свободной.

— Для вас, Георгий Андреевич, что угодно, — с жаром воскликнул Шурик и ринулся на улицу.

— Что ты ему сделал, конфетку подарил? — поинтересовалась ехидная Настя.

Радько скривился.

— Клиента дал.

Настя чуть не выронила на пол кипу документов, которую держала в руках.

— Зачем?!

Жора хмыкнул.

— Жаль дурачка! Сидит тут целый день, неумеха, с голоду помрет.

— Пусть берет ноги в руки и бегает по городу, — жестоко возразила Настя.

— Да ладно, — отмахнулся Радько, — не обеднел я.

Настя была изумлена. Каждый новый клиент — это денежки в карман агента, поэтому никаким альтруизмом в «Верико» никто не занимался. А уж от Радько меньше всего можно было ожидать добрых поступков. Георгий совершенно не нравился Насте, походил на улыбающегося крокодила. Оказывается, она ошибалась, Жора сердобольный человек.

— Рамазанову он тоже Шурику подсунул, — кипятилась Настя. — Пристроил соседку, понимаешь почему?

— Честно говоря, нет!

— Господи, — всплеснула руками Настя, — так просто. Эта Екатерина небось давно больная была. Только ей и двадцати пяти не исполнилось. Ну кто же заподозрит неизлечимую болезнь в таком возрасте. Кумекаешь?

— Не доходит до меня никак.

— Некоторые агенты идут на обман компании. Вступают в сговор с родственниками. Радько-то соседствовал с Рамазановой, знал, естественно, что девчонка больная, соседи друг про друга все слышат, ничего от них не скрыть, у кого чего в кастрюле лежит, и то известно. Вот и пошептался Жорик с матерью этой Екатерины.

— О чем?

— Ну, небось заявил: «Твоей все равно долго не

жить, давай, я ее застрахую, а денежки потом поделим между собой, и дело в шляпе». Делают так иногда, правда, редко, чтобы начальство чего не заподозрило. Только Жора совсем хорошо придумал, он Рамазанову Шурику подарил! И рыбку съел, и косточкой не подавился!

— А где теперь Шурик? — тихо спросила я.

— Понятия не имею, дома небось, если новую работу не нашел.

— Адрес его не знаешь?

— Зачем тебе? — насторожилась Настя.

Я ласково улыбнулась.

— Понимаешь, послушала я тебя, послушала и решила, не стоит из риэлтерской конторы уходить.

— Верно! — воскликнула Настя. — Шило на мыло сменяешь, лучше другое чего поищи. Только зачем тебе адрес Шурика?

— В нашей конторе, — я принялась вдохновенно врать, — люди работают парами. Один по городу носится, другой документы оформляет. Мне с напарниками катастрофически не везет, одни прощелыги попадаются. Вот я и подумала, похоже, этот Шурик честный, наивный мальчик, возьму его себе в товарищи, такой не надует.

— Конечно, нет, — обрадованно подтвердила Настя. — Мямля он жуткая, нерасторопный, медлительный, настоящий тормоз, но патологически честный, прямо до дури. Погоди-ка, адресок поищу.

Через пять минут в моем кармане лежала бумажка с координатами Нестеренко.

— Некрасиво Жора с ним поступил, — покачала я головой, — не по-товарищески. Он тут, кстати, с кем-нибудь дружит?

Настя спокойно ответила:

— А в твоей риэлтерской конторе агенты дружат? Вместе дни рождения отмечают, а по воскресеньям в кино ходят?

Я засмеялась.

— У нас человек человеку волк, каждый боится, что другой у него сделку перехватит.

— Здесь то же самое, — пожала плечами Настя, — мы с Жорой общаемся только из-за того, что в одной комнате сидим. Но, если в коридор выходим, то стол запираем и ключики с собой уносим.

Я поболтала с ней еще немного о страховом бизнесе, поняла, что больше ничего интересного не узнаю, и ушла.

Шурик Нестеренко жил не слишком далеко от метро «Менделеевская». Вроде почти Центр, но место неприятное, шумное и грязное. Перейдя Новослободскую улицу, я поплутала во дворах, среди маленьких домиков, построенных в начале двадцатого века, и с трудом отыскала нужный. Ну и какой толк жить в Центре? Погулять тут негде, повсюду асфальт и бетон, в уши назойливо лезет шум, ревут автомобили, гомонят люди. Дышать абсолютно нечем, да и окна жильцам приходится небось раз в месяц мыть, вон какие стекла черные. Нет уж, лучше в спальном районе, среди зелени и относительной тишины. Знаю, знаю, кое-кто возразит:

— До Большого театра и музеев Кремля придется три часа добираться.

Ну и что? Сколько раз в неделю вы посещаете сии заведения? То-то и оно, что раз в год, если не меньше. Поэтому давайте не будем ругать отдаленные районы. В Ново-Переделкине летом намного комфортней, чем на Арбате, а зимой в Солнцеве просто рай. Лес рядом, бери лыжи и катайся. А с продуктами и товарами теперь везде хорошо.

Я вошла в темный подъезд и увидела множество табличек под звонком. Так, тут в придачу ко всему коммунальные квартиры!

Нажав на пупочку пять раз, я подождала немного и услышала детский голосок:

— Мама на работе, а папа на диване спит, вы кто?

— Шуру Нестеренко позови.

Загремел замок, приоткрылась малюсенькая щелочка, в которой засверкал круглый глаз, похожий на вишню.

— Шурика ищете?

— Да.

— Его дома нет, он на работе.

— Позови, пожалуйста, кого-нибудь из старших.

— А никого нет, — завел ребенок, потом опомнился и прибавил: — Папа на диване спит! Он у меня огромный и сильный, как медведь!

Я подавила улыбку.

— Хорошо, с таким не страшно.

— Никого не боюсь, — ответил дрожащий голосок.

— Когда Шурик придет?

— Утром, у него сутки.

— Кем же он работает?

— У метро сидит, в ларьке, — поведало дитя, — конфеты мне носит, глядите!

В щель высунулась довольно грязная ручонка, крепко сжимающая полуобгрызенный леденец на палочке.

— Скажи, ты мальчик?

— Девочка, — оскорбилось существо по ту сторону двери, — Маша.

— Машенька, подскажи, как найти ларек Шурика?

Девочка затарахтела:

— От метро до газетного киоска, слева шаурмой торгуют, а справа будка с конфетами стоит, за ней брат сидит, у него такой кругленький домик, а сверху надпись «Лучшая покупка».

Выпалив последнюю фразу, Маша захлопнула дверь.

Я вернулась к метро, повертела головой в разные стороны, увидела вагончик с железным штырьком, на котором висели куски мяса, и тут же глаза наткнулись на вывеску «Лучшая покупка».

ГЛАВА 16

Шурик сидел не в ларьке, а в павильончике. Когда я вошла внутрь, он отложил книгу, которую читал в отсутствие покупателей, и тихо спросил:

— Что хотите?

Я бросила взгляд на обложку. «Стихи. В.Брюсов». Да уж, меньше всего ожидала увидеть в руках ларечника такую литературу. Детектив, научная фантастика, триллер, что угодно, но не поэзию Серебряного века.

Шурик выглядел несовременно. Худой, бледный юноша в больших очках и застиранной футболке. Никаких серег в ушах, плейера или татуировок. Вьющиеся красивыми кольцами каштановые кудри падали почти до плеч, а глаза у Нестеренко оказались голубые-голубые, прозрачные и беззащитные. На лице Шурика огромными буквами было написано: «Я не могу никого обмануть». Подобное существо должно сочинять вирши, танцевать в балете, петь в хоре, но никак не продавать водку с пивом.

— Что желаете? — мягким голосом повторил паренек.

Я окинула взглядом жвачно-сигаретно-чипсовое изобилие и ткнула пальцем в небольшой батончик колбасы.

— Это вкусно?

Шурик порозовел.

— Ну так как? — нетерпеливо повторила я. — Стоит деньги на сей продукт тратить?

Нестеренко замялся.

— Срок годности не истек, значит, нормальный.

— А на вкус?

— Мне не слишком нравится, но на вкус и цвет товарищей нет.

— Ладно, — легко согласилась я, — а глазированные сырочки ничего?

— Для себя берете или ребенку дать хотите?

— Какая разница?

Нестеренко терпеливо пояснил:

— Срок годности у них кончился вчера. Взрослый человек съест, и ничего не случится, а маленькому не надо давать, лучше в супермаркет сходите, там хоть и дороже, зато свежее, без обмана.

Я улыбнулась.

— Давно тут торгуешь?

— Не очень.

— Небось всех покупателей распугал. Да тебя хозяин скоро выгонит, если правду клиентам о качестве продаваемого товара станешь рассказывать.

Шурик оперся о прилавок.

— Про водку и сигареты я молчу, а от них самая выручка. Какая с сырка за пять рублей выгода? Мне же неприятно будет, если ваш ребенок траванется. Вот сметана свежая и йогурты нормальные, только невкусные, немецкие, мне больше наши нравятся.

— Ты всегда такой честный был?

Шурик пробормотал:

— Вовсе я не честный, только зачем людям врать!

— Не подходишь ты для торговли.

— Сам знаю, — грустно вздохнул Нестеренко, — но родителям помогать надо, у меня еще сестренка есть младшая, Машка, на ней все горит! Постоянно новую одежду покупать приходится.

— Ты бы учиться шел.

— Так срезался два раза в институт.

— Куда поступал?

Шурик потупился.

— Сначала в Литературный, а потом в МГУ, на филологический. В июне опять попробую.

— Ты лучше в педагогический ступай, — посоветовала я, — на отделение дошкольного воспитания, туда мальчиков сразу берут, вне конкурса.

— А потом мне что, в детский сад идти? — возмутился парень.

— Нет, конечно, диплом получишь — и ступай, куда заблагорассудится. Знаешь, ты мне понравился, хочешь, помогу?

Нестеренко закрыл кассу и с надеждой спросил:

— Вы работаете в институте? Преподаете, да?

— Нет, только могу посоветовать тебе иное место работы, ну пока студентом не стал. Моего соседа по дому, Радько Георгия Андреевича, недавно сократили. Так он пристроился в страховую компанию «Верико», агентом. Жуткие тысячи зарабатывает! Деньги лопатой гребет! Могу тебя с ним познакомить, он протекцию составит. Станешь людей страховать, прибыльное дело.

Шурик секунду молчал, потом рассмеялся.

— Нет, такого просто не бывает.

— Что случилось? — Я прикинулась удивленной, но тут в павильончик вломилась толпа мужиков и принялась требовать водку, колбасу, паштет, хлеб...

Я наблюдала, как юноша медленно движется вдоль прилавка, как неловко кромсает ножом колбасу, и подавила тяжелый вздох. Ну зачем мальчик пошел в торговлю? Совсем это не его занятие.

Наконец работяги ушли.

— Что тебя так удивило? — продолжила я допрос.

Нестеренко тщательно протер деревянную доску, на которой резал «Докторскую», и пояснил:

— Именно в этой «Верико» я работал, выгнали меня оттуда, а с Георгием Андреевичем Радько в одной комнате сидел!

— Да ну, — всплеснула я руками, — вот это совпадение. Верно говорят, мир тесен! Чего же ушел с такого сладкого места? Или с коллегами не поладил? Обижали они тебя?

Шурик покачал головой.

— Да нет, люди нормальные были. Девушка Настя, правда, меня в упор не замечала. Спросишь что-то, отвернется и делает вид, что не слышит, а Георгий Андреевич приветливый и добрый. Я никак не мог найти клиентов, ну не понимал я, как это делать! На улицах, что ли, за пиджак ловить и предлагать страховаться? А Жора мне иногда работу подбрасывал. Да чего там! Всего и заключил я за время службы десяток сделок. Мелочовка одна, машины люди страховали, на таком не заработаешь. Зато Георгий мне троих подарил! Хорошие сделки! Страхование жизни, да только...

Шурик замолчал.

— Только что? — поторопила его я.

— Не повезло мне, — бесхитростно пояснил паренек, снял очки и начал протирать стекла.

И сразу его лицо стало совсем детским, абсолютно беззащитным и слегка обиженным. Стало понятно, что Шурику вряд ли исполнилось двадцать лет. Наивный, слабохарактерный, доверчивый ребенок! Неожиданно в моей душе появилась злоба на Жору. Ну не негодяй ли мужик! Такого парнишку обмануть, все равно что у младенца конфетку отнять! Жорка перестал мне нравиться окончательно.

Шурик аккуратно спрятал замшевую тряпочку и продолжил:

— Жуткая невезуха! В январе Левитина умерла. Вроде тетка по справке здоровая была, да и внешне на умирающую не походила. По полной программе застраховалась, на сто тысяч долларов. А через месяц хороним! Оказывается, болячка у нее была, название такое хитрое, не вспомню сейчас. Раз — и нету. Ларисой звали. Главное, не поверите, вручил ей полис, обрадовался, процент хороший получил, а она так грустно улыбнулась и сказала:

— Погоди ликовать, от этой страховки у тебя неприятности будут. — А потом добавила тихонечко: — Ну а мне совсем плохо придется.

И что? Так и вышло. Клиентка на кладбище, а на меня начальство налетело, что как следует ее состояние здоровья не проверил.

Георгий Андреевич очень расстроился: «Извини, Шурик, случайность вышла».

И ведь это уже во второй раз! До этого в конце октября Жора привел к Нестеренко Сергея Мефодьевича Рассказова и сказал:

— На, дарю клиента.

Шурик обрадовался, но стал отнекиваться.

— Не надо, спасибо, что же вы своего заработка лишаетесь.

— Ерунда, — отмахнулся Жорка, — человек человеку друг, товарищ и брат. Сейчас сориентируешься, развернешься и вернешь должок с процентами, за одного трех клиентов мне приведешь!

— Тогда ладно, — обрадовался Шурик и оформил сделку с Рассказовым.

Вышло нехорошо. Не прошло и трех недель, как Сергей Мефодьевич благополучно отбыл в крематорий. А Нестеренко получил первый нагоняй от руководства.

После второй смерти — Левитиной — Жора только недоумевал:

— Ну и невезучий ты, Шурик. Снаряд два раза в одно место не падает, а тут словно судьба шутит. Вот тебе стопроцентно успешное дело. Девчонка, двадцать четыре года. Чего ей взбрело жизнь страховать, никак не пойму, забирай себе. С этой точно ничего не случится.

Нестеренко подумал так же, как и Радько, и ошибся. Спустя месяц Катю Рамазанову настиг инсульт. Представляете гнев вышестоящих чиновников. Шурику незамедлительно указали на дверь.

— Да я и сам уходить собрался, — бубнил парнишка, вновь протирая очки, — уж больно дико получалось. Кого застрахую, тот мигом покойник. Мне знаете что заведующий агентской сетью сказал?

— Если бы кто другой таких результатов достиг, я заподозрил бы криминальное дело, но, глядя на тебя, Шурик, ни о чем плохом подумать нельзя. Следовательно, глаз у тебя «черный», несчастья людям приносишь. Ступай лучше колбасой торговать, только на всякий случай долго на продукты не смотри, а то портиться начнут!

Шурик замолчал, водрузил очки на нос и закончил:

— Послушался я его, вот теперь при водке и сигаретах.

Домой я принеслась взмыленная, словно лошадь, пробежавшая сто километров с тучным всадником на спине. В квартире стоял шум. Из спальни Томочки несся бодрый вопль Никитки. Сначала я заглянула к подруге. Та довольно ловко запихивала сына в памперс.

— Надо же, — удивилась, я, — у тебя этот новомодный подгузник маленький, вон только попку прикрывает, а у меня до подмышек дотягивался!

Томочка рассмеялась.

— То-то я гляжу, пачка на 25 килограммов открыта, ты взяла слишком большой, на два года.

— Они разные? — запоздало удивилась я.

— Конечно, дети-то растут! Принеси мне с кухни коробку салфеток.

Я пошла по коридору. Действительно, дети имеют обыкновение быстро расти, ну и дура же я!

Никакой коробки ни на столе, ни на подоконнике не было. Я выхватила из стаканчика салфетки, принесла Тамаре и спросила:

— Похоже, больше нет, этих хватит?

Томочка заулыбалась.

— Ну, Вилка, ты даешь! Мне нужны детские салфетки, пропитанные маслом, попу Никите вытирать.

— А-а-а, понятно.

— Значит, кончились, — покачала головой Тамара. — Посидишь с Никиткой? Я в аптеку схожу.

Я с сомнением посмотрела на ребенка и предложила альтернативный вариант:

— Сама сбегаю.

— Отлично, — обрадовалась Томочка, — только возьми большую упаковку, маленькая мигом улетучивается.

Аптека располагалась на проспекте, впритык к метро, ходьбы до нее три минуты, а может, и того меньше. Единственное, что мне не нравится в этом заведении, — очередь. Люди выскакивают из подземки, налетают на вывеску и мигом вспоминают, что им нужно приобрести аспирин. Но сегодня мне повезло, провизорша тосковала за прилавком в гордом одиночестве.

— Покажите салфетки, масляные, для новорожденных.

— Слева, у окна, — без всякого энтузиазма ответила девица.

Подойдя к витрине, я растерялась. Салфеток этих было вариантов двадцать. Сначала я попыталась разобраться сама, но не сумела, и еще смущал разброс цен. Пришлось возвращаться назад и просить помощи у фармацевта.

— Скажите, пожалуйста, отчего вон те, красненькие, стоят восемь рублей упаковка, а зелененькие сто двадцать?

Девушка поправила на волосах голубенький колпачок и довольно вежливо ответила:

— Первые отечественные, производит ООО «Наш малыш», вторые югославские.

— Чем они отличаются?

Провизорша усмехнулась.

— Небось недавно родили? Сколько младенцу?

— Месяца еще нет.

— Знаете, где этот «Наш малыш» делают?

— Нет.

— А вы прочтите на обертке.

И она сунула мне в руки пачку, упакованную в хрустящую бумагу, украшенную изображением лысого, глазастого, ушастого младенца, сильно смахивающего на детеныша летучей мыши.

— Ленинградская область, город Конаков, — озвучила я.

— Не знаю, как вы, — фыркнула девица, — но мне бы и в голову не пришло купить для своего ребеночка то, что произведено бог весть в каком сарае. Если у вас материальное положение плохое, лучше приобретите масло подсолнечное, простерилизуйте и мажьте.

— Но рядом с югославскими лежат еще другие, за двести пятьдесят, — не сдавалась я.

— Так эти «Джонсон и Джонсон» делает, фирма, мировая известность, рекламу по телику видели?

— Там имеются и по четыреста целковых.

Девушка закатила глаза.

— О, эти совсем суперские! Американские! «Доктор Фрост». Пропитаны маслом жожоба, абсолютно не аллергенны, ароматизированы, не оставляют пятен на одежде, потрясающая, великолепная, отличная штука, но... дорого!

Словно буриданов осел, я уставилась на пачки. Так, эти дешевые, но плохие, те шикарные, зато стоят непомерные деньги. Себе, естественно, я взяла бы за восемь целковых, но Никитке? Почему ребенок должен страдать из-за моей жадности! Вон, четырехсотрублевые какие хорошие, аллергии не будет, фирма, американские... Раздавив каблуком жабу, я решительно произнесла:

— Дайте «Доктор Фрост».

— Отлично, — одобрила провизорша, — изумительное средство. Запах потрясающий, кстати, профилактика от морщин.

Я сдержала смешок. Про морщины — это из другой оперы. Салфетки-то предназначены для «мадам Сижу». Насколько понимаю, «гусиные лапки» на этом месте не образуются даже у пожилых людей.

Получив покупку, я опять приблизилась к витрине. Может, взять еще и присыпку? Она тоже представлена в нескольких вариантах. Не успела я повернуться к продавщице, как в аптеку влетел парень лет шестнадцати и потребовал:

— Дайте тамокарген[1].

— Рецепт.

— Нету, продай так!

Девушка сердито ответила:

— Ни за что. Врач выпишет, тогда за милую душу.

— Послушай, — взмолился юноша, — была бумажка, теща дала, а я потерял. Теперь хоть домой не возвращайся, убьет, когда сообразит, что ей из-за моей неаккуратности вновь в поликлинику топать и в очереди стоять. Ну продай, чего тебе, жалко?

— Права не имею, — сопротивлялась провизор, — может, ты свою тещу убить решил!

— Это как? — оторопел юноша.

— Как, как! Просто! Насыплешь ей тамокаргена в чай от души и угостишь, мигом от инсульта помрет.

— Почему от инсульта? — совсем обалдел паренек.

— Это сильный тромбообразующий препарат, —

---

[1] Лекарства тамокарген не существует. В продаже имеется средство, действующее так же, как придуманный тамокарген, оно хорошо известно врачам и отпускается по списку «В». Автор из этических соображений не дает правильное название препарата.

пожала плечами девица, — а мне потом по шапке надают. Неси рецепт.

— Так если следовать твоей логике, — закричал парень, — я могу бумажонку принести, а потом бабу все равно отравить! Лекарство-то получу!

— Неси рецепт, — насмерть стояла провизорша, — и делай со своей родней что хочешь. Меня тогда никто к ответу не притянет.

— Тьфу, дура, — сказал парень и убежал.

Я забыла про присыпку и подошла к прилавку.

— Скажите, а насчет этого тамокаргена правда?

— Вам зачем? — буркнула девушка.

— Понимаете, я работаю в журнале, вот, смотрите.

Словно кролик, загипнотизированный удавом, провизорша уставилась на бордовое удостоверение, на обложке которого золотом горело: «Пресса».

— Ну и чего? — попятилась фармацевт.

— Правда ли, что прием большой дозы тамокаргена может вызвать инсульт?

— Вам зачем? — повторила фармацевт.

— Рассказ пишу, детективный, для сюжета требуется.

— Нет, еще влетит мне, — протянула девушка.

Тут в аптеку вошли сразу три человека, и мне пришлось уйти несолоно хлебавши.

ГЛАВА 17

Сунув Тамаре салфетки, я побежала к Ане Корсаковой.

Увидев меня на пороге, соседка решительно сказала:

— Вот что, скажи Тамарке: я гинеколог! Не акушер!

— Это не одно и то же?

— Нет, конечно. А в детях разбирается педиатр! Что у вас опять случилось? Между прочим, Томуська ко мне сегодня восемь раз прибегала. Надоело, ей-богу! Выходной, между прочим, только в ванну залезу, снова здорово, Тамарка звонит.

— Послушай, если накормить тещу тамокаргеном, она умрет от инсульта? — прервала я ее стоны.

— Нет, вы обе сумасшедшие, — попятилась Аня, — ты температуру себе мерила?

— Я совершенно здорова, — заверила я ее, — быстро отвечай, что случится с тещей, если угостить ее от души тамокаргеном?

— С чьей тещей?

— Какая разница, с твоей!

— У меня ее нет!

— Боже, — закатила я глаза, — с моей!

— Да ну, — протянула Анька, — у тебя ее тоже нет, тещи у мужиков.

— Ладно, — сдалась я, — если накормить девушку, молодую, лет двадцати четырех, этим препаратом, она умрет от инсульта?

— Никак не пойму, чего ты хочешь, — отрезала Аня, — если решили с Тамаркой не давать мне ни минуты отдыха, то смею напомнить, что я работаю в больнице, устаю, словно курица...

— Почему курица? — изумилась я. — Всегда считала, что тяжелей всех приходится лошадям.

— А ты попробуй каждый день по два яйца откладывать, — парировала Аня, — как гинеколог, предполагаю, что это трудно и утомительно. Зачем тебе тамокарген?

— Пишу детективный рассказ, хочу убить героиню.

— Ой, как интересно! — взвизгнула Анька. — Дашь почитать?

— Обязательно. Так что про тамокарген?

— Я гинеколог.

— А в справочнике можешь посмотреть?

— Сейчас в Машковского залезу, — пообещала Анька.

Я пошла вместе с ней в комнату. Соседка полистала толстый двухтомник.

— Наверное, загнется твоя героиня. Вульгарно говоря, тромб образуется, а уж куда он попадет, одному богу известно. Если в мозг, то инсульт гарантирован.

— Почему же такое опасное лекарство спокойно продается?

— Оно нормальное, — дернула плечом Аня, — этак большинством препаратов можно человека на тот свет отправить, даже ацетилсалициловой кислотой.

— Аспирином? Ну уж нет!

— Элементарно. Дать побольше дозу больному с язвой желудка, и пишите письма.

— Да ну?

— Точно. Знаешь, Гиппократ говорил: «В ложке лекарство, в чашке яд».

Я вернулась домой, прошмыгнула мимо гостиной, откуда доносились возбужденные голоса, вошла в кабинет к Семену и открыла дискету. По экрану побежали строчки. Что объединяют эти истории болезни? Только то, что эти несчастные Левитина, Рассказов и Рамазанова застраховались в «Верико»?

Я медленно щелкала мышкой, строчки спокойно уползали вверх. Анализы, обследования, заключения специалистов. Разные больницы, врачи, в конце концов, совершенно непохожие диагнозы. Но эти люди попали к Шурику через Жору Радько и скончались. Простое совпадение? Может быть, и так, а может, иначе. Допустим, некое лицо, назовем его Х, является посредником между алчным Жоркой и жадными родственниками, которые хотят получить деньги. Радько страхует жертвы, но поступает хитро, сам не берется оформлять документы, боится, подсовывает обреченных наивному Шурику. Потом за дело принимается Х. Кормит бедолаг некими препаратами, и готово, раз — и их нет! Никаких подозрений у врачей не возникло. Рассказов сердечник со стажем, Левитина давно мучилась щитовидкой, вот только с Рамазановой промашка вышла. Ну с чего бы молодой девчонке от инсульта погибать?

С другой стороны, никто не удивился. Так кто давал людям смертельно опасные дозы препаратов? Навряд ли в медицинских картах это будет указано. Насколько я знаю, отравить больного в палате легче легкого. Нужно только вступить в сговор с медсестрой. Девчонки влетают в помещение около семи утра, засовывают вам под мышку мокрые холодные градусники, ставят на тумбочки пластмассовые лоточки с горкой разноцветных таблеток и буркают:

— Принимать три раза в день.

Что за лекарства, зачем их вам выписали, от молодых особ добиться невозможно. На все вопросы средний медицинский персонал отвечает одинаково:

— Спросите у доктора, он объяснит.

Но большинство больных, не сомневаясь, покорно глотают таблетки, если им дадут лишние пилюли, они и не заметят.

Я продолжала изучать истории болезней. Нет, вряд ли Х доверился медсестрам. Это очень опасно, а вдруг они испугаются и побегут в милицию? Скорей всего Х сам раздавал лекарства. Но как? Может, приходил под видом приятеля и советовал принять некое запатентованное средство, этакую панацею от всех болезней? Значит, у Левитиной, Рассказова и Рамазановой был общий друг.

Я выключила компьютер. Да, дело обстояло именно так. Теперь все звенья цепи сложились вместе. Х находит клиентов, Жорка обеспечивает страховку, потом они делят денежки. Но Радько небось остался недоволен своей долей, вот и решил шантажировать подельника. Переснял на дискету истории болезней. Ясно, почему он нес информацию в потайном кармане. А бомжи небось вовсе не хотели его грабить, их наняли, чтобы отнять у мужика дискету.

Я вновь включила компьютер. Чем же хранящаяся на дискете информация была опасна? Здесь есть упоминание о Х. И где? Два с лишним часа я гоняла перед глазами строчки, пока не наткнулась на интересное сообщение. В истории болезни Левитиной было записано: «Консультация психиатра В.К. Лазаренко». Но та же строчка была у Рассказова и Рамазановой. Получалось, что трое людей, лежащих в разных клиниках, обратились к одному специалисту. Это оказалось единственным, что связывало документы больных. А может, они все-таки были знакомы и поэтому воспользовались услугами одного психиатра?

Я встала и потянулась, от долгого сидения заломило спину. Мне следует найти этого В.К. Лазаренко, пока он не добрался до Жоры и не отправил мужика на тот свет. Представляю, какой убойный материал я напишу после окончания расследования. Да Сеня меня мигом сделает начальником отдела. Может, я наконец нащупала свой путь в журналистике? Расследование ведет репортер! Эффектно и красиво.

Из кухни послышался громкий смех, я пошла на звук, есть захотелось ужасно, за весь день во рту, кроме кофе, ничего не было.

Количество гостей в нашей квартире возрастало в геометрической прогрессии. На столе, посередине, стояли блюдо с оладьями, картонные коробочки, наполненные покупным салатом, лежала доска, на которой розовела недавно порезанная докторская колбаса, и венчала натюрморт коробка с тортом. Я окинула взглядом присутствующих, так, Тамара с Никиткой на руках, Кристина в новой ярко-зеленой блузке, Лелька и Наташка, натянувшие на себя красивые сарафаны, Ленинид, незнакомый дядька, лысый в мятой рубашке, и Света с Тусей. Маменьки вымылись и приоделись в Тамарины платья. Выглядели они вполне прилично, их портили только выкрашенные в дурацкий цвет волосы.

— О, доча, — обрадовался Ленинид, — давай по пивку!

— Я не пью и тебе не советую.

Папенька сморщился так, словно хлебнул уксуса.

— Ну ладно тебе, не порть людям праздник.

— А что, у нас Новый год? — обозлилась я.

Если честно, то я очень не люблю, когда в доме остаются ночевать посторонние. Ну не комфортно мне, если в комнатах спят, пусть даже близкие, друзья. Нужно всем улыбаться, сидеть за столом, изображая радость, а ночью не пошлепаешь в туалет просто в сорочке, придется искать халат, а он, как назло, окажется в пятнах. И вообще, больше всего на свете я люблю тихие вечера поздней осенью, когда на улице льет вовсю дождь. Большинство моих приятелей терпеть не могут такую погоду и массово впадают в депрессию, ноя: «Когда же придет лето?» Я же ложусь на диван, закутавшись в плед, и читаю книги, вслушиваясь в шум дождя за окном. А главное, что никто не придет в гости, не выдернет меня из уютного гнездышка и не заставит пить чай с гадким бисквитно-кремовым кошмаром! Терпеть не могу сладкое, пустые разговоры и светские улыбки.

— Эй, Вилка, — позвала Леля, — чего насупилась? Давай тортик положу, очень вкусный, Николай принес.

Не успела я сказать злобно: «Нет, лучше селедочки с хлебом», — как на стоящую передо мной тарелку шмякнулся бело-розовый кусок с зеленым цветочком.

— Кто такой Николай? — прошипела я. — Познакомьте с этим тортоносцем.

— Так он перед тобой, — захихикал Ленинид, — любуйся на здоровье, Коля Пименов, краснодеревщик, мы вместе работаем. Давай, Колян, опрокидывай пивко!

Мужик молча осушил стакан и закусил оладушкой. Меня замутило, не в силах больше сдерживать рвущуюся из души ненависть ко всему человечеству я поинтересовалась:

— Что вас привело в наши пенаты?

— Пираты? — растерянно переспросил Коля, беря другую оладью.

— Будет тебе, Вилка, из себя самую умную корчить, — засмеялась Наташка. — Туся ему брюки шьет. У нее ловко выходит!

— Света лучше делает, — влезла Кристя, — без выкройки, вжик — и готово!

— Зато у Туськи строчка ровней и карманы об-работаны, — повысила голос Наташка.

— Не ругайтесь, — заявила Леля, — обе шикар-но шьют.

Маменьки сидели с довольным видом, изобра-жая, будто не слышат похвал.

— Наливай, Колян, — велел Ленинид.

— Еще я гофре могу, — сообщила Туся.

— Говна пирога, — заявила Света, — плиссе модней.

— Гофре самый писк.

— Плиссе еще пищее.

— Гофре!

— Плиссе.

— А-а-а-а! — завопил Никита.

— Лучше гофре, — перекрыла его Туся.

— Самое здоровское жатка! — переорала всех Наташка.

— Эй, запевай, — приказал Ленинид, — да-вай, Колян, со мной. «Издалека долго течет река Волга...»

— А-а-а-а...

— Плиссе шикарней!

— А-а-а-а...

— «Течет река Волга, а мне семнадцать лет...»

— А-а-а-а...

— Весь город только жатку носит.

— «Ты скажи, скажи, красавица моя...»

Я почувствовала себя, словно гость на пиру в сумасшедшем доме, и молча принялась ковырять кусок торта чайной ложечкой. Есть его я не соби-ралась, но Олег говорит, что в минуты напряжения или огорчения у меня начинается «пальцевый нев-роз». Начинаю вертеть столовые приборы, крутить пояс от платья, перебирать содержимое сумочки.

Может, научиться вязать? А что, здорово получится, все кругом орут, а я, совершенно спокойная, вдохновенно ваяю свитера и шапочки... Одна беда, любое рукоделие раздражает меня еще больше, чем незваные гости.

Обалдев от крика, я не утерпела и пнула Ленинида под столом ногой. Папенька замер с раскрытым ртом, потом завел:

— Ну, Вилка...

Но я быстро сказала:

— Иди ко мне в спальню.

— Зачем?

— У дивана подлокотник отвалился, надо на место поставить!

Среди массы отрицательных качеств у папеньки есть одно несомненное достоинство. Он никогда не отказывается помочь, если речь идет о домашних делах. Починить табуретку, переклеить обои, начистить картошку, даже вымыть окна, тут на Ленинида можно положиться, и он не станет ныть: «Можно завтра сделаю?»

Нет, встанет и пойдет за инструментами. Вот и сейчас папаша покорно вылез из-за стола и потопал в мою комнату. Вне себя от злости, я поспешила за ним.

— Так все в порядке, — удивился Ленинид, оглядывая диван.

— Слушай, — зашипела я, — мне это надоело!

— Что, — удивился папенька, — диван?

— Нет! — рявкнула я. — Сначала заявляется одна маменька, потом другая, и мы не можем понять, кто настоящая. А все ты! Затем вваливаются Наташка с Лелькой и устраивают пошивочную мастерскую! Как тебе не стыдно!

— Ну при чем тут я? — попытался слабо сопротивляться Ленинид.

— Чьи бабы, а?

— Лелька Юркина!

— Ладно, а остальные?

— У тебя всегда я виноватый, — горестно вздохнул папенька, — не любишь ты меня!

— Слышала сто раз про злую и плохую Вилку! Что ты сегодня устроил? Какой такой праздник? Между прочим, в доме маленький ребенок! Тамара еле на ногах держится, устала до обморока.

— Она с нами сидела...

— Томуська никогда ничего никому не скажет!!! А все из-за тебя!

— Может, я и подводную лодку «Курск» утопил? — огрызнулся папашка.

— Забирай этого Колю, хватай Наташку, и уходите!

— Эх, доча, — рассмеялся Ленинид, — глупая ты! Светку с Туськой не выгнала?

— Нет, — я сбавила тон.

— Пожалела, значит, — резюмировал папенька, — теперича они от тебя — никуда, даже если и догадаемся, кто из них настоящая, вторая в «тетках» жить останется!

— Обязательно догадаемся, — пообещала я. — Вот только Олег с Юркой вернутся, сразу их данные через компьютер прогонят и найдут правду.

— Так-то оно так, — хмыкнул папенька, — только никого вы не выгоните! Олег, конечно, сердитый, но с бабами ругаться не станет, знаю я его. Нет, получается, что ваша карма жить теперь с обеими.

— Где ты таких слов понабрался, про карму? — разъярилась я.

— Вечно отец у тебя в дураках ходит, — оскорбился папенька, — между прочим, читать умею, газеты покупаю! И придумал, как тебя от мамашек избавить!

— Ну, говори, — заинтересовалась я.

— Замуж выдать, — выпалил Ленинид, — сбагрить в чужие руки. Отсюда и Колька. Он вдовый, жена померла, детей нет, зато имеется квартира, «Жигули» и дача. Чем не жених? Ремесло знает, а пьет, как все, раз в неделю, по субботам, больше ни-ни. Да из-за такого положительного мужика бабы передерутся! Видишь, как я о тебе забочусь! Я ему Светку предназначил. А для Туськи поискать надо.

— Почему Коля должен достаться Свете? — только и сумела спросить я.

— Так она первая тут появилась, раздача мужей в порядке живой очереди, — хихикнул Ленинид, — ну я пойду, а? Небось Колька заскучал. Ты, это, не ругайся, он тут ночевать останется. Сама понимаешь, туда, сюда, авось и склеится. Сейчас потерпишь, потом от всех избавишься.

Стуча тапками о голые пятки, он ушел. Я шлепнулась на кровать и тупо уставилась в потолок. Из кухни доносилось пение, взрывы хохота и вопль Никиты.

«Ладно, — вяло подумала я, — посмотрим, авось и правда удастся избавиться от теток!»

ГЛАВА 18

Утром я поехала в больницу, где умерла Катя Рамазанова. Самая обычная клиника для не слишком обеспеченных людей. Палаты тут были на шесть человек, туалет и душ в конце коридора, а медицинский персонал казался неприступным и суровым. Отыскав нужное отделение, я робко заглянула в ординаторскую.

— Простите, можно поговорить с Савоськиным?

— Игорь Анатольевич на обходе, — не поворачивая головы, ответила женщина в светло-зеленом халате.

— А когда он вернется?

— Не знаю, ждите.

Я опустилась на стул у двери. Дама обернулась и резко сказала:

— Тут нельзя находиться, это помещение для врачей.

— Но мне нужен Савоськин, вы же сами велели подождать!

— Не здесь.

— А где?

— В коридоре.

Пришлось выметаться вон и стоять у обшарпанной стены. В ординаторскую то и дело входили люди. Я ловила каждого мужчину за рукав и робко спрашивала:

— Простите, вы Савоськин?

— Нет, — бросали дядьки и убегали.

Помаячив безрезультатно перед дверью около получаса, я пошла на пост и спросила сестер:

— Подскажите, где Игорь Анатольевич?

— В перевязочной, — сказала одна.

— В процедурной, — ответила другая.

— На рентген пошел, — сообщила третья.

Я растерялась.

— Их много, Игорей Анатольевичей?

— Почему? — пожала плечами самая старшая. — Один, Савоськин, да вот он, кстати, по коридору идет.

Я побежала за лысым парнем и схватила его за халат.

— Вы Савоськин?

— Вроде.

— Здравствуйте, вот пришла поговорить.

— Слушаю.

— Прямо тут?

— У меня кабинета нет, выкладывайте, в чем дело.

— Вы лечили Рамазанову Екатерину?

Игорь Анатольевич нахмурился.

— Кого?

— Катю Рамазанову, неужели не помните?

— У меня десятки больных.

Я дала доктору распечатку истории болезни.

— А-а-а, — протянул тот, глядя на листы, — и что? Вы ей кто?

— Никто.

— В чем тогда дело?

— Вот тут указано, что к Кате вызывали психиатра В.К. Лазаренко. Можете сказать мне адрес этого специалиста или дать телефон?

Игорь Анатольевич сунул мне листки назад.

— Нет.

— Как же так?

— Очень просто, я с ним не знаком.

— Но...

— Его привела мать Рамазановой.

— Зачем?

— Послушайте, — ответил Савоськин, — мне некогда, совершенно не понимаю, чем могу вам помочь!

— Мне нужны координаты В.К. Лазаренко!

— Я их не знаю.

— Но он же приходил сюда.

— И что?

— В больницу может заявиться любой?

— Если родственники приводят консультантов, я не возражаю.

— Зачем Рамазановой понадобился психиатр, она была сумасшедшей?

Савоськин поморщился и глянул на часы:

— Мне пора.

В полном отчаянии я топнула ногой:

— Очень жаль, что вы не хотите разговаривать, вас ждут большие неприятности. Катю Рамазанову убили. Накормили тамокаргеном и довели до инсульта!

Савоськин выпучил глаза, потом, не говоря ни слова, втолкнул меня в крохотную комнатушку, где с трудом уместились письменный стол, два стула, табурет, и резко спросил:

— Что за чушь вы несете? Рамазанова поступила на обследование, жаловалась на головные боли и повышенное давление. Инсульт произошел уже в больнице, кстати, именно этот факт продлил ей жизнь. Мы сразу подключили больную к аппаратам, целый месяц она балансировала на грани жизни и смерти, но потом все же умерла. Молодой организм.

— Наоборот, должна бы выжить.

Савоськин вытащил сигареты.

— Нет, как ни странно, старики справляются с мозговыми ударами лучше молодых, а самый опасный возраст тридцать пять — сорок пять лет.

— И вам не показалось странным, что девушка была здорова, а потом бац!

— Был такой драматург Занусси, он говорил: «Жизнь — это болезнь со смертельным исходом, передающаяся половым путем». Кто вы такая и почему интересуетесь Рамазановой? Если из милиции, то попрошу документы.

Я вытащила удостоверение.

— Пресса, — прочитал вслух Игорь Анатольевич. — Ну, знаете ли, с вами я разговаривать не стану.

— Почему?

— Напишете хрен знает что, а мне отвечать.

Я молча выдернула из его бледных, чисто вымытых пальцев документ и тихо сказала:

— Я работаю в «Криминальном рассказе», нами получена информация об ужасных делах, которые проворачивает одна компания. Люди страхуют свои жизни, потом неожиданно умирают. И всех их незадолго перед смертью посетил В.К. Лазаренко.

— Ничего не знаю, — быстро ответил Савоськин, — лечили, как умели, но случается всякое, мы не боги.

— Может, вы заметили что подозрительное?

— Совершенно нет. Если вопросов больше не имеете, то...

— Хорошо, — я поднялась и подошла к двери, — все равно я узнаю правду, напишу статью и пойду в милицию. Но не обессудьте, если стану вас считать пособником убийц.

— Что вы несете? — взвился Савоськин.

— Прощайте.

— Нет уж, стойте.

— Зачем? Сами же сказали, что ничего не знаете.

— Сядьте, — устало сказал Игорь Анатольевич, — вашу Рамазанову я отлично помню. Не надо считать врачей бесчувственными монстрами, но, если пропускать все через себя, запросто с ума сойти можно. Поэтому я и стараюсь абстрагироваться. Катю мне жаль, молодая, красивая. Но пройдитесь сейчас по нашему отделению. Если двадцать лет тому назад тут лежали люди пенсионного возраста, то сейчас инсультник в тридцать совсем не редкость. Жизнь жестокая, тяжелая штука, бьет в основном по голове, и молодежь не выдерживает в первую очередь. Ничего странного в кончине Рамазановой нет, если учесть ее судьбу.

— А что в ней особенного?

Игорь Анатольевич подвигал бумажки на столе.

— Мы тут по графику сутками дежурим. Рамазанова только поступила в клинику, а я в ту ночь остался на посту. Где-то около трех пошел в туалет, слышу кто-то в холле возле телевизора плачет. Подхожу — Рамазанова. Ну сел рядом, давай успокаивать, а она вдруг принялась свою семейную историю рассказывать. Честно говоря, жаль мне ее стало, досталось девчонке.

— Можете припомнить, что Катя говорила?

— В общих чертах, без подробностей. Через год после рождения девочки умер ее отец, а мать сдала ребенка в интернат, она проводницей работала, неделями дома отсутствовала, так что вроде получалось, хотела, как лучше. Служба денежная, проводники отлично зарабатывали, оклад маленький, зато возможности большие: левые пассажиры, посылки... Не хотелось ей место терять, вот и избавилась от ребенка. Катя до восьмого класса дома только на летних каникулах бывала, да и то ее в деревню, к бабке, отправляли.

Когда девочка пошла в девятый, мать вновь выскочила замуж и родила еще одну дочь, Алену. Супружество продлилось недолго, через год после появления Алены последовал развод. Катя как раз закончила школу и поступила в педагогический. Мать ее перестала мотаться по стране, а начала бегать по людям, мыла полы, окна, гладила и стирала. Кате сразу стало понятно, что Аленочка любимая дочка, а она, старшая, так, не пришей кобыле хвост.

Жили бедно, но все самые сладкие кусочки доставались Алене. Оно и понятно, Аленочка была крошкой, но Катя постоянно вспоминала свое детство в интернате, и в душе поднималось отчаяние. Нет, ее мать так никогда не любила, не торопилась с работы, чтобы покормить ужином, не забирала каждый день домой, не покупала обновки. Катюша ходила в «государственном». Их группа была одета в добротные, жутковатого вида пальтишки из драповой ткани с цигейковыми воротничками. К ним полагались шапочки «под леопарда» и жесткие, словно железные, сапожки. Катя ни разу не носила одежду нужного размера. Интернатское начальство, стремясь сократить расходы, покупало сиротам вещи «на вырост», и носили они их до тех пор, пока шмотки не начинали трещать по швам. Байковые платьица, ситцевые халатики, колготки, спадавшие складками на щиколотки, кургузые болоньевые курточки и черные резиновые сапожки.

Аленочке же мать покупала красивые платьица, бегая по рынкам, выискивала хорошенькие лаковые туфельки. Даже еда в холодильнике была разной. Алене давали фрукты, дорогую рыбу, шоколадные конфеты. Катя с матерью питались в основном гречкой и геркулесом.

Но, когда Аленочке исполнилось три года, сразу стало ясно, что ребенок болен. Девочка бледнела, худела, постоянно плакала. Начались долгие хождения по врачам. Наконец вынесли диагноз, звучащий, как приговор, — лейкемия. Пытались лечить, но успеха не добились, Алене делалось хуже и хуже. Катя была доброй девушкой, тяжелое детство и отсутствие материнской ласки не озлобили ее, младшую сестру она любила и, естественно, очень переживала, когда узнала о болезни. Потом у Кати начались сильные головные боли, и она оказалась в пациентках у Савоськина.

Доктор умолк, раздавил в пепельнице окурок и добавил:

— Меня ее смерть не удивила.

— Такое тяжелое состояние было у девушки?

— Как раз нет, понимаете, я заметил странную вещь. Вот, допустим, два больных человека. Возраст, социальное положение, физическое состояние — все похоже. Но один умирает, а другой на своих ногах уходит домой. Знаете почему? Первый никому не нужен, родственники хорошо если по выходным придут и банан сунут. К сожалению, таких много... А ко второму без конца народ носится: дети, сослуживцы, приятели. Вот случай был, мужчину привезли с инсультом, четыре месяца лежал. Пока он лечился, сын с невесткой в его комнате ремонт затеяли, безостановочно ему каталог таскали, образцы обоев. Он один раз и скажи: «Зря вы это, дети, умру я скоро».

Тут невестка на него как налетит:

«Только попробуй! Только вздумай скончаться! Мало тебе не покажется! Такие обои поклеила, лепнину сгоношила, дверь из дубового массива, кровать ортопедическую купила, только посмей умереть!»

Савоськин замолчал.

— И что? — поинтересовалась я.

— На своих ногах ушел. Если человек кому нужен, он обязательно выживет, не отпустят его, ну а если...

Он махнул рукой.

— К Катерине никто не ходил. Кстати, меня очень удивило, когда вдруг появилась ее мать и с порога заявила: «Хочу показать дочь психиатру. Завтра привезу специалиста».

— Была необходимость в такой консультации?

— На мой взгляд, нет.

— И вы пустили к больной постороннего человека?

Савоськин пожал плечами.

— Родственники часто пытаются притащить сюда профессоров, экстрасенсов, колдунов... Если я вижу, что вреда не будет, то не протестую, каких неприятностей можно ждать от психиатра? Ежели сделает назначение, я его легко отменю. Не в моих правилах открыто ссориться с людьми. Поверьте, в смерти Кати Рамазановой нет ничего экстраординарного.

— Но инсульт произошел после визита В.К. Лазаренко.

— Это простое совпадение.

Я ушла из больницы в твердой уверенности, что смерть Кати Рамазановой наступила не случайно. Ладно, поеду сейчас к Катиной матери и попробую порасспрашивать ее.

Адрес был указан в истории болезни. Даже беглого взгляда, брошенного на обшарпанный блочный дом, хватило, чтобы понять: тут живут не «новые русские», а обитают старые нищие, считающие копейки и экономящие на всем. Дверь нужной мне квартиры выглядела неожиданно добротно. Она оказалась железной, обитой коричневым дерматином и радовала глаз новизной. Что ж, мать Кати получила совсем неплохие денежки и обустроила свой быт.

На звонок высунулась тетка лет пятидесяти, с головой, укутанной целлофановым пакетом, похоже, она красила волосы и не ждала никаких гостей.

— Вам кого? — вежливо осведомилась хозяйка.

Тут только я сообразила, что не знаю имени матери Кати, и прощебетала:

— Ох, простите за беспокойство, мне нужен кто-нибудь из Рамазановых.

Тетка вышла на лестничную клетку и прикрыла дверь, она явно не собиралась пускать меня внутрь.

— Нету их.

— А когда вернутся?

— Никогда.

— Не поняла, простите.

— Катя умерла, а Зоя с Аленой уехали.

— Куда?

— Вы им кем приходитесь?

Я заулыбалась еще шире.

— Будем знакомы, представитель фирмы «Ваш дом», Виола Тараканова, а вас как зовут?

— Лидия, — сурово отрезала тетка и прибавила: — Мне ничего не надо из товаров, все есть.

— Это хорошо, — обрадованно ответила я, — просто Зоя Рамазанова приняла участие в нашем конкурсе суперкроссвордов и выиграла первый приз, вот я принесла бумажки...

Лида тут же полюбопытствовала:

— А что за награда?

— Да так, ерунда в общем, двести рублей, но все равно приятно.

— Конечно, — отозвалась женщина, — не отняли же, а дали, просто так. Только я никогда не знала, что Зойка кроссвордами увлекается, она на умную не очень похожа.

— Простите, — я решила направить разговор в нужное русло, — куда Зоя переехала? Может, знаете адресок?

— Погодите тут, — велела тетка, — оставляла она бумажку.

Потекли минуты, прошло почти полчаса, прежде чем Лида вынырнула из недр квартиры.

— Во, еле отыскала. Записывай. Нью-Йорк, Центр гематологии ребенка...

— Извините, где? Нью-Йорк?!!

— Ну да, в Америке, не слыхала разве никогда про такой город?

— Естественно, знаю про «Большое яблоко», только Зоя Рамазанова, отвечая на вопросы нашей анкеты, сообщила, что нуждается, живет в горькой бедности и имеет на руках маленького, очень больного ребенка.

— Лейкемия у Аленки, — вздохнула Лида, — страшное дело!

— Как же Зоя в Америке оказалась?

Лидия оперлась на перила и запричитала:

— Ой, не везет Зойке, прямо жуть! Один муж помер, другой сбежал, а потом девочка заболела, да так страшно! Из-за нее Зоя и уехала.

— Не понимаю...

— Чего такого? Аленку тут сначала лечить пытались, бесплатно. У Зойки денег на подношения врачам не было. Ну а за просто так разве хорошо сделают?

Я покачала головой.

— Нет.

— Точно. Девчонке все хуже и хуже становилось, и тогда один профессор Зойке сказал: «Вы, мамаша, в Нью-Йорк ее везите, в клинику, там таких на ноги ставят». Зоя пришла домой и ко мне кинулась, мы соседи всю жизнь. — Лидия перевела дух и снова затараторила: — Прикинь, влетает в нашу квартиру, вся зеленая, и тут же в истерике забилась. Еле-еле валерьянкой отпоили! Трясется и бормочет.

— Деньги проклятые, где их взять?

Профессор, тот еще сукин сын, пообещал Зойке, что может Алену на лечение в нужный американский центр определить, есть какая-то программа, по которой дети туда бесплатно едут, за счет государства. Но количество отправляемых ограничено, а желающих знаешь сколько?

Короче говоря, нужно было раздать взятки, много, получалось около двадцати тысяч долларов, еще предстояло купить билеты на самолет, дорога не оплачивалась, и прихватить кое-каких деньжонок на еду и оплату гостиницы. Алену-то положат в клинику, а Зое где жить? После операции ждал почти годичный курс реабилитации, принимающая сторона оплачивает лекарства и медицинские услуги, питаться и жить извольте за свой счет.

Когда Зоя пролепетала:

— Это же сколько денег надо?

Профессор спокойно ответил:

— Думаю, тысяч в сто долларов уложитесь, может, поменьше получится, если с квартирой повезет.

С таким же успехом он мог предложить несчастной смотаться на Марс. Для Зои даже сто долларов казались непомерной суммой, а тут бешеные тысячи.

— Где же люди средства берут, — залепетала несчастная, — или время теперь такое настало, что богатым жить, а бедным умирать?

Профессор скривил губы.

— Ну, дорогая, вы еще и недовольны. Да подобные предложения совсем не все получают, я просто пожалел Алену. Имейте в виду, если полностью оплачивать необходимые медицинские процедуры, то получиться около полумиллиона долларов. На американских детей распространяется страховка, а русским помогает «Ассоциация борьбы с онкологическими заболеваниями» и спонсоры. Насчет денег же на дорогу и жилье... Знаете, каждый выкручивается, как умеет. Дают объявления в газеты, просят Христа ради, собирают по знакомым, продают квартиры, дачи, машины. Чтобы спасти ребенка, идут на многое. Вы подумайте недельку и скажите. Если откажетесь, у меня очередь желающих перед кабинетом топчется.

Сами понимаете, в каком состоянии Зоя ворвалась к Лиде. Соседка посочувствовала ей и предложила.

— Надумаешь продавать свою квартиру, куплю сразу. Ванька жениться хочет. Пусть молодые в нашей останутся, а мы с мужиком в твою въедем, очень удобно, на одной лестничной клетке.

Зоя, не теряя времени, понеслась в риэлтерскую контору и вернулась совсем расстроенная. Ее блочная халупа со смежными крохотными комнатами, совмещенным санузлом и пятиметровой кухней стоила от силы двадцать пять тысяч «зеленых», а ведь еще требовалось приобрести комнатенку в коммуналке, где предстояло жить после возвращения из Америки.

Неделю Зоя ходила, шатаясь. Лиде даже показалось, что соседка запила, такой полубезумный вид был у бабы. Лида жалела Зою и тающую на глазах Алену, но что она могла поделать? У нее в семье водились деньги, пожалуй, они с мужем могли дать соседке в долг тысяч пять, но как та станет отдавать? А дарить заработанные потом и кровью доллары Лида не стала.

Но потом произошло непредвиденное. Сначала заболела Катя. Когда Лидия узнала о том, что старшую дочь Зои забрали в больницу, она пошла в церковь и поставила толстенную свечку за здоровье девушки. Ну сколько может сыпаться неприятностей на одного человека? Кате делалось хуже и хуже, наконец она умерла. Лидия думала, что Зоя рехнется, но нет! Та отчего-то повеселела и пришла к соседке со словами:

— Покупай мою квартиру, мы с Аленой едем в Америку.

— Деньги-то откуда взяла? — изумилась Лида.

— Алла Даниловна дала, — пояснила Зоя, — дай бог ей вечного счастья и жизни долгой.

— Кто это? — спросила я.

— Хозяйка, — пояснила Лида, — Алла Даниловна, жена богатого человека Сергея Мефодьевича. Зоя у них убиралась три раза в неделю и всегда с подарками возвращалась. Ей Алла Даниловна вечно то кофточку сунет, то духи даст, а Сергей Мефодьевич, царство ему небесное, бутылки дарил всяческие, мы таких и не встречали в магазинах. Зойка-то не пьет, даже в рот не берет, вот и приносила моему мужу попробовать. Да, среди богатых тоже иногда приличные встречаются. Сергей Мефодьевич, впрочем, не из «новых русских», он художник был, картины рисовал.

Я молча смотрела на Лиду. Сергей Мефодьевич — это явно Рассказов, погибший от сердечного приступа накануне операции. Значит, они с Зоей были хорошо знакомы, вот это новость.

— А потом наконец господь сжалился, — тараторила Лида, не замечая, что я практически перестала ее слушать, — Зойка из Америки письма нам шлет. Повезло бабе, наконец она в тамошней больнице мужика встретила, местного, но русского, эмигранта. Давно в Нью-Йорке живет, бизнес имеет, вдовец с ребенком, он ей и предложил замуж за него идти. Так что теперь Зойка сюда не вернется, а Аленка, обещают, здоровой станет. Вон оно как случается, под конец жизни праздник привалил.

ГЛАВА 19

Я вышла на улицу и мигом попала под ливень. Недавно прочитала в одной из газет про колдуна со смешной фамилией Кулебякин. Мужчина уверял, что способен влиять на погоду. Дескать, если ему захочется дождичка, то он варит особую смесь, вечером разбрызгивает ее во дворе, ночью читает заговоры, призывает потусторонние силы, и утром небо гарантированно затягивают тучи. Помнится, я от души пожалела парня. Бедный Кулебякин тратит столько сил, не спит ночь, мне же, чтобы вызвать на свою голову потоп, достаточно просто забыть дома зонтик. Если он остался лежать на вешалке, все! Абсолютно точно начнется буря, ураган, торнадо. Проверено давно.

С другой стороны, ежели небо с раннего утра затянуто тучами, а над городом словно нависает свинцовая подушка, я, естественно, запихиваю в сумочку зонтик. Кстати, он довольно объемный, тяжелый и страшно мешает, занимая в моем ридикюле почти все пространство. Но стоит его прихватить, как к полудню небеса голубеют, начинает ясно светить солнце, а я, проклиная изменчивую погоду, таскаюсь с раздутой лаковой кошелкой. Вот и сегодня с неба хлещет дождь, а мой зонтик остался, естественно, дома. Но не стоять же в подъезде, поджидая, пока ненастье отступит?

Большими прыжками я понеслась к метро. Туфли мигом промокли, футболка прилипла к телу, и больше всего я была похожа на курицу, решившую от большого ума выкупаться в ближайшей луже.

Сев на платформе на скамейку, я причесалась и стала смотреть, как мимо проносятся с оглушительным шумом поезда. Жаль, что мысли нельзя привести в порядок так же быстро и легко, как волосы. У меня в голове творилось нечто невообразимое. Так, попытаюсь успокоиться и поразмышлять.

Зоя Рамазанова никогда не любила старшую дочь, сдала Катю в интернат, а потом спокойно пожертвовала ее жизнью. Не верю я в то, что жена Рассказова дала ей деньги, нет! Алла Даниловна свела Зою с таинственным В.К. Лазаренко, а уж тот и осуществил жутковатую операцию. Да, очевидно, Алла Даниловна на самом деле очень «добрая» женщина! Сначала отправила на тот свет надоевшего мужа, а потом посоветовала своей домработнице, как найти необходимую для лечения дочери сумму!

— Простите, девушка, — раздалось сбоку, — это не вы потеряли?

Я повернула голову. С правой стороны от меня сидел довольно приятный мужчина лет пятидесяти пяти. Незнакомец был одет в хорошо отглаженные брюки, светлую рубашку-поло и мягкие замшевые ботинки. Его лицо украшала улыбка, и пахло от дядьки не перегаром и табаком, а хорошим одеколоном и мятной жвачкой.

— Не вы потеряли? — повторил он и сунул мне под нос нечто, оказавшееся при ближайшем рассмотрении дамской кожаной перчаткой, отличного качества, на белом кроличьем меху.

— Нет, — ответила я и отвернулась.

Но не успели мысли потечь в нужном направлении, как сосед по скамейке предпринял новую попытку.

— Посмотрите повнимательней, может, все-таки ваша?

— Нет.

— Вы уверены?

— Послушайте, сейчас невероятно жаркий апрель, прямо африканский какой-то, я не ношу в такую погоду перчатки на меху и сомневаюсь, чтобы кто-нибудь из нормальных женщин надел подобное.

— Извините, мне показалось, перчатка выпала из вашей сумки.

— Нет!

— Некоторые сдают вещи в химчистку, я подумал, что вы везете туда зимние вещи...

— В крохотном ридикюле? Да туда кошелек едва входит.

— Простите.

— Ничего.

— Хорошая погода сегодня, — завел разговор мужчина.

— Просто прелестная, — фыркнула я, — дождь стоит стеной.

— Да, действительно, но, похоже, завтра разойдется. А вы с работы едете?

Очевидно, мужику скучно, и он прикалывается к женщинам.

— Да, — достаточно резко ответила я, — со службы, устала, присела отдохнуть, а тут вы...

— Тоже в выходной работал, — грустно ответил приставучий собеседник, — дома меня никто не ждет, между прочим, имею отдельную трехкомнатную жилплощадь и не женат.

К платформе с грохотом подкатил поезд, я ринулась в открытые двери, очень не люблю, когда представители противоположного пола начинают ко мне приставать на улицах. За кого они меня принимают? Приличная женщина никогда не станет разговаривать с незнакомцем. Все детство Раиса внушала мне:

— Имей в виду, мужики гады. Им от нас только одно надо.

— Что? — как-то поинтересовалась я.

Раиса окинула меня взглядом.

— Вот перейдешь в пятый класс, объясню, а пока запомни крепко-накрепко: подойдет к тебе кто на улице, начнет предлагать конфеты, деньги или игрушки, сразу ори: «Помогите, милиция!» Упаси тебя бог с кем пойти, узнаю, убью!

— Только дяденек бояться, — решила я уточнить, — или тетенек тоже?

— Всех, — рявкнула мачеха, — знаешь, какие маньяки встречаются? Жуткое дело.

Разговор происходил в деревне, куда Раиса увозила меня на лето к своей матери, глубокой старухе. Та, чтобы заработать, сдавала полдома дачникам. В то время у нее жила милая молодая женщина с девочкой моих лет, семилетней Ксюшей. Мы играли вместе и однажды без спроса убежали на целый день в лес. Вечером разъяренная бабка отходила меня крапивой, потом, пожалев, дала шоколадку «Аленка» и пояснила:

— Для твоей пользы отлупила. Не носись одна в лес, там маньяки ходят, живой не вернешься.

Красивое слово «маньяк» употребляла и Раиса. Я постеснялась спросить у мачехи и бабки, кто это такой. Мы с Ксюшей, которой тоже основательно досталось на орехи, решили, что маньяк, особо опасное животное, нечто вроде лося с рогами, копытами и крепкими зубами. В лес мы больше не совались, играли на огороде. Бабка иногда выглядывала из окна кухни и спрашивала:

— Не ушли никуда? Молодцы, будет вам за хорошее поведение пирожное.

Мы радостно неслись в избу. Старуха вытаскивала батон белого хлеба, отрезала толстые куски, щедро мазала сливочным маслом, посыпала сахарным песком, протягивала нам «пирожное» и приговаривала:

— Оно хорошо, когда дома мужиков нет. Хоть и тяжело в хозяйстве, зато сахар на самогон пускать не надо, вам угощенье выходит. Ешьте, ешьте, хорошим девочкам господь сладкое посылает, а непослушных маньяки забирают.

Хлеб был свой, бабка выпекала его в русской печке, масло от собственной коровы имело совершенно особый вкус и запах, ничего вкусней в своей жизни, чем то деревенское «пирожное», я больше никогда не ела. Пробовала потом в городе соорудить это нехитрое угощение, но мигом разочаровалась. Потом пошла в школу, и одноклассницы быстро объяснили мне, кто такие маньяки и чего мужчины хотят от женщин. Помню свой ужас и первую мысль, которая пришла в голову.

— Ну, девчонки врут! Такого не может быть.

Мне больше по душе пришлись разъяснения Раисы, которая сообщила:

— Дети получаются от таблеток. Съешь розовую, девочка завяжется, а от голубой мальчик получится.

Несмотря на дворовое воспитание и почти полную бесконтрольность, я была страшно наивна. А может, раньше двор был другой. В нашем мужики, стучавшие домино, старались особо не материться при детях и мигом отнимали у подростков сигареты. Вот водку пили — это да, и что нужно делать с пьяным, чтобы он пришел в себя, мне известно с младых ногтей.

С тех пор утекло много лет, я совершенно не боюсь мужчин, которые пытаются заговорить со мной на улице, но нет-нет, а просыпается в душе страх, привитый Раисой.

И сейчас мне очень не понравилось, что мужик с перчаткой оказался рядом, в одном вагоне. Более того, он вышел на той же остановке, что и я. Чувствуя, как сердце проваливается в желудок, я побежала. Дядька ускорил шаг. Как назло, в узком проулочке, ведущем от метро к нашему дому, не было ни одного человека, я полетела стрелой.

— Девушка, — раздалось сзади, — погодите, посмотрите, что у меня есть.

Но я неслась опрометью по лужам, разбрызгивая в разные стороны жидкую грязь. Перед глазами мигом возникла старуха. Вот она грозит мне корявым указательным пальцем с коричневой от постоянной возни в огороде кожей: «Ну, Вилка, будешь баловаться, достанет тебя маньяк».

Господи, что я сделала плохого? Отчего из сотен женщин эта криминальная личность выбрала именно меня? Почему обычно людный переулок пуст? И он такой длинный, а тяжелые шаги и прерывистое дыхание уже за спиной.

— Девушка, да постойте же...

— Мама, — заорала я, — спасите, милиция, на помощь, убивают!

— Что случилось? — раздалось впереди, и из стены дождя вынырнули двое милиционеров.

Возле нашего дома находится районное отделение, и эти парни в форме были явно оттуда.

— Мальчики, — рыдая, бросилась я им на грудь, — милые, дорогие, помогите, за мной гонится маньяк.

Мужчина мигом развернулся и полетел в обратную сторону, но молодые сержанты оказались проворней. Они догнали негодяя, повалили его в лужу, потом подняли, от души надавали зуботычин и привели нас в дежурную часть.

Дядьку отволокли в глубь коридора, меня посадили на стул и стали утешать.

Иногда, в злую минуту, мой муж говорит, что у большинства из сотрудников местных отделений можно оторвать голову, а они этого не заметят.

— Думают спинным мозгом, — шипит Олег, — голова им не нужна. Да еще руки распускают по каждому поводу.

Но со мной обращались как с английской королевой. Сначала проводили в туалет, где нашлись туалетная бумага, кусок мыла и мятое полотенце. Потом принесли горячий чай и предложили печенье «Твикс». Примерно через час я пришла в себя и перестала клацать зубами, и тут появился улыбчивый майор.

— Виола Ленинидовна, вы способны разговаривать?

Я кивнула.

— Тогда проходите в кабинет.

Я вошла в довольно большую комнату, заставленную столами, и попятилась. На стуле, у окна, сидел маньяк. Под глазом у него наливался темно-фиолетовый «фонарь», светлые брюки и рубашка походили на серо-буро-коричневые тряпки, а красивые башмаки превратились в комья грязи.

— Не бойтесь, Виола Ленинидовна, — улыбнулся майор, — нас много, а он один. Скажите, этот человек пытался осуществить попытку вступить с вами в незаконную половую связь без обоюдного согласия сторон?

Кое-как поняв, что он имел в виду, я ответила:

— Да.

— В чем это проявлялось?

— Он сначала приставал в метро, потом ехал в одном вагоне, ну а затем в переулке...

— Применял тактильные действия?

— Что? — не поняла я.

— Руками хватал? — пояснил другой милиционер в штатском, сидевший за одним из столов.

— Нет, только разговаривал.

— Принуждал вступить с ним в половую связь?

— Нет, просто бубнил: «Погодите...»

Майор вздохнул.

— Вот что, Виола Ленинидовна, во-первых, посмотрите сюда.

У меня в руках оказалась визитка. «Кочерга Владимир Николаевич, доктор наук...»

— Это он? — изумилась я.

— Да, — кивнул майор, — мы проверили личность. Действительно, Кочерга и действительно доктор наук. Ну-ка, Владимир Николаевич, повторите еще ваш рассказ при Виоле Ленинидовне.

— Действительно, — забубнил маньяк, — ужасно вышло, ей-богу, я не хотел так ее напугать.

— Вы по порядку.

— Ага, в самом деле, ну вот какое дело.

Он начал быстро говорить, без конца поднося к глазу бумажный носовой платок. Через пять минут мне стало нехорошо.

Владимир Николаевич Кочерга технарь, всю жизнь работает в одной лаборатории. Жизнь его отдана науке, годы бежали, бежали и примчались к пятидесятисемилетию. Ни жены, ни детей у мужика не было. Он жил вместе с мамой, которая вела домашнее хозяйство и обожала сына-ученого. Но в прошлом году старушка умерла, и Кочерга остался один. Приходить в квартиру, где его никто не ждет, было ужасно, и Владимир Николаевич решил жениться. Казалось бы, в Москве столько одиноких дам и проблемы с невестой не будет. Но выяснилось, что подыскать суженую не просто. На работе Кочергу окружали одни мужчины. Редкие сотрудницы женского пола давно имели детей и даже внуков. Друзья все были женаты, впрочем, пару раз их половины попытались выступить в роли свах и подсунуть Кочерге своих разведенных подружек, но они Владимиру Николаевичу решительно не понравились. Он, конечно, понимал, что вряд ли встретит в своем возрасте неземную любовь, но, согласитесь, супруга должна хотя бы не вызывать отвращения!

Поняв, что на знакомых положиться нельзя, Кочерга попытался обратиться сначала в брачное агентство, а потом решил воспользоваться объявлениями. Но и в той, и в другой ситуации столкнулся с обманом. Претендентки, выглядящие на фото тридцатилетними, на самом деле оказывались бабуськами, а те, кто писал, что весит пятьдесят килограммов, при первой встрече мигом превращались в прелестниц 64-го размера. А Владимиру

Николаевичу нравятся дамы маленькие, хрупкие, субтильные, такие, какой была покойная мама.

Потерпев очередную неудачу, Кочерга приуныл. Ну не ходить же ему на дискотеки? Вот и пришла в голову идея знакомиться на улице. Владимир Николаевич выискивал в толпе особу, которая казалась ему подходящей кандидаткой, и пытался завести разговор.

— Конечно, — бормотал он, — с перчаткой глупо вышло, я не подумал, что она зимняя, на меху. Решил, очень хорошо придумал. А оказалось вон чего! Я ведь сначала деньги использовал.

— Каким образом? — пролепетала я.

— Ну показывал сто рублей и спрашивал: «Простите, не вы обронили?»

— И что получалось? — заинтересовался парень, рывшийся в ящике своего стола.

Кочерга мягко улыбнулся:

— Прямо беда выходила. Брали купюру и, спокойно сказав «спасибо», уходили. Когда у меня тысяча рублей улетела, я решил изменить тактику и взял мамину перчатку. Да, однако!

И он опять осторожно потрогал синяк под глазом.

— Извините, — только и смогла вымолвить я.

— Это вы меня простите, — возразил Кочерга, — напугал вас до полусмерти, совсем не хотел.

Через полчаса мы вместе вышли во двор. Дождь прошел, на улице было свежо.

— Вот что, Владимир Николаевич, — решительно сказала я, — у меня дома сидят две маменьки, вполне нормальные, худенькие, шьют хорошо, обе мечтают выйти замуж, пошли, познакомлю, может, кто понравится.

— У вас две матери? — изумился Кочерга. — Как такое может быть?

— Долго объяснять, идти недалеко, мой дом следующий.

Кочерга засомневался:

— Вид у меня, однако... Дамы шарахнутся.

— Эти не из пугливых.

— Лучше завтра.

— Бросьте, — махнула я рукой и поволокла слабо сопротивляющегося профессора к нашему дому, — вы же не можете в таком виде в метро ехать, весь грязный, с синяком под глазом. Не ровен час опять в отделение заберут.

Дверь открыл Лининид.

— Здрассти, — проронил папенька.

— Привет, — ответила я и велела: — Ну-ка, вытащи из шкафа синий костюм Семена, тот, который ему мал, и отнеси в ванную, а вы, Владимир Николаевич, ступайте мыться.

Профессор покорно пошел в указанном направлении.

— Это кто такой? — зашептал Лининид.

— Ты привел жениха Светке, а я нашла для Туси.

Папенька уронил вешалку.

— Господь с тобой, Виолка, он же бомж! Морда в синяках, пинжак без пуговиц, штаны, словно из жопы вынули...

Я показала ворчащему Лининиду визитку.

— Доктор наук, — протянул растерянно папашка, — ага, ясно, уважаемый человек.

Вздохнув, он понес костюм к ванной, я медленно снимала грязные туфли, чувствуя, как гудят усталые ноги.

— А все-таки приятно, — неожиданно обернулся Лининид, — прямо сердце радуется.

— Чему? — поинтересовалась я, нашаривая тапки.

— Такие большие люди, как этот доктор наук, крупные ученые, мужики с головами, тоже от души поддать любят, — захихикал папенька, — не в библиотеке же нашему жениху рыло начистили.

ГЛАВА 20

К Алле Даниловне Рассказовой, бывшей хозяйке Зои, я заявилась к девяти утра и, очевидно, разбудила добрую самаритянку, потому что дверь открыли не сразу.

— Вы ко мне? — удивилась дама без возраста.

Такой можно дать и тридцать, и пятьдесят лет в зависимости от времени суток. Утром, при ярком солнце, понятно, что мадам стоит на пороге пенсии, а вечером, при приглушенном электрическом освещении, она сойдет за девушку. Но сейчас, хоть часы и показывали девять, в прихожей горела лампочка, и я заколебалась. Лица хозяйки практически не видно, а фигура, затянутая в черные бриджи и футболку, выглядит безупречно.

— Вы Алла Даниловна?

— Да.

Я протянула ей пакетик, перевязанный блестящей красной ленточкой, и затрещала:

— Уж простите, рано заявилась, хотела дома застать, Зоя телефон дала, только я потеряла бумажку...

— Кто? — растерянно переспросила Алла Даниловна, машинально беря сверток. — Какая Зоя?

— Так Рамазанова, ваша домработница, ну та, что в Америку уехала с дочерью.

— Ах Зоенька! — обрадованно воскликнула Алла Даниловна. — Да вы входите.

В прихожей я пустилась в объяснения:

— Я Зоина подруга, зовут Виолой. Ездила по турпутевке в Нью-Йорк, встречалась с Зойкой...

— Пойдемте, — заулыбалась хозяйка, — кофейку попьем, вы все и расскажете, очень интересно, как там Зоечка устроилась.

Меня привели на большую кухню, обставленную красивой импортной мебелью, и усадили за круглый стол со стеклянной столешницей. Тут же появился кофейник, похоже серебряный, элегантные чашечки и коробочка шоколадных конфет.

— Как там Зоенька, — спросила Алла Даниловна, наливая ароматный напиток, — очень жалко мне было ее девочку.

Я всегда считала, что врать нехорошо, но для пользы дела вполне можно сообщить неправду. Говорит же врач безнадежно больному человеку: «Вы скоро поправитесь, голубчик».

Вот только не следует придумывать нечто страшное исключительно из суеверия, а вдруг сбудется? Поэтому я быстро произнесла:

— Дочка ее поправляется, почти совсем здорова.

— Ах, какое счастье! А сама Зоя?

— Тоже хорошо, встретила мужчину, вышла замуж.

— Ну пошли ей господь, — запричитала Алла Даниловна, — дай бог счастья, она его заслужила. Столько мытарств пережить! Не всякая выдержит, свихнется! Зоенька прелестный человечек, работящая, честная, умная, золото просто.

— Да, да, да, — кивала я. — Кстати, там в пакетике небольшой сувенирчик.

Алла Даниловна принялась разворачивать шуршащую бумажку, вытащила оттуда отвратительную гипсовую статуэтку, долженствующую изображать статую Свободы, и воскликнула:

— Ах, какая прелесть!

Я промолчала. В Москве теперь можно купить любую штучку. Зная, что пойду утром к Рассказовой, я приобрела «сувенирчик» вчера в подземном переходе, в ларьке, который бойко торгует керамическими фигурками. Там же мне его и завернули в подарочную упаковку. Стоило все вместе сто рублей, а выглядит так, словно прибыло прямехонько из Нью-Йорка, хотя, как говаривал Остап Бендер: «Вся контрабанда делается в Одессе, на Малой Арнаутской улице».

— Очаровательно, — радовалась Алла Даниловна, — очень милая вещичка! Кстати, у вас ведь, естественно, есть Зоин адрес? Дайте, пожалуйста. Не хочется терять ее совсем.

Я растерялась и уже было собралась сказать, что записная книжка осталась дома, как тут на кухню вышла довольно полная девица в мятой ночной рубашке.

— Мама, — недовольно произнесла она, убирая с лица спутанные белокурые волосы, — сколько раз тебе говорить, не ори по утрам!

— Люсенька, — радостно воскликнула мать, — посмотри, что Зоя из Америки прислала! Знакомься, это ее лучшая подруга Виола.

Алла Даниловна была дамой восторженной, видящей все в розовом цвете. Если сувенир, то роскошный, ежели подруга, то лучшая.

Совершенно не смущаясь меня и даже не подумав накинуть халат, Люся плюхнулась на стул, процедив сквозь зубы:

— По-моему, жуткое уродство. И совсем не было никакой необходимости тащить сей предмет через океан, у нас в палатке у метро точь-в-точь такая стоит за копейки.

— Люся, — укоризненно воскликнула Алла Даниловна, — зачем ты такое говоришь?!

— А зачем ты меня своими воплями разбудила? — нелогично возразила дочь, потом с хрустом потянулась, зевнула и ушла.

— У Люсечки случаются мигрени, — мать попыталась мигом оправдать хамку, — жуткие, мучительные головные боли. Девочка так страдает! Ей требуется отдых где-нибудь на юге Франции, но ведь не поедешь, пока сессию не сдаст.

На мой взгляд, Люсе бы больше помогли розги или, как говорила моя мачеха, хорошая порция витамина Р, ремня кожаного и широкого.

— Статуэтка очень красивая, — продолжала восторгаться Алла Даниловна, — а больше всего радует, что Зоя обо мне помнит.

— Как же иначе, она очень переживает, что пока не может вернуть вам деньги.

— Какие? — совершенно искренно воскликнула Алла Даниловна.

— Ну, сто тысяч долларов, которые вы ей дали.

— Я?!

— Конечно.

— Что вы, дорогая! Откуда у меня подобные суммы?

— Но Зоя мне все рассказала, прямо плакала, вспоминая, как вы ее выручили.

Алла Даниловна растерянно повертела в руках ложечку.

— С чего бы Зое такая глупость в голову пришла? Может, вы перепутали?

— Откуда она тогда взяла баксы, необходимые для поездки?

— Понятия не имею!

Я решила пойти ва-банк и зашептала:

— Алла Даниловна, душенька, у меня ситуация покруче, чем у Зои, двое деток-близнецов умирают, помогите!

— Но, — испуганно проговорила дама, — чем же? Если вы думаете, что я могу дать денег в долг, то ошибаетесь. Мой муж, Сергей Мефодьевич, был человек обеспеченный, но он умер, и мы с Люсенькой сейчас просто проживаем нажитое...

— Дайте мне телефон В.К. Лазаренко.

— Кого? — шарахнулась в сторону хозяйка.

— Психиатра В.К. Лазаренко, я все знаю.

— Что?

— Про него.

— Кого?

— Про В.К. Лазаренко.

— Это кто?

— Психиатр такой особенный, помощник страхового агента.

— Что?

В подобном духе мы беседовали минут пять. По истечении этого времени у меня возникла стойкая уверенность: либо Алла Даниловна гениальная актриса, которой никто из современных лицедеев и в подметки не годится, либо она впрямь и слыхом не слыхивала о таинственном В.К. Лазаренко. В конце концов Зоя могла наврать своей соседке, где взяла деньги! Смущало только одно: ведь в историях болезни четко стояла печать «психиатр В.К. Лазаренко, доктор наук, профессор». Устав от бесплодного разговора я встала:

— Мне пора.

Алла Даниловна явно обрадовалась:

— Конечно, конечно.

Она вышла провожать меня в прихожую. Я влезла в туфли и от полной безнадежности сказала:

— Вот горе-то, так надеялась, что вы подскажете телефончик В.К. Лазаренко, мне хоть в петлю лезь, такое положение!

— Душенька, я никогда не слышала про такого человека!

Пришлось уходить. Дверь захлопнулась. Я постояла пару минут в задумчивости на лестничной площадке. Такую сокрушительную неудачу я потерпела впервые. Внезапно дверь распахнулась, и высунулась Люся:

— Эй, вы платок забыли.

Я глянула на кружевной лоскутик:

— Это не мой!

— Берите.

Девушка с силой втиснула мне в руку крохотную тряпочку и исчезла. Я швырнула платочек на подоконник, и тут из него выпала записка. Мелким аккуратным детским почерком на ней было выведено: «Информацию о В.К. Лазаренко можете получить сегодня, в 20.00, в кафе «Железный гусь», Разувахинская улица, дом девять, вход со двора».

Забыв про лифт, я, перепрыгивая через ступеньки, понеслась вниз. «Лед тронулся, господа присяжные заседатели». Алла Даниловна, очевидно, просто не захотела разговаривать дома, испугалась, что дочь подслушает. И правильно сделала! Еще неизвестно, как отреагирует дочурка, узнав о том, каким образом ее маменька поступила с папенькой.

В половине восьмого я приехала на Разувахинскую улицу и обнаружила в доме девять учебное заведение: институт рекламы и менеджмента. Никаким кафе тут и не пахло. Сердце ухнуло в желудок. Меня обманули! Ни на что не надеясь, я вошла в огромный холл и наткнулась на бабульку, торжественно восседающую за огромным письменным столом.

— Ну, явилась к самому концу занятий, — недовольно пробормотала та, — показывай студенческий, так не пропущу!

Пустячок, а приятно. Всегда радостно, когда незнакомый человек считает вас юной девушкой. Правда, старушка сильно подслеповата, на столе перед ней лежат бифокальные очки, но все равно хорошо! Могла бы принять вошедшую за пенсионерку, но ведь посчитала меня студенткой. Не знаю, как вас, но меня такие мелочи очень радуют.

— Не подскажете, где тут кафе «Железный гусь»? — улыбнулась я. — Дали адресок: Разувахинская, девять, приехала, смотрю, тут институт.

Бабуська тяжело вздохнула.

— Это был институт, когда ректором покойный Сергей Львович работал. А теперь бардак, прости господи, а не учебное заведение. Виданное ли дело, в корпусе, где занятия идут, ресторацию открыть! Тьфу, противно. Ступай во двор, там увидишь.

Я обошла здание и обнаружила дверь с табличкой: «Железный гусь», студентам 50% скидки».

Прямо от порога вниз вела довольно крутая лестница, я осторожно пошла по слишком узким ступенькам. Из подвала доносились раскаты оглушающего рока. Было непонятно, отчего ресторация носит такое название. Стены украшали фотографии... куриц, застигнутых в самых невероятных позах. Может, у хозяев плохо со знаниями по зоологии и они вульгарно перепутали пернатых?

Очутившись в большом зале, я чуть не оглохла. И первые несколько минут пыталась разглядеть в клубах дыма, плавающих в разноцветном свете, хоть какие-нибудь детали интерьера. Тут звук стих, вспыхнули люстры. Посередине помещения, на большом кругу, замерло человек сорок юношей и девушек, одетых, вернее раздетых, самым причудливым образом. Мальчики почти все обнажены по пояс, а нижняя часть засунута в джинсы, узкие сверху и расклешенные ниже колен. Девочки в лифчиках, каких-то прозрачных накидушках и мини-шортиках, скорее похожих на трусики, чем на одежду для похода в ресторан. Вдоль стены шли столики, заставленные бутылками с пивом, кока-колой, фантой и заваленные пакетами с чипсами, орехами и попкорном. Очевидно, в «Железном гусе» не было кухни. В правом углу виднелась стойка, за которой взад-вперед носился паренек, на вид ничуть не старше тех, кто оттягивался на танцплощадке. Слева возвышалась сцена. Там, на высоком стуле, в окружении огромного количества аппаратуры, сидел диджей в бейсболке и черной майке.

— Эй, — заорал он в микрофон, — ну-ка, сели по-быстрому все на места! У нас концертный номер!

Толпа шарахнулась за столики. Я протиснулась к стойке, купила чашечку кофе, чипсы и, с трудом отыскав свободное местечко, устроилась за крохотным столиком. Алла Даниловна, решившая назначить мне свидание в столь странном месте, явно рассчитывала на то, что никому из шумной толпы не будет до нас дела и мы затеряемся среди людей. Может, и правильная мысль, но только присутствующие годятся мне, а Рассказовой тем более, в дети, и мы привлечем к себе внимание. Справив тридцатилетие, люди, как правило, перестают таскаться по дискотекам, где скапливается молодежь.

В кругу заметался луч красного света, люстры погасли, и в центре появилась девушка в ярко-синем гимнастическом купальнике. Под свист и улюлюканье зала она принялась изгибаться в разные стороны. Акробатический этюд, так назывался этот номер.

— Простите, — прозвучал приятный голос.

Я оторвала глаза от сцены и увидела юношу, в отличие от остальных одетого в черный костюм и белую рубашку. Через плечо у него висела сумка, наподобие той, с которой ездит в пригородном автобусе кондуктор.

— Вы не купили входной билет.

— Да? Извините, я не знала, думала просто в кафе зашла.

— Простите, у нас клуб. Вход десять долларов, если предъявите студенческий, то пять.

— Рублями можно?

— Мы не берем валюту, только российские деньги.

Я полезла за кошельком. Зачем тогда называть цену в американских долларах? Сказал бы просто: раскошеливайся, тетка, на триста целковых.

Паренек протянул мне билет.

— Отдайте отрывную часть бармену, получите на выбор чашечку кофе либо бутылочку пива.

Я вновь уставилась на представление, девица в купальнике, встав на мостик, старательно просовывала голову между ногами, пытаясь достать зубами розу, лежащую на полу.

— Эй, — произнес сзади хриплый голос. Думая, что паренек, торгующий билетами, вернулся, я повернула голову и увидела... Люсю, дочь Аллы Даниловны, одетую, как все, в черный кружевной лифчик, прозрачную размахайку и кожаные шортики. Но если большинству девочек этот наряд шел, то Люся была слишком толстой для такого сексапильного одеяния. Правда, верхняя часть смотрелась ничего, но нижняя! Высоко вырезанные шортики не скрывали объемистого, слегка отвисшего зада, а толстые целлюлитные ляжки нужно бы незамедлительно скрыть в свободных брюках. Но Люся совсем не стеснялась своей «красоты». Она плюхнулась на стул и, обдавая меня тяжелым запахом водки, заплетающимся языком спросила:

— Ну, это ты Лазаренко ищешь?

ГЛАВА 21

Девушка была сильно пьяна, очевидно, она принесла выпивку с собой, в баре из относительно крепких напитков имелось лишь пиво.

— Да, — ответила я, — ищу.

— И зачем?

— Мужа хочу проконсультировать.

Люся захихикала.

— Чик, брык — и ку-ку! Был мальчонка, нет его. Не жалко муженька-то!

— Ты же папеньку не пожалела, — я решила не оставаться в долгу.

Люся пьяно рассмеялась, схватила мой кофе, залпом осушила чашечку и плохо слушающимся языком пояснила:

— Гондон рваный! Он мне не отец.

— А кто?

— Отчим, блин. На матери женился, когда мне пять лет стукнуло. Я его всю дорогу ненавидела, сучара!

— Что же так?

Люся икнула, попыталась закурить, но руки тряслись, огонек плясал возле сигареты. Потратив пару минут на бесплодные попытки, девчонка прокомментировала:

— Во... нахрюкалась в усрачку!

Потом она сломала сигарету и прошипела:

— Сволочь он! Все бубнил: «Учись, Люся». Гулять нельзя, пить тоже, курить запрещал, денег не давал, а мамахен, глупая курица, все крыльями махала, кудахтала: «Слушайся, Люсенька, папа плохого не посоветует». Я и впрямь прежде думала, что он родной. Ну не повезло... зануда... А как узнала, что отчим! Кто ему давал право меня гнобить!

Она с размаху треснула кулаком по столику. Пустая чашечка, издав жалобное треньканье, подскочила на блюдечке. Зная, что с пьяными нельзя спорить, я поспешила согласиться:

— Точно! Никто не должен тебя заставлять учиться.

Люся захохотала.

— Во! И теперь я с деньгами тут, а он где? В крема... крема... крематории, — выговорила она наконец трудное слово. — Ой, смешно прям! А все она, молодец!

— Кто? — не поняла я.

— Ишь, хитрая, — заржала пьяница, — пиши номерок. Условия знаешь?

— Нет.

— Пятьдесят на пятьдесят. Половину тебе, половину нам.

— Хорошо.

— Ага, пиши, 722...

Не успела я нацарапать в книжке телефон, как

из клубов сигаретного дыма выскочила хорошенькая стройная девушка с упругими длинными ножками и возмущенно воскликнула:

— Люська! Опять насвинячилась! Что ты за этим столиком делаешь?

Я уставилась во все глаза на подошедшую. Передо мной стояла Олеся, дочка умершей гадалки и предсказательницы Левитиной. Той самой Ларисы Григорьевны, чья история болезни была записана первой на дискете. В голове мигом пронеслись воспоминания.

Вот подхожу к квартире, откуда раздаются раскаты музыки, узнаю, что Лариса Григорьевна умерла, спускаюсь к лифтерше.

«Эх, — объясняет консьержка, — хороший человек была Лариса Григорьевна, людям без денег судьбу предсказывала и свою смерть предвидела, уходила в больницу, попрощалась: «Все, больше не свидимся». Я ей: «Да ну, не надо унывать». А она мне в ответ: «Смерти-то я не опасаюсь, знаю, что ждет за чертой, вот только жутко делается, когда вспоминаю, кто меня на тот свет отправит». Видно, и впрямь Левитина была хорошей ясновидящей, если поняла, что родная доченька от нее избавиться решила. Вот она, Олесенька, стоит передо мной. Красивые глазки мечут молнии, пухлые губки сердито выкрикивают:

— Люська, дрянь такая!

Девица явно меня не узнала, что совершенно неудивительно. Виделись мы всего один раз мельком, небось девчонка посчитала меня клиенткой своей матери, не знающей о кончине Левитиной.

— Ха, — забормотала Люся, — чего визжишь? Этой телефончик Лазаренко надо. Чик-чирик, цветочки на могилке, бедный папенька, ох, ох...

Она уронила голову на столешницу и мигом заснула. Олеся покраснела и сказала:

— Извините, Люся у нас выпить любит! Меры не знает, переберет и несет чушь! Чего она вам наболтала?

Я пожала плечами:

— Знаете, ни слова не поняла. Подскочила к столику, выпила мой кофе, понесла чушь про своего отчима, мать, какого-то врача. Потом спросила, не хочу ли избавиться от мужа, сигареты ломала. Честно говоря, я уже собиралась вызвать охрану!

Из глаз Олеси ушла настороженность.

— Люська, когда пьяная, такие глупости болтает, не принимайте всерьез!

— Естественно, — улыбнулась я, — кажется, вашей подруге стоит пройти курс лечения от алкоголизма.

— Не помешало бы, — согласилась Олеся, — только она, когда трезвая, всегда твердит: «Я вовсе не алкоголичка, захочу, сама брошу».

Я кивнула, пьяницы всегда считают себя нормальными людьми. Если человеку взбредет в голову, что он запойный, это хорошо, значит, есть надежда на то, что отвернется от бутылки. Только большинство алконавтов уверены, что здоровы, и прибегать к услугам нарколога не собираются.

— Эй, — потрясла Олеся Люсю за плечо, — вставай, мы тебя с Ленькой домой отвезем. Леня, поди сюда.

У столика материализовался здоровенный парень под два метра ростом. Огромные бицепсы, толстая шея... Юноша походил на динозавра: гора мышц и крохотная голова. Этакий полный силы мускульный организм, не слишком обремененный мыслями.

— Чего ты с ней возишься? — прогудел он. — Брось пьянчугу!

— Она моя подруга, — возмутилась Олеся, — давай, действуй!

Парень легко подхватил Люсю одной рукой. Очевидно, он был чудовищно силен. Довольно тучная девушка была им оторвана от стула без всякого труда.

— Куда ее? В машину? — спросил «динозавр».

— Нет, в метро, — обозлилась Олеся, — глупее вопроса не придумал?

Юноша крякнул и понес пьянчужку на выход.

— Извините, — улыбнулась дочь Левитиной.

— Ерунда, — отмахнулась я, — сама иногда себе позволяю.

Едва живописная группа покинула зал, я кинулась к бармену.

— Мне надо позвонить!

— Телефон-автомат возле туалетов.

— А где-нибудь в укромном месте аппарата нет?

Паренек бросил на меня оценивающий взгляд.

— Двести рублей.

Я вытащила две розовые бумажки. Бармен поманил меня рукой и отодвинул занавеску, закрывавшую вход в служебное помещение.

— По коридору последняя дверь, имейте в виду, восьмерка блокирована.

Не надеясь на успех, я потыкала в кнопки, услышала сначала шорох, треск, потом без гудков раздалось:

— Да.

Трубку сняла женщина, скорей всего молодая. Голос высокий, без «песка» и дребезжания, бодрый и звонкий.

— Позовите, пожалуйста, Лазаренко.

Девушка переспросила:

— Кого?

Ну вот, я так и знала! Пьяная Люся перепутала цифры.

— В.К. Лазаренко, — без всякой надежды на успех повторила я, — доктора наук и профессора.

В трубке что-то шуршало и трещало, словно невидимая собеседница судорожно грызла орехи. Я уже собиралась отсоединиться, как прозвучало спокойное:

— Слушаю.

От неожиданности я чуть не нажала на рычаг.

— Вы? В.К. Лазаренко?

— Да, — ответила девушка, — Валерия Константиновна Лазаренко, а в чем, собственно говоря, дело?

— Ваш телефон мне подсказала Люся Рассказова, дочь Сергея Мефодьевича. Мне очень нужно с вами встретиться!

— Как вас зовут?

— Виола Тараканова, — я неожиданно сказала правду.

— Вы в Москве?

Я удивилась.

— Естественно.

— Тогда будет затруднительно пообщаться.

— Почему?

— Нахожусь в Калифорнии, в Америке, кстати, у нас утро, мне пора уходить на работу.

— Как в США? — заорала я. — Но ведь я набирала столичный номер, просто семь цифр, без всякого кода!

— Правильно, — согласилась Валерия Константиновна, — у меня мобильный с роумингом, говорите, что хотели.

— По мобильному?

— Не волнуйтесь, мне его оплачивает фирма.

— Э-э-э, — забубнила я, не зная, как лучше приступить к делу, — э-э-э... Жора Радько...

Уж не знаю, отчего мне взбрело в голову начать с этого имени, но Валерия Константиновна неожиданно воскликнула:

— Господи, он страшный человек! Убийца!

— Кто?

— Радько, — закричала Валерия, — Георгий Андреевич принуждал меня делать невероятные вещи!.. Дорогая, милая Виола, умоляю, помогите!

— Но чем?

— Слушайте!

На меня вылился поток информации. Может, Валерия Константиновна и была классным психиатром, если она добралась до звания доктора наук, но с собой женщина явно не могла справиться. Она кричала, словно сумасшедшая, рассказывая про Левитину, Рассказова и Рамазанову.

— Жора нанимал меня, как специалиста, говорил, что везет к приятелям, которые лежат в больнице и отказываются от приема лекарств, случается такое иногда с людьми. Я приезжала на консультации вместе с родственниками. К Левитиной и Рассказову меня сопровождали дочери, а к Рамазановой привела мать. Во всех случаях я обнаружила больных физически, но вполне адекватных психически людей, которые совершенно спокойно принимали лекарство, даваемое мной. Перед визитом Жора вручал мне таблетки и просил убедить больных их выпить. У меня это получалось легко. К Левитиной я приходила два раза. Мне казалось, что необходимости в визитах нет, но ее дочь уверяла, будто мать только в моем присутствии пьет пилюли. Потом Левитина скончалась, Рассказов и Рамазанова тоже... О... Радько позвонил и попросил проконсультировать следующих, но я отказалась, и тогда он... О боже, ужасно! Жора сообщил, что несчастных убила я!

Она, задыхаясь, рассказала про махинации со страховкой и закончила:

— Мне пришлось спешно, тайком от Радько убегать в Америку, иначе Жора бы принудил меня опять убивать людей. Умоляю, помогите, дорогая Виола!

— Но чем?

— Пожалуйста, сходите в милицию и расскажите все. Последняя, кого Жора убил, была его жена, Рита. Она ему изменила, и он лишил жизни несчастную, он очень, очень хитрый, прямо мастер художественных ужасов, спасите меня. Очень боюсь, что он и сюда доберется.

— Не волнуйтесь, — с жаром воскликнула я, — завтра же с утра пойду в отделение! Только Радько прячется, он не ночует дома.

— Пишите адрес его берлоги, — заявила Валерия Константиновна, — Северное Бутово, улица Академика Самсонова, дом 19, квартира 107.

— Откуда вы знаете?

Валерия Константиновна издала странный звук, я не поняла, то ли она заплакала, то ли засмеялась.

— Я была его любовницей и знаю про тайную квартиру.

— Отчего вы меня просите, такое деликатное дело...

— Вы показались мне приличным, добрым человеком, умоляю, помогите!

— Но мы никогда не встречались, — удивилась я.

— Я слышу ваш голос, мне этого достаточно. Дорогая, стою перед вами на коленях. Мне, естественно, никогда не вернуться на Родину, но хотя бы в США хочу быть уверенной, что Радько до меня не доберется.

— Конечно, не волнуйтесь.

— Адрес запомнили?

— Записала в телефонную книжку.

— Дорогая, — всхлипнула Валерия Константиновна и, бурно разрыдавшись, отсоединилась.

Я повесила трубку и вышла на улицу. Шел противный мелкий дождик, частый, словно на небесах кто-то просеивал его сквозь сито.

Не в силах соображать, я добралась до дома и, не зайдя в кухню, где громко хохотало шесть глоток, рухнула в кровать.

В дверь позвонили около четырех утра. Я потрясла головой и уставилась на будильник. Кого принесло в столь неподходящий для визитов час? Может, приснилось? Но звонок повторился, на этот раз он был более долгим и настойчивым, затем обнаглевший пришелец принялся дубасить в дверь ногой. Я вскочила и полетела в прихожую. Наверное, соседка снизу! Пару раз мы проливали ей на голову воду, вдруг Томуська опять не завернула кран на кухне?

— Сейчас, сейчас, — бормотала я, отодвигая засовы, — секунду.

За спиной начал скапливаться народ. Томуська с молчащим Никитой, сонно моргающий Семен, одетый в необъятные семейные трусы Ленинид, Света в ночнушке, Туся в халате, Кристина в пижаме... Потом появились Кочерга в непонятном стеганом одеянии и Николай, по-простому завернутый в полотенце. Так, они уже живут тут, все вместе, черт-те что прямо!

— Кто там? — поинтересовался Семен.

— Не знаю! — рявкнула я и распахнула дверь. На лестничной площадке стоял злой Олег.

— Какой кретин задвинул щеколду? — спросил он, забыв поздороваться.

— Ты? — удивилась я.

— Что же тут странного? — хмыкнул муж.

— Обещал приехать в конце мая!

Уставший после долгой дороги Олег отреагировал бурно:

— Если хочешь, могу отправиться назад.

— Не сердись, просто я хотела объяснить, отчего дверь заперли, ты бы хоть позвонил предварительно!

— Зачем? — буркнул Олег, вылезая из полуботинок.

— Ну как, — растерялась я, — так обычно делают!

— Кто?

— Все.

— А я уникум, — сообщил супруг, — и вообще, ты обещала меня всегда ждать!

Тут Никита, потревоженный среди ночи, издал пронзительный вопль.

— Это кто? — попятился Олег.

— Елы-палы! — хлопнул себя руками по бедрам Семен. — Ну, дела! Ты ж ничего не знаешь! Сын у нас родился!

— Да ну, — подскочил Олег, — вот это новость!

Следующие пять минут он умилялся, делал козу и бормотал:

— Вот дела! Ну здорово, подарок за мной.

Закончив сюсюкать, муж повернулся в мою сторону и гневно заявил:

— Почему мне не сообщила, а?

— Я пыталась сказать, но ты рявкнул, что занят и бросил трубку.

— Следовало еще раз позвонить!

Ну вот! Мой муж всегда считает, что виновата во всем я.

— У нас гости. — Томуся поспешила задушить в зародыше начинающийся скандал.

— Да, — подхватила я, — это моя маменька Света.

— Кто? — удивился Олег.

— Света, первая жена Ленинида.

— Здрассти, — ошарашенно сказал муж.

— Это моя маменька Туся.

— Кто? — чуть не упал Олег.

— Туся, первая жена Ленинида.

Пару секунд Куприн стоял, моргая глазами, потом заявил:

— Так не бывает! Мать бывает одна, и первая жена тоже.

Томуся улыбнулась:

— Мы тебе потом объясним.

— Это что, у меня теперь две тещи разом? — в ужасе поинтересовался Куприн.

— Во влип, — хихикнул Коля.

— Николай, жених Светы, — быстро пояснила я.

Супруг только крутил головой, плохо понимая, что к чему.

— А это Владимир Николаевич, будущий муж Туси.

Кочерга осторожно наклонился ко мне и зашептал на ухо:

— Извините, Виола, но мне больше по душе Светлана.

— Пойду умоюсь с дороги, — отмер Олег и направился в ванную.

Я уцепила Кочергу за стеганый рукав.

— Владимир Николаевич, вам придется довольствоваться тем, кто остался.

— Но Света кажется мне более подходящей!

— Поговорите с Николаем, может, согласится поменяться!

Едва очутившись в кровати, Олег захрапел. Вот ужас! Я, конечно, люблю своего мужа, но не до такой степени, чтобы лежать остаток ночи без сна, слушая громовые раскаты. Пытаясь добиться тишины, я пнула его, но безрезультатно, храп сменил тональность, но остался оглушительным. Я поцокала языком, почмокала губами, затем засвистела... Звук прекратился. Отлично, прямо-таки здорово! Но не успела моя голова упасть на подушку, как рев понесся с оглушительной силой, напоминая звук, который издает самолет на взлете. Я свистнула. Воцарилась тишина, через пару секунд сменившаяся сначала сопением, а потом храпом. Следующие полчаса я изображала соловья, насвистывая разнообразные мелодии. Спать хотелось ужасно, поэтому я решила подойти к вопросу творчески. Надо устранить не храп, а его причину.

Итак, отчего Олег издает эти жуткие звуки? Я принялась разглядывать мужа и через секунду поняла: он дышит ртом. Аккуратно подняв его подбородок, я радостно поняла, что наступила тишина. Но ровно через секунду челюсть вновь вернулась на прежнее место! Делать-то что? В полном отчаянии я пошла на кухню попить воды, увидела на столе тарелку с яблоками, горестно откусила от одного, затем наполнила стакан, и тут меня осенило! Если рот трудно закрыть, его возможно заткнуть! Я быстро схватила со стола самое большое, спелое, ярко-желтое яблоко, принеслась в спальню и сунула «кляп» в рот Олега. Настала блаженная тишина. Голова опустилась на подушку, веки потяжелели, рот зевнул, я приготовилась нырнуть в сладкие объятия Морфея.

— Это что такое, а? — послышалось слева.

Я нехотя повернула голову. Олег сидел на кровати.

— Что это? — повторил он.

— Яблоко, — растерянно ответила я.

— Откуда?

— Ну, ты собрался его съесть перед сном, да забыл!

Муж уставился на меня.

— Ага, закемарил, заткнув рот?

— Бывает, всякое случается.

— Может, и так, но я никогда не ем лимоны целиком.

— Какие лимоны, это яблоко!!!

Олег протянул мне ярко-желтый плод из семейства цитрусовых.

— Смотри!

Я лишилась дара речи. Ну, как обычно, отличилась. Хотела ухватить сладкое яблочко, а взяла лимон.

— Объясни сейчас же, что происходит, — тихо зверел Олег.

Сами понимаете, мужу не всегда следует рассказывать всю правду. Я села, подсунула себе под спину подушку, завернулась в одеяло и сообщила:

— Извини, тут такое случилось!

Куприн моментально потерял остатки сна и приказал:

— Говори.

ГЛАВА 22

Я рассказала мужу все, страшно боясь, что мой майор догадается, кто запихнул ему в рот лимон, и была предельно откровенна. Драка во дворе, дискета, убитые Рассказов, Левитина и Рамазанова, неврастенический припадок Валерии Константиновны Лазаренко, адрес берлоги Жоры, участие Радько в смерти жены.

— Он и Крысова убил, — тараторила я, — участкового инспектора, любовника Ритки, вот гад!

— Кто? — тихо спросил Олег.

— Жора, естественно!

Выплеснув информацию, связанную с криминальными происшествиями, я плавно перешла к домашним делам. Пояснила, как в нашей квартире появились Света и Туся, потом рассказала про Николая, когда дело дошло до «маньяка», Олег усмехнулся.

— Хватит, ясно.

Затем он встал и открыл шкаф.

— Так... И где мои чистые рубашки?

Я испытала легкие угрызения совести. Все-таки, женившись, человек имеет право на кое-какие радости брака: вкусный суп, котлетки, выстиранное белье. Одна беда, для того чтобы Олег радовался, я должна крутиться между кухней и ванной. И главное, никому не будет видно результата: жареная картошка съестся в момент, пол испачкается, пуговица на брюках оторвется. Потом супруг, придя домой, обнаружит вас сидящей у телевизора, плюхнется за стол и станет ждать, когда женушка поднесет ужин. Попробуйте не оторваться от сериала и попросить:

— Возьми сам, я устала.

Мигом разгорится скандал. Это с какой стати? Целый день провела дома и вечером свалилась без сил?

— Да я, — кричит большинство мужиков, — если пару часиков проведу дома, готов просто горы своротить!

Правильно, представитель мужского пола, придя домой, мигом рушится на диван с газетой или смотрит телевизор. А теперь, скажите, милые дамы, чем вы занимаетесь, получив выходной? Ходите в театр? Или, может, с утра плаваете в бассейне, а затем принимаете курс массажа? Лично я предпочитаю занятия спортом: бег с сумками наперевес от оптушки до дома, наклоны вперед вместе с пылесосом и, на закуску, водные процедуры: стирка белья и мытье полов.

— Твои рубашки в бачке, — сообщила я.

Но Куприн не разозлился, а мирно ответил:

— Без проблем, надену футболку.

— Так ты узнаешь правду про маменек? — напомнила я, когда Олег надевал ботинки.

Муж посмотрел на меня отсутствующим взглядом.

— А? Да, конечно, если будет время!

Сто против одного, что он забыл о моей просьбе, не успев дойти до лифта. Впрочем, это его дело, меня Света и Туся перестали раздражать. Женщины починили все постельное белье, пошили новые занавески, вдохновенно создали гардероб Кристине и теперь занимаются тем, что перелицовывают старые костюмы Семена. Коля и Кочерга настроены серьезно, скоро мы избавимся от бывших зэчек, а мне, честно говоря, совершенно все равно, кто из них моя мать, потому что родственных чувств ни к одной я не испытываю. Зевая, я пошла в ванную, делать было решительно нечего, следовало сесть и написать статью о страшном человеке Георгии Радько, о людской жадности, о том, как дети способны из-за денег убить родителей... Но было лень.

Целый день я провела дома и, испытывая угрызения совести, постирала и погладила все рубашки Олега, общим числом двенадцать штук.

Куприн явился домой около десяти, проглотил сразу обед и ужин, обрушился в кровать и пробормотал:

— Радько арестован.

— Да ну! И что говорит?

— Все отрицает.

— Совсем все?

— Абсолютно, впрочем, так почти всегда поступают, но против него много улик.

— Каких?

— Завтра, — прошептал муж и заснул.

Прошла неделя. На все мои расспросы Куприн отделывался короткими фразами: «Идет следствие», или «Потом расскажу».

В понедельник Семен налетел на меня со сжатыми кулаками.

— Если в среду не сдашь статью — уволю!

Пришлось садиться за стол и выжимать из себя текст, но работа буксовала, и я от тоски включила телевизор.

На экране возникло изображение. Седовласый мужчина с холеным лицом русского барина вещал:

— Ну, моя дорогая! У психиатров тоже случаются заскоки!

Шла программа «Здоровье», я не люблю эту программу, потому что ее ведущая каждый раз ухитряется вложить мне в голову простую мысль: я живу неправильно, веду нездоровый образ жизни, и это неминуемо приведет к трагическому концу намного раньше, чем мне хочется.

— Однажды, — продолжал тем временем импозантный дядька, — я читал историю болезни и увидел там гениальную фразу: «Больной вымыл своим мылом общий туалет в конце коридора. На вопрос врача: «Зачем ты это сделал?», тот ответил: «Пусть там будет чисто и всем приятно». Также высказывает другие бредовые идеи». Ну как?

Ведущая засмеялась, я улыбнулась, действительно ухохочешься, у врачей иногда случаются парадоксальные реакции. Внизу экрана побежала строка: «Гость студии доктор медицинских наук, профессор, заведующий кафедрой психиатрии Валерий Константинович Лазаренко». От удивления я замерла перед экраном. Ведущая тем временем весьма бойко продолжала:

— Поскольку тема нашей беседы «Медицина и преступность», то позвольте спросить, вы сами попадали в криминальные ситуации?

Лазаренко улыбнулся.

— Да, случалось, однажды ехал по улице Нестерова, остановился на светофоре. Из соседней машины высунулась девушка, весьма симпатичная особа, и стала живо интересоваться, как проехать на Волоколамское шоссе. Естественно, я объяснил дорогу, когда девица умчалась, отправился дальше и, только добравшись до работы, заметил, что исчез мой портфель. Классическое поведение барсеточников, один отвлекает разговором, другой в этот момент тащит через открытое окно вашего авто сумку. И ведь я знал о таком приеме, но все равно попался.

— Большой суммы денег лишились?

— Портмоне как раз лежал в пиджаке, но я бы с удовольствием променял его содержимое на портфель. Понимаете, там были бланки «розовых» рецептов, на выписку лекарств категории «А», главное же, в одном из отделений хранилась именная печать врача. Знаете, такая круглая, с надписью «психиатр В.К. Лазаренко». Еще там находились мои визитки, чужая диссертация... В общем, ужасно. Кстати, пользуясь случаем, хочу заявить телезрителям. Господа, вы можете стать жертвой обмана. Имейте в виду, доктор наук, профессор по фамилии Лазаренко в столице имеется лишь в единичном варианте, это я. Желающие воспользоваться моими услугами могут прийти по вторникам в поликлинику № 312, я веду там консультативный прием. Любой другой человек, имеющий на руках печать с моими инициалами и фамилией, — мошенник. Очень прошу быть бдительными.

— Большое спасибо, Валерий Константинович! — бодро выкрикнула ведущая. — После короткого блока рекламы у нас в студии будет врач-логопед Дина Григорьева. Оставайтесь с нами.

По экрану заметался излишне полный для своего возраста молодой человек, призывающий пить пиво. Посмотришь на такого, поймешь, как тебя разнесет, и перестанешь вообще приближаться к вкусному напитку. Но мне было не до дурацкого ролика. Профессор, доктор наук Валерий Константинович Лазаренко! А я, простите, с кем разговаривала? Какая Валерия Константиновна заложила Жору Радько? Мужчина только что столь уверенно говорил о своей уникальности. Может, специально врал, чтобы не растерять клиентов?

Или меня обманули? Был только один способ узнать правду. Чуть не сбив по дороге Кристину, я влетела в кабинет Семена и схватила справочник «Вся Москва». Так, где тут адрес и телефон поликлиники № 312?

Вы когда-нибудь пытались дозвониться до лечебного учреждения? Ну согласитесь, в регистратуре всегда занят телефон. Мне понадобилось почти полтора часа, прежде чем я услышала:

— Поликлиника.

— Можно записаться завтра на прием к Лазаренко?

Раздалось шуршание, потом равнодушное:

— Имя?

— Валерий Константинович.

— Фамилия?

— Лазаренко.

— Год рождения?

— Не знаю, — растерянно ответила я, — а что, это так важно? Мне все равно, сколько лет доктору.

— С ума сойти! — заорала регистраторша. — Мне нужны данные того, кто пойдет к врачу! Вы что, в первый раз к медику записываетесь?

Я быстро назвала то, что требовалось, и отсоединилась. Ну зачем так злиться? Может, и правда я впервые решила обратиться к доктору. И потом, разве тетка не слышала, что я хочу попасть к психиатру? Вдруг я с капитально съехавшей крышей?

Раздраженно бубня себе под нос, я столкнулась в коридоре с Николаем.

— Слышь, Вилка, — сказал он, — я тут подумал и решил предложить Тусе у меня поселиться. Распишемся и заживем!

Я обрадовалась до колик.

— Очень здорово, только тебе, кажется, Света больше нравилась!

— Обе хорошие, — отмахнулся Коля, — Светку Кочерге уступил.

— Вот и отлично, можно и свадьбы вместе сыграть, если невесты паспорта получат.

Коля хмыкнул и исчез в гостиной. Не успел он закрыть дверь, как из кухни вышел Владимир Николаевич, увидав меня, он приосанился.

— Милая Виола Ленинидовна...

— Слушайте, давайте без церемоний.

— Ладно, дорогая Виола, если вы не против, я хотел бы сделать предложение Тусе...

— Как? — изумилась я. — Вы ведь собирались жениться на Свете.

— Кто, я?

— Ну не я же!

— Да, действительно, я вначале остановил свой выбор на ней, но потом понял: Туся лучше.

— Но ведь Коля уступил вам Свету!

— Да, нехорошо получилось. Пойду, поговорю с ним, пусть назад заберет.

Мелкими, семенящими шажками профессор добрался до гостиной и юркнул внутрь. Я пошла к себе. Главное, ни во что не вмешиваться, сами разберутся, не маленькие!

Ровно без пятнадцати два я постучала в кабинет, где вел прием Лазаренко. Вообще говоря, я была записана на час, но специально пропустила тройку больных вперед, хотелось остаться последней, чтобы никто не стучал в дверь и не ныл: «Быстрее, пожалуйста, люди ждут».

Валерий Константинович в жизни оказался ничуть не хуже, чем на экране. Огромный, с гривой картинно-седых волос, орлиным носом и влажными карими глазами. Наверное, плейбой, большой любитель красивых женщин, хорошей еды и качественной выпивки.

— Слушаю внимательно, — прогудел Лазаренко.

Я села, открыла сумочку, вытащила оттуда распечатку истории болезни Кати Рамазановой и, мило улыбаясь, спросила:

— Извините, подскажите, как найти вашу сестру?

— Кого? — изумился врач.

— Валерию Константиновну Лазаренко, доктора наук, профессора, она тоже психиатр.

— Первый раз слышу про такую!

Я развела руками.

— Свет велик, всякое встречается. Валерия Константиновна консультировала мою родственницу, смотрите, я думала, она ваша сестра! Имя, отчество, фамилия...

Лазаренко уставился в листки.

— Вот, — ткнула я пальцем в нужное место, — печать стоит.

Профессор пару секунд рассматривал бумаги, потом, став красным, словно запрещающий сигнал светофора, заявил:

— Большего идиотизма никогда не читал. «Больная выглядит хорошо, руки теплые». Да ни одному психиатру не придет в голову сделать подобную запись! Чушь!

Потом еще раз изучил бумаги и сказал:

— К сожалению, уважаемая, вы стали жертвой мошенницы! Это моя печать!

— Не понимаю, — я прикинулась полной идиоткой, — почему ваша? Вас я вижу впервые в жизни!

— То-то и оно, — хмыкнул Лазаренко и быстро рассказал историю про портфель.

— И вы уверены, что видите оттиск своей печати?

— Абсолютно.

— Вдруг все же в Москве есть женщина-психиатр, доктор наук, ваша тезка.

— Нет.

— Но бывает...

— Не бывает.

— Однако...

— Не надо спорить. Наш мир, круг людей, занимающихся психиатрией, узок. Я знаком почти со всей московской профессурой. Смею вас уверить, никакой В.К. Лазаренко, кроме меня, и в помине нет. К тому же, обратите внимание, видите букву «з»?

— Да, она написана немного странно, не как «з», а как «z».

— Ну да, гравер ошибся, сделал на печати «Лazapeнко». Я сначала хотел потребовать, чтобы он переделал работу, но шельмец начал уверять, будто специально выгравировал так, для оригинальности. Это моя украденная печать. Вы платили фальшивому доктору?

— Да.

— Очень жаль. Крайне неприятно, что мошенница, которая ничего не смыслит в медицине, промышляет под моим именем!

Вечером, не успел Олег войти в дом, как я кинулась к нему.

— Послушай...

— Потом.

— Дай расскажу...

— Очень устал, завтра.

— Но утром ты уйдешь на службу!

— Значит, вечером.

— Но...

— Вилка, — заорал муж, — я целый день работал, как проклятый, ни сна, ни отдыха! Стоит только появиться в квартире, как ты набрасываешься, словно овчарка, и требуешь внимания.

— Зачем ты тогда женился? — возмутилась я.

— Я не знал, что ты из породы погремушек, — довольно зло рявкнул Куприн и ушел в ванную.

Я осталась сидеть на кухне, чувствуя в горле горький комок. Погремушка! Ладно, дружочек, по всему выходит, что в деле Жоры Радько наметился новый поворот, но Олегу я об этом не расскажу. Сама доведу расследование до конца.

Совершенно не верю теперь этой даме, назвавшейся Валерией Константиновной. Единожды солгавший запросто сделает это во второй, третий, четвертый раз. Небось тетка не в Америке. Мобильный телефон хитрая штука. Когда вы звоните на стационарный аппарат, то точно знаете, где он установлен. А сотовый? Приходится спрашивать:

— Ты где?

Ответить же можно что угодно: в дороге, или в театре, или в магазине.

Проверить невозможно. И потом, с чего бы даме столь бурно выкладывать мне всю правду про Жору? Ох, что-то тут не так.

Я заметалась по кухне. Кстати, когда я говорила с ней по телефону, меня резанула какая-то фраза, вот не помню какая! Ох, и хитра лиса! Но она совершила одну ошибку! Номер мобильника! По нему очень легко можно вычислить владельца!

ГЛАВА 23

Утром на подушке обнаружились шоколадка «Слава», моя любимая, и записка:

«Извини, Вилка, сам не знаю, что на меня вчера нашло. Очень тебя люблю, вернусь с работы, и поболтаем. Твой престарелый кабанчик». Внизу была нарисована косорыленькая свинюшка с большим пятачком. Олег далеко не Репин. Я рассмеялась. Чувствуя свою вину, супруг не поленился перед работой сбегать в булочную и купить шоколад. А чтобы совсем подольститься, даже написал в конце свое дурацкое прозвище. Обычно он сердится, когда я дразню его престарелым кабанчиком, а сегодня сам решил так назваться.

Я развернула шоколадку и, недолго думая, слопала половину. Нет, все-таки у меня хороший муж, но правды про Лазаренко я ему не расскажу. Это будет маленькая месть за «погремушку». Доведу сама начатое до конца и только потом объясню Олегу, в чем дело. Естественно, он обозлится и закричит:

— Почему мне не сообщила!

И вот тут я невинно заморгаю глазами и заявлю:

— Не хотела выглядеть погремушкой!

Посмотрим тогда на реакцию Куприна!

Я понеслась в ванную. Времени сидеть на одном месте больше нет, надо действовать. Мы с Олегом наперегонки летим к финишу, только он бежит в команде, а я в гордом одиночестве. Ну, кто кого? Вторую половину шоколадки я доела в лифте. Во рту поселился приторно-сладкий вкус, но в глубине души плескалась горечь. Погремушка! Да всех производственных мощностей фабрики «Красный Октябрь» не хватит, чтобы забыть мою обиду. Погремушка! Успокоюсь я только тогда, когда утру Олегу нос!

В свою редакцию я влетела, уронив сумочку.

— О, — воскликнул Сережка Петерсов, сидевший у компьютера, — какие люди! Дорогие гости, золотые перья, очеркисты и новеллисты. Извините, пожалуйста, не могу встать и поклониться в пояс. К сожалению, господин главный редактор, который для тебя просто Сеня, велел срочно добавить в очередной номер мелочовку. И вот теперь я занимаюсь высокоинтеллектуальным трудом, кропаю колонку под названием «В три строчки». Сама понимаешь, опус пойдет без подписи, да и заплатят за него по копейке за строку. Вот так и живу: ни денег, ни славы, а на работу нужно являться каждый день к девяти! Ну а ты, конечно, с очередным полосным шедевром? Можно мне остаться в кабинете? Не помешаю ли гордости журналистики своим кашлем, который мучает меня из-за того, что вынужден курить дешевые сигареты? Да, мы рабочие лошади, а не элитные арабские скакуны...

Я взяла с его стола круглую коробочку, вытряхнула оттуда скрепки и поднесла пустую емкость к Сережкиному рту.

— Сделай милость, поговори еще.

— Зачем? — насторожился Петерсов.

— Олега радикулит разбил, а змеиный яд очень дорог, ты сейчас сюда слюной набрызгаешь, лучше финалгона ему поможет!

Сережка рассмеялся. Он, в принципе, не противный парень и отличный криминальный репортер, только случаются у него припадки занудства. С другой стороны, у кого их не бывает?

— Все тебе хиханьки да хаханьки, — забубнил коллега.

— Где у нас справочник?

— Какой?

— Ну тот, с номерами телефонных компаний.

— Зачем тебе?

— Хочу уточнить имя владельца мобильника.

Сережка хмыкнул.

— Ну ты даешь! Никто не скажет!

— Почему?

Петерсов оторвался от полосы и потер глаза.

— Скупердяи чертовы, не могли еще меньшим шрифтом текст набрать, глаза к носу съехали! Почему, почему... По кочану, не положено. Нарушение должностной инструкции. Служащим «Билайн» и «МТС» строго-настрого велено хранить конфиденциальность. Запросто уволят, если они начнут сведения о клиентах направо и налево раздавать.

— А если речь идет о преступлении?

— Милиция пошлет запрос на бланке, с печатью.

— Что же мне делать? — спросила я и села за стол у окна. — Вот уж не думала, что это проблема. Зачем людям скрывать, кто владелец? Помнишь, в нашем детстве во всех почтовых отделениях лежали толстые «Справочники абонентов МТС», а «09», если назвать фамилию, имя, отчество и год рождения того, на кого зарегистрирован телефон, мигом называла номер.

Сережка закурил и, выпуская струю серо-голубого дыма, заявил:

— Еще вспомни, как мы тимуровцами были и переводили через дорогу бедных больных бабушек. Кстати, и в достославные времена, о которых ты вспоминаешь, существовали «закрытые» номера. Узнать координаты любимого актера, писателя или высокопоставленного партийного деятеля было невозможно.

— Да-а, — протянула я, — серьезное препятствие, и что теперь делать, ума не приложу!

Сережка раздавил окурок в блюдечке, заменявшем ему пепельницу.

— Эх, правильно мама говорит, вьют из меня бабы веревки. Никогда не могу отказать прекрасной даме. Прямо издергался весь! Стоит только им намекнуть, сразу на помощь кидаюсь!

— Ты это к чему?

— Ступай, купи бутылочку водочки, колбаски, хлеба и прихвати банку маринованных огурчиков.

— С какой стати!

— За работу положен гонорар. Пока до метро сбегаешь, я тебе все о владельце узнаю, давай топай!

Не теряя времени, я вышла за дверь. Иногда люди говорят: «Пьет, как сапожник». Не знаю, как относятся к горячительным напиткам представители обувной промышленности. Я бы употребила иное сравнение: закладывает за воротник, словно журналист. Оказавшись среди пишущей братии, я была поражена тому, какие алконавты эти люди, занимающиеся умственным трудом.

Пить в «Криминальном рассказе» начинали с утра, и это в будний день! Что уж там говорить о праздниках. Так как в журнале вместе с машинистками, курьерами, наборщиками и верстальщиками трудится около сотни человек, почти каждый день в коллективе найдется повод для торжества. Кто-то родился, кому-то дали премию... Впрочем, заливают и горе. Коллеге, получившему клизму с гвоздями от начальства, мигом протянут стакан, в котором будет плескаться отнюдь не чай. А еще журналистов частенько зазывают на всяческие фуршеты и презентации, где дармовая выпивка льется рекой. Стоит ли удивляться, что одной из профессиональных болезней литсотрудников является алкоголизм?

Из-за двери раздался бодрый голос Сереги:

— Ланочка, кошечка, привет, это твой толстенький котик...

Я хихикнула и пошла к метро. Нечего Олегу обижаться на «престарелого кабанчика», толстенький котик звучит ничуть не лучше.

Приобретя «набор профессионального пьяницы», я вернулась назад. Сережка крякнул, быстро скрутил пробку, вскрыл банку с огурчиками, вспорол упаковку с нарезкой... И тут в кабинет всунулся фотокорреспондент Леня Шмаков.

— О, — радостно воскликнул он, — по какому поводу пир?!

Одно из правил редакции звучит так: «Если вы собрались выпить, то непонятным образом коллеги узнают об этом и мигом подтягиваются в нужный кабинет».

— Угощайся, — вздохнул Серега.

Ленька схватил мою чашку, наплескал туда водки, выпил, крякнул, сжевал огурчик и поинтересовался:

— Какой праздник?

— День киллера, — не моргнув глазом сообщил Серега, опрокидывая свой стакан.

— Есть такой? — удивился Ленька.

— Нет, так будет, — заржал Сережка и повторил процедуру.

— Где сведения? — спросила я.

— У тебя на столе, — радостно сообщил он, жуя колбасу.

В календаре белела бумажка. Телефон был зарегистрирован в момент покупки. Человек приобрел аппарат не в центральном офисе «Билайн», а в магазине на Новослободской улице. В общем-то, он поступил правильно. Очевидно, хотел получить трубку чуть подешевле. «Билайн» придерживается странной политики. В главном здании цены выше, чем в точках, разбросанных по городу. Разница бывает значительной, порой достигает пятидесяти долларов. Угадайте имя хозяина телефончика? Правильно, Валерий Константинович Лазаренко, здесь же значился и адрес.

От злости я треснула кулаком по столешнице. Коробочка с кнопками упала на пол.

— Что-то не так? — поинтересовался Серега.

После принятой дозы он растерял все свое ехидство, стал благостным, добрым, улыбчивым.

— Да уж, — прошипела я, — все не так! Телефон зарегистрирован по поддельным документам! Хотя, может, его тоже украли вместе с барсеткой? Впрочем, нет, Лазаренко не похож на идиота, небось мигом заявил бы о пропаже.

— Ничего не понимаю, — радостно заявил Серега, — ну ничегошеньки!

— И не надо, — безнадежно отмахнулась я, — просто я не знаю, как теперь поступить!

— Ты глотни водяры, — предложил Ленька, — сразу полегчает.

— Не поможет.

— Всем помогает, а тебе нет?

— Отвяжись.

— Никак не соображу, — зудел Серега, — в чем дело? Хотела имя человека и получила!

— Телефон покупала женщина, — вздохнула я, — а назвалась Валерием Константиновичем Лазаренко. Вот только не пойму, как ей удалось по чужому документу трубку зарегистрировать?

Сережка махнул рукой.

— Делов-то! Небось и паспорт не показывала! Попросила просто: «Ребятки, хочу сюрприз мужу сделать, давайте данные сообщу, будьте людьми, оформите так».

— Это возможно?

— В центральном офисе — нет, там полно продавцов, увидят, кто из коллег инструкцию нарушает, и начальству стукнут, а в магазинчике в городе сколько угодно. Дала небось на бутылку. Там, как правило, один торговец.

Я посмотрела на раскрасневшихся, страшно довольных Леню и Сережу. Похоже, Петерсов прав, надо поехать на Новослободскую улицу и поболтать с сотрудниками.

Назвать магазином торговую точку на Новослободской, предлагавшую мобильные аппараты, язык не поворачивался. Узкое, словно пенал, помещение было заставлено стеклянными шкафами, места в зале осталось только на то, чтобы кое-как протиснуться к прилавку, за которым двое молодых парней разгадывали кроссворд. Судя по тому, с какими радостными лицами они кинулись мне навстречу, покупатели не слишком частые гости в этом заведении.

— Здравствуйте, — затараторили мальчишки, — у нас распродажа, цены снижены. Желаете себе аппаратик? Поглядите на этот «Нокиа», последняя модель. Маленький, компактный, элегантный, как раз для дамской сумочки.

— Нет, спасибо, мне...

— Для ребенка ищете? Правильно, с аппаратом спокойно, всегда можно позвонить и узнать, где он задерживается. Тогда лучше сюда гляньте, в коробках, подарочный вариант Би+, очень удобно, никакой абонентской платы, купили карточку, и свободны.

— Нет, это не...

— Слишком дорого? Посмотрите сюда, «Сименс» за двадцать долларов.

— Он деревянный? — изумилась я.

— Почему? — обиделись продавцы. — Хороший, нормально функционирующий аппарат.

— Но остальные вон с пятидесяти начинаются...

— Этот подержанный! Какая вам разница, все равно ребенок потеряет. У нас детям только такие берут.

— И как его купить?

— Просто, даете деньги, паспорт, и мы в момент подключаем трубочку!

Я потупилась.

— Паспорт, вот незадача!

— Что такое?

— Да оставила дома со всеми документами, как же теперь телефончик купить? Я здесь случайно оказалась, ладно, завтра в другом месте приобрету.

Мальчики переглянулись.

— Какой вы хотите?

Я ткнула пальцем в самый дешевый.

— Вот этот.

— Паспортные данные помните, ну номер, серию, прописку?

— Да.

— Тогда не расстраивайтесь, оформим с ваших слов.

— А можно?

— В принципе нет, но отчего не пойти навстречу хорошему человеку? — улыбнулся один из продавцов, на рубашке которого болталась табличка «Консультант Ефремов Тимур». — Так как, будете брать?

— Если из-за цены сомневаетесь, — влез второй парень, — то не надо колебаться. У нас так же дешево, как на рынке.

— Ой, упаси бог на толкучке брать, — сообщил

Тимур, — там могут что угодно подсунуть, краденый аппарат, например!

Я мысленно пересчитала наличность в кошельке. С одной стороны, давно хотела приобрести мобильный, и впрямь удобная штука. С другой — двадцать долларов совсем недорого, с третьей — в портмоне лежат восемьсот рублей, но мне надо купить продукты, а других денег нет, с четвертой — следует заставить этих ловких парней вспомнить про «Валерия Константиновича»... Поколебавшись пару секунд, я махнула рукой.

— Давайте.

Обрадованный Тимур открыл шкаф, выудил аппарат и удовлетворенно сказал:

— Смотрите, в каком чудесном состоянии! Ни царапин, ни сколов, прямо как новенький. На рынке такие в коробочки засовывают и за новые выдают! Но мы честные!

Потом «честный» продавец начал заполнять регистрационную форму. Я сообщила правильные фамилию, имя, отчество, адрес, а вот паспортные данные ничтоже сумняшеся выдумала. Серия XXXXI-КА, № 765896. Даже не знаю, может ли документ иметь такие опознавательные знаки. Но Тимур, очень довольный тем, что аппарат ушел, начал объяснять правила пользования.

— Тут руководство есть на русском языке, — радовался паренек.

— Исключительно выгодная покупка, — вторил другой, — вам какой звонок поставить?

— Они разные?

Мальчишки засмеялись.

— Слушайте.

Мне было жаль портить им чудесное настроение, но делать нечего.

Я спрятала свидетельство о регистрации в сумку и сказала:

— Вы попали ребята, чисто конкретно вляпались.

— Во что? — заморгал глазами Тимур.

— Вот так запросто поверили мне на слово без документа, а вдруг я чеченская террористка и приобрела телефон для переговоров о взрывах? Мальчишки переглянулись и дружно засмеялись.

— Ну вы совсем не похожи на лицо кавказской национальности.

— Верно, только меня могли нанять. К сожалению, в Москве полно славян, готовых за деньги на все.

Решив не тратить больше времени на пустопорожние разговоры, я достала служебное удостоверение и продемонстрировала торговцам.

— Пресса, — растерянно прочел Тимур, — и что?

— А то, — вздохнула я, — мы проводим рейд по точкам, где отпускают мобильные телефоны, проверяем, как продавцы исполняют инструкции. Завтра напишу статью и расскажу, как вы мне зарегистрировали аппарат, не проверив паспорт.

— Ой, не надо, нас уволят!

— Погоди, Лешка, — велел Тимур.

Он прищурился и спросил:

— Зачем вам нас топить?

— Дело не в ваших личностях, это задание редактора.

— Напишите, что все в порядке.

Я рассмеялась.

— Знаешь, не привыкла врать, и потом, я дорожу своим сладким местом. Безработных журналистов полно.

— Продавцов тоже, — заныл Лешка, — нас выгонят.

— Хотите, аппарат поменяю, без доплаты?

Тимур ткнул пальцем в крохотный «Сименс», возле которого стояла табличка с ценой «100$».

— Спасибо, меня вполне устраивает подержанный.

Тимур вынул кошелек, вытащил пару бумажек и спросил.

— А если так?

— Не старайся, меня невозможно купить.

— Все продаются, — буркнул юноша, — разница только в том, за сколько.

— Я не сковородка, цены не имею, но, если хочешь, чтобы забыла об инциденте в этом магазине, окажи услугу!

— Какую? — мигом оживился Тимур.

— У вас был в прошлом году куплен телефон с номером 722-57-67, можете назвать данные владельца?

— Идите сюда, — велел Тимур и открыл маленькую дверцу сбоку от прилавка.

Мы оказались в небольшой комнате, где стояли письменный стол, три стула и железный шкаф с угрожающе огромной ручкой.

— Прошлый год? — переспросил парень, распахивая архив. — Месяц знаете?

Я призадумалась, вроде Лазаренко говорил, что его обокрали в самом конце апреля.

— Смотри с мая.

Тимур, насвистывая, принялся перелистывать бумаги, не прошло и пяти минут, как он сообщил:

— Есть. Валерий Константинович Лазаренко, улица...

— Знаю, Красные Поля.

— Зачем тогда я искал? — искренне удивился Тимур.

— Видишь ли, дружок, у меня есть веские основания полагать, что аппарат приобрела женщина. Скорей всего она сказала, будто желает подарить его мужу или брату... Документов не показала. Попытайся вспомнить, как она выглядела.

— Зачем это вам? — буркнул Тимур.

Я мило улыбнулась.

— Чтобы не писать в статье о тебе, мой ангел!

ГЛАВА 24

Следующие полчаса парни самым честным образом пытались вспомнить личность таинственный дамы.

— Аппарат она взяла хороший, — бормотал Тимур, — не говно. На тот момент самый навороченный.

— У нас не так уж много покупателей, — бесхитростно объяснил Лешка, — а с продаж процент платят, вот и стараемся. У меня мать на руках, инвалид, а у Тимурки сестра и брат младшие, кушать хотят, только дай.

— Заткнись, — рявкнул Тимур, — еще расскажи, какого цвета у меня трусы, лучше о деле соображай. Приходила она тридцатого октября. Ну-ка, что у нас в этот день было? Может, праздник какой? Давай, верти мозгами!

— У меня тут календарик в столе валяется, — радостно сообщил простоватый Лешка и вытащил прямоугольник с изображением большой бело-черно-рыжей кошки. — Вот, Сонька подарила, котяра, прямо как мой Федор. Мультик про Простоквашино смотрели? Вот мы кота в честь дяди Федора назвали, а потом он котят родил, мама чуть от страха не умерла, когда...

— Не балабонь, — рассердился Тимур, — чего языком машешь, думай лучше!

— Уж подумал, — обиженно протянул Леша, — работали мы тридцатого октября.

— Ясное дело, — гаркнул Тимур, — иначе как бы мобилу продали. Глупее еще чего скажи! Вспоминай, что у нас в этот день было, дай сюда!

И он выхватил у Леши календарь.

— Ничего себе! — возмутился Алексей. — Вот придумал! Вспомни ему, что бог знает когда было! Сколько времени прошло!

— Слушай, — спросил Тимур, — почему у тебя некоторые даты кружочками обведены, а? Месячные, что ли, отмечаешь?

Леша стал свекольно-бордовым.

— Скажешь тоже! Идиотская шутка. Дни рождения отмечаю, чтобы не забыть. Вот, видишь, первое декабря мамин, десятого марта твой...

Я глянула в календарик и увидела, что тридцатое октября заключено в красный кружок.

— А в этот день кто родился?

— Так Сонька, — радостно пояснил Леша, — девчонка моя. Погодите, я вспомнил!

— Ну? — подскочили мы с Тимуром. — Что?

— А то! Тридцатого я ей пообещал кино и кафе в качестве подарка. Вот Сонька сюда к шести и притопала, а тут как раз эта баба и вошла.

— Точно, — воскликнул Тимур, — совершенно правильно! Тетка давай аппарат выбирать, всю душу вывернула. И тот ей покажи, и этот, время к закрытию близилось. Тридцатое-то воскресенье, а мы по выходным без пятнадцати девятнадцать заканчиваем. Сонька злиться стала, оно и понятно, день рождения все-таки, ну и брякнула: мол, пора и честь знать, продавцы тоже отдыхать должны. А тетка эта ее мигом заткнула, разинула пасть и гаркнула:

— Ты здесь работаешь? Нет? Тогда что за прилавком делаешь, молчи лучше!

Слово за слово — разгорелась ссора. И тут Леша, боявшийся, что выгодная клиентка (а бабенка тем временем уже остановила свой выбор на нехилом «Филипсе» за триста баксов) уйдет, рявкнул:

— Заткнись, Соня. Посиди в подсобке, не мешай, как освобожусь, пойдем.

Девушка разрыдалась и вылетела вон из магазина. Естественно, ни в какое кино она не пошла и не разговаривала с Лешкой целую неделю, дулась и швыряла трубку, едва заслышав его голос.

— Пришлось мне ей потом французские духи покупать, — вздыхал Алексей, — дорого скандал обошелся, в полмесячную зарплату встал.

— Хорошо, — отмахнулась я, — про то, что ты поругался с девчонкой, я уже поняла, только какое это имеет отношение к даме, которая приобрела «Филипс»?

— Так Сонька ее хорошо запомнила и даже номер машины записала.

— Зачем?

Леша хмыкнул.

— Соня, она такая!

— Жуткая стерва, — добавил Тимур, — я с подобными экземплярами не связываюсь.

— Твоя Маринка не лучше.

— Она скандалы при людях не закатывает.

— Зато нажирается, как свинья, через день никакая ходит.

— Мальчики, — быстро остановила я разгорающуюся ссору, — вы потом подеретесь, а сейчас давайте по делу. Зачем Соне понадобился номер машины?

— Говорю же, Сонька редкая стервятина, — хмыкнул Тимур, — ей обязательно надо, чтобы последнее слово за ней осталось. Вылетела она из магазина, но не ушла, подождала, пока эта тетка выйдет, и давай ей что-то выговаривать.

Тимур следил через окно за разворачивающимися событиями. В тот день шел дождь. Соня была без зонтика. Но вода, льющаяся с небес, не остудила пыла склочницы. Соня начала размахивать руками и в какой-то момент довольно сильно ткнула женщину, купившую телефон. Та пошатнулась на высоких каблуках, но устояла. Тимур только покачал головой. Когда-нибудь Сонька нарвется! Попадется ей такая же на пути и отметелит за милую душу.

Не успел Тимур додумать мысль до конца, как женщина, нехорошо усмехнувшись, толкнула девушку. Юноше показалось, что она лишь слегка задела Соню, но та неожиданно отлетела в сторону и плюхнулась в лужу, подняв фонтан грязных брызг.

Тетка спокойно села в автомобиль, припаркованный у обочины, и была такова.

Спустя неделю, помирившись с Лешей, Соня вновь заявилась в магазин к концу рабочего дня. Парень все же хотел, пусть и с опозданием на семь дней, отметить день рождения своей пассии. Как назло, у прилавка опять капризничал покупатель, на этот раз огромный парень самого бандитского вида, весь в цепях, коже и с бритым черепом.

Соня смирно ждала, пока он сделает покупку и удалится. Тимур недолюбливает девушку, считает ее плохо воспитанной нахалкой, поэтому, когда клиент, поигрывая новым аппаратом, удалился, он не утерпел и подколол ее.

— Смотри, сколько клиент провозился, на целых полчаса позже положенного закрываем. Что же ты не возмущалась? Или только против баб смелая? Хотя в прошлый раз ловко тебя тетка искупала! Небось пропало платьишко!

Соня дернула плечом и ответила:

— Ничего, я ей отомщу.

— Это каким же образом? — засмеялся Тимур.

— Номер машины ее записала, — пояснила Соня, — адрес теперь узнать плевое дело. А там посмотрим, как поступить. Много чего придумать можно, я ей это так не спущу!

— Где эта Соня живет?

— А тут, во дворе, — охотно пояснил Леша, — мы соседи. Дом вон тот, где магазин, седьмой этаж. Моя квартира 152, а ее 153.

— Ладно, — кивнула я, — считайте, что ничего не случилось, вы меня не видели.

Подъезд был закрыт на кодовый замок. Я пошарила глазами по сторонам, где-то тут должны быть написаны цифры. Ага, вот, 12. Нажав одновременно на кнопки, я очутилась внутри довольно большого и чистого подъезда. Здание явно строили в пятидесятые годы. Лифт тут ездил внутри железной клетки он не открывался автоматически, створки следовало распахивать самой.

Дверь нужной квартиры была приоткрыта. Я хотела тем не менее позвонить и уже подняла руку, но тут сверху донеслось:

— Эй, вам кого?

На подоконнике сидела девушка лет восемнадцати с сигаретой в руке.

— Ищу Соню из сто пятьдесят третьей квартиры, — ласково улыбнулась я.

— Ну и в чем дело? Я это! — грубым тоном ответила девушка и затянулась.

Я окинула ее взглядом. Передо мной сидело настоящее дитя рабочих окраин. Ой, только не надо упрекать меня в снобизме. Сами знаете, что родилась я у папеньки-уголовника и маменьки-алкоголички, академиков, писателей или композиторов в моем генеалогическом древе нет, сплошные пролетарии и крестьяне, зарабатывающие на жизнь тяжелым физическим трудом.

Но вот парадокс! Иногда поговоришь с каким-нибудь представителем элиты и поймешь: этот человек хорош только внешне, в душе он самый настоящий хам, не обремененный раздумьями, и никакие университетские дипломы не прибавят ему ума и воспитания. С другой стороны, в нашем дворе жила баба Клава, всю жизнь проработавшая на заводе, в цеху, где делают шины для автомобилей. Образование у Клавдии Михайловны — всего пять классов, но более умного, тонкого, душевного человека, чем она, я не встречала. И дети, и внуки у бабы Клавы были очень интеллигентные, милые, воспитанные, лишенные эгоизма люди.

Так что «дитя рабочих окраин» — это не констатация места рождения, а состояние души. Подобная деточка может появиться в любой семье. Вы, наверное, не раз встречали сии экземпляры.

Лет с десяти они четко понимают, что любая учеба не принесет им никакой радости. Этих детей можно бить ремнем, уговаривать, упрашивать, толку чуть. В дневниках у них стройными рядами толпятся двойки и замечания. В двенадцать лет ребеночек предпочитает проводить время в подъезде или во дворе, в окружении таких же подростков, они сбиваются в стаи.

Девочки, размалеванные сверх меры, с шиком затягиваются сигаретой и виртуозно ругаются матом. Для подавляющего большинства этих подростков уже не существует никаких жизненных тайн, а кое-кто уже пару раз лечился от гонореи. Естественно, книг они не читают, впрочем, любят кино со стрельбой и погонями. Лет в четырнадцать пути «детей рабочих окраин» расходятся.

Одна часть, совершив преступление, пополняет ряды малолетних нарушителей закона, другая, вняв мольбам родственников, идет в ПТУ и мрачно овладевает зачатками знаний, из этих девушек и юношей получаются отвратительные парикмахеры, злобные продавцы и неумелые автослесари. К двадцати годам они обзаводятся семьями, рожают ненужных им детей и без конца ругаются со своей второй половиной.

Люди притягивают себе подобных, поэтому хороших друзей у представителей данной разновидности человечества нет. Правда, иногда вдруг у них появляются сын или дочь, разительно не похожие ни на маменьку, ни на папеньку. Тяжело детство такого ребенка, тянущегося к знаниям и книгам. Но Соня не имела к последним никакого отношения.

— Ну, чего надо-то? — повторила она, болтая ногой, обутой в босоножку.

Ногти у нее были кроваво-красные, а пальцы просто черные. Впрочем, голова выглядела не лучше. Выкрашенные в желтый цвет волосы оттеняли бледно-зеленое развратное личико с яркими губами и пламенеющими щеками. Косметика была куплена возле метро за копейки, поэтому румяна лежали толстым слоем, а помада напоминала бордовую глину. Довольно большие глаза были окружены частоколом слипшихся ресниц, на верхних веках красовались переливающиеся тени. Картину довершала татуировка, сделанная на плече: черно-красный скорпион размером примерно с пачку сигарет.

— Вы Соня?

— Ну...

— Лешу знаете?

— Какого?

— Того, который торгует телефонами.

— Ну...

— Он дал мне ваш адрес.

— И чего?

— У вас день рождения тридцатого октября?

— Ну...

— Помните, в прошлый свой праздник вы пришли к Леше в магазин.

— Ну...

— Там была женщина.

— Ну...

— Вы упали.

— Ну...

— И сказали Тимуру, что записали номер машины, на которой уехала дама.

— Дама, — фыркнула Соня, — из Амстердама! Пробы ставить негде. Надо чего?

— Номер машины.

— Зачем?

Я вытащила из сумочки удостоверение и помахала перед носом девицы.

— Читать умеешь?

— Ну...

— Читай.

— Пресса, — пробормотала Соня. — И чего?

Я попыталась задушить поднимающуюся в душе злобу. Наверное, девицу мучает похмелье или она в детстве, сильно ударившись головой о батарею, потеряла малейшую способность соображать. Хотя, может, это и к лучшему? Небось Сонечка обожает кино про шпионов.

Я села около нее на подоконник и проникновенно сказала:

— Понимаешь, я работаю в журнале «Криминальный рассказ», пишу о всяких гадких людях: ворах, сутенерах.

В глазах Сони промелькнуло любопытство.

— Ну и чего?

Я подавила тяжелый вздох. Гениальные писатели И. Ильф и Е. Петров, создавая образ людоедки Эллочки, оказались в корне не правы. Их героиня обладала огромным словарным запасом, использовала множество выражений — «ха-ха», «шутите, парниша», «сколько стоит». Она даже пыталась шутить, произнося: «У вас вся спина белая». Сонечка же использовала всего две фразы, вернее, одно междометие «Ну» и предложение «Ну и чего». Попробуйте пообщаться с подобным кадром! Посмотрев в ее ничего не выражающие, какие-то пластмассовые глазки, я пустилась во все тяжкие:

— Тетка эта, ну та, что тебя толкнула в лужу, — преступница. Ее ищет все МВД России, впрочем, и ФСБ тоже. Не можешь вспомнить, куда задевала записку с номером?

— Ну и чего?

— Отдай ее мне.

— Зачем?

— Напишу статью про бабу, всем расскажу, какая она мерзкая.

Соня слезла с подоконника, потом совершенно спокойно задрала юбчонку, подтянула крохотные трусики-стринги и ответила:

— А нету.

— Чего?

— Номера. Я его потеряла. Сама хотела узнать, как ее зовут, и попросить ребят отдубасить в подъезде. Но облом вышел, посеяла бумажку.

— Может, все-таки поищешь, — я судорожно цеплялась за последнюю надежду, — пороешься по шкафам.

— Да пошла ты на ... — монотонно обронило небесное создание, — чего ... привязалась! Объяснила же... русским языком, потеряла... бумажку.

Я безнадежно слушала ее вульгарную речь, щедро пересыпанную матом. Семен не так давно рассказывал анекдот. В школе ЦРУ идет экзамен по русскому языку. Один из курсантов бойко отвечает на вопросы. «Хорошо, Майкл, — кивает головой преподаватель, — вы демонстрируете отличные знания, не забывайте только употреблять единственный артикль, имеющийся у русских». — «Какой, мистер Смит?» — спрашивает Майкл. «Бля», — отвечает профессор. Для тех, кому анекдот не показался смешным, объясняю. Артикль — это такая маленькая частичка, которая в немецком языке приставлена к существительным. Без этого сопровождения слова, обозначающие предметы, в немецком языке не «живут». Die, der, das... При их помощи мы узнаем род существительных и изменяем их по падежам. Может, анекдот и грубоват, но кто виноват, что словечко «б...» превратилось у нас в артикль?

— Чего примоталась, как банный лист к ...? — закончила речь Соня, поддернула кургузую юбчонку и скрылась в квартире.

Мне пришлось убраться восвояси, четко уяснив, все пути к таинственной Валерии Константиновне обрублены.

ГЛАВА 25

Сами понимаете, в каком настроении я заявилась домой. Не хотелось ни с кем разговаривать, а уж тем более изображать из себя радушную хозяйку. Но в нашей семейке человеку не дадут даже умереть спокойно.

Правда, открыв дверь и обнаружив под вешалкой гору домашних тапок, я сначала возликовала и крикнула:

— Томуся, порадуй меня, скажи, что все гости улетели на Марс.

Подруга вышла из комнаты, держа на руках верещавшего Никиту.

— Света, Туся, Николай и Владимир Николаевич отправились в кино.

— Давно?

— Только что, а Кристина увязалась с ними.

— Слава богу, сейчас спокойно помоюсь в ванной, боже, какое счастье! Надеюсь, они отправились на сеанс с удлиненной программой и раньше одиннадцати не явятся. Нет, какая радость! Выйду из ванной в халате, спокойно попью чай...

— Извини, Вилка, — пробормотала Томуся.

Я притормозила.

— Что случилось?

— Понимаешь...

— Говори быстрей, очень хочется поскорей нырнуть в водичку.

— Боюсь, полежать в пене тебе не удастся, — наконец решилась Томуся.

— Почему?

— Семен звонил, он едет домой.

— Чем же мне Сеня помешает, главное, что нет посторонних!

— Он не один, а с Рыльскими.

— С кем?

— С Федором и Аней Рыльскими, издателями из Петербурга, у него с ними какие-то дела. Извини, но тебе придется приготовить ужин.

Я почувствовала себя сдувшимся воздушным шариком. Отдохнуть не удастся.

— Прости, пожалуйста, — угрызалась совестью Томуська, — но Никитка орет безостановочно, поэтому я совершенно ничего не способна сделать.

— Ладно, пойду быстро испеку кексик.

— Может, не стоит возиться, сбегай на проспект за тортом.

Я помолчала секунду и ответила:

— Домашнее вкуснее.

— Как хочешь, — согласилась Томочка и утащила заливающегося плачем сына в спальню.

Я отправилась на кухню и принялась обозревать запасы. В нашей семье исторически сложилось так, что закупать продукты по магазинам бегаю я. Тамарочка довольно долго болела, потом у нее слабые руки, подруга не способна притащить десять килограммов картошки. Вернее, она это сделает, но сходит на рынок раз пять, прихватывая каждый раз малую толику. Меня же господь не обделил физической силой, поэтому запросто тащу пудовые торбы, набитые под завязку овощами. Зато Томуся великолепно готовит и чудесно гладит. Я же стираю, что, впрочем, после покупки машины «Электролюкс» превратилось в удовольствие, убираю и изредка мою посуду. Но с рождением

Никиты у Томочки больше нет времени на домашнее хозяйство, и похоже, что мне придется варить щи и жарить картошку.

Естественно, нужно было сейчас сгонять в булочную и купить торт, но вот незадача, кончились наличные. Семен и Олег дают нам вполне нормальное количество денег, чтобы вести хозяйство. Расчетный день у нас тридцатое число. То есть завтра мужчины принесут деньги. Зная это, я сегодня прихватила последние «хозяйственные», намереваясь купить продукты, но потратила все на телефон. Поэтому торт купить не на что. Я, конечно, расскажу всем о приобретении мобильного, думаю, домашние одобрят покупку. Вот только признаваться в том, что потратила на «Нокиа» рублики, предназначенные для еды, мне не очень хочется, поэтому придется печь кекс.

Насвистывая, я вытащила пачку маргарина, сахар, яйца, муку...

— Может, лучше все же сходить в булочную? — робко предложила Тамара. — Семен только что звонил, они стоят в пробке на Ленинградском проспекте, скоро будут.

Я быстро смешала в миске ингредиенты.

— Не волнуйся, осталось только изюм положить, где он?

Я стала перебирать упаковки. Был же такой красненький пакетик... Ага, вот, нашелся.

— Куда задевалась соска? — спросила Тома.

Я повернулась, ткнула пальцем в холодильник, не глядя насыпала в тесто изюм и сообщила:

— Около радио лежит.

Москвичи клянут дорожные пробки, как могут, но я была очень довольна, что движение по Ленинградскому проспекту парализовано. Кекс испекся до приезда Сени с гостями, я даже успела выложить его на блюдо и красиво посыпать сахарной пудрой.

Гости мне не понравились. Долговязая женщина с мужским лицом и дядька с бабской мордой метр с кепкой ростом. Природа явно ошиблась, создавая эти экземпляры, но потом господь спохватился и сделал их мужем и женой.

Пока Федор и Анна мыли руки, Семен прибежал в гостиную и, оглядев стол, взмолился:

— Девчонки, я вас умоляю, давайте сегодня без скандалов.

— Мы никогда не ругаемся, — удивилась Томуська.

— Вы да, но остальные могут.

— Никого нет, — сообщила я, — народ развлекается в кино.

— Очень прошу, — шептал Сеня, — эти Аня с Федей те еще штучки, слова в простоте не скажут, ну, пожалуйста, изобразите из себя нечто...

И он оттопырил в сторону мизинец правой руки.

— Зачем? — удивилась Тома.

— Мне надо, чтобы они подписали контракт, — начал было объяснять Сеня, но тут в комнату церемонно вошли гости, и мы начали усаживать их за стол.

— Что вы предпочитаете, коньяк, водку, виски? — спросил Семен, открывая бар.

— Мне минералки без газа, — ответила Анна.

— И мне, — подхватил Федор.

— Коньяк хороший, — принялся соблазнять Семен, но Рыльские проявили твердость.

— Мы не пьем вообще, даже пиво.

— Нет ничего противней пьянства, — добавила Аня.

— Никогда бы не смог иметь дело с человеком, любящим алкоголь, — покачал головой Федор.

Сеня быстро закрыл бар, сел к столу и стал хлопотать.

— Ветчинки положить? — обратился он к Анне.

— Спасибо, нет.

— Колбаски? Свежая, «Докторская».

— Благодарю, не нужно.

— Тогда салатик.

— Что в нем? — неожиданно спросил Федор.

— Это «Оливье», — пояснила Тамарочка, — к ужину сделала. Сеня с Олегом его любят. Яйцо, колбаса, огурцы, зеленый горошек...

— Нет, — хором ответили гости.

Я растерялась.

— Вы сыты?

Аня и Федя переглянулись.

— Мы вегетарианцы, не употребляем мяса, яиц, масла, сыра.

— Что же вы едите? — заинтересовалась Тамарочка.

— Овощи, фрукты, орехи, семечки, продукты из сои, — спокойно перечислила Анна, — каши на воде, естественно, макароны, рис... Кстати, совершенно зря считают, что люди, придерживающиеся подобного принципа, ходят голодными.

— Мы не употребляем в пищу мясо животных, — добавил Федор.

— Ага, — кивнула Томуся, — с мясом и рыбой понятно, но сыр, масло, яйца...

— В них животные белки.

— Но вы же носите ботинки, — не утерпела я, — и только что мыли руки с мылом.

— Ну и что? — удивился Федор.

— Ваши туфли сшиты из кожи убитой коровы,

а при изготовлении мыла применяют желатин, который получают из костей умерших четвероногих. Следуя вашей логике, надо отказаться и от лекарств. Вот, например, мазь для заживления ран солкосерил. Она делается на основе крови телят, таких примеров масса.

Сеня довольно сильно пнул меня под столом. Я заткнулась, вспомнив о его просьбе.

— Мы никому не навязываем своих принципов, — довольно резко сказала Аня.

Гости замерли с каменными лицами. Было понятно, что ни я, ни Тамара не пришлись им по душе. Бедный Сеня ерзал на стуле. Мне стало его жаль.

— Ладно, давайте тогда пить чай с кексом.

— Надеюсь, в нем нет яиц? — повысила голос Аня.

Я разозлилась. Если идешь в гости, то либо не выпендривайся, либо предупреждай о своих привычках заранее. Но не могут же они провести все время, не съевши ни крошки!

— Что вы, — старательно заулыбалась я. — Нет, конечно. Там мука, вода, чуть-чуть маргарина, соль, сахар и изюм. А чай вам можно?

— Замечательно! — воскликнул Федор, бросая алчный взгляд на кекс.

Аня уперла в мужа маленькие, какие-то застиранные глазки. Супруг сразу сник. Я стала быстро кромсать теплый кекс. Похоже, бедный мужик зверски голоден и находится целиком под пятой у жены.

— Есть кока-кола, — сообщила Тамара, — впрочем, вы ее, наверное, не употребляете...

— Отчего же, — нахмурилась Анна, — пьем с большим удовольствием.

— Налейте стаканчик, — повеселел Федя.

И тут раздался звонок в дверь. Сеня глянул на меня затравленным взглядом.

— Пойду посмотрю, кто там, — сказала я.

На пороге замаячил страшно довольный Ленинид с коробкой печенья в руках. Я удивилась. Покупая в супермаркете продукты, я регулярно хожу мимо полок с булками, кексами и конфетами. Видела не раз там эту коробку и великолепно знаю, сколько она стоит: почти пятьсот рублей. Естественно, в душе жило здоровое любопытство: каково на вкус это лакомство, за которое заломлена несусветная сумма. Но покупать набор я совершенно не собиралась. Мне отчего-то кажется, что деньги берут в основном за красивую железную коробку, а не за ее содержимое.

— На, доча, — протянул мне папенька ассорти, — кушай, балую я тебя, сил нет!

— Зачем такие деньжищи на дрянь угрохал?

Ленинид сел на стул и начал развязывать грязные кроссовки.

— Не порадовать тебя никак! Вон вчера в газете прочитал, чтобы понравиться женщине, надо делать ей подарки дорогие. Принес, снова недовольна!

— Я тебе дочь, а не любовница.

— Эх, дочке тоже нужно угождать, иначе со свету сживет, небо в копеечку покажется, — философски заявил папенька, — не дергайся, я не сам покупал.

Еще лучше! Папенька запросто может спереть понравившуюся коробку. А Олегу придется вытаскивать его из неприятностей.

— Где взял?

— Клиентка принесла, — пояснил Ленинид, —

диван перетянуть отдавала, очень довольна осталась, вот и отблагодарила, дура.

— Отчего ты ее так!

— Ясное дело, кто же мужику сладкое тянет, — ответил Ленинид, влезая в тапки, — бутылку положено.

Я усмехнулась. Небось у тетки сидит дома свой собственный любитель выпивки, вот она и знает, что чужому мужу не следует преподносить «огненную воду».

Ленинид двинулся к гостиной.

— Не ходи туда, — велела я.

— Почему?

— Там гости.

— И что?

Я прижала папеньку к стене и быстро рассказала про неприятных Аню и Федю, про вегетарианство, поджатые губы, кислые мины и лопающиеся надежды Сени на контракт.

— Эх, доча, — укорил Ленинид, — нет пророка в своем отечестве. Между прочим, если скандальный клиент попадается, всегда меня зовут дело улаживать, я психолог. Ну-ка, подвинься.

Решительным жестом он сдвинул меня в сторону и шагнул в комнату. Я пошла за ним, недоумевая, где Ленинид слышал фразу про пророка. В гостиной без ущерба для здоровья могли жить пингвины, настолько там упала температура. Анна и Федор с непроницаемыми лицами сидели над пустыми тарелками. Сеня, красный и потный, тоже молчал. Томуська бормотала:

— Может, кексик?

Увидав меня, подруга вздохнула с облегчением и воскликнула:

— Вилка сейчас порежет!

Не успела я схватиться за нож, как за дело взялся Ленинид. Сначала он, потирая руки, рассказал парочку довольно простых, но смешных анекдотов, без всяких скабрезностей. Но гости даже не улыбнулись. Потом папенька показал несколько фокусов, которым обучился, очевидно, в бытность карманником. Протянул руку Федору и незаметно стащил с парня часы, затем выудил у него из кармана записную книжку... Я молча смотрела на представление. Как правило, Ленинид таким образом развлекает народ во время праздников и семейных торжеств. Обычно все покатываются от хохота, в особенности, когда он начинает вытаскивать у кого-нибудь из ушей груды мелочи: десяти- и пятидесятикопеечные монетки. Но Анна только поморщилась, когда папенька выудил из ее носа новенький рубль. Сейчас он начнет демонстрировать чудеса на картах. И точно.

— Эй, Вилка, — велел папенька, — ну-ка притащи колоду...

Анна дернулась.

— Мы не увлекаемся азартными играми.

— Фокус покажу, загадаете...

— Спасибо, не надо, и вообще нам пора.

— Хоть бы кексик попробовали, — в отчаянии выпалила я, — специально пекла, без яиц и масла.

Более воспитанный, чем Анна, Федор откусил кусочек.

— А я сделаю вам вегетарианский коктейль, — неожиданно предложил Ленинид, — отличная штука, знаете ли, спиртное совершенно не употребляю, даже пива понюхать не могу, мое хобби — безалкогольные напитки!

Мы разинули рты и уставились на Ленинида. Неожиданно Федор заинтересовался.

— Вегетарианский коктейль? А какой? Мы с женой собираем рецепты.

— Уно моменто, — пообещал Ленинид и испарился. Через пару минут он вернулся, неся соковыжималку, несколько очищенных морковок, яблоки, порезанные грейпфруты и бутылочку «Святого источника». Ловко отжав фрукты, он разлил смесь в высокие бокалы.

— Мы так делаем, — разочарованно протянул Федор, — это не ново.

— Погодите, — усмехнулся Ленинид и добавил в коктейль газированную минералку, — вот в этом вся фенька, держите.

Гости взяли емкости и быстро осушили.

— Оригинальный вкус, — покачал головой Федор, — правда, дорогая?

Анна пожала плечами.

— Горчит.

— Так это грейпфрут, — пояснил папенька, — сейчас повторим!

Он мигом сделал вторую порцию. Федор выпил стакан сразу, не останавливаясь. Лицо его покраснело, глаза заблестели.

— Есть охота, — совершенно по-человечески воскликнул Рыльский и схватил кекс.

Через секунду он растерянно спросил:

— Что это?

— Где? — удивилась Томуська.

— Да вот.

— Фасоль... — ответила я растерянно.

— Вы кладете в выпечку несваренные бобовые? — изумилась Анна. — Так и зубы легко сломать.

— Понимаете, — забормотала я, — я перепутала пакетики. Они совершенно одинаковые, в одном лежал изюм, в другом фасоль... Сыпанула не глядя...

— Здорово же вы готовите, — презрительно уронила Анна. — Мне кажется, если ничего не умеешь, следует покупать готовое. Кстати, не пробовали поучиться? Книги сейчас всякие продают, можно на курсы пойти!

Внезапно мне стало очень обидно. Я умею делать множество блюд. Правда, кулинарный процесс не доставляет мне никакого удовольствия, но, если требуется, великолепно пожарю котлеты и картошку, сварю суп, приготовлю пирог. И потом, кто дал право этой противной Анне надо мной издеваться? Только мысль о Сене, желавшем во что бы то ни стало получить подписанный контракт, удержала меня от резкого ответа нахалке.

Но неожиданно Федор ткнул вилкой в кусок буженины, положил на свою тарелку вкусную свинину и сказал:

— Сделай милость, заткнись.

— Ты мне? — поразилась жена.

— Кому же еще? — сообщил муж, быстро-быстро поедая мясо. — Уж чья бы корова мычала по поводу готовки, но не твоя. Жуткую блевотину варганишь. Как вспомню твой супчик из чечевицы, прямо дергаться начинаю. Слышь, сделай еще коктейльчик!

— Не вопрос, — ответил Ленинид и сунул Федору полный стакан.

Мужчина лихо опрокинул емкость, потом навалил на тарелку «Оливье», «Докторскую» колбасу, жареную картошку, шпроты, сыр, яйца с красной икрой и начал быстро-быстро уничтожать пищу, приговаривая:

— Господи, ну как вкусно!

— Федя, — прошептала Анна, — ты ешь животные белки!

— Жиры тоже, — парировал муженек, — хватит, надоело, что я тебе, кролик или козел?

— Не козел, — быстро ответил Ленинид, который после многолетних отсидок очень нервно реагирует, если кто-нибудь сравнивает его с этим милым животным.

— Я уйду! — взвизгнула Анна.

— Ишь, напугала, — заржал муж, — да чем дальше, тем лучше! Только забери с собой весь геркулес, меня от него блевать тянет!

Неожиданно Анна заплакала.

— Ладно тебе, — погладил ее по голове папенька, — ясное дело, все мужики сволочи, хочешь как лучше сделать, а получается вон чего. Накось, глотни коктейльчик, только залпом, лучше валерьяновки помогает.

Анна неожиданно послушалась. Ее сине-бледные щеки порозовели.

— Молодец, — одобрил папенька, — теперь повтори.

Федор стукнул кулаком по столу.

— Ну, Семен, угодил, неси контракт, сразу подпишу.

— Фе-Фе-Федя... — отчего-то заикалась Анна, — ...н-н-не на-до.

— Пошла на...! — рявкнул муж. — Хватит, конец твоему идиотизму. Кто деньги в дом приносит, а? Вот и молчи,....

Я с раскрытым ртом наблюдала за восстанием рабов. Что приключилось с парнем? Какая муха его тяпнула? Обрадованный, Семен сунул Рыльскому ручку и бумаги. Мужчина накорябал свою подпись, уронил голову на стол и захрапел. Я перевела глаза на Анну, та тоже дремала, упершись подбородком в грудь.

— Что с ними? — ошарашенно поинтересовался Сеня.

— Дозу не рассчитал, — покачал головой Ленинид, — не сообразил, что слабые совсем, одно слово — вегетарианцы!

— Дозу чего? — спросила Томочка.

Ленинид хихикнул и потряс бутылочкой «Святого источника».

— Смешал «Гжелку» с минералочкой, вишь, как здорово получилось. Живо на человека похож стал, поужинал нормально, бабу свою кретинскую отметелил!

— Ты налил им водки! — закричала я. — Ужасно!

— Почему? — удивился Ленинид. — Все пьют и рады, этим тоже полезно. И Сеньке хорошо!

Семен согласно кивнул и, очень довольный, понес бумаги в кабинет.

— Что же нам теперь с ними делать? — тихо спросила Томочка.

— Швырните на пол матрасы, а этих сверху, к утру проспятся, — голосом знатока сообщил Ленинид.

ГЛАВА 26

Утром Федор, охая, выполз на кухню, увидал меня возле мойки с горой грязной посуды и спросил:

— Господи, что со мной вчера было?

Я пожала плечами:

— Может, аллергия на морковку?

— Ем ее все время, и ничего.

— Накопилась! Организм сопротивляется вегетарианству.

— Боже, моя голова, умираю.

Я протянула ему бутылку.

— Глотни, сразу полегчает.

— Что это?

— Пиво.

— Нет!!!

Я усмехнулась:

— Анна спит, она не узнает, пей, не бойся, сейчас пройдет.

Федор, опасливо поглядывая на дверь, заглотил «Клинское» и воскликнул:

— Как рукой сняло!

— Теперь поешь. Яичницу с колбаской будешь?

— Нет!!!

— Слушай, сделай милость, объясни, чем ты питаешься с утра?

Мужчина почесал затылок.

— Ну, разным.

— А именно?

— Салат из ростков пшеницы, соевый сыр, соевое молоко.

— Ты такой убежденный вегетарианец?

— Не знаю.

Я сунула ему под нос тарелку.

— Ешь давай. Хочешь мой совет?

— Ну? — пробормотал Федор, поглощая жареные яйца. — Какой?

— Ты Анну лупить не пробовал?

— Чем? — оторопел Федя.

— А всем, что под руку попадется. Очень помогает! Через неделю забудет о вегетарианстве.

— Бить женщину отвратительно!

Я взяла у него пустую тарелку и сообщила:

— Тогда это последний раз в твоей жизни, когда ты сумел нормально поесть. Она тебе вчерашнее не забудет, вижу два пути развития событий: либо начнешь бабу бить, либо она тебя со свету сживет.

Федя, ничего не ответив, вывалил на стол из портфеля кучу бумаг и начал перебирать их, приговаривая:

— Странно, однако, куда подевался...

— Если ты ищешь договор, то Сеня унес, потому что ты подписал его вчера.

Рыльский молча сгреб листки и сунул в кейс.

— Эй, конверт забыл.

— Выброси, он не нужен.

— Там счет.

— Ну да, за мобильный, я уже оплатил, это лишние квитанции. «Билайн» всегда вместо двух четыре штуки присылает.

— Погоди, — удивилась я, — что за счета, извини за любопытство.

Федя мрачно пустился в объяснения:

— У меня мобильный телефон. У «Билайн» такая система: говоришь целый месяц, потом получаешь бумагу и оплачиваешь, обычное дело, что тебя удивило?

— Понимаешь, я купила вчера мобильный, только к нему положена карточка.

— А, Би+! Ты просто проплачиваешь время разговоров вперед, и никаких счетов, у меня другой тариф.

— Почему? Этот такой удобный, без абонентской платы.

Федор покачал головой:

— Номер «кривой».

— Какой?

— Ну, следует набрать сначала 8, потом, дождавшись гудка, 902 или 903 и только потом нужный номер. Это не всегда удобно. И потом, я все-таки владелец издательства, состоятельный человек, а телефон, как у школьника! Знаешь, партнеры подумают, что дела плохо идут, раз я прямой федеральный номер оплатить не в силах.

— Значит, — пробормотала я, — если я набираю просто номер, то попадаю на мобильный, который подключен к дорогому тарифу? Без карточки?

— Точно, это всем известно.

Ага, кроме меня, которой не приходило в голову узнать правила оплаты сотовых. Кстати, у Олега Би+, а у Сени, понятно теперь, дорогой номер, прямой, без восьмерки.

— Счета куда приходят?

Федя удивленно вскинул брови.

— Как договоришься. Кому-то на дом, кому-то на работу.

— А если я обману? Сообщу служебные координаты, навру и не стану оплачивать квитанции?

Федя рассмеялся:

— Телефон-то отключат! Сиди с молчащей трубкой. Ладно, пойду Аньку будить.

Он ушел, я осталась стоять на кухне, уставившись на большой белый конверт с синими буквами «Билайн». Значит, у таинственной Валерии Константиновны номер прямой, и он не отключен. Внезапно мне в голову пришла очень простая мысль. Недоумевая, отчего не додумалась до нее раньше, я быстренько набрала номерок Лазаренко, но вместо бодрого голоска дамы услышала фразу, произнесенную «металлическим» тоном: «Аппарат абонента отключен от действия сети».

Сначала я приуныла, но потом возликовала. Все, что ни происходит, делается к лучшему.

Ровно через полчаса, разузнав телефон справочной «Билайн», я налетела на оператора.

— Девушка, у меня отключился мобильный.

— Номер, пожалуйста.

Я продиктовала цифры, послышалась заунывная мелодия, потом тот же безукоризненно вежливый голос ответил:

— Вы не оплатили счет.

— Мне его не приносили!

— Как это? — удивилась девушка. — Такое просто невозможно!

— Ой, понимаете, — я принялась вдохновенно врать, — переехала месяц тому назад на новую квартиру, вас, естественно, предупредила, только, очевидно, сотрудник телефонной компании забыл внести исправления в компьютер.

— Это невозможно.

— И тем не менее произошло. У меня там что стоит, улица Красные Поля, дом 102, кв. 17?

— Да.

— Вот видите, а теперь у меня совсем другое местожительство.

— Извините, — тут же отреагировала девушка. — Думается, вам лучше подъехать в офис и написать заявление, мы по телефону такие вещи, как перемена адреса, не оформляем.

— Но я уже приезжала один раз, — кривлялась я изо всех сил, — и вот что вышло.

— Компания приносит свои извинения, виновные будут наказаны.

— А телефон включите?

— Только после оплаты счета, буквально через пять минут.

Я повесила трубку и кинулась к шкафу. Ага, Валерия Константиновна, ты, конечно, хитрая лиса, но я умнее, выследила тебя.

Если вам когда-нибудь предложат жилье на улице с революционным названием Красные Поля, ни за что не соглашайтесь! Если риэлтеры, перебивая друг друга, начнут петь на разные голоса о новом благоустроенном районе с чистым, горным воздухом, не верьте ни единому слову. Я прокляла все на свете, пока нашла эту улицу, от метро сюда ходила только одна маршрутка, под завязку забитая пассажирами, а еще на ней горит гигантский факел, производящий на неподготовленного человека совершенно инфернальное впечатление. Об экологии по соседству с нефтеперерабатывающим заводом лучше помолчим. Улица оказалась длинной-предлинной и практически без жилых домов. По бокам шоссе, где с гулом проносились машины, стояли какие-то покосившиеся хибарки, гаражи, сараи. Тут и там высились помойки, потом ноги вынесли меня к автомобильному кладбищу. Двое мужиков неопределенного возраста лазали между проржавелыми железками.

— Эй, — крикнула я, — где тут дом 102, подскажите!

— А... его знает, — вполне миролюбиво ответил дядька.

— Ступай за казармы, где ОМОН расквартирован, — охотно пояснил второй, — тама бараки стоят, это один из них, похоже!

Я покорно пошлепала в глубь квартала по узенькой тропке, вихляющей между горами битого кирпича. Наконец дорожка сбежала с горки вниз, и перед глазами открылась площадка, на которой впритык друг к другу стояли четыре дощатых сарайчика, длинные, нелепые, с тесно натыканными окнами.

Я дошла до первого из домиков, увидела на лавочке скособоченную бабульку и, думая, что она глухая, заорала:

— Здравствуйте, подскажите, это дом 102 по улице Красные Поля?

Старушка подскочила. Потом торопливо перекрестилась и сказала:

— Что же ты такая громкая, унучка! Можно ли старого человека пугать? Не ровен час паралик разобьет, кому я такедова нужная буду?

— Простите, — сбавила я тон, — у меня бабушка глухая, вот я и привыкла орать.

— И слышу отлично, и вижу без очков, — бодро заявила старушка, — вот только ноги подвели, каждая сама по себе шагает, цирк, да и только. Пока их в кучу сгребу и до булочной допрусь, цельный день пробегет. Ищешь кого али из простого любопытства интересуешься?

— Мне нужна квартира семнадцать.

— Э, милая, — покачала головой бабка, явно скучавшая в одиночестве, — нетуть здесь квартир.

— Как это? — удивилась я, ткнув пальцем в сторону бараков. — Вон занавески висят, горшки с цветами стоят, значит, живут тут люди.

— Не живут, а мучаются, — пояснила бабуся, — здеся не квартиры, а комнаты. Ванна с сортиром одна на всех. Только душ давно поломатый, народ в баню ходит, бачок, почитай, кажный день чинют, текет, зараза. Вон, видишь будку? Тудысь и носимся. Сейчас ищо ничего, тепло, а зимой-то студено. Пока оденешься, пока дочапаешь, колотун продерет, чисто курица замороженная делаешься! Вона, вишь, красивые занавесочки в беленькую клеточку?

Я кивнула.

— Водорезовы тама проживают. Знаешь, чего у них есть?

— Нет.

— А сортир такой переносной, прямо за ширмочкой стоит, в комнате. Оно, конечна, последнее дело, там, где жрешь, до ветру ходить, только делать чего? Трое дитев у их.

Я удрученно молчала. Какой ужас! Вот, оказывается, как живут некоторые люди! А я еще смею ныть, находясь в огромной квартире. Лягу на диван, закрою дверь в свою спальню и злюсь на непрошеных гостей! Вот ведь отвратительное поведение! Нет, сегодня же встречу всех с радостным лицом!

Бабулька тем временем по-стариковски неторопливо высказывала вслух свои соображения:

— На кухне тута вечно лай стоит, конфорки делют, никак не договорятся. Одни Водорезовы умныя... Плитку себе поставили да чайник электрической. Готовят в комнате, ровнехонько около Прасковьи Ивановны.

— Около кого? — совсем растерялась я.

— Возле параши, — мелко захихикала старуха, — никак, не знаешь, отчего ее так кличут? Оттого, что полное имя этому месту Прасковья Ивановна.

И она снова разразилась отрывистым смешком, похожим на кашель.

— Вишь, как существуем, а ты болтаешь: квартиры!

— А в семнадцатой комнате, кто живет?

Старуха сложила губы куриной попкой.

— Клавка, сильно гордая, с нами не дружит, велит себя Клавдией Васильевной звать, гонористая больно. Хотя с чего ей гордиться? Живет, как и мы, в отстойном болоте, чисто лягушка канализационная.

— Она дома?

— Где ж ей быть? Уж не в Париже, небось телик глядит, самое время, ей унук новый аппарат подарил, — с завистью протянула информаторша, — ох и хороший!

— Кто? Внук или телевизор?

— Оба хороши, — вздохнула старуха, — что Генка, что агрегат! Раньше такой противный парень был, хулиган и безобразник, а теперь к бабке кажный месяц бегает с подарками. То торт припрет, то конфет, надысь ей халат купил, затем телик...

Она помолчала и бесхитростно добавила:

— А мои меня бросили. Ро́стила, их ро́стила, и усе, живу на одну пенсию, с хлеба на квас, вон оно как случается. Зять мине не любит, а невестка за дуру держит, смерти моей дожидается. А ты к Клавке по какому вопросу?

— Из собеса я.

— Ну ступай, ступай, только смотри, назовешь ненароком бабой Клавой, она тебя взашей вытолкает. Клавдией Васильевной величай, да не ори, как на меня. Она слышит здорово, чисто кошка.

Поблагодарив бабульку за предупреждение, я дошла до двери и двинулась вперед по темному коридору. Жильцы самозабвенно экономили на электричестве. На длиннющий коридор приходилось всего три лампочки мощностью в двадцать пять ватт. Одна висела у входа, вторая качалась на длинном шнуре возле кухни, третья оказалась в самом конце, рядом с нужной мне дверью.

Оттуда доносилось всхлипывание.

— Милый, прости, дорогой, не уходи, не покидай меня.

Я заколебалась. Эх, забыла спросить у слово-

охотливой бабульки, с кем живет Клавдия Васильевна? Похоже, в комнате полно людей. Но тут бар-
хатный мужской голос гневно произнес:

— Прекрати, Мария Терезия!

— Алехандро! Не бросай меня!

Я ухмыльнулась, все ясно — Клавдия Васильевна убивает свободное время за просмотром очеред-
ного сериала. Я постучала в ободранную филенку.

— Открыто, — раздалось из комнаты, — пря-
тать нечего.

Я шагнула внутрь. На кресле с вязанием в руках
сидела сухопарая абсолютно седая старуха.

— Вы ко мне? — поинтересовалась она, откладывая недовязанный носок.

Очевидно, у престарелой дамы со зрением полный порядок, если она способна ковырять тоню-
сенькими спицами крохотные петельки.

— Клавдия Васильевна?

— Она самая, — вежливо, но весьма холодно
ответила хозяйка, — слушаю!

— Телефонная компания «Билайн» беспокоит,
я старший оператор по расчетам.

— Да? А ко мне зачем?

— На ваш адрес поступают квитанции на оплату телефона 722-57-67. Вы задержали оплату, ваш
аппарат отключен. Вот, явилась выяснить, намере-
ваетесь ли рассчитываться?

Клавдия Васильевна окинула меня мрачным
взглядом и равнодушно обронила:

— Оглянитесь вокруг, наш барак не телефони-
зирован, висел сто лет тому назад автомат у входной двери, так жильцы сломали. Местное общест-
во пьет безостановочно. Ошибка вышла.

— Телефон мобильный, переносной.

Клавдия Васильевна встала. Я удивилась, старуха была ростом выше метра семидесяти. К старости люди, как правило, «усыхают», делаются меньше. Если она сейчас такая, то в юности небось играла в баскетбол.

— О чем вы говорите, — спокойно заметила Клавдия Васильевна, — я живу на считанные гроши, копейки на смерть откладываю. Сотовые телефоны не для бедных людей, напутала ваша компания.

— Но в карточке указан ваш адрес!

— Случаются ошибки.

— Раньше-то счета оплачивались!

— Это не ко мне.

— Вроде у вас внук есть, может, это его телефончик?

— Внук есть, — равнодушно пояснила хозяйка, — только мы с ним не общаемся. Сейчас молодежь не очень рвется за стариками ухаживать. Сын моей покойной дочери тут не появляется. За сим до свидания.

— Но во дворе сказали, что он сюда часто заглядывает!

Клавдия Васильевна уставилась на меня ярко-голубыми, совершенно не выцветшими от возраста глазами.

— Во дворе-е... — протянула она, — ...вот и беседуйте с ними, может, еще чего новенького узнаете. Уходите.

— Но...

— Уходите.

— Вы...

— Убирайтесь.

— Счет...

Клавдия Васильевна подошла к окну, распахнула его и крикнула:

— Михаил, поди сюда.

Спустя мгновение в комнату вошел парень в грязных, испачканных машинным маслом джинсах. Вытирая руки куском ветоши, он спросил:

— Что случилось, Клавдея Васильна?

— Вот, — ткнула в меня пальцем старуха, — пришла с улицы, никак в толк не возьму, чего хочет. Про какие-то квитанции бормочет. Мои счета все оплачены вовремя, что газ, что свет, что коммунальные. Говорю: уходите, не слушает.

Юноша сунул тряпку в карман грязной рубашки и хмуро поинтересовался:

— За каким лядом к старому человеку приматываетесь? Велено вам было прочь идти, так ступайте, пока не наподдавал.

Пришлось уйти из барака, чувствуя спиной недоброжелательный взгляд двух пар глаз.

На улице неожиданно резко похолодало, потом пошел дождь. Крупные капли били меня по плечам и спине, затем ледяная вода полилась за шиворот. Да уж, давно замечено, великолепная теплая майская погода мигом сменяется отвратительным ненастьем. Тысячи людей мечтают провести выходные на даче, вскапывая грядки и радуясь первой травке, но тут — бац! — небо затягивают свинцовые тучи и валит ливень, а иногда и снег.

Дрожа от холода, я побежала к метро. Зонтик, естественно, остался дома, и никакой куртки с собой нет. С утра-то градусник показывал двадцать пять тепла, а над столицей простиралось голубое небо.

По улице потоком неслись машины, но ни одна не собиралась останавливаться, чтобы подвезти меня. Впрочем, если бы я сидела за рулем, то тоже бы не захотела подобрать тетку, похожую на бомжиху, стоящую между двумя мусорными кучами. Делать нечего, пришлось идти в сторону метро пешком. Ноги в насквозь заледеневших туфлях превратились в бесчувственные поленья, спина онемела. Сначала меня колотила крупная дрожь, потом пришло отупение: и так уже промокла до нитки, так чего дергаться?

На платформе я оказалась около шести вечера, грязная, похожая на шахтера, только что поднявшегося из забоя после двенадцатичасовой смены. В вагоне стояла плотная толпа, но вокруг меня мигом образовалось пустое пространство, а одна дама довольно громко сказала своему спутнику:

— В подземке становится невыносимо, попрошайки, калеки, бомжи...

Домой я вошла в полвосьмого, помылась в ванной и легла в кровать. Олега, естественно, не было, Томуся возится с Никитой, Света с Тусей о чем-то громко спорят на кухне...

— Эй, Вилка, — донеслось от порога.

Я с трудом разомкнула каменно-тяжелые веки.

— Что?

В комнате стояла Света.

— Ой, — пробормотала первая маменька, — какая ты красная, морда прямо кирпичная! Температуру надо померить! Погоди-ка.

Я упала на подушку, чувствуя, что кровать медленно вращается. Потом под мышку ткнулось что-то холодное, и раздался голос Тамары:

— 38,5, разведи колдрекс.

Дальнейшее помню плохо. Вроде меня поили горячим напитком непонятного вкуса, затем натягивали на ноги шерстяные носки. Откуда-то появился хмурый Олег, возник Ленинид со стаканом, в мое горло полилась обжигающая жидкость с резким запахом водки. Потом налетела темнота.

Я брела по раскаленной африканской пустыне, с трудом вытаскивая ноги из желтого песка. Пить хотелось безумно. Больше всего раздражал огромный ватный халат, в который было закутано тело. Тяжелый, жаркий, он сковывал движения и доставлял ужасные неудобства. Попробуйте сами походить под палящим солнцем, завернувшись в стеганое неподъемное одеяние. Пару раз я попыталась избавиться от одежды, но не тут-то было, отвратительная хламида сидела, словно приклеенная. В конце концов, собравшись с силами, я рванула хламиду и... села в кровати.

Значит, это был сон. Будильник показывал десять утра. Я глянула в зеркало, стоящее на тумбочке. Не женщина, а оживший кошмар. Волосы всклокочены и торчат в разные стороны, лицо помято, а вместо глаз две щелочки.

— Эй, доча, оклемалась? — спросил, входя в спальню Ленинид.

— Да, — простонала я, хватаясь за виски, голова болела немилосердно. — Что со мной было?

Папенька пожал плечами:

— Простыла крепко, под дождик попала и скопытилась.

Я недоверчиво поджала губы. Вымокла и заболела? С трудом верится в такое. Мое детство прошло в условиях, приближенных к фронтовым. Едва мне стукнуло четыре года, Раиса заявила:

— Большая теперь, могешь из садика сама домой добираться. На какой свет дорогу переходят?

— На зеленый, — пискнула я.

— Ну и хорошо, — повеселела мачеха.

Очевидно, она предупредила служащих в детском саду, потому что ровно в семь воспитательница командовала:

— Тараканова, собирайся.

Садик мой был круглосуточным, часть группы ночевала тут, других детей забирали родители. «Домашние» вечно хвастались перед «садовскими»:

— Меня мамка любит, а тебя нет.

Тем, кто ночевал в детском учреждении, оставалось только рыдать. Я очень не хотела жить в садике, поэтому дважды воспитательнице повторять не приходилось. Весной и ранней, теплой осенью девочка Виола выматывалась на улицу, только поменяв тапки на сандалии. Зимой следовало долго одеваться. Процесс натягивания колготок, рейтуз, шарфа и всего остального очень раздражал. Каждый раз я норовила надеть платье, потом шубу и шапку. Колготы, кофты, варежки просто заталкивала в пакет и убегала. Воспитательнице было не до меня. Она вообще не слишком заботилась о малышке со странным именем Виола. Впрочем, теперь я понимаю почему.

Дети дошкольного возраста, как правило, беспомощны. Их нужно одеть на прогулку, потом раздеть, кое-кто плохо ест самостоятельно, другие не умеют умываться... В группе тридцать малолеток, и на них приходится всего по одной няне и воспитательнице. А теперь посчитайте. Три десятка ребятишек, это значит, что только на одну прогулку следует одеть шестьдесят валенок и столько же рукавичек, тридцать шарфиков и шапочек, застегнуть сто восемьдесят пуговиц, натянуть рейтузики. Знаете, за что родители приплачивают няне? За то, чтобы последним одела и первым раздела карапуза. Меньше вспотеет и не заболеет.

Я же умела все делать сама, даже завязывать длинные тонкие коричневые шнурки аккуратным бантиком. У Раисы были простые методы воспитания: не умеешь сама есть ложкой, сиди голодной, не в состоянии нацепить ботинки, топай босиком.

Иногда я прибегала домой и тряслась под запертой дверью, мачеха могла задержаться на работе, не волнуясь о падчерице. Окоченев окончательно, я вытаскивала из сумки вещи и принималась утепляться. Колготки надевала, стоя прямо босиком на грязных ступеньках. И вот удивительное дело. Присмотренные дети из благополучных семей, приходившие и уходившие из садика вместе с мамами или бабушками, которые тщательно укутывали своих чадушек, все время болели, постоянно кашляли и температурили. Я же могла пробегать всю прогулку по лужам и потом топать домой без колготок — простуды и разнообразные детские болячки обходили меня стороной.

Способность стойко сопротивляться инфекциям сохранилась у меня и во взрослом возрасте. Не помню, когда в последний раз укладывалась в кровать с простудой, и вот, пожалуйста. Ухитрилась подцепить заразу в самый ненужный момент.

— Ты почему дома? — разозлилась я на Ленинида.

— Так суббота же, — попятился папенька.

Я села на кровати и попыталась кое-как собрать расползающиеся мозги в кучу. Как суббота? В четверг я ходила к неприступной бабушке Клавдии Васильевне, потом попала под ливень и заработала температуру.

— Сейчас пятница!

— Суббота.

— Пятница!

— Ну ё-мое, вечно на своем настаиваешь, — возмутился папенька, — накось, глянь.

И он сунул мне под нос газету «Московский

комсомолец». Я уставилась на первую страницу.
Суббота!

— А куда подевалась пятница?

— Ты ее проспала.

— Как это?

— В четверг задрыхла и только что проснулась.

Я безмерно удивилась.

— Ну надо же!

Ленинид усмехнулся:

— Зато выздоровела, я тебя вылечил.

— Чем?

— Водки дал, с перцем и хреном.

Ага, теперь понятно, отчего голова раскалывается.

— Кто у нас дома? — пробормотала я, нашаривая тапки.

— До фига народу, но все свои.

— Кто? — поинтересовалась я, пытаясь удержаться на подламывающихся ногах.

— Тамарка с Никиткой, Светка, Туська, Колька, Владимир Николаевич, Криська, — начал методично перечислять папенька.

— А Семен с Олегом?

— На работе они.

Я побрела в ванную. Наши с Тамарой мужья очень хитрые. Им совершенно неохота «наслаждаться» семейным уютом, поэтому и майор, и издатель обязательно придумают для себя занятие в выходные. У Куприна, как правило, речь идет о поимке особо опасного государственного преступника, а у Сени возникают неразрешимые трения с типографией.

После того, как я подержала голову под ледяной водой, стало легче, умение соображать почти вернулось. Я включила фен и попыталась кое-как уложить стоящие дыбом пряди.

— Вилка! — заорали за спиной.

Руки разжались, гудящий фен шлепнулся в рукомойник. Я повернулась.

— Света, разве можно так визжать!

— Так шумит аппарат, думала, ты не услышишь, — оправдывалась первая маменька, — не переживай, ничего не сломалось и не разбилось! Мне с тобой поговорить надо.

— Здесь?

— А больше негде.

Это верно, хоть наша квартира и большая, но спрятаться в ней можно лишь в санузле. И то ненадолго. Несмотря на то, что у нас две ванные и два туалета, кто-нибудь обязательно станет ломиться туда, где вы пытаетесь обрести покой, с воплем:

— Эй, открывай скорей.

— Что случилось? — спросила я, садясь на биде.

Маменька смущенно закашлялась.

— Говори живо, — поторопила я.

— Хорошая ты, Вилка, — вздохнула Светка, — другая бы взашей нас вытолкала.

— Я хотела это сделать, да Томуська остановила.

— Тамара вообще святая, и Ленинид замечательный, я к вам привыкла.

— Мы к тебе тоже, — осторожно сказала я, не понимая, куда клонит тетка, — шьешь отлично, вон Кристина каждый день в новой юбке щеголяет.

— Мне предложение сделали, замуж зовут.

— Да ну? — фальшиво удивилась я. — И кто?

— А Николай и Владимир Николаевич, оба сразу, — улыбнулась Света, — только придется одного выбирать. Второй пусть Туське достается, она тоже ничего, не вредная.

— Кто же вам больше по сердцу?

Света тяжело вздохнула.

— Да никак не решим, оба хороши. Может, монетку бросить? Завтра хотим документы в загс нести.

— Так у тебя же паспорта нет, а справка об освобождении утеряна, — удивилась я, — о каком загсе может идти речь.

— Хорошая ты, Вилка, — не к месту сказала Света, — прямо не знаю, как и начать.

Помолчав минуту, она приоткрыла дверь и велела:

— Давай сюда.

В ванную тенью шмыгнула Туся.

— Так тебя полюбила, — мигом заявила она, — уж не серчай.

— Маменьки, — ехидно сказала я, — если боитесь, что рассержусь из-за того, что собрались замуж, то абсолютно зря... Дай вам бог счастья и удачи, только решите, наконец, кто чьим супругом станет, и дело с концом. Честно говоря, мне уже и не слишком интересно, кто из вас моя кровная родственница, воспринимаю обеих словно подруг.

Внезапно Туся зашмыгала носом.

— Мы тебе этого не забудем, считай нас тетками, завсегда поможем.

— Ладно, — прервала я поток благодарностей, — сегодня попробую попросить Олега, чтобы помог вам восстановить документы, и под венец.

Маменьки переглянулись, Светка пробурчала:

— Ну, давай.

— Почему я? — шарахнулась об умывальник Туся.

— Ладно...

Света вздохнула, так набирает в легкие воздух пловец, собирающийся нырнуть под воду, на секунду задержала дыхание, потом решительным жестом вытащила из кармана бордовую книжечку.

— На, смотри.

Ничего не понимая, я раскрыла паспорт и растерянно прочитала:

— Федоськина Светлана Михайловна. Это кто?

— Я, — ответила первая маменька.

— На, — сунула мне в руки паспорт Туся.

— Малофеева Валентина Николаевна. Ничего не понимаю.

— Мы не твои матери, — хором ответили бабы.

— А кто?

Света потерла ладонью лоб.

— Слушай. У нас с Валькой жизнь похожа, как у инкубаторских...

Из ее рта полился рассказ, я сидела на жестком биде, чувствуя себя в центре мексиканского сериала. От удивления даже голова перестала болеть.

ГЛАВА27

Светлана и Туся, я стану звать Валентину так, потому что привыкла к этому имени, встретились в ночлежке, в одном из домов для бездомных бродяжек, который открыл сердобольный Лужков. Судьбы теток и впрямь оказались похожи. Светлана жила с мужем и его сыном от первого брака. Супруг умер, пасынок женился. Оборотистая невестка быстро забеременела и решила, что в одной комнате с младенцем ей будет тесно. Свету с жилплощади она выжила за полгода, применяя давно известные методы: подсыпала женщине стиральный порошок в суп, подкладывала в фарш пурген, запретила пользоваться ванной, туалетом, кухней. Пасынок был на стороне жены. Один раз распоясавшаяся баба толкнула Свету, и та ударилась об угол стола головой.

— Эх, жаль, не подохла, — заявила невестка, — ну ничего, авось в следующий раз получится.

Понимая, что вздорная баба ее просто убьет, Света испугалась и убежала. Какое-то время она жила по подругам, но вскоре ей начали намекать, что пора бы и честь знать. Наступала зима. Не было теплой одежды, обуви, а пенсия крошечная. Света опустилась, спала в подвалах, начала побираться. Пить не пила, у нее с юности стойкое отвращение к алкоголю. Затем ударили морозы, стало совсем плохо. Один раз «синяк», собиравший у метро бутылки, рассказал бедолаге о приюте для бомжей. Несчастная Светлана шла туда двое суток, потому что ни в метро, ни в автобус ее не пустили. В душе у нее не было даже надежды, скорей всего никакого приюта нет и придется замерзать на равнодушных московских улицах. Светлана настолько измучилась, что мысль о близкой кончине ее не пугала. Чему быть, того не миновать.

Но к огромному Светиному изумлению, по указанному адресу и впрямь действовала ночлежка, сотрудники которой отнеслись к ней приветливо. Выдали кусочек мыла, полотенце, отправили в душ, а потом снабдили чьей-то старой, но чистой одеждой. В приюте кормили, не шикарно, но сносно, а на ужин даже дали к каше банан. Когда же служащие узнали, что Света бывшая портниха, ей разрешили оставаться в ночлежке днем, посадили в маленьком закутке и велели шить обновки для начальства. Светлана не задумывалась о будущем, зиму бы пережить, и ладно.

Туся попала в приют раньше. Она тоже была портнихой, оказавшейся на пенсии по инвалидности, в свое время ей неудачно удалили желчный пузырь. У нее тоже скончался муж, и она осталась с ребенком, с дочерью. Потом в доме появился зять, затем сразу двое близнецов.

— Не хотите, мама, поправить здоровье в санатории, — предложил ласково муж дочери.

Кто же откажется от хорошего? Туся отбыла в августе в пансионат. Зять не пожадничал, приобрел путевку аж на сорок восемь дней, решил уважить тещу. Туся гуляла по лесу, наслаждалась природой, отдыхала. Но когда 30 сентября вернулась домой, ее ожидал сокрушительный сюрприз.

Дверь открыла посторонняя женщина. Не пустив Тусю даже в прихожую, она заявила:

— Квартира продана, тут теперь мы живем.

Сначала Туся обалдела. Как зять и дочь сумели продать квартиру, не поставив об этом в известность прописанную в ней по закону мать и тещу, осталось загадкой. Но потом, общаясь с такими же, как она, выброшенными и ненужными людьми, Туся поняла, что афера проста, как плевок. Просто ее родственники подкупили кого надо в домоуправлении и нашли не слишком честного нотариуса.

Первое время она, как и Света, скиталась по знакомым. В милицию не обращалась, в суд не подавала, просто мыкалась у людей, работала домработницей «с проживанием», потом няней, ну а затем пришла в приют. Тусю тоже посадили шить.

Их поселили в одной комнате на десять человек. Кровати женщин стояли почти рядом, через одну. Вот на той, «серединной», койке женщины менялись постоянно, и однажды там очутилась худая, изможденная, по виду очень больная женщина, бывшая зэчка Коломийцева Светлана Алексеевна. Она мучилась бессонницей и по ночам рассказывала Свете и Тусе о своей непутевой жизни. О брошенной в младенчестве дочке Виоле, о муже со странным и смешным именем Ленинид, о посадках, пьянстве, замужестве, рожденных детях...

— Эх, — хрипела Света, уставясь в незанавешенное окно. — Мне бы только сил набрать. Отъемся чуток и поеду к Лениниду, мы с ним официально не разводились, Виола-то выросла, уж не бросит меня, возьмет к себе! Другие-то дети на Украине, за границей теперь, а Виола тут, рукой подать.

Света и Туся молчали, у них было собственное мнение о благодарности детей, но ведь не отнимать же у несчастной последнюю надежду!

А Коломийцева каждую ночь все более подробно рассказывала о первой семье. Из ее слов выходило, что Ленинид просто святой, этакая помесь матери Терезы с князем Мышкиным.

— Он не способен никого обидеть, — сообщала несчастная больная, — а Виола просто отличная девка, она меня обожает. Вот только чуть в себя приду — и в путь, адрес-то я точно знаю, на прежнем месте Ленинид, мне в справочной сказали.

Словно молитву, она шептала название улицы, номер дома и квартиры, и постепенно Туся со Светой начали ей завидовать. Им-то идти было некуда, а соседку по комнате ждала семья. Света и Туся как-то забыли, что Коломийцева видела свою дочь в последний раз давно, более тридцати лет назад. Виола была несмышленым младенцем, да и Ленинид небось давным-давно позабыл про непутевую женушку. Эта простая мысль не пришла швеям в голову, если честно, их обуревала черная зависть.

Коломийцева пережила зиму, она скончалась в первый день весны. А тридцатого марта директриса приюта вызвала к себе Свету и объявила той, что больше держать женщину у себя не может.

— Наш центр всего лишь временное пристанище, — объясняла она.

— И куда мне, — безнадежно спросила Света, — вновь на улицу?

— Нет, конечно, оформим документы в дом престарелых, — пояснила директриса.

Света вернулась в комнату в подавленном настроении. Дом престарелых! Муниципальная темница для несчастных стариков, где обслуживающий персонал распоряжается бедолагами, как хочет. Но альтернативы нет. Жить на улице она больше не сможет.

Ночь пролетала без сна. В какой-то момент, переворачиваясь в очередной раз с боку на бок, Света наткнулась глазами на койку Коломийцевой. Там теперь вовсю храпела грузная старуха.

Внезапно в голову пришло решение. Надо поехать к этой Виоле и постараться у нее остаться. Из рассказов Коломийцевой следовало, что она добрая.

Сказано — сделано. Наврав начальнице, что хочет сдать за деньги кровь в Боткинской больнице, Света получила паспорт и отправилась по адресу, который, слушая долгими ночами бесконечные рассказы Коломийцевой, выучила наизусть. Разоблачения она не боялась, за три десятилетия люди меняются коренным образом.

Представляете теперь ее изумление, когда в квартире появилась Туся, которой в голову пришла та же идея!

Светлана замолчала и затеребила полотенце.

— Ты нас того, не это..., — забубнила Туся, — ну, в общем... Сейчас замуж выйдем, ну и...

— Где похоронили Коломийцеву? — отмерла я.

— Кто ж знает, — развела руками Света, — бомжей попросту успокаивают, сожгут в крематории, и все — ни могилки, ни памятника, словно и не жил человек совсем.

— Ты нас не гони, — прошептала Туся, — мы поможем во всем, сейчас Никитка подрастет, станем с ним по очереди сидеть. Ты как, Светка?

— Я за милую душу, — с жаром воскликнула женщина, — буду ему и Кристе бабкой, а Вилке с Томкой теткой!

Они замолчали. Я попыталась встать с биде, но не смогла, в ноги словно кто-то налил минеральную воду. Пузырьки бегали от щиколоток к коленкам, а ступней словно не было.

— Но Света так подробно рассказывала о зоне, — ошарашенно пробормотала я, — столько деталей: шитье, условно-досрочное освобождение... Откуда она про это знает?

— Убедительной я хотела казаться, — вздохнула Света, — боялась, догадаешься, что я самозванка.

— В приюте девяносто процентов бывших зэчек, — отмахнулась Туся, — поговоришь с ними, и словно сама срок мотала, все расскажут, с деталями и мелкими подробностями.

— Эй, Вилка, — тихо спросила Туся, — ты чего?

Я пыталась справиться с собой. Терпеть не могу плакать, последние лет тридцать рыдаю только от злости, но сейчас к горлу подступил комок, а в глазах стало горячо. Никогда я не думала о своей матери, а вот теперь нет и могилы, некуда прийти и сказать:

— Здравствуй, это я.

Не знаю, отчего мне было так плохо, я ведь давно считала ее умершей и особо не переживала по этому поводу, и вот теперь выясняется, что мы жили в одном городе, ходили по тем же улицам, может, даже сталкивались в магазинах, но расходились в разные стороны, не узнав друг друга, не поняв, не почувствовав, не вздрогнув...

Света и Туся смотрели на меня глазами, полными слез. Внезапно в моей груди будто что-то лопнуло. Что ж, я не сумела сделать ничего хорошего для своей матери, но в моих силах помочь двум обездоленным теткам.

Я вскочила на ноги.

— Чего стоите, дайте умыться.

— Ага, — закивали женщины, но не двинулись с места.

— Вы решили наконец, кто с кем распишется? — чуть ли не с кулаками налетела я на них.

— С Николаем, — хором ответили бабы.

— Обе сразу?!

— Эх, видать, придется монетку кидать, — вздохнула Светка, — так не решить.

— Они сами хороши, — наябедничала Туся, — то оба ко мне женихаются, то к Свете.

Из коридора понесся вопль Никитки и недовольный голос Ленинида:

— Вы там чего, утопли?

Женщины выскочили за дверь. Я тщательно умылась, уставясь на себя в зеркало, и тихо сказала:

— Вот что, Виола Ленинидовна, вы сейчас прекратите истерику и займетесь делом. Семен ждет не дождется статью, осталось совсем чуть-чуть, отыскать этого внука Клавдии Васильевны, он-то точно знает, чей телефончик.

Решительным шагом я направилась на кухню. Сейчас выпью кофе и вновь двинусь на улицу Красное Поле. Следует признать, в четверг я поступила очень глупо. Скорей всего, Клавдия Васильевна живет в бараке давно. У нее полно соседей, знающих о парне всю подноготную. Вот хотя бы та говорливая бабка на скамейке.

На этот раз путь до нужного дома показался намного короче. А может, я просто уже знала дорогу и не плутала.

Наученная горьким опытом, я прихватила зонтик и нацепила теплую кофту. Естественно, на небе не оказалось ни облачка, а градусник зашкалил за плюс двадцать пять.

Во дворе на этот раз не было никого. Мне это показалось странным. Отличная погода, выходной день, где дети, старухи и мужики с домино? Внезапно до слуха долетело нестройное пение, скорее пьяный крик. «Ой, мороз, мороз, не морозь меня, не морозь меня, моего коня», — выводил хор голосов, нещадно фальшивя. Самая подходящая песенка для жаркого дня.

Я обогнула дом и увидела еще один дворик, внутренний. Он был заставлен столами, вытащенными из комнат. На разномастных клеенках стояли бутылки с водкой, миски с солеными огурцами, тарелки с нарезанной колбасой и кастрюли с «Оливье». У обитателей барака случилась массовая гулянка, ради которой они забыли о распрях и коммунальных скандалах. Вот только непонятно, по какому поводу ликование. Если это свадьба, то где невеста в белом платье и жених в черном костюме. А если день рождения, то кто именинник. Я оглядела поющую толпу, приметила в самом конце стола говорливую старушонку, с которой славно поболтала в четверг, подошла к ней и сказала:

— Здравствуйте, бабушка.

— И тебе добрый день, унучка, — ласково ответила старуха, — подсаживайся, не стесняйся, хочешь салату?

Я опустилась на колченогую, выкрашенную зеленой краской табуретку и сказала:

— Спасибо, нет.

— Выпей тогда, — предложила старуха и потянулась к бутылке.

— Тебе чего, баба Нина, — спросил один из парней, перестав петь, — красненького, сладенького или беленькой?

— Налей девке сладкого, — распорядилась баба Нина.

Мне передали пластмассовый стаканчик с темно-вишневой жидкостью, а старушка все же положила в тарелку «Оливье».

— Выпей за помин души, — велела она, — хоть и противная она была, вредная, прости господи, о покойных плохо не говорят, но проводить по-хорошему надо. Давай, не чокаясь.

Значит, не свадьба, не день рождения, а поминки.

— Кто умер? — спросила я, делая вид, что пью дешевый, отвратительно пахнущий портвейн.

— Клавка, — спокойно пояснила Нина, — ну та, к которой ты надысь приходила. Вона чего бывает! Сейчас жива, а через минуту, брык — и опрокинулась.

От неожиданности я выронила стаканчик. Серо-черная земля мигом впитала жидкость.

— Экая ты неаккуратная, — укорила баба Нина. — Ладно, не переживай, не хрустальная посуда, ща новую дадут.

— Как умерла? — наконец сумела пробормотать я. — От чего?

— Сердце у ей схватило, — пояснила старуха, — «Скорая» не поспела, инфаркт стрясся, вона как.

— Когда же она скончалась?

— А ровнехонько в четверг, — словоохотливо пояснила бабка. — Сначала ты к ней приехала, потом Генка прикатил с тортом. Посидел полчасика и отбыл. Стоило ему отъехать, Клавку и скрутило. Так бы и померла в одиночестве, только вон тот малец, видишь? — Она ткнула согнутым, сухоньким пальцем в сторону подростка лет двенадцати, упоенно поглощавшего «Оливье». — Пашкой зовут, — продолжала баба Нина, — вечно голодный ходит, отца нет, а матерь пьет, ровно кляча пожарная, каждый день бухая. Вот Пашка и глядит, у кого подхарчиться можно. Он живо сообразил: ни в жисть Клавке одной торт не съесть, ну и толкнулся к ей в комнату, навроде ему мать наказала спичек в долг попросить. Думал, угостит его Клавка сладким. А она уж хрипит...

Баба Нина перекрестилась и лихо опрокинула свой стакан, в котором плескалась бесцветная жидкость.

— Генка, кто это? — медленно спросила я.

— Унук Клавкин, такой зараза, уголовник!

— Почему уголовник?

— А потому, сидел на зоне, вышел два года назад, вроде работать стал. Только сомневаюсь я что-то, раньше-то не делал ни хрена, небось и сейчас баклушничает, такие не работают. Но к Клавке хорошо относился, ходил сюда. Мать-то его, Райка, померла от позора. Как Генку посадили, она нос на улицу не казала. Народ у нас тут злой, чуть что, в глаза тыкать начинали. Посварилась она один раз с Федюниной, наорала на нее на кухне:

— Твой сын вчерась пьяный пришел и всю раковину заблевал, алкоголик хренов.

А Танька Федюнина ей в ответ:

— Пьет, как все, зато на зоне не сидит. А твой тверезый, да за решеткой!

Райка язык и прикусила, а потом померла, от тоски, видать. Ей Клавка все выговаривала и Ленку учила.

— Кто это, Лена? — Я окончательно перестала понимать происходящее.

Баба Нина затарахтела:

— Любовь Генкина, жена его, ну чисто Санта-Барбара, такое только в кино встретишь! Хочешь, расскажу?

— Очень, — совершенно искренне ответила я.

— Ленка-то не из наших будет, — мигом принялась вводить меня в курс дела старуха, — где ее Генка взял, не знаю, влюбилась она в него чисто кошка. Только-только десятилетку закончила и к Генке переехала, к нам в барак! Видно было, что до этого в отдельной квартире жила. У нас в туалет, он тогда еще работал, каждый со своей бумагой топал, а Ленка рулон повесила и говорит:

— Пользуйтесь, мне не жалко.

Коврик у входа положила, замок новый навесила, старый заедал, и всем ключи раздала, а денег не взяла. Ее тут у нас придурковатой считали, одно слово, студентка, в институте училась. Райка выйдет бывалыча на кухню и жалится:

— О чем с невесткой говорить, не знаю. Не наша она птица.

А уж любовь у них с Генкой была! Прямо цирк! Жили-то в одной комнате с Клавкой и Райкой, бабка с матерью на диванах, а молодые на раскладушках, где уж тут вместе побыть. Только шелохнутся, пружины и запоют на разные голоса. Так они чего удумали. Наши в бараке рано спать ложатся, в одиннадцать ночи второй сон глядят. А Генка с Ленкой в ванную, пустят воду, навроде мыться пошли, а сами понимаешь чего делают. Я один раз в туалет побежала, да все через стеночку услышала, чуть со стыда не сгорела, как она его обхаживала, и так и этак, и с удовольствием, ажно заходилась вся, криком исходила. Вона, какая развратная девка оказалась. Мы со своими мужьями впопыхах и молчком, приличной женщине все это и нравиться не должно, тьфу. Ну а потом Генку посадили.

— За что?

— Книги он спер, семь лет дали.

— За книжку?!

— Э, не простая книга была, старая, дорогая, тысячи стоила, у профессора свистнул. Ленка его к этому ученому по делам ходила, видать, и рассказала муженьку, где поживиться можно. И ведь как хитро сделал, никто бы и не догадался. Вторые ключи смастерил, вошел тихонько в квартиру, книжонку за пазуху, думал уйти, а тут, бац, милиция.

— Наверное, квартира на охране стояла.

— Нет, — замотала головой баба Нина, — смешнее вышло. У профессора еще ученики были, он одного оставил у себя работать, а сам уехал. Генка подумал, никого нет, и давай шуровать. А ученик понял, что вор орудует, и вызвал милицию. Вон оно как.

Она помолчала недолго и добавила:

— Профессор тот, как услыхал про кражу, так

расстроился, что заболел и помер, поэтому Генке столько и дали, — пояснила баба Нина, — посчитали, что он его вроде как убил. Ленка прямо черная ходила, глазья провалились, губы белые, страх смотреть. Как вся история завертелась, ну, может, неделя прошла, выхожу на кухню, смотрю, стоит Ленка у окна на кухне, руки трясутся. Я ей и говорю:

— Глянь, девка, мимо чашки воду льешь.

Она-то повернулась и ответила:

— Плевать теперь на все, я его убью!

— Кого? — удивилась баба Нина. — Генку?

— Нет, конечно, того, кто милицию вызвал. Я к нему сегодня ходила, просила сказать, что спутал, ну не видел он, как Генка книгу прятал, и вообще Гена с ним был приятель якобы. Себя предлагала за эти показания, в ногах у сволочи валялась, паркет лизала и молила:

— Ну скажи, наврал. Хотел приятелю отомстить. Ну давай так: я от тебя к Генке ушла, а ты и озверел. Не сажай моего мужа!

— А он чего? — полюбопытствовала баба Нина. Лена с такой силой схватила чашку, что та треснула пополам, и чай потек на пол.

— Ничего, усмехнулся и ответил: «Кесарю кесарево, а домушник должен лежать на нарах».

Баба Нина ничего не сказала, ей тоже казалось, что лучше не воровать, а уж если попался, так молчи, сам виноват. Никто Генку за руку не тянул. Лена молча собрала осколки и мрачно заявила:

— Ну ничего, еще встретимся, отомщу по-страшному.

— Ты чего, девка, — испугалась баба Нина, — никак убивство задумала! Грех это, одна мысль и то беда. Беги скорей в церковь и отмаливай.

Лена нехорошо усмехнулась.

— Убить — это слишком просто, раз — и конец всему. Нет, надо так дело повернуть, чтобы он, как Генка, мучился на нарах. Уж не знаю, каким образом, но я его тоже посажу, надолго, на всю жизнь. Отомщу почище графа Монте-Кристо.

— Это кто ж такой? — спросила не читавшая Дюма старуха. — Что за граф?

Неожиданно Лена засмеялась, весело и открыто:

— Не дурите себе голову ерундой.

Спустя несколько месяцев Генку осудили, потом в одночасье скончалась Раиса, следом покинула барак Лена.

— С одной сумочкой ушла, — вздыхала баба Нина, — ну чисто с авоськой, небось Клавка ее выгнала.

Старуха опрокинула еще рюмочку и закончила:

— Вон как жизня-то поворачивается! Думала Клавка, что два срока проведет тут, ан нет, бац — и перекинулась. Да все там будем.

— Лена больше не появлялась? — спросила я.

Баба Нина покачала головой.

— Только Генка прибегал, вот уж не думала, что он так бабку обихаживать станет. До тюрьмы-то лаялся с ней, но, видать, посидел да понял, что к чему. Вона какие поминки закатил!

— Это Гена стол организовал?

— А кто ж? Больше и некому, родственников нетуть. Водки напер, колбаски, вон Зинке Малашенкиной из девятой комнаты приплатил, чтобы салат настрогала. Хоть и уголовник, да хорошо все сделал!

— Он здесь? — затаив дыхание, спросила я.

— Тутось был, — завертела головой в разные стороны баба Нина. — Вон, около Михалыча сидел. Гляди туда, вишь мужичонка, ну лысый такой, носатый?

Я кивнула.

— Ен знает небось, где Генка, тот с Михалычем корешится.

Я пошла к дядьке, сосредоточенно уничтожающему салат.

— Простите...

— Ну, чего хочешь? — весьма любезно поинтересовался Михалыч, откладывая пластмассовую вилку. — Не признаю тебя что-то, не из наших ты, не из барачных.

— Не подскажите, где Гена?

— А вон там, у своей машины, ехать собрался, проводил бабку — и хватит.

Я побежала вдоль барака к покосившейся лавочке, возле которой стояла красивая блестящая иномарка.

ГЛАВА 28

Мне настолько хотелось побыстрей узнать правду, что, совершенно не подумав ни о чем, я крикнула:

— Геннадий, подождите.

Парень, уже собравшийся сесть за руль, обернулся и спросил:

— Ты меня?

Его лицо, красивое, с правильными чертами, аккуратным носом и крупным ртом, показалось мне отчего-то знакомым. Где-то я встречала Геннадия... Но вот где? При каких обстоятельствах? Парень был хорош собой и запросто смог бы работать моделью, если бы не отвратительный взгляд, погасший, серый, блеклый, так глядит на свет дохлая рыба трехдневной давности.

— Ты меня? — повторил парень.

— Да, извините.

— И чего?

— Вы комнату Клавдии Васильевны продавать станете?

— А тебе зачем?

— Купить хочу.

Гена хмыкнул.

— Ну-ну, времени сейчас нет трепаться, на работу пора.

— Вы в центр?

— Да. На Марковскую улицу.

— Вот здорово, — радостно воскликнула я, совершенно не зная, где находится эта улица, — я живу в двух шагах, может, подвезете? Заодно и поболтаем.

— Ну садись, — вяло согласился Гена.

Я влезла внутрь роскошного кожаного салона. Очень плохо разбираюсь в моделях автомобилей, впрочем, знаю, что у Семена «БМВ». Но у него отнюдь не такой шикарный вид. Гена ткнул ключом куда-то под руль, мотор заурчал, словно сытый кот. Машина плавно тронулась с места. Либо парень отлично водит, либо иномарка просто суперкласс.

— Ты кто такая? — отрывисто спросил Гена. — Отчего не знаю?

Внезапно мне стало страшно, просто жутко. Не понимая, откуда возникло это ощущение, я пробормотала:

— Медсестрой работаю, уколы хожу людям в барак делать, вот давеча мне и болтанули, что Клавдия Васильна померла.

— Кто сказал? — продолжал весьма сурово спрашивать Гена.

— Так Михалыч, — из всех сил старалась я подделаться под простонародный говорок аборигенов улицы Красные Поля, — иди, говорит, с Геной потолкуй, за фигом ему бабкина площадь, чай, не станет сам в сарае жить, ен человек женатый, навряд ли Ленке охота сюда назад.

Лицо шофера разгладилось, уголки рта тронуло некое подобие улыбки, но взгляд по-прежнему остался тускло-бесцветным, тухлым.

— Да уж, — хмыкнул он, — не Голливуд. А тебя-то чего сюда тянет? Место гиблое.

Я секунду молчала, потом вдруг в порыве вдохновения произнесла:

— Так не сама еду.

— А кто?

— Свекровь отселить хочу, надоела хуже горькой редьки, сто лет скоро, зажилась уж, пора и честь знать.

Гена хрипло рассмеялся.

— Добрая ты, однако, не пожалела для мужниной матери денег.

Я обиженно протянула:

— Хорошо вам стебаться, а мы живем в полуторке, с ребенком. У бабки семиметровка, куда ей столько? Самое время помирать, ан нет. Вот, набрала денег, небось много не запросите, мало кому в такую красоту ехать захочется, ни сортира, ни ванной нормальной.

— Ласковая ты, — ухмыльнулся Гена.

Я сначала поджала губы, а потом гавкнула:

— Уж какая есть, она меня всю жизнь гнобила, издевалась, пусть получает, чего заслужила.

— Отомстить, значит, хочешь, — протянул парень.

— Ну и чего ж плохого?

— Да нет, — пожал плечами Гена, — мое-то дело какое, а сколько у тебя денег есть?

— А сколько надо?

Геннадий хмыкнул.

— Продешевить боишься? Правильно. Только раньше, чем через полгода, фатерку продать не смогу.

Я изобразила крайнее удивление:

— Почему? Прямо завтрева купить хочу.

— Закон такой есть, — пояснил бывший уголовник, — должно шесть месяцев пройти, только тогда в права наследства вступлю. Будешь ждать?

Я покачала головой:

— Нет, невмоготу совсем, думала, дня за три дело провернем, и с концами, а тут жди черт-те сколько!

Гена скорчил гримасу:

— Извини, коли разочаровал. Имей в виду, комнату в самом деле продать хочу, не найдешь подходящую за полгода — приходи. Михалыч правильно сказал, мы с женой сюда никогда переезжать не станем, у нас своя квартира.

Дальнейший путь мы проделали молча. Геннадий включил радио, и под оглушительные звуки музыки машина пронеслась по Калининскому проспекту, свернула куда-то вбок и в конце концов затормозила возле высокого мраморного крыльца.

— Ну все, — сказал Гена.

— Спасибо.

— Нема за що, — хмыкнул парень.

Он вылез, щелкнул брелком сигнализации, иномарка коротко моргнула фарами. Гена сунул ключи в карман и пошел по ступенькам вверх к красивой входной двери из красного дерева.

— Эй, Геннадий Николаевич, — раздалось откуда-то сбоку.

Гена, стоя на верхней ступеньке, обернулся. К нему спешил полноватый мужчина лет сорока в слегка мятом бордовом костюме. И тут я внезапно сообразила, где видела Геннадия раньше. Он точно так же в тот раз шел по лестнице, только не поднимался, а спускался... И точно таким же взглядом дохлой рыбы скользнул по мне... И точно так же мне стало страшно и неуютно...

В памяти мигом услужливо развернулась картина. Вот я иду домой, лифт сломан, и приходится топать вверх по лестнице. На одной площадке останавливалась, чтобы слегка отдышаться, и тут навстречу сбегают несколько парней. Один из них, красавчик с порочным лицом, окидывает меня взглядом снулой селедки. Встреча была секундной, ничего не значащей, я бы и не вспомнила о ней, не обернись сейчас Геннадий на окрик коллеги.

Входная дверь, украшенная витой бронзовой ручкой, громко хлопнула. Я продолжала стоять на месте, потом зашла в супермаркет, расположенный в соседнем доме, взяла в кафетерии булочку, стакан минералки и уставилась в большое окно.

Значит, так! Попробуем связать вместе все веревочки и посмотрим, что выйдет. А получается весьма интересная вещь. В тот день, когда произошла моя встреча с Геной на лестнице, Рита была ограблена. Простое совпадение, скажете вы? Вполне вероятно, но что-то мне мешает так думать. Еще больше нехороших подозрений вызывает тот факт, что таинственная Валерия Константиновна Лазаренко получала счета за мобильный телефон на адрес, по которому проживала внезапно скончавшаяся Клавдия Васильевна.

Я молча крошила не слишком вкусную булочку. Никогда не думала, что человек может так мгновенно скончаться. Днем я пыталась беседовать с Клавдией Васильевной, та совершенно не пошла на контакт, была абсолютно неприступна, просто отвесная скала, а не женщина. Старуха казалась мрачной, даже грубой, но она не производила впечатления больной. Сидела в кресле, как балерина, с прямой спиной, не хваталась за сердце, вела себя вполне здраво и... умерла через пару часов. Хотя я ведь не знаю, какие болячки таились в ее теле, но мне совершенно не нравится, что неразговорчивая старуха столь неожиданно ушла на тот свет.

Было еще одно обстоятельство. Валерия Константиновна Лазаренко, естественно, носит другое имя. «Псевдоним» она взяла себе, получив в руки печать, украденную у психиатра. Очень удачно вышло. В.К. Лазаренко. Подобная фамилия подходит как женщине, так и мужчине, вот и превратился Валерий Константинович в Валерию Константиновну. Зачем? Неужели женщина хотела выдать себя за доктора наук и профессора? Но ведь это очень глупо, ее бы сразу разоблачили. Ладно, в конце концов с этим я разберусь.

Самое интересное другое: оформляя телефон на ничего не подозревающего доктора, мошенница указала адрес для телефонных счетов. Ей было некуда деваться: если оплата не придет, трубку отключат. Значит, либо Клавдия Васильевна хорошо знала таинственную Лазаренко, отдавала ей конверты и имела за эту услугу кое-какую прибавку к пенсии, либо квитанции получал Гена, других родственников у старухи нет. А у Гены имеется жена Лена, и мне очень хочется взглянуть на эту даму.

Я смела на пол остатки булочки, допила минералку и принялась вертеть пустой стаканчик. И как поступить? Я продолжала рассматривать улицу, думая о своем. Тут из двери появился хмурый Гена. Быстрым шагом он дошел до машины и уехал. В голове мигом созрело решение. Я швырнула стаканчик в урну, естественно, промахнулась, подняла его, запихнула в мусоросборник и вышла из супермаркета. Возле двери, из которой только что вышел мрачный Гена, висела большая темно-бордовая табличка, на которой золотом горели буквы «Фирма «Кураре», оптовая торговля медикаментами и сопутствующими товарами». Я с трудом сдержала смех. Нет, все-таки у наших людей начисто отсутствует чувство юмора или наоборот? Фирма «Кураре»! Насколько я знаю, так называется один из наиболее страшных ядов, убивающий человека за считанные минуты. Мне бы, например, совсем не захотелось покупать лекарства на складе, носящем такое убийственное название.

Внутри помещение выглядело словно преуспевающий банк или отель. В прошлом году мы все вместе, Олег, я, Сеня и Томочка, съездили на отдых в Турцию, в тамошней гостинице повсюду стояли кожаные диваны и свисали пудовые люстры из бронзы и хрусталя. Очевидно, хозяева фирмы «Кураре» тоже ездили к приветливым туркам и взяли за образец тамошние интерьеры.

У входа не было охранника, меня это слегка удивило. Я прошла по коридору до первой двери, постучалась, всунула голову в кабинет, увидела двух женщин, сидевших за компьютером, и вежливо спросила:

— Вы не подскажете, где найти Гену.

Одна из служащих, блондинка с надменным,

даже злым лицом, оторвалась от экрана и очень приветливо ответила:

— Простите, кого?

— Геннадия.

— А фамилия?

Я потупилась.

— Он мне дал визитку... Видите ли, я работаю медсестрой в одном из военных городков под Москвой. Начальство послало меня в столицу на разведку, где можно подешевле закупить большую партию качественных медикаментов.

— У нас, конечно, — улыбнулась блондинка. — Это правильный выбор, пять лет на рынке, и ни одной рекламации.

— Наша фирма делает ставку на отечественного производителя, — влезла другая женщина, — закупаем прямо на фабриках, хорошие, проверенные средства, к которым наши люди привыкли издавна. Да зайдите в любую аптеку, посмотрите, чего там только нет: колдрекс, антигриппин, эффералган... Коробочки красивые, спору нет, наши так не упакуют, и стоят ого-го! Далеко не всякому по карману. Только состав почитайте! Везде в основном один парацетамол, добавят еще всякой ерунды и обзовут по-новому. Спрашивается, зачем тратиться? Купите у нас этот самый парацетамол за копейки и пейте.

— Марина, у тебя отчет, — довольно резко прервала ее блондинка, — я сама клиенткой займусь.

Ага, наверное, они получают процент от сделок! Придется разочаровать блондинку.

— Да-да, Геннадий рассказывал, какая у вас отличная контора, мы с ним и ассортимент набрали. Вот теперь хотела предоплату сделать, а визитку потеряла. Просто ужас! Меня полковник убьет, хоть домой не возвращайся! Фамилию не помню, телефон, естественно, тоже! Ну просто беда!

— Кто у нас тут Гена? — повернулась блондинка к товарке.

Та пожала плечами:

— Понятия не имею.

Блондинка вытащила из стола список и принялась водить пальцем по строчкам.

— Кавалеров Г., он Григорий, так-так, Волосихин Г. Нет, Волосихин Георгий, кто же, а?

— Такой достаточно молодой, интересный мужчина, на иномарке ездит.

Марина фыркнула.

— Ковалев Геннадий, на складе сидит, менеджером. Одно не пойму, кто ему разрешил товар продавать? Его дело партию составить.

— Небось Панкину удружить захотел, — пояснила блондинка.

— С какой стати ему Тольке помогать? — продолжала злиться Марина.

— Они же приятели, — пояснила блондинка, — вечно Геннадий Толю на машине возит.

— А где склад? — поинтересовалась я.

— До конца коридора, налево, — объяснила Марина, — там увидите крытый переход в другое здание.

Я вышла в коридор, дошла до следующей двери, постучалась и приоткрыла дверь. Если в комнате есть хоть один мужчина, тут же извинюсь и уйду, но за столами вновь оказались одни женщины, на этот раз трое.

— Где можно найти Анатолия Панкина?

— Второй этаж, комната двадцать девять, — не поднимая головы от бумаг, буркнула одна из служащих.

Я поднялась по лестнице и осторожно заглянула в нужную комнату. Она предназначалась для одного сотрудника, очевидно, Панкин был небольшим начальством. Но Анатолия на месте не оказалось. На столе лежала куча бумаг, рядом стоял кейс, значит, хозяин тут, неподалеку, вышел в туалет или отправился попить кофе. Впрочем, очень хорошо, что его нет, потому что расспрашивать парня следует с осторожностью, а мне в голову только что пришла великолепная идея.

Вихрем пролетев по коридорам назад, я донеслась до выхода, выскочила на улицу и стала осматривать окрестности. Ага, вот то, что надо, небольшой магазинчик, торгующий всякой всячиной. Так, сколько у меня денег в кошельке? Ровно тысяча рублей, взятая для того, чтобы все-таки купить необходимые продукты. Но я же должна довести дела до конца! Ладно, Олег с Семеном все равно явятся за полночь, кто же ест в такое время? Томочка, боясь навредить новорожденному Никитке, питается теперь только гречкой и йогуртами, а Света и Туся обойдутся пельменями!

Приняв решение, я вошла в лавчонку и забегала глазами по полкам, забитым всякой всячиной. Вот и нужная вещица.

ГЛАВА 29

Купив две дешевые стеклянные пивные кружки, я забежала в книжный магазин, находившийся в том же доме, и приобрела там стопочку разлинованных листочков, предназначенных то ли под накладные, то ли под квитанции, затем пошла назад и поскреблась в дверь к Панкину.

— Войдите, — ответил красивый мужской баритон.

— Здравствуйте, — заулыбалась я во весь рот, — можно?

— Проходите, садитесь, слушаю вас, — улыбнулся в ответ Анатолий, — чем могу помочь?

— Фирма «Отличное пиво».

— Кто? — не понял Панкин. — Какое пиво?

— Компания, в которой я работаю, называется «Отличное пиво».

— Не слышал про такую.

— Мы новички на рынке, только-только раскручиваемся и проводим опрос потребителей, не откажите, ответьте на пару вопросов.

— Извините, я очень занят.

— Тем, кто согласится принять участие в анкетировании, компания дарит вот эту замечательную кружечку сразу, а в течение недели вы получите по домашнему адресу десять бутылок «Отличного пива».

— Ладно, — согласился Панкин, — начинайте.

Я вытащила из сумочки пару листочков, прихваченных в магазине, и приступила к делу.

— Ваше имя?

— Панкин Анатолий Семенович.

— Год рождения?

— 1972-й.

— Образование?

— Среднее специальное.

— Стаж работы?

— Семь лет.

— Пьете пиво?

— Да.

— Сколько бутылок в день?

— Как придется.

Порасспрашивав парня еще минут пять, я сказала:

— Теперь ваш домашний адрес и любой контактный телефон.

— Это зачем? — подозрительно прищурился Панкин.

— А пиво куда везти?

Лицо парня разгладилось.

— Действительно, пишите.

Завершив процедуру, я отдала Анатолию одну кружку и поинтересовалась:

— У вас, похоже, одни женщины работают?

— В подавляющем большинстве.

— Может, подскажете, кого из мужчин тут опросить удобно. Понимаете, мне платят сдельно за каждую анкету, хочется побольше заработать.

— На склад сходите, спросите Ковалева, он пивко уважает.

Я полистала квитанции.

— Геннадий, да? Менеджер?

— Он самый.

— Вы его хорошо знаете?

— Достаточно.

— Можете за него на анкету ответить?

— Зачем?

Я умоляюще сложила руки.

— Будьте добры, пожалуйста, я же говорила, получаю деньги сдельно, вот отправили сегодня вашу фирму опрашивать, и полный пролет. Кругом одни тетки, такие ехидные. Скорчатся все и цедят сквозь зубы: «Мы, милочка, пиво не употребляем, сей напиток не для людей нашего круга».

Анатолий засмеялся.

— Да уж, тут такие кадры есть, прямо английские королевы. И ведь ничего собой не представляют, а щеки дуют.

— Только одну анкету я и имею — вашу.

— Но почему не хотите сами с Генкой потолковать?

— Нет его, уехал куда-то. Что вам стоит, а? Получите еще одну кружку, а приятелю пиво бесплатное привезут.

— Ладно, — согласился Панкин, — валяйте. Только не на все вопросы отвечу.

А и не надо, мой ангел, главное, чтобы ты, дружочек, хорошо знал адрес Ковалева. Через несколько минут я, тихо ликуя, записала на квитанции: улица Зеленодольская, дом 6, квартира 17.

Часы показывали около шести, когда я вышла на улицу и полной грудью вдохнула свежий воздух. Даже начавшийся дождь не испортил великолепного настроения. Не скрою, очень хотелось прямо сейчас рвануть на эту Зеленодольскую, но я остановила себя усилием воли. Нет, не следует бросаться в авантюру сломя голову, да и Геннадий может уже быть дома. Лучше завтра днем, аккуратно, осторожно, поговорю с соседями, загляну в домоуправление, одним словом, произведу разведку боем, а сейчас поеду, пора наконец купить продукты.

Домой я прибежала вся мокрая, с языком на плече, грохнула у порога сумки и поразилась звенящей тишине.

— Эй, есть кто в квартире?

Томочка высунулась из спальни:

— Тише, Вилка, Никита спит.

— Где все?

— Света, Туся, Коля и Владимир Николаевич отправились в загс, подавать заявления.

— Они разобрались наконец, кто на ком женится?

Тамарочка захихикала.

— По-моему, нет, все ругались. Потом Владимир Николаевич сказал: «Ладно, поехали, это же еще не регистрация, захотим, успеем поменяться».

Я подхватила кошелки и поволокла их на кухню. Ну, Кочерга, не зря он до профессора дослужился. Только в данном случае Владимир Николаевич ошибся, загс не магазин, а невеста не жмущий ботинок, боюсь, ему не обменяют одну даму сердца на другую.

— Колбаска! — радостно воскликнула Томуська! — Сделаю-ка я себе бутербродик.

— Ты же ешь одну гречку!

— Доктор сказал, что так нельзя, — пояснила Тамара, беря батон «Докторской», — молоко от подобной диеты лучше не станет, хоть и хватает мне его на одно кормление, но все же.

Она откусила от сандвича и закатила глаза.

— Боже, как вкусно!

И тут раздался резкий, негодующий, воющий звук. Бедная Тамара только-только решила насладиться едой, как проснулся Никитка. Мне стало жаль измученную подругу.

— Кушай спокойно, я подойду.

— Куда? — удивилась Томуся.

— Разве не слышишь? Никитка кричит, вон как заходится...

Томочка положила хлеб на тарелку.

— Никита спит.

Вот бедняга, от усталости почти оглохла.

— Кричит, словно его режут.

— Это и правда режут, — вздохнула Тома, — у соседей внизу ремонт и периодически включается какой-то агрегат типа циркулярной пилы, он и воет самым устрашающим образом, а Никиточка спит.

— Извини, — пробормотала я, — но так похоже.

Тамара рассмеялась.

— Хочешь убедить меня, что Никитка издает такой же звук, как циркулярная пила?

— Прости, пожалуйста, — лепетала я.

За все годы, проведенные вместе, мы с Томуськой не то что ни разу не поругались, даже не поспорили, и вот сейчас явно назревает скандал. Впрочем, я очень хорошо понимаю Томочку, какой матери понравится, если ангельский голосок ее ребенка путают с завыванием оглушительного электроприбора?

Внезапно Тамара засмеялась.

— Никогда тебе не рассказывала, отчего мой папа был вынужден раньше срока уехать из города Алеппо, где работал в генеральном консульстве СССР?

— Нет.

— Папа имел тогда звание атташе, — пустилась в воспоминания Томуся, — самый низший дипломатический ранг, грубо говоря, мальчик на побегушках при консуле. Принеси, подай...

Генконсул был относительно молод, что-то едва за сорок, а дяде Вите в то время только-только исполнилось двадцать пять, эта была его первая командировка за границу после окончания МГИМО. Дядя Витя уже тогда был женат на тете Ане, но Томуська еще не родилась, ее даже не было в проекте. Новорожденных детей Виктор никогда не видел, да и где бы ему было их встречать? Он рос у родителей один, без братьев и сестер.

Через полгода после того, как Виктор приехал в Сирию, жена генконсула отправилась в родильный дом. Это был первый долгожданный ребенок, поэтому, естественно, к его приезду домой все консульство стояло на ушах. Надо сказать, что жизнь в колонии совслужащих за рубежом дело непростое. Посол или генконсул, в зависимости от того, где вы работаете, в посольстве или генеральном консульстве, являлся для всех советских людей богом, даже больше бога. Он ведь мог в любой момент отправить человека из загнивающего капиталистического общества, из места товарного изобилия, в СССР, в страну победившего социализма с полным отсутствием всего: еды, одежды, книг и бытовой техники. Неугодившему чиновнику пришлось бы расстаться с мечтой о собственной квартире, машине и даче, вот поэтому служащие изо всех сил готовились к приезду новорожденной девочки. Мылись окна, стены, составлялись букеты, писались поздравительные вирши и закупались подарки.

Поскольку Виктор свободно владел арабским, честь забирать женушку начальника из клиники досталась ему. Генконсула и Витю завели в небольшую комнату, появились арабы: врач и медсестра, несущая сверток. Пока доктор рассказывал, как ухаживать за младенцем, черноглазая, улыбчивая арабка ловко развернула девочку и бойко залопотала по-своему. Но Виктор не сумел продолжить работу переводчика, потому что при взгляде на нечто, попискивающее в кружевных пеленках, парень начисто забыл не только арабский, но и русский язык. Бедный младенец напоминал действующее лицо из недавно увиденного фильма ужасов. Большая, красно-желтая, совершенно лысая голова, лица просто нет. Между припухших век виднелись две узкие щелочки. На секунду в голове Виктора мелькнуло идиотское предположение. Может, уважаемая Анжелика Семеновна согрешила с кем-то из китайского консульства, расположенного через дорогу от советского? Ну откуда у вполне симпатичных родителей с обычным разрезом глаз получилось этакое? Но потом Витя прогнал дурацкую мысль и попытался оторвать присохший к небу язык.

Очевидно, генконсул испытал те же чувства, потому что сначала на его лице отразилось паническое удивление, а затем он быстро начал переводить взгляд сначала на плакат, висевший на стене, затем на дочь и назад. Сравнение было явно не в пользу «консуленка». На постере красовалось изображение розовенького, толстощекого бутузика с сияющими глазками. Отсутствие волос делало его умилительным, а раскрытый ротик трогательным. На пеленальном же столике лежало существо, мало смахивающее на очаровашку. И тут Виктор сделал роковой шаг. Он наконец обрел дар речи и прошептал консулу:

— Не расстраивайтесь, Петр Александрович, подрастет, исправится. Медицина далеко шагнула вперед, сделаете косметическую операцию дочке, и готово, полный порядок!

Петр Александрович пожелтел, но ничего не сказал. К слову сказать, отвратительный уродец через два месяца превратился в хорошенькую крошку с большими глазками и жемчужно-розовой кожей. Но Виктор не увидел этого превращения. Петр Александрович нашел способ избавиться от молодого атташе, который застал его в минуту ужаса. Нет, генконсул не стал выгонять Витю по

докладную записку о служеб-
...ии. Петр Александрович посту-
...общил, что в целях экономии валют-
...в СССР следует сократить во вверенном
...чреждении ставку одного атташе, ну не нужны
в маленьком, провинциальном Алеппо два мальчика на побегушках, хватит одного, надо думать о
народных деньгах.

— Скажу тебе по секрету, — вздохнула я, — что
я сама испугалась, увидев впервые Никиту.

— Я тоже, — спокойно ответила Томуся, —
жутко маленький, беспомощный. Зато теперь вон
какой красавец, и совсем он не кричит как циркулярная пила, как ты могла перепутать?

Пришлось отвернуться к плите и сделать вид,
что требуется срочно помешать гречневую кашу.
Тамарочка очень хорошо меня знает и сейчас мигом прочтет мысль, написанную на моем лбу. Да
циркулярной пиле далеко до Никитки. Она просто
заунывно ноет, а наш младенец издает столь ужа-
сающие звуки, что кровь стынет в жилах, а волосы начинают шевелиться, причем не только на
голове, а на всем теле. В особенности худо по ночам. Несколько дней тому назад, где-то около
трех утра, я вышла в туалет и обнаружила полу-
сонного Сеню, натягивающего куртку прямо на
голое тело.

— Ты куда? — решила я на всякий случай спросить у мужика.

— Сигнализация внизу воет, — пробормотал
Сеня, — небось в моей тачке замкнуло.

— Иди спать, — велела я, отбирая у приятеля
ключи, — ложись спокойно, никто не трогает твой
драгоценный автомобиль, это Никитка рыдает, небось есть захотел.

А в среду, когда мальчиш[...] такой резкий вопль, что Ленини[...] всего размаха ударился лбом о вися[...]ке кухонный шкафчик.

— Ты чего шарахаешься? — удивилась я.

Папенька стал оправдываться:

— Так на кота сослепу наступил, вон как заорал, небось весь хвост бедняге оттоптал, эй, Сыночек, кис-кис, поди сюда, хочешь, шпроты тебе вскрою, прости дурака, не хотел плохого.

— Успокойся, — вздохнула я, — вон Сыночек преспокойненько на кресле дрыхнет, оставь шпроты в покое, кстати, коту они совершенно ни к чему.

— Кто же так тогда орал: мяяяяу? — удивился Ленинид.

Я ничего не ответила. Никита просто мастер художественного крика, и каждый день у него в репертуаре появляется что-нибудь новенькое.

На следующий день я, дрожа от возбуждения, собралась на Зеленодольскую улицу. Солнышко ярко светило с голубого неба, Света и Туся радостно чирикали на кухне. Нам осталось совсем недолго мучиться с «маменьками» — свадьба была назначена через три недели. Молодые планировали расписаться без всякой помпы и отправиться на десять дней в Тунис. Узнав об их планах, Олег весьма нетактично поинтересовался:

— Медовый месяц вчетвером! Как-то не очень, может, лучше провести это время порознь?

— Вместе веселей, — хором ответили Света и Туся, — ты только помоги загранпаспорта получить, прописки-то у нас нет.

Олег начал чесать в затылке:

— Да, сложная задача.

Урожай ядовитых ягодок

статье или подавать

ном несоответств

пил мудро, со

ных средс

ему в

ку купали, он издал
ил подскочил и со
ий в простен-

трясете, не надо тень на архив бросать». Никак не сообразит, что ее хранилище скончалось! А вы что здесь делаете?

— Вот, пришла в дом.

— К нам? Зачем?

— Вы тут живете?

— Да.

Я обрадовалась, надо же, как здорово получилось, сейчас порасспрашиваю Лену.

— И давно здесь обитаете?

— Два года.

— Жильцов хорошо знаете?

— Ну, так, в целом, здание большое, но кое с кем знакома, а что?

— Да вот, хотим квартиру с мужем покупать, риэлтеры предлагают тут посмотреть, приехала на разведку. Сами понимаете, дело ответственное, не пятикопеечную монетку теряешь. Приобретем квартиру, а на этаже сплошные пьяницы и бузотеры, схватимся потом за голову, да поздно.

— Ну здесь всяких хватает, — скривилась Лена, — есть такие кадры, но в целом люди нормальные, работящие, асоциальных элементов нет. Вы квартирку-то видели? Мы, честно говоря, с мужем хотим переезжать, покупали жилье пару лет назад, с деньгами не ахти было, вот и взяли подешевле фатерку. Здесь кухни маленькие, всего пять метров, и стоит домишко прямо на дороге, видите, как неудобно, ни погулять, ни отдохнуть, шумно очень. Впрочем, некоторые стены поразбивали и сделали себе столовые, а какая квартира продается? Знаете, прежде чем покупать, следует всю подноготную про хозяев выяснить, иначе можно вляпаться в историю.

Я обрадовалась, что разговор сам собой потек по нужному руслу, и быстро сказала:

— Семнадцатая, вроде бы в ней муж с женой прописаны? Ничего про них не слышали?

— Какая? — изумленно переспросила Лена.

— Семнадцатая, — повторила я.

— Не может быть!

— Почему?

— Потому что в ней живем мы!

— Кто? — обалдело спросила я.

— Мы с мужем.

— Вы?

— Ну да.

— А как зовут вашего мужа?

— Гена.

Я лихорадочно соображала, как выкрутиться из идиотского положения.

— Гена? Ну, значит, в риэлтерской конторе напутали, сказали, хозяев зовут Сережа и Таня.

— Сережа и Таня? Это, наверное, из тридцать девятой, Захаровы, только они ничего о продаже не говорили, я их хорошо знаю.

— Наверное, тут еще живет пара с такими именами, — бормотала я, — Сережа и Таня, знаете, совсем не редкость, не Виола Тараканова.

— Виола Тараканова? — вытаращила глаза Лена. — Вы знаете эту женщину?

Обрадовавшись, что разговор уходит в другое направление, я кивнула.

— Очень хорошо, это я.

— Вы?!

— Да, папа назвал по-дурацки, извините, в прошлый раз не представилась вам.

Внезапно Лена вскочила.

— Ой, простите, я совсем забыла, в духовке курица жарится. Сижу тут, болтаю, а бедная птичка небось обуглилась! Захотите про соседей узнать, заглядывайте ко мне, в семнадцатую квартиру.

Выпалив на едином дыхании фразу, Лена схватила сумку и ринулась в подъезд. Я осталась сидеть на лавочке, пытаясь привести мысли в порядок. Значит, Лена — жена Гены. Вот так новость. Но она совсем не похожа на хитрую, изворотливую убийцу — В.К. Лазаренко. Лена по виду интеллигентная женщина, кандидат наук, работник архива, что может связывать ее с бывшим уголовником и мужланом? Вероятно, речь идет о другом Геннадии, наверное, Панкин ошибся, сказал не тот номер квартиры. Нет, все-таки следует разыскать домоуправление и спросить, где прописан Геннадий.

Внезапно вверху послышался резкий скрип. Я задрала голову. На балконе второго этажа стояли Гена и Лена с хмурыми, мрачными лицами. Увидев, что я заметила их, парочка шарахнулась в квартиру. Я поднялась и, быстрым шагом обогнув дом, встала за углом. Отсюда отлично было видно входную дверь. Через секунду она хлопнула, и бывший уголовник, вылетев на улицу, принялся озираться. Липкий страх пополз у меня к горлу. На плохо слушающихся ногах я попыталась смешаться с толпой, но сзади незамедлительно раздалось:

— Виола, погоди! Стой, Тараканова!

За моей спиной, словно выросли два крыла, сшибая прохожих, я кинулась на проезжую часть и замахала руками. Тут же притормозила белая «Волга».

— Куда?

В этот момент цепкие пальцы ухватили меня за футболку.

— Стой. Очень глупо, давай поговорим! Кстати, я знаю, где ты живешь!

Почти теряя сознание от ужаса, я рванулась изо всех сил. Тонкий трикотаж треснул, раздался звук рвущейся материи, и половина футболки осталась в руках у Геннадия. Я вскочила в «Волгу» и заорала:

— Петровка, 38, скорей, заплачу тысячу рублей!

Водитель рванул с места, Гена остался на мостовой. Обернувшись назад, я увидела, как он бежит к своей машине. Трясущимися руками я вытащила из сумочки недавно купленный мобильный, потыкала в кнопки и, услыхав голос Олега, зарыдала:

— Миленький, скорей спустись в бюро пропусков, за мной гонится убийца.

Бросив на колени ошарашенному водителю кошелек с деньгами, я влетела в проходную, увидела мужа, Юрку и кинулась к ним, голося, словно кликуша:

— Ой, мамочки, помогите!

Люди, находившиеся в помещении, замерли и уставились на представление. Юрка стянул с себя пиджак и бросил мне на плечи.

— Прикройся, тут не нудистский пляж, вон всех переполошила.

Я прекратила рыдать и посмотрела на себя. Действительно, не каждый раз в бюро пропусков серьезного учреждения врывается молодая дама, одетая лишь в легкую юбку. Одна часть футболки осталась у Геннадия, вторая свалилась в машине, а лифчика я никогда не носила. Если сказать честно, мне нечего всовывать в бюстгальтер, господь наградил меня грудью минус первого размера.

ГЛАВА 30

Домой я не поехала. Около десяти вечера Олег велел:

— Давай отвезем тебя.

Я встала с дивана, на котором провела весь день, тупо разглядывая подшивку газеты «Петровка, 38», и поинтересовалась:

— Кто меня отвезет и куда?

— Коля Маслов домой забросит, — буркнул Олег.

Я вновь села на диван.

— Нет.

— Почему? — удивился Олег.

— Только с тобой.

— Но не могу сейчас уйти.

— Уже почти ночь.

— Сама знаешь, у меня ненормированный рабочий день.

— Нет!!! Только вместе.

Куприн вытаращил глаза. Наверное, с таким же удивлением он бы смотрел на кастрюлю с геркулесовой кашей, которая утром, после того как с нее снимут крышку, внезапно сказала бы:

— Доброе утро, Олежек, подогрей меня. Холодная овсянка — редкая мерзость на вкус.

— Вилка, что за истерика?

Я подняла голову, глянула в его рассерженное лицо и сказала:

— Это не припадок. Я замужняя женщина, и супруг обязан меня беречь, охранять и опекать. Извини, дорогой, но у меня сложилось полное впечатление, что я являюсь одинокой бабой, содержащей семейный пансион. Наше супружество свелось к простой формулировке: товар — деньги.

— Не понимаю, — ошарашенно протянул майор.

— Правда? Но все так просто! Ты отдаешь мне зарплату, а я стираю твои вещи и готовлю обед. И это все. Тебе не кажется, что между мужем и женой существуют еще иные отношения?

— Послушай, — взвился Олег, — какая муха тебя укусила? Ты же была всем довольна еще вчера.

— Неправда, я просто не хотела ругаться.

— Я не пью, не бегаю по бабам, отдаю все деньги в семью, я работаю для нас!

— Смешно! Между прочим, я могла бы стать тебе другом и хорошей помощницей. Вот, зная теперь всю правду про Радько, ты бы спросил...

— Не лезь в мои дела и отправляйся домой!!!

— Нет! — заорала я так, что в комнату всунулся испуганный Юрка.

— Чего случилось?

— Уйди, — просвистел Олег, — ну что за жизнь! Ни дома, ни на работе покоя нет! Вилка, прекрати, ты у меня на службе!

Но меня понесло, словно лыжника с горы. Я вскочила на ноги и забегала по комнате, выплескивая на супруга все претензии. Сначала рассказала, как тоскливо сидеть все выходные одной, припомнила, что раньше полуночи он практически никогда не приходит домой.

— Когда ты дарил мне цветы, а?

— На Восьмое марта, — быстро ответил Куприн.

— Ага, спасибо, а без повода? Просто так? Может, принес жене конфет? Или апельсины?

— Ты разве больная? — ошарашенно спросил Олег.

Следующий час я объясняла ему, что кое-кто вспоминает о жене не только в тот момент, когда она попадает в больницу. Обида выливалась из меня рекой. Пару раз Юрка пытался всунуться в кабинет. Но сначала я заорала: «Отвали!» — а когда он предпринял очередную попытку, швырнула в него настольный календарь.

Олег посерел и рявкнул:

— Хватит!

Затем он выскочил в коридор, не забыв стукнуть дверью о косяк. Я сначала залилась слезами, потом вытерлась пыльной занавеской, свисавшей с грязного окна, и легла на диван, положив голову на подлокотник. Все, хватит, завтра подам на развод. В конце концов в моей жизни ничего не изменится, как была одинокой, так ей и останусь. Горячие капли опять побежали по щекам, я зашмыгала носом и запоздало удивилась: ну что со мной? Отчего взлетела на струе злобы? Легкое раскаяние начало пробираться в душу: нет, все-таки я свинья. Бедный Олег! Другой бы мужик треснул беснующуюся бабу по башке, а мой майор только молча то бледнел, то краснел. Нет, я вела себя ужасно.

Дверь приоткрылась, и заглянул Олег:

— Не спишь?

— Нет, — заревела я в голос, — не сплю, мучаюсь угрызениями совести, ну прости меня, пожалуйста!

Муж сел на диван и обнял меня, я уткнулась носом в его рубашку и зарыдала еще громче.

— Ну ладно, поросеночек, — неумело засюсюкал супруг, — твой престарелый кабанчик вел себя, как идиот. Хочешь, пойдем завтра в консерваторию, на концерт?

Я хихикнула.

— Извини, терпеть не могу нудятину, совершенно не перевариваю классическую музыку.

— Сам не люблю симфонии, — признался Олег.

— Зачем тогда предлагаешь?

— Хотел приятное сделать. Ладно, давай просто сходим в парк, поедим шашлык, покатаемся на аттракционах.

Мигом перед глазами встало забавное зрелище. Мой толстый муж с объемным животом любителя пива сидит на деревянной маленькой лошадке, вцепившись обеими руками в гриву из мочалки.

— Ты и правда хочешь сделать мне приятное?

— Конечно, — кивнул Олег, — от всей души.

— Тогда расскажи все про дело Радько!

Честно говоря, я ожидала, что супруг опять обозлится и начнет петь привычную песню: «Не суй нос не в свое дело». Но неожиданно Олег шумно вздохнул и пробормотал:

— Вообще-то тебя можно использовать в некоторых ситуациях. Ну-ка, скажи, до чего сама докопалась?

Я быстро изложила ему самую суть. Жора Радько, вечно нуждающийся в деньгах, вместе с Леной и Геннадием задумал аферу. Работая в страховой компании, он находил клиентов, которые хотели избавиться от ненужных родственников и получить при этом хорошую сумму денег. Радько выписывал полисы, потом к больным людям под видом психиатра являлась Лена и предлагала таблетки. Геннадий работает менеджером на фармацевтическом складе, поэтому у преступников не было никаких проблем с медикаментами. К сожалению, Жора преступник. Он убил свою жену Риту, ее любовника Михаила Крысина и, наверное, начал шантажировать своих подельников, записав на дискету истории болезней Левитиной, Рассказова и Рамазановой.

Олег слушал, не перебивая.

— Он и меня отправлял на верную смерть, — закончила я, — парень, который ударил ножом женщину возле памятника Пушкину, должен был убить меня, произошла ошибка, та тетка тоже была в розовом костюме и держала в руках журнал «Космополитен».

Олег тяжело вздохнул.

— Да уж, работа тобой была проведена серьезная, неслась словно фокстерьер за лисой. Ты когда-нибудь охотилась за лисой?

— Нет, а при чем тут это?

— Лиса хитрое животное, — спокойно пояснил Олег, — она роет в своей норе кучу ходов и один обязательно метит; когда старательный, но глуповатый фоксик влезает под землю, он сначала теряется, куда бежать, перед глазами собаки простираются хитроумно сплетенные галереи. Через пару секунд до фокстерьера доходит, что следует включить обоняние, и он начинает принюхиваться. Запах хищницы собачка чует мигом и, забыв про все на свете, мчится туда, откуда долетает сильный «аромат». Спустя энное время обалделый фокстерьер упирается носом в заднюю стену норы. Поняв, что лисы тут нет, четвероногий охотник несется назад, но рыжей обманщицы и след простыл. Хитрая лисичка давным-давно «утекла» через запасной выход. Вот так.

— Наверное, ты в детстве увлекался книгами про животных, — хмыкнула я, — очень красочный рассказ, не пойму только, какое отношение он имеет к ситуации с Радько?

— Самое прямое, — крякнул Олег, — потому что в роли страшно активного, но более чем глупого фокстерьера выступила моя женушка.

Пару секунд я молча смотрела на мужа, потом решила обидеться, но тут же передумала. Если хочу, чтобы Олег взял меня в помощники, не стоит изображать из себя институтку.

— Значит, ты считаешь, что я ошибаюсь?

— Причем фатально.

— И как было дело?

Куприн вытащил сигареты, взял с подоконника пустую консервную банку из-под тушонки, исполнявшую тут роль пепельницы, и сказал:

— Слушай.

Как-то принято считать, что эпоха великих человеческих страстей осталась в прошлом. Это во времена Шекспира люди ревновали, теряли голову от ненависти, изощренно мстили, сметали каменные замки, мечтая соединиться с любимыми, и жаждали власти до потери рассудка. Нынче же человек измельчал, довлеющая над нами страсть — это сребролюбие. Вот ради денег компаньон может убить своего партнера по фирме, а неверную жену он просто бросит, оформит спокойно развод и будет искать себе новую супругу. Мы стали холодными, расчетливыми, неспособными на страсть. Но на самом деле это не так. Любовь, ненависть, ревность... Есть среди нас Джульетты, Отелло, леди Макбет и короли Лиры. И иногда страсть настолько захватывает человека, что он перестает владеть собой, становится преступником, готовым на все.

Почему девочка из хорошей семьи, милая, интеллигентная, говорящая на двух иностранных языках, студентка-первокурсница исторического факультета МГУ Лена Конюхова полюбила Геннадия Ковалева? На первый взгляд, ничего общего между молодыми людьми не было. Леночка окончила с блеском сразу две школы, общеобразовательную и музыкальную, запросто изъяснялась на английском, столь же легко могла продолжить разговор и на французском, она бегала на концерты в консерваторию, не путала художников Мане и

Моне и увлекалась йогой. Впрочем, в семье преподавателя литературы и художницы вряд ли могла родиться иная девочка.

Гена вырос в другом гнезде. Отца он не знал, мать работала в гараже диспетчером, а бабка всю жизнь просидела гардеробщицей, правда, в театре, поэтому Гена просмотрел почти весь классический репертуар. Книг он не читал, но содержание «Недоросля», «Синей птицы», «Мертвых душ» и «Преступления и наказания» мог пересказать легко.

Жил Гена не в благоустроенной трехкомнатной квартире в собственной комнате, заваленной игрушками, а в бараке, спал на раскладушке и лет с трех виртуозно ругался матом. Наверное, господь подарил ему неплохую голову, потому что Ковалев в отличие от многих «барачных» детей окончил десятилетку и имел в кармане аттестат. И ему повезло, в армию Гену не взяли, у парня оказалась такая ерундовая вещь, как плоскостопие, но в тот год, когда он подпадал под призыв, неправильная стопа еще считалась достаточным основанием для белого билета. Поэтому Гена пошел учиться в автомобильно-дорожный техникум, хотел стать механиком и устроиться в сервис.

В жизни людей огромное значение имеет коротенькое словосочетание «если бы»... Если бы в тот майский день не начался неожиданно проливной ливень, если бы Гена не пробегал именно в этот момент мимо театра, где работала бабка, если бы он не решил заскочить к старухе, чтобы переждать дождь, если бы Клавдия Васильевна не выпила в недобрый час несвежий кефир и не захотела в туалет, если бы она не попросила внука постеречь пальто зрителей, если бы Лена не опрокинула на себя в буфете стакан томатного сока и не решила уйти домой, не дождавшись конца спектакля, если бы... То ничего бы и не случилось.

Лена скорей всего бы вышла замуж за Мишу Андреева, студента консерватории, который давно ухаживал за девушкой, а Генка окончил техникум и отправился в автосервис. Лариса Григорьевна Левитина, Сергей Мефодьевич Рассказов и Катя Рамазанова остались бы живы, Жора Радько не сидел бы в тюрьме, не лежала в могиле Рита, не была бы убита женщина в розовом костюме... Судьбы многих людей изменил внезапно хлынувший майский дождь, и случилось то, что случилось.

Из театра Гена и Лена вышли вместе. Это была любовь с первого взгляда, удар молнии, чувство, которое пережили Ромео и Джульетта, Данте и Беатриче, Абеляр и Луиза.

Ради любимого человека Лена порвала с родителями, бросила благоустроенный, налаженный быт, беспроблемную жизнь и материальный достаток, ушла в барак, в жуткие условия, стала спать на продавленной скрипучей раскладушке, стоять в очереди к единственному отбитому рукомойнику и мыться в ванной по расписанию. И ради того, чтобы быть с любимым, Лена стала преступницей.

Идея украсть раритетное первоиздание поэмы Пушкина «Евгений Онегин» принадлежала ей. Да Гена и не знал, что за потрепанную книжонку можно получить такие офигенные деньги.

— Риска никакого, — заверяла его жена, — ключи профессор всегда бросает на столике у двери, я сделаю оттиск, и закажем дубликат. Потом я задержу Ивана Федоровича на кафедре, а ты спокойно войдешь и возьмешь книгу, только не перепутай, во втором ряду, за томиками синего цвета собрания сочинений А. Куприна.

— Думаешь, сойдет? — колебался Гена.

— Конечно! — с жаром воскликнула Лена. — Иван Федорович страшно беспечный, квартира его никак не охраняется, собак у него нет, родственников тоже, лифтер в подъезде отсутствует, а соседи по лестничной клетке — алкоголики. Им недосуг смотреть, кто к профессору ходит, у метро бутылки собирают, да и пьяные всегда.

— А не покажется подозрительным, что ты задержишь профессора на кафедре?

— Нет, он же мой научный руководитель, — спокойно растолковывала Лена, — вполне естественно, что мы обсуждаем детали работы.

Но Гена все еще колебался. Тогда Лена обняла мужа и сказала:

— Милый, Иван Федорович и не заметит, что у него пропал Пушкин. Он жутко рассеян, обнаружит отсутствие поэмы и решит, будто дал кому-то посмотреть. Сколько раз он при мне говорил: «Сейчас, Леночка, покажу вам нечто интересное».

Подойдет к полкам, пороется и чуть не плачет: «Куда задевалось? Небось дал кому-то! Эх, давно хочу тетрадку завести и записывать отданные книги, да все недосуг!»

А мы с тобой продадим Пушкина и купим себе квартиру, пусть маленькую, зато свою. Я больше не могу прятаться в ванной.

Как это ни покажется вам странным, но в их семейном тандеме Гена был ведомым, послушным исполнителем, подчиненным. Естественно, он согласился. Впрочем, ему казалось, что и кражей это действие нельзя назвать. Подумаешь, книжку стырить, не золото, не брильянты, не деньги...

Вначале все шло как по маслу. Гена спокойно

открыл замок, вошел в грязноватую тихую квартиру, прошел в кабинет, распахнул шкаф, порылся в пыльных томах, не сразу нашел нужный, вытащил его и тут же был скручен сотрудниками милиции. Как многих преступников, его подвел господин Случай.

Утром того дня, когда супруги наметили ограбление, к профессору приехал неожиданно его аспирант, у которого возникли проблемы с диссертацией. Иван Федорович принялся было объяснять парню его ошибки, потом вдруг вспомнил, что его ждет на кафедре Лена, и сказал:

— Вот что, голубчик, садитесь здесь, в кабинете, работайте пока, я вернусь, и продолжим.

Когда запыхавшийся Иван Федорович ворвался в помещение кафедры, Лена мигом позвонила Гене и прочирикала:

— Извини, дорогой, я не приду к тебе на работу, у нас с профессором долгий разговор.

Услыхав кодовую фразу, Гена сразу поехал по нужному адресу. Когда он открыл дверь и прошел в кабинет, аспирант сидел в туалете. Сначала ученик подумал, что вернулся учитель. Но потом он увидел сквозь стекло в двери кабинета совершенно незнакомого парня, весьма неинтеллигентного вида, который руками в перчатках рылся в книгах, и понял, что в квартиру проник вор.

Во время следствия Гена взял всю вину на себя. Лена попыталась было поговорить с мужем, но тот, всегда мягкий и податливый, проявил железную выдержку и ослиное упрямство.

— Слушай, — строго приказал он, — тюрьма и зона не место для женщины, сидеть буду я, и точка.

Впрочем, у следователя возникла парочка вопросов к Лене, но Гена мигом отмел все.

— Я сам это придумал, жена не в курсе. Пришел за ней вечером к профессору, увидел ключи и сделал оттиск. Да, о «Евгение Онегине» рассказала Лена, а что, разве запрещено говорить о том, какие книги находятся в чужих библиотеках? Нет, я задумал сдать раритет в скупку самостоятельно, хотел себе мотоцикл купить.

Как ни странно, но именно последняя фраза и убедила следователя, что Елена ни при чем. Уж она-то, без пяти минут кандидат наук, хорошо знала, что первопечатное издание А.С. Пушкина стоит намного дороже тарахтелки на двух колесах. К сожалению, старенький Иван Федорович так переволновался, узнав о краже, что умер от инфаркта. Наверное, поэтому судья оказалась особо сурова, она не обратила внимания ни на какие смягчающие обстоятельства: первое преступление, отсутствие других мужчин в семье и беременность Лены. Выслушав про искреннее раскаяние, служительница Фемиды скривилась и вломила Генке по полной программе. Когда огласили приговор, Лена упала в обморок, а на следующий день у нее случился выкидыш.

После суда жизнь Лены побежала по одному кругу: передача, свидание, посылка... Еще были письма, тетрадные листочки в клеточку, густо исписанные с обеих сторон.

Из барака Лена уехала, сняла комнату в коммуналке, устроилась на работу и стала ждать мужа. Гена на зоне не пропал, повел себя правильно и хорошим поведением заработал условно-досрочное освобождение. Снова вместе Гена и Лена оказались через пять лет. Их жизнь стала налаживаться, только катастрофически не хватало денег. Жить приходилось на съемной площади, в барак к

Клавдии Васильевне они возвращаться, естественно, не хотели. Геннадий устроился менеджером на склад медикаментов, но красивое название должности ничуть не изменило ее сути. Парень был просто кладовщиком, отпускал по накладным медикаменты. Иногда он от скуки почитывал справочники, лежащие в офисе, и изумленно говорил Лене:

— Выходит, все таблетки яд. Скушал чуть побольше дозу — и мигом на тот свет отъехал.

— Так и от пельменей скончаться можно, — усмехалась умная жена, — съел полторы сотни и заворот кишок заработал.

Потом Лене предложили перейти на работу в архив. Историку в наше время особо выбирать службу не приходится, либо отправляться в школу, либо сидеть в каком-нибудь хранилище. Лена, преподававшая несколько лет детям, настолько устала от вредных, шумных, непоседливых школьников и противных коллег-учителей, что мигом приняла предложение. Отправлялась она первый раз на новое место работы в приподнятом настроении. Оклад, конечно, невелик, но имеются хорошие перспективы, можно начать исследования, подумать о написании книги...

Полная радужных надежд, Лена вошла в комнату, и начальник стал представлять ее коллегам, естественно, в подавляющем большинстве женщинам.

— Лиц мужского пола, — улыбнулся он, — у нас только четверо: я, потом Игорь Федоров, Неколков, он, к сожалению, сейчас болен, и Георгий Андреевич Радько.

Жора оторвался от бумаг и вежливо сказал:

— Здравствуйте.

В ту же секунду Лене показалось, что земля уходит у нее из-под ног, а потолок рушится на голову. Перед ней сидел тот самый аспирант покойного профессора, человек, который вызвал милицию и дал затем показания в суде, тот самый человек, к которому Лена прибегала с плачем, умоляя сменить показания, — Жора Радько.

ГЛАВА 31

Пока Геннадий сидел на зоне, долгими бессонными ночами Лена мечтала о том, что Радько разобьет инсульт. Нет, она не желала ему смерти. Подумаешь, раз — и умер. Это неинтересно, мучиться полностью парализованным, лежать бревном, когда шевелятся только глаза, подобной жизни она хотела для человека, разлучившего ее с мужем на невероятно длительное время. В мечтах Лена видела Жору в инвалидной коляске без обеих ног или больным, мозг которого медленно съедает опухоль... Но он был вполне здоров, удачлив, имел диплом кандидата наук, производил самое благоприятное впечатление и... не узнал Лену. Впрочем, последнее совершенно неудивительно, Лена изменила прическу, покрасила волосы, сильно похудела и носила очки. Да и Жора думать забыл о той давнишней истории.

Сами понимаете, в каком настроении Лена вернулась домой.

— Ты только представь, — топала она ногами, беснуясь на кухне, — эта сволочь, засадившая тебя, этот негодяй, из-за которого погиб наш ребенок, эта жуткая гнида живет себе спокойненько и радуется... Нет! Я отомщу ему!

— Послушай, — попытался остановить жену Гена, — оставь его в покое.

— Ни за что, — решительно ответила она, и супруги в тот день первый раз довольно крупно повздорили. Решив действовать осмотрительно, Лена не стала торопиться. Через пару месяцев после ее устройства на работу у сотрудников начали пропадать деньги и драгоценности. Рубли и кольца крала Лена, бумажки она, не задумываясь, тратила, побрякушки прятала, не испытывая никаких угрызений совести. Но это была подготовительная работа. Потом наступила кульминация. Опустошив кошельки сослуживцев, Лена подложила банкноты в ящик письменного стола Радько, а потом торжественно, при всех, вытащила их оттуда. Она предвкушала дальнейшее. Сейчас обозленные архивисты вызовут милицию, будет составлен протокол, Радько задержат, отвезут в СИЗО, а потом осудят. Вот как здорово! Око за око, зуб за зуб! Пусть Жора помучается на зоне, как Гена.

Но случился облом. Начальник и Софья Львовна просят сотрудников не бросать тень на архив и не обращаться в правоохранительные органы. Делать нечего, Лене надо идти на попятный, она не хочет, чтобы на работе поняли, как она ненавидит Радько, и ей приходится согласиться с заведующим. Слабым утешением ей служит тот факт, что Жору все же выгоняют на улицу. Конечно, хорошо, что мужик остался без работы, но Лена хотела и хочет, чтобы Радько испытал адские мучения еще при жизни. Но ей остается только скрипеть зубами от злобы.

Естественно, Лена узнает, что Жора устроился работать в страховую компанию «Верико». Спустя некоторое время она приходит к Радько и делает вид, что хочет прибегнуть к его услугам.

Жора тем временем попал в сложное положение. В его жизни все начинает складываться хуже некуда. Окончательно портятся отношения с Ритой. К слову сказать, Жора всегда бегал налево, заводя себе время от времени любовниц. Рита ничего не знала, но потом на дом к ней явилась Галя Щербакова с тортом, и у Радько приключился такой скандал! Месяц Рита не разговаривала с неверным мужем, и тот не стал ей рассказывать об увольнении из архива. Да и что ему было сказать? Меня выгнали за воровство? Не те отношения существовали между супругами Радько, чтобы ожидать в этой ситуации понимания и сочувствия от Риты. Поэтому в один день Жора просто буркает:

— Дома теперь стану появляться только ночью!

— Очередную... завел, — наливается злобой Рита.

— Дура, пошел на вторую работу, в страховую компанию, агентом.

— Давно пора, — фыркает Рита, — все полегче станет, будешь теперь домой не три копейки приносить!

Хлеб агента был тяжел. Зарплату Радько не платят, приходится изощряться изо всех сил, чтобы найти клиентов. Но Жора страшно активен и находчив. За короткое время он развивает бешеную деятельность. Для начала обзванивает всех приятелей, предлагая тем застраховать имущество со скидкой, потом объезжает салоны, торгующие автомобилями, риэлтерские конторы, туристические агентства, везде оставляет свои координаты и говорит сотрудникам:

— Каждый, кто пришлет мне клиента, будет иметь двести рублей.

Через некоторое время усиленная работа дает плоды, к Радько начинает течь сначала ручеек клиентов, потом река, следом бурный поток.

Звонку Лены Жора не удивился. Правда, из бывших коллег он звонил только своей любовнице Щербаковой, да и та отказалась от услуг «Верико». Но Жора не думает ни о чем плохом. Галя дружит с Леной, значит, рассказала той о его предложении.

Лена приходит в «Верико» только с одной целью, подвести Жору под удар. Сначала она думала действовать, как в архиве. Спереть у кого-нибудь кошелек, засунуть к ненавистному мужику в портфель... Но сразу становится понятно, что так действовать не получится. Одно дело, если работаешь вместе с «подставляемым», другое, когда приходишь ненадолго к нему в кабинет. Да и в тот день в комнате никого, кроме ее и Жоры, не было. Приходиться оформлять совершенно ненужную страховку квартиры. И тут Радько сам подсказывает Лене, как действовать.

— Наша действительность очень напряженна, можно попасть в больницу, — начинает он подбивать Лену на другой расход.

Она слушает рассказ о страховании жизни, узнает, какие гигантские суммы могут получить родственники, обещает подумать и уходит домой. В голове у нее вертятся какие-то неоформившиеся идеи, смутные планы. Она понимает, что может сильно навредить Жоре, но пока не соображает как.

Если человек постоянно, упорно, неотвратимо думает о решении какой-то задачи, рано или поздно он находит ответ. Ньютону сформулировать закон всемирного тяготения помогло яблоко, упавшее на голову, Менделеев увидел свою таблицу во сне. Сами понимаете, что фрукты не раз падали на людей, а спим мы каждую ночь, но что-то не становимся великими учеными. Просто Ньютон и Менделеев постоянно думали о решении своих задач. Попробуйте, допустим, целыми днями размышлять, где купить собаку с розовой шерстью в черную клеточку. Возжелайте такое животное всей душой, не спите, не ешьте, не пейте, представляйте, как она, похожая на розовую с черным шахматную доску, входит в ваш дом, мечтайте, надейтесь. Сто против одного, что через месяц вы возьмете белую болонку, пакетик с краской и... понятно? Если человек чего-то страстно хочет, он найдет способ получить любую вещь.

У Лены желание отомстить Жоре превратилось в фобию, приняло ненормальные размеры. Ложась спать, она представляла себе, как Радько сидит в камере, где его избивают сокамерники. Просыпаясь утром, она чуть не рыдала от злости, начинается еще один день, а ненавистный мужик жив, здоров и невредим. Об этом состоянии души хорошо сказал Лермонтов:

«Он знал одной лишь думы власть, одну, но пламенную страсть...»

Однажды вечером, возвращаясь домой, Лена видит в своем доме, на лестнице, небольшую мужскую сумку. Несмотря на категорические предупреждения не трогать оставленные без присмотра предметы, женщина берет барсетку и находит в потайном кармашке стопку рецептов и небольшую печать.

Гена, которому она показывает находку, говорит:

— Мечта наркомана.

— Почему? — удивляется жена.

— По этим рецептам, да еще имея печать врача, можно запросто получить наркотики.

— Как же сумка оказалась у нас на лестнице? — недоумевает Лена.

— Где она лежала?

— Валялась под батареей.

— Небось барсеточники бросили, — поясняет хорошо знакомый с воровским миром Гена, — деньги забрали, а рецепты с печатью не заметили, торопились очень.

Лена прячет находку, плохо понимая пока, зачем она ей нужна. Спустя некоторое время жизнь сталкивает ее с Люсей Рассказовой. Вернее, они знакомы давно. Алла Даниловна Рассказова, подруга покойной матери Лены, и Люсю Леночка знает буквально с рождения.

Лена отправляется в магазин, желая купить себе платье, устает от долгой беготни по отделам, заходит в кафе и сталкивается с Люсей. После бурных объятий и поцелуев Лена говорит:

— Сто лет не виделись, как живешь?

— Ужасно! — восклицает Люся и начинает бурно жаловаться на своего отчима Сергея Мефодьевича Рассказова.

— Извел меня, — плачется Люся, — запрещает ходить на дискотеки, носить мини-юбки, друзей моих из дома гонит, только мама денег мне даст, начинает орать: «Лоботряску балуешь, пусть работать идет».

Лена молча слушает жалобы, и внезапно в ее голове оформляется план.

— Говоришь, он скоро ложится в больницу? — медленно спрашивает она.

— Ага, — вздыхает Люся, — хоть бы подох.

— Давай созвонимся через два дня, — предлагает Лена, — есть возможность тебе помочь.

За сорок восемь часов Лена развивает бешеную деятельность, и в среду, встретившись вновь с Люсей, объясняет ей, что надо сделать. План прост.

Следует уговорить Сергея Мефодьевича застраховать свою жизнь в «Верико», потом он благополучно умрет.

— Деньги поделим пополам, — требует Лена.

На самом деле вся история затевается не из-за рублей, но Люсе об этом знать не следует.

Люсенька мигом придумывает, как поступить. Говорит Сергею Мефодьевичу:

— Знаешь, папа, ты прав. Пора мне работать, я и место нашла, в страховой компании. Только человек, который мне протежирует, поставил условие, чтобы я привела ему клиента для страхования жизни, давай на тебя страховку оформим.

Сергей Мефодьевич — художник, человек страшно далекий от мира криминала. Детективы он не читает, всяческие газеты, пишущие о преступниках, в руки не берет, живет в своем мире, к тому же он хорошо обеспечен и искренне хочет помочь падчерице.

Лена потирает руки и звонит Радько. Она считает, что ненавистный Жора оформит бумаги Рассказова. Потом Сергей Мефодьевич скончается, страховка будет получена и поделена между Люсей и Леной. Свою часть Леночка спрячет в квартире Радько. Напросится к нему в гости и сунет в незаметное место. А потом она позвонит в милицию и анонимно сообщит об убийстве Рассказова. Все получится классно: страховку оформил Жора и у него нашли деньги.

...Вначале все шло как по маслу. Сергей Мефодьевич пришел в «Верико» к Радько, но... Именно в этот день Шурик Нестеренко чуть не со слезами на глазах просит у Жоры денег в долг, и мужик, пожалев недотепу, дарит ему клиента.

Обрадованный Нестеренко оформляет страховку, но Люся и Лена не знают, кто составлял документы. Первой все равно, а второй и в голову не может прийти, что Радько настолько жалостлив.

Потом под видом психиатра В.К. Лазаренко Лена приходит в больницу и «угощает» Рассказова лекарством. Хитрая женщина специально изучает справочник лекарственных препаратов, а достать нужный не составляет труда. У нее имеются бланки рецептов и печать врача.

К общей радости, задуманное легко осуществляется. У Сергея Мефодьевича на самом деле очень больное сердце, его готовят к операции по шунтированию, кончина человека с таким недугом не вызывает ни у кого удивления. Зато неприятный сюрприз ждет Лену, когда она узнает, кто страховал Рассказова. Не успевает она обозлиться, как приезжает Люся и просит:

— Мы можем помочь моей подруге Олесе? Мать доводит ее до ужаса, жить не дает, прямо заела. Но только деньги поделим на троих: тебе, мне и Олеське!

Лена вновь звонит Жоре. Но тот, чувствуя свою вину перед Шуриком Нестеренко, опять дарит клиента ему.

Лариса Григорьевна Левитина тоже тяжело болела, но еще она была хорошей ясновидящей. Женщина знала, что скоро умрет, и понимала, кто задумал убийство. Но сопротивляться не стала. Если родная дочь решила убить ее, то так тому и быть. Лариса Григорьевна верила в карму, а жить ей после того, как она поняла, что задумала Олеся, совершенно не хотелось. Поэтому стоило дочери заикнуться о страховке, как мать пошла в «Верико».

И опять выходит облом. Вернее, все проходит как по маслу — Левитина мертва, деньги получены и поделены, но Радько вроде опять как бы ни при чем. Лена зла до крайности. Что же это получается? Она убила двоих людей, и все зря? Но тут ей опять звонит Люся:

— Есть клиент.

Принято считать, что маньяки, как правило, мужчины. В сознании обывателя серийный убийца — это дядька, прячущийся в лесополосе с топором за поясом. Но мировая история преступности хранит много имен лиц слабого пола, решивших по той или иной причине убивать себе подобных. Элен Тейлор из Америки преспокойненько уничтожила около двенадцати человек, ей не понравилось, что жюри карнавала присудило приз за лучший костюм не ее дочери, а другой девочке. В результате погибли счастливая призерка, ее брат, родители и большинство членов жюри. Француженка Анна-Мари Колорье отравила девять человек, посчитав их виновными в том, что ее брак с Гастоном Колорье развалился. На фоне этих двух дам весьма бледно выглядит венгерка Рута Лендделл, та отправила на тот свет всего-то троих преподавателей, «заваливших» ее на вступительных экзаменах в институт.

Лена медленно превращалась в хладнокровную убийцу. Смерть Рассказова и Левитиной ее совершенно не взбудоражила. Они были лишь пешками в игре. Поэтому предложение «помочь» Рамазановой воспринимается Леной с радостью. Ну теперь-то Жоре не отвертеться.

Мать Рамазановой, любящая младшую дочь Алену и совершенно забросившая Катю, абсолютно спокойно решает принести в жертву старшего ребенка. Она подбивает Катюшу застраховаться, просто говорит ей:

— Давай сходим в «Верико», там есть приятель. Оформим на тебя документы, а через полгода он сделает так, что мы получим деньги, помоги спасти Алену.

Молодая, наивная Катя охотно соглашается. Ей в голову не приходит спросить у матери: а почему мы получим деньги? Или: отчего ты не хочешь оформить страховку на себя? Нет, Катенька идет в «Верико». И здесь Жора отдает ее Шуре со словами:

— Уж не знаю, как получилось с теми двумя, но эта молодая, здоровая, считай, я таким образом извиняюсь.

Катя говорит матери, что поедет оформлять страховку во вторник, но потом у нее меняются планы, и девушка приезжает в «Верико» в понедельник. В этот же день Лена делает основную ошибку: боясь неудачи, звонит Жоре и говорит:

— Пора делиться.

— Чем?

— Третьего клиента тебе отправляю, неужели мне не положено вознаграждение?

— Хорошо, — соглашается Жора, — посылай и дальше, будешь иметь процент. Только первых двух я подарил Нестеренко.

— Рамазанову не отдавай, — настаивает Лена, — иначе не стану на тебя работать, кстати, я имею список из двадцати клиентов.

Она врет, но Жора этого не знает.

— Хорошо, — быстро говорит он, — завтра дам тебе триста рублей, присылай других.

Отнять Рамазанову у Шурика Жора уже не может, но, чтобы не потерять других клиентов, Радько заверяет Лену, что сам страховал Катю. Лена в восторге: ну наконец-то все идет, как надо. Мать Рамазановой по приказу убийцы начинает подмешивать дочери в еду таблетки, повышающие давление, у Кати начинаются сильные головные боли, ей ставят гипертонию, кладут в больницу... Представляете, что стряслось с Леной, когда она узнала, что бумаги Кати оформлял все тот же Шурик?

В гневе она разбила окно в кухне, треснула по стеклу кулаком.

Ей предстояло искать нового клиента. Этим занялась Люся, которой очень понравился необременительный способ заработка. Просто дать телефон В.К. Лазаренко, и все. Кстати, именно для этой цели и куплен мобильный. Лена оформляет его не на себя, ей кажется, что она поступает хитро, делая покупку на имя В.К. Лазаренко, но вот со счетами дает промашку: называет адрес Клавдии Васильевны, и приходится Гене раз в месяц мотаться к старухе, чтобы забрать бумаги. Кстати, муж пока не в курсе того, что делает жена. Супруга преспокойно обманывает его, заявляя:

— Смотри, я нашла телефон. Дорогая штучка, оформим в магазине контракт, счета будут приходить к бабке.

— Почему к ней? — удивляется Гена.

— Так ведь потерял кто-то, — смеется Лена, — заявит на фирму, вдруг искать станут? Придут к бабке, какой с нее спрос?

Объяснение не выдерживает никакой критики, оно шито белыми нитками. Как обнаружить, что звонят именно с украденного телефона? Бред! Но простоватый Гена спокойно соглашается:

— Лады. Все равно старуху навещать надо, буду забирать извещения.

Гена обожает Лену, считает жену самой прекрасной, самой замечательной, самой умной. Раз Ленусик так придумала, значит, правильно. Тем временем Жора Радько, который в отличие от Гены умен, призадумывается. Хорошо, пусть смерть Рассказова случайность, ладно, кончина Левитиной тоже, но Рамазанова? Не слишком ли много совпадений? Жора лезет в архив, изучает копии историй болезни несчастных, находит запись про консультанта-психиатра В.К. Лазаренко. Потом он припоминает, что этих троих клиентов прислала Лена, пару дней размышляет и понимает суть аферы. Только он не знает, что «психиатр» и его бывшая коллега одно и то же лицо, и совершенно не подозревает об истинных мотивах, которые движут Леной. Радько считает, что вопрос упирается в деньги. Но вожделенные хрустящие бумажки нужны и ему, поэтому Жора звонит Лене и сообщает:

— Ты права, делиться надо! Отдавай мою долю.

— Какую? — обалдевает Лена.

Жора выкладывает ей правду и добавляет в самом конце:

— Имей в виду, истории болезней скопированы на дискету, хочешь получить ее, гони бабки, пожадничаешь, отправлю информацию на Петровку.

Лена пугается и рассказывает все Гене. Парень сначала ужасается, но потом лихорадочно начинает думать, как спасти любимую жену. Она стала ему еще дороже, ведь на страшные преступления Лена пошла только ради того, чтобы отомстить за мужа.

— Успокойся, — говорит Гена, — сделаем так!..

ГЛАВА 32

Лена звонит Жоре и мило щебечет:

— Хорошо, станем работать вместе. Твое дело оформлять страховки, мое все остальное.

Они немного спорят из-за процента «наградных». Жора требует тридцать, Лена, ссылаясь на большие накладные расходы, дает лишь двадцать, наконец они сходятся на двадцати пяти, и Лена сообщает:

— Завтра, у памятника Пушкину. Ты отдашь кассету, только придет моя помощница Лариса, она отведет тебя на квартиру за деньгами.

На самом деле Жору должен встретить Гена, увести в малолюдное место и там убить. На зоне Геннадий узнал много интересного, в частности, что заточкой лишить жизни человека можно за пару секунд, жертва даже не вскрикнет.

Но Радько словно бог бережет. Когда он поздним вечером, даже ночью, идет домой, на него налетают бомжи, решившие поживиться за счет прилично одетого прохожего.

Олег остановился и посмотрел на меня.

— Ты помешала маргиналам. Жоре сломали нос и довольно крепко избили. Он отдает тебе дискету и уезжает в больницу. Жора делает глупость, ему не следовало вмешивать в щекотливое дело посторонних, надо было подумать и о деньгах, но после драки у Радько плохо с соображением, отсюда и глупость, которую он допускает. В полубессознательном состоянии Жора звонит Лене и бормочет:

— Придет моя подруга, встанет у памятника, с журналом «Отдохни», ей все передай, я болен.

Встревоженный Гена едет на встречу, но ты путаешь издания и держишь «Лизу», к тому же ждешь женщину Ларису и не обращаешь внимания на парня, нервно ходящего по площади. Встреча не состоялась.

Гена возвращается домой с неутешительным известием: Жора пропал, никакая подруга не пришла. На следующий день Ковалев берет одного из своих приятелей и едет на квартиру к Радько. Дверь его напарник открывает легко, Гена знал, кого позвать. Этот знакомый отсидел за домушничество. Думая, что дискета в квартире, парни обыскивают почти все, кроме спальни, просто не успевают, боятся, что Рита придет с работы.

Лена тем временем ищет по больницам Жору. На работе его нет, дома тоже, может, парень не соврал? К ее огромному облегчению мужчина находится в Склифосовского. Вечером Гена едет в Институт скорой помощи. И опять Радько спасает счастливое стечение обстоятельств. Он выходит в туалет, и дежурная медсестра говорит ему:

— К вам брат идет, звонил снизу, очень просил пустить в неурочный час.

Жора понимает, что его хотят добить. Полежав денек в больнице, он приходит к выводу, что драка была не случайной, бомжи явно искали дискету, да еще прибегает со слезами Рита и рассказывает о разгромленной квартире. К тому же никаких братьев и сестер у него нет. Сложив все обстоятельства вместе, Жора прямо в тренировочном костюме и тапках убегает. Гена опять уходит ни с чем.

На следующий день Лена посылает мужа доделать дело, спальня-то не обыскана. Парни, думая, что хозяйка на работе, спокойно входят в квартиру и натыкаются на Риту, разгуливающую в одних трусах по кухне. Она попросила лишний выходной, чтобы успеть убрать разгром.

Рита начинает визжать, и ее убивают.

— Но сосед по палате сказал, что Радько ушел с приятелем, — прервала я мужа.

— Перепутал, Гена сунулся в палату, спросил, где Жора. А когда явилась ты, мужик ничтоже сумняшеся сообщил, будто Радько уехал с другом.

— И куда же он делся?

— Сначала сидел на вокзале, а потом вспомнил про одну из своих бывших любовниц, женщину одинокую и совершенно свободную.

Днем, дождавшись, пока любезная хозяйка уйдет на работу, Жора начинает разыскивать Риту. Он не хочет, чтобы жена, явившись в Склифак, подняла крик, поэтому решает сказать ей, что в клинике в связи с эпидемией гриппа объявлен карантин. Ритка не слишком заботлива, она только обрадуется, поняв, что не надо навещать супруга. К его огромному удивлению, по домашнему телефону отвечает мужской незнакомый голос:

— Маргарита Радько убита, в квартире милиция.

Жоре делается дурно от ужаса. Не назвавшись, он отсоединяется и начинает думать, как поступить.

Олег вытащил сигареты, закурил и, выпуская дым, продолжил:

— В конце концов он решается. Звонит сначала тебе, узнает, что дискета не отдана, перезванивает Лене и говорит, что искомую вещь принесет женщина в розовом костюме, конверт будет вложен внутрь журнала «Космополитен».

И вновь к памятнику является Гена. Только на этот раз у монумента уже стоит дама, Ольга Перфилова, одетая в розовый костюм, с журналом «Космо» под мышкой. Перфилова нервничает, ей предстоит развод с мужем, раздел имущества, и она ждет адвоката бывшего супруга, чтобы передать ему свои требования, изложенные на бумаге.

Гена трогает ее за плечо.

— Простите, кажется...

Он не успевает договорить. Взвинченная Перфилова мигом истолковывает ситуацию по-своему и сообщает:

— Хорошо хоть не опоздали, давайте сядем, надо многое обсудить.

Они устраиваются на лавочке, и происходит диалог, в который каждый вкладывает свой смысл.

— Сколько я получу? — интересуется Ольга.

— Вполне достаточно, — отвечает Гена.

— Назовите сумму!

— Пока не могу.

— Тогда имейте в виду, я пойду куда следует!

— Тысяча долларов, — брякает Гена.

— Издеваетесь, да? — вспыхивает Ольга. — Как минимум сто тысяч. Имейте в виду, я знаю кое-что этакое, так и передайте, не заплатит, мигом двину куда следует.

Она имеет в виду налоговую инспекцию, где собирается рассказать обо всех источниках доходов бывшего муженька, но Гена решает, что речь идет о милиции, и мигом принимает решение. Воткнув в женщину заточку, он выхватывает из ее ослабевших рук «Космополитен» и уходит.

Но опять сокрушительная неудача. Внутри дурацкая бумажка со списком: мебель из гостиной, машина, дача, часть квартиры, ежемесячные алименты... Тут только до Гены доходит, что убита не та жертва. Лена чуть не заболевает от злости: где искать Жорку? Через некоторое время ей приходит в голову поистине гениальная идея. Жора же звонил им домой, значит, в памяти определителя имеется номер его телефона! Узнать адрес не представляет труда. Через три дня Лена держит в руках бумажку с названием улицы, дома и квартиры. Потом она звонит по телефону. Жора, думающий, что его берлога никому не известна, спокойно отвечает:

— Слушаю!

Лена быстро отсоединяется. Прекрасно, птичка в клетке, осталось только подослать кошку, чтобы та слопала глупую канарейку.

На этот раз Лена решает не отправлять на дело Гену, он уже ошибся, еще спугнет Радько. Нет, у Леночки лучший план. Натравить на Жору милицию. Надо позвонить анонимно на Петровку и рассказать, что Жора убил Риту из ревности к участковому инспектору Крысову.

— Откуда она про это знает? — подскочила я.

— Так она дружит с Щербаковой Галиной. Вот Галочка и поделилась с подругой информацией о жене Радько и ее любовнике.

Однако самостоятельно звонить на Петровку Лена боится. Еще вычислят не дай бог. Пару дней она колеблется, как поступить, и тут господь посылает ей шанс!

Олег раздавил окурок в консервной банке.

— Ты звонишь и спрашиваешь В.К. Лазаренко. Лена мигом сообразила, что телефон дала Люся, только она знает этот номер. Но Лене больше не нужны клиенты, Жора прячется, в страховой компании он появится не скоро. Мигом в ее голове зреет решение, и она быстро врет про Америку, умоляет позвонить в уголовный розыск...

— Но это же глупо! — воскликнула я. — Большего идиотизма я в жизни не встречала.

Олег тяжело вздохнул.

— Если бы преступники вели себя безупречно, их бы было не поймать. Рано или поздно все начинают делать ошибки, глупости и нести чушь. Ну зачем Гена звонит Радько и, поняв, что дома никого нет, наговаривает на автоответчик целую речь, а? Это же улика! Он же не мог предположить, что ты ткнешь шаловливым пальчиком не в ту кнопочку и сотрешь запись! Кстати, Лена и до разговора с тобой по телефону вела себя не слишком умно. Ну зачем она под видом психиатра В.К. Лазаренко ходила в клинику и сама раздавала таблетки обреченным? Ну подумай, сколько свидетелей ее видели. Врачи, медсестры, родственники.

— Действительно. А зачем?

— Ненависть затмевает мозг. Уж очень Лене охота сжить Жору со свету. Кстати, вполне вероятно, что соответствующая экспертиза признает ее невменяемой. Ну не способен нормальный человек на такое патологическое чувство. Помнишь, ты, придя в архив, рассказала историю о протечке?

— Да.

— Лена ведь мигом понеслась, чтобы найти телефон нового места работы Галины Щербаковой.

— Почему же сразу она не сказала, что Жора устроился в «Верико»?

— Ну это, пожалуй, понятно. Не желала, чтобы Софья Львовна знала о том, что она была у Радько. Но, если бы Щербаковой не оказалось на месте или не расскажи она про агентство, я уверен, Лена бы в конце концов сама «вспомнила» о «Верико».

— Но зачем она мне помогала?

— Да говорил же я! Лена рада любой возможности сделать Жоре гадость. А тут его ищет тетка, желающая стребовать деньги. Лена-то знает, что Радько никуда не уезжали, что он сбежал из больницы, ей хочется, чтобы ты явилась в «Верико» и стала бегать по коридорам, заглядывать во все кабинеты и вопить:

— Где Радько? Он мне должен деньги! Негодяй!

Пустячок, а приятно. Так что глупостей она делает много. Что же касается таблеток... Понимаешь, и Люся, и Олеся, и мать Кати спокойно приняли решение отправить своих родственников на тот свет. Но и первая, и вторая, и третья категорически отказались сами протянуть жертвам последнюю, решающую смертельную дозу. То ли испугались, то ли не захотели чувствовать себя убийцами. По мне так все равно, убил ты лично или нанял киллера. Но кое-кто считает по-иному, поэтому Лена сама раздает лекарства. Она сделала много неверных шагов, ее страшно злит, что Жорка постоянно выскальзывает из рук, а тут звонит некая Виола Тараканова! «Клиенты» Лене больше не нужны, и она мигом устраивает спектакль. Ты ведь не говорила в архиве, как тебя зовут?

— Нет.

— Вот видишь! Имя Виолы Таракановой не вызывает никаких ассоциаций. Через пару дней Лена узнает, что Жора арестован, и ликует. Впрочем, радуется она недолго. Звонит Клавдия Васильевна и сообщает, что к ней приходила в гости страшно любопытная особа, оператор по расчетам из «Билайн», и пыталась узнать адрес внука. Лена делает стойку. Она великолепно знает, что телефонные компании никогда никого не посылают на дом к злостному неплательщику, просто отключают тому телефон. На какой-то миг Лене делается жутко, она понимает вдруг, что счет — это та ниточка, которая может привести к ней. Самое интересное, что Лена на самом деле не заплатила за телефон. Он ей больше не нужен; она не собирается работать «психиатром В.К. Лазаренко», поэтому попросту решает не тратиться зря. Мобильный — дорогое удовольствие, тем более если он с прямым номером. Вот Леночка и экономит, телефон, естественно, отрубают от сети. И тут вдруг звонок старухи! Да еще Клавдия Васильевна сухо роняет:

— Елена, тебе придется купить мне новый холодильник!

— Почему? — удивляется жена внука.

— Иначе, не ровен час, сболтну кому, чей телефончик!

Хитрая Клавдия Васильевна поняла, что Лена от кого-то прячется, и хочет извлечь выгоду из создавшегося положения. Только зря она роняет последнюю фразу, потому что Гена опрометью несется в барак с тортом, который нафарширован сердечным лекарством. Клавдия Васильевна умирает от инфаркта.

Я только хлопала глазами.

— Вот только не пойму, — почесал затылок Олег, — отчего Гена кинулся за тобой? Что ты им сказала?

Я пожала плечами.

— Сама не знаю, мы весьма мирно беседовали, потом я случайно сообщила, что меня зовут Виола Тараканова... Лена подхватилась и убежала!

— Ясно, — протянул Олег, — она поняла, что

дело нечисто! Женщина приходит в архив и рассказывает про протечку. Потом незнакомка звонит «психиатру», и вот сейчас выясняется, что это одно и то же лицо, да еще сидишь ты под их домом. Да уж! Угадай, что бы сделал с тобой Гена, окажись он порасторопней? Страшно подумать, где была бы сейчас моя жена, не остановись сразу рядом с ней машина. Понятно тебе, где состоялась бы наша встреча?

— В морге, — пролепетала я.

— Умница, — кивнул Олег, — мне приятно, что теперь наконец ты все поняла.

— Нет, не все.

— Что еще?

— Кто убил Крысова? Тоже Лена? Но его-то зачем?

Олег покачал головой.

— Нет, участкового инспектора лишил жизни трижды судимый Вадим Глотов. Смерть милиционера не имеет никакого отношения ни к Радько, ни к Лене. Хотя тот факт, что Рита была его любовницей, сначала насторожил следственную бригаду. Потом выяснилось, что недавно освободившийся Глотов встретил Крысова и затеял выяснение отношений.

Секунду я сидела молча, потом из глаз потекли слезы. Олег обнял меня и прижал к себе.

— Ладно, котик, успокойся, все позади. Я, правда, твердо уверен, что через какое-то время ты вновь полезешь в очередную авантюру, но пока все. Кстати, ты постоянно просила рассказать о каком-нибудь деле. Вот, пожалуйста, пиши!

Я встала, опять вытерла лицо занавеской и промямлила:

— Тут материала на целый роман.

— Так за чем дело стало? Ваяй детектив.

Я уставилась на Олега.

— Знаешь, это никогда не приходило мне в голову.

— А зря, — мигом ответил муж, — станешь одной из дам, которые строчат криминальные романы. Обещаю содействие и помощь. Кое-кто из писателей путает понятия «следователь» и «оперативный уполномоченный», кое-кто считает, что эксперт один, а их много...

— Но у меня нет таланта!

Олег фыркнул.

— Подумаешь, сначала напиши, а там посмотрим. Да и мне спокойней будет. Жена, расследующая преступления на бумаге, намного лучше супруги, возомнившей себя мисс Марпл в действительности.

Я посмотрела в окно, за которым поднималось радостное солнце. А что, может, Олег прав?

ЭПИЛОГ

Лена и Гена пытались убежать из Москвы, но их поймали. Оба были признаны виновными и получили по полной программе. Гена двадцать пять, а Лена пятнадцать лет. На мой взгляд, Ковалев намного меньше виноват, чем его жена, придумавшая весь этот ужас. Но наша Фемида проявляет гуманность по отношению к лицам слабого пола, поэтому Геннадию придется провести на зоне на десять лет больше. К разным срокам были приговорены Люся и Олеся. Мать Кати Рамазановой пока спокойно живет в Америке, насколько знаю, ее хотят доставить в Москву через Интерпол, но новый муж Рамазановой, американский гражданин, нанял кучу адвокатов, которые пока весьма успешно тормозят процесс выдачи преступницы.

Дождливым июньским днем мы всей семьей в полном составе, вместе с Никитой и Томочкой, явились в загс. Света и Туся выглядели сногсшибательно. По случаю бракосочетания они сшили себе умопомрачительные платья и напоминали цветы. Света в пышном красном наряде была как пион. Туся, надевшая узкий темно-фиолетовый костюм, походила на ирис. Женихи, естественно, влезли в черные костюмы, белые рубашки и украсились галстуками. Кочерга чувствовал себя нормально, а Коля страшно нервничал, поминутно засовывал указательный палец левой руки между накрахмаленным воротничком и шеей, пытался ослабить узел галстука и шептал:

— Меня эта селедка удушит.

На крыльце, у парадной двери, возникло легкое замешательство. Женихи и невесты заспорили, потом Коля подошел к Олегу.

— Дай рубль!

— Зачем? — удивился Куприн.

— Надо.

Я ухмыльнулась, значит, они все же решили бросать монетку.

— На, — Ленинид протянул Николаю целковый.

Через минуту Света взяла под руку Владимира Николаевича, а Туся Николая.

В зал бракосочетаний мы вошли плотной толпой. Света и Кочерга подошли «брачеваться» первыми.

— Уважаемая Малофеева Валентина Николаевна и Кочерга Владимир Николаевич, — завела пышногрудая тетка в слишком обтягивающем телеса костюме, — сегодня вы вступаете в брак...

— Я Федоськина Светлана Михайловна, — возмутилась невеста.

Сотрудница загса слегка растерялась и быстро глянула в документы.

— Простите, но в анкете стоит Малофеева.

— Это я, — сказала Туся, — только выхожу замуж за другого.

— Ага, — забормотала тетка, — перепутали, значит, документы, Кочерга и Малофеева — это вы?

— Кочерга тут, — сообщил Владимир Николаевич, — а Малофеева там. Около меня Федоськина.

— Ничего не понимаю, — затрясла уложенными в башню волосами дама.

— Да вы и не пытайтесь, — вздохнула я, — они поменялись.

Тетка стала красной-красной.

— Поменялись? Это как?

— Ну просто. Кочерга женится на Федоськиной, а Малофеева хочет стать супругой Николая, распишите их по-быстрому.

— Это вы издеваетесь, да? — посинела служащая. — Я отказываюсь проводить церемонию в таких условиях.

Я хотела было возмутиться, но тут Ленинид быстро подошел к даме и зашептал ей что-то на ухо.

— А-а-а, — протянула та, — ясненько. Итак, Кочерга и Федоськина. В этот торжественный день...

Действо покатило по накатанным рельсам.

— Что ты ей сказал? — тихо спросила я у Ленинида.

Папенька хмыкнул.

— Жених работает на телевидении, нас снимает скрытая камера, потом покажут на всю страну, как в загсе ругаются.

Я перевела взор на служащую. Та, радушно улыбаясь, говорила речь. Ай да Ленинид, такое не всякому придет в голову.

— Вилка, — толкнул меня в бок муж, — тебе не кажется, что в нашу семью, как комары на свет, слетаются сумасшедшие. Поменяться невестами на пороге загса!

Я посмотрела на Олега.

— Ты считаешь, что лучше это сделать после регистрации? И потом, ну что за мужской шовинизм! Поменяться невестами! Насколько я знаю, все наоборот. Дамы сделали рокировку женихов.

— В конце концов, — зашептал Ленинид, — они всегда могут поменяться женами.

— Ну это уж слишком, — возмутился Олег, — неужели, Вилка, ты тоже так думаешь!

— Нет, у меня другие мысли.

— Какие?

— Очень хорошо, что мы от них наконец-то избавились. Сегодня вечером можно будет ходить дома в халате.

Из динамиков полился марш Мендельсона, возмущенно заорал разбуженный Никита. Он легко перекричал магнитофон. Под несмолкаемое крещендо мы вышли во двор.

— Хорошо-то как, — с чувством произнес Кочерга.

— По мне так сумасшедший денек, — вздохнул Олег.

Внезапно ливень прекратился, тучи раздвинулись, ярко засияла радуга.

— Жену следует нести к машине на руках, — сообщил Ленинид.

— Не надо, — быстро сказала я.

Но Кочерга и Николай уже подхватили женщин.

— Где тачка? — спросил Ленинид.

— Вот тут поставил, — растерянно ответил Сеня.

— Похоже, угнали, — протянул Олег и схватился за мобильный.

Я посмотрела на присутствующих. Кочерга и Коля держали на руках «молодых» жен, им было явно тяжело, но мужики не собирались отпускать супруг. На руках у Томочки заливался криком принаряженный в кружевную шапочку Никитка, Семен растерянно топтался на том месте, где стояла угнанная машина, Олег объяснялся по мобильному с коллегами из ГИБДД, а над нашими головами ярко сияла радуга. Внезапно мне стало смешно. Олег прав, мы приманиваем сумасшедших людей и постоянно попадаем в идиотские ситуации.

Хождение под мухой

——————————————— главы из нового романа

ИРОНИЧЕСКИЙ ДЕТЕКТИВ

Жизнь ужасно несправедлива. Одной достается красота, счастье, удачливость, другой не перепадает ничего. Но потом богиня судьбы спохватывается и разом забирает у первой все.

Надюшке Киселевой мы завидовали всегда, и было чему. Хороша она так, что даже бродячие собаки останавливаются, чтобы посмотреть ей вслед. Еще в школьные годы все понимали, что Надька выскочит замуж лет в восемнадцать, потом разведется, а затем начнет бесконечно менять спутников жизни, подыскивая достойного. Но Надя поступила в медицинский и, несмотря на то, что вокруг нее вечно роились кавалеры, по гулянкам не носилась. Став детским врачом, Надюша попала в поликлинику, где в основном работали женщины. Одним словом, когда ей исполнилось двадцать семь, народ начал считать Киселеву старой девой.

«Провыбиралась, — желчно констатировала Анюта Шахова, — все, теперь каюк, мужикам подавай молоденьких».

Но Надя удивила всех. Поехала отдыхать в Крым и вернулась с кавалером. Да с каким! Красавец, умница и тоже врач.

— Погодите, девки, — злилась Анюта Шахова, — курортные романы, они такие. Поверьте мне, старой, стреляной лисе, у этого Богдана небось имеется парочка бывших жен, штук шесть детей и мамаша с гипертонией.

Но Надюшке, как всегда, повезло. Богдан оказался сиротой, никаких жен и ребятишек в анамнезе не имел и просто сох по Киселевой. Сыграли свадьбу, Анюта Шахова была свидетельницей. Я несла букет невесты, потом гуляли целую ночь в ресторане «Прага».

— Долго Надька бобра искала, — шепнула мне Анюта, — мы-то дуры, все в любовь играли́сь, и что? Сидим теперь в дерьме по уши, с детьми, без алиментов. А Надюха хитрая. В молодости нагулялась, теперь в ярмо полезла. Эй ты, Лампа, чего молчишь?

Я пожала плечами. А что ответить? С Надюшей я знакома с детства. Мы жили с ней на одной лестничной клетке, но почему-то не стали лучшими подругами. Может быть, от того, что были тотально заняты? Я ходила в музыкальную школу, а Надя в спортивную секцию. Она и в детстве была очень красива, но, в отличие от милых женщин, рассчитывающих только на внешность, Киселева обладала железной волей и целеустремленностью. В молодости она не гуляла, а училась, наверное, за хорошее поведение господь и наградил ее таким мужем, как Богдан. Одна беда, дети у них никак не получались. Надя очень переживала, а Богдан всем говорил:

— Зачем нам ребятишки? У меня Надюша есть.

— Бывает же людям счастье, — заявила один раз Шахова, — ни пеленок, ни ботинок, ни воплей... Вот уж везет, так везет.

Причем ляпнула она это прямо в лицо Наде, на каком-то семейном празднике, куда была приглашена в качестве лучшей подруги. Надежда ничего не ответила, а я возмутилась:

— Думай, что говоришь!

Анюта фыркнула и отправилась курить на балкон.

— Ей бесполезно делать замечания, — улыбнулась Надя, — не порти себе нервы.

— Как ты можешь с такой дружить? Она тебя ненавидит.

— Ну, это сильно сказано, просто Анюта слегка завидует тем, у кого жизнь складывается удачнее, чем у нее, — спокойно ответила Надюша, — мне жаль Нюшу.

В этом высказывании вся Надя. Что же касается везения, то удача пошла к Киселевой непрерывным потоком. Сначала они с мужем написали кандидатские диссертации, а в 1996 году открыли частную лечебницу. Несмотря на огромную конкуренцию в мире медицинских услуг, дела у них завертелись на зависть многим. Надя и Богдан оделись, купили дорогие иномарки, начали ездить по три раза в год отдыхать в Испанию, и было очевидно, что всех заработанных денег им не потратить никогда. Казалось, у Нади не жизнь, а масленица. Но девять дней тому назад все разом кончилось.

Богдан вместе со своим заместителем Егором Правдиным отправились по делам за город, подробности того, что произошло потом, мне неизвестны. Знаю только, что по дороге, почти на въезде в Москву, у них отчего-то загорелась машина, «джип», хороший, дорогой, практически новый автомобиль. Он принадлежал Богдану, и сам хозяин находился за рулем. Егор успел выскочить, а водитель нет. Обгоревшее до головешки тело Богдана достала служба МЧС. Мы похоронили его на Митинском кладбище, вернее, сожгли то, что осталось, в крематории.

Надя держалась изумительно. Анюта Шахова падала в обморок, билась в рыданиях, демонстративно пила валокордин и рвала на себе волосы. Вдова, внешне достаточно спокойная, стояла возле гроба. По ее щекам не текли слезы, и она не опиралась ни на чьи руки. Просто молча смотрела на закрытый гроб. Но я увидела, что у нее мелко-мелко дрожит щека, и поняла, что Надюша еле сдерживается. Просто хорошее воспитание не позволяло ей кликушествовать.

Потом были поминки, на которые собралось безумное количество людей. Нанятые официанты сбились с ног, таская блюда с блинами. Сначала, как принято, выпили за помин души, сказали массу хороших слов вдове, клялись в вечной любви и дружбе. Затем, поднабравшись, заговорили о своем, понесся смех... Не хватало только оркестра и плясок.

Но, как водится, обещавшие вечную преданность наутро забыли о вдове, и сегодня, на девять дней, собралось всего одиннадцать человека.

Я не люблю ходить на поминки, честно говоря, просто не знаю, как себя вести. Веселиться нельзя, сидеть со скорбным лицом глупо, поэтому при первой возможности я убежала на кухню и попробовала помочь по хозяйству. Но домработница и горничная весьма вежливо вытеснили меня в холл, пришлось возвращаться в гостиную. Я уже почти дошла до комнаты, когда раздался звонок. Горничная Соня высунулась из кухни и, показывая мокрые руки, попросила:

— Евлампия Андреевна, не сочтите за труд, откройте, а то я посуду мою.

Я загремела замком. На пороге возник странный парень, лет семнадцати с виду, одетый плохо, вернее, бедно.

— Телеграмма, — рявкнул он, — Надежде Киселевой, это вы?!

Думая, что кто-нибудь из знакомых прислал соболезнование, я пробормотала:

— Давайте.

— Вы Киселева? — не сдавался юноша.

— Можете отдать мне.

— Нет, — протянул курьер, — требуется расписаться.

— Где квитанция?

— Фигушки, — совершенно по-детски заявил работник почты, — зовите Киселеву.

Видя такое рвение, я кликнула Надю. Та получила небольшой листок, развернула его и, сильно побледнев, опустилась на стул.

— Что? — испугалась я. — Мама?

Софья Михайловна уже десять лет, как живет в Израиле, Надя ездит к ней несколько раз в год. Подруга покачала головой.

— Что тогда?

По-прежнему не в силах вымолвить ни слова, Надюша протянула мне телеграмму. «Извини, вынужден задержаться, приеду 10 марта. Богдан».

— Что это? — ошалело спросила я.

Надя вытащила сигареты и дрожащей рукой чиркнула зажигалкой.

— Глупая шутка, некто решил так пошутить.

— Да нет, — попыталась я ее успокоить, — просто на почте перепутали, не по тому адресу доставили.

Надя вздохнула.

— Нет, милая, это предназначалось мне. Боровский проезд, дом 9, кв. 17, Киселевой.

— Но зачем так по-идиотски шутить?

— Дуриков много, — пробормотала Надя, — а у меня еще и завистников хватает. Ладно, давай спрячем сию гадость.

Она запихнула телеграмму в карман красной кожаной куртки, висевшей на вешалке.

— Не говори никому, хорошо?

Я кивнула, и мы вернулись в гостиную. Вечер плавно тек своим чередом, подали кофе. Народ разбился на группки и мирно беседовал. Я, не примкнув ни к кому, просто сидела на диване, возле телефона. Резкий звонок заставил меня вздрогнуть, руки машинально схватили трубку.

— Алло.

Из мембраны понеслись писк и треск, я уже хотела отсоединиться, как из этой какофонии вырвался далекий, плохо различимый голос:

— Надюша?

Непонятно почему я ответила:

— Да.

С того конца провода некто, то ли визгливый мужчина, то ли охрипшая женщина, сообщил:

— Любимая, мне плохо без тебя, так плохо, что и передать нельзя. Здесь ужасно темно. И батарейка у телефона почти разрядилась. Ну да ладно, не много раз звонить придется. Десятого марта приду и тебя заберу, жди.

— Кто это? — пролепетала я, чувствуя, что волосы на затылке начинают медленно шевелиться. — Кто?

— Я, любовь моя, я, или не узнала?

— Кто?

— Богдан, — ответил невидимый собеседник и отсоединился. Трясущейся рукой я положила трубку и уставилась в призрачное окошко на аппарате, там горели цифры 764-89-35. Не зная, как поступить, я пошарила глазами по комнате и наткнулась на Егора Правдина, врача из клиники Богдана.

— Егорушка, можно тебя на минутку?

— Бегу со всех ног, — улыбнулся Егор и плюхнулся на диван.

Его сто двадцать килограммов мигом провалились в подушки, мои сорок восемь покатились к ним. Уцепившись за подлокотник, я поинтересовалась:

— Ты помнишь номер мобильного Богдана?

— Конечно, сколько раз звонил.

— Можешь назвать?

— Пожалуйста, — не удивился собеседник. — 764-89-35.

Я чуть не упала на шикарный ковер, устилавший гостиную.

— Как?!

— 764-89-35, — повторил Егор, — что тебя так удивило? Номер как номер.

— Не знаешь случайно, где мобильник?

— Чей, Богдана?

Я кивнула. Егор потер лопатообразной рукой затылок.

— Глупость, конечно, но Надя попросила, я решил с ней не спорить... В гроб положили, вместе с часами, сигаретами, очками и зажигалкой. Естественно, я понимаю идиотизм этого поступка, но Надежда приказала, вот я и не захотел ей травму наносить, в конце концов, не такая уж великая ценность.

Я тупо смотрела на бутылку с коньяком, стоявшую на столике.

— Налить? — неправильно истолковал мой взгляд Правдин.

— Да, пожалуй.

Егор наплескал в фужер коричневую жидкость, я глотнула и почувствовала, как в желудок рванулся горячий ручеек.

Минут через десять, успокоившись, я взяла трубку и вышла в ванную. Закрыла дверь на щеколду, села на биде и набрала номер 764-89-35.

— Абонент отключен или временно недоступен, — ответил приятный женский голос.

Я уставилась на трубку. А ты чего хотела? Чего ждала от этого звонка? Думала услышать голос Богдана? Интересно, что за идиот шутит подобным образом? Хорошо, что телефон не схватила Надя, так и инфаркт заработать недолго...

Вечером, дома, я легла на диван и взяла газету. В соседней комнате бурно выясняли отношения Лиза и Кирюшка.

— Тебе больше досталось, — ныла девочка.

— Нет, поровну, — отозвался Кирюшка.

— Как же, гляди, на твоей тарелке шесть, а у меня пять.

— Я мужчина, — заявил Кирюшка.

— Ха! — выкрикнула Лиза.

Послышались сочные шлепки, потом грохот, визг... Я отложила «Собеседник» и заглянула в гостиную. Там вовсю шли военные действия.

— Эй, эй, прекратите немедленно, из-за чего драка?

— Вот, — завопила Лизавета, — посмотри! Кате больной подарил коробочку конфет «Моцарт», жутко дорогие. Она велела нам их съесть.

— Так прямо и велела! — ухмыльнулась я.

— Ну предложила, — сбавила тон Лиза, — а в упаковке одиннадцать штук! Как поступить? Между прочим, Кирюшенька, если бы я делила шоколадку, то, естественно, взяла бы себе пять, а не шесть бомбошек.

— Так чего злиться? — заржал мальчик. — Ты и получила пять, все как хотела!

— Приличный, хорошо воспитанный человек возьмет себе меньше, — заявила Лиза.

— Вот и подай мне пример, — ответил Кирюшка.

— Кирилл, — строго заявила я, — мужчина обязан уступать женщине.

— Фиг вам, — мигом отозвался подросток, — между прочим, Лизка меня почти на год старше, значит, она взрослая, а я ребенок. Вот пусть она мне и уступает!

Те, у кого дома имеются дети-погодки, въехавшие в пубертатный возраст, хорошо меня поймут. Встать на чью-нибудь сторону опасно для здоровья, потому я предложила компромиссный вариант:

— Давайте одну конфету мне, у вас останется десять, очень удобно.

— Но я совершенно не собирался тебя угощать, — заявил Кирюшка.

— Лучше мы лишнюю конфету пополам разделим, — добавила Лиза.

— Фигушки!

— Жадина!

— Жиртрестина.

Слушая, как они ругаются, я побрела к себе в комнату. Да уж, воспитатель из меня никакой, и детям сей факт великолепно известен.

В нашей семье очень много народа. Моя лучшая подруга Катя, ее сыновья, Сережка и Кирюшка, жена Сергея Юлечка, потом я, Евлампия Романова, и Лизавета Разумова. Каким образом мы оказались все в одной, правда, огромной квартире, отдельная история. Я не буду ее здесь пересказывать[1]. Вместе с нами проживает и большое количе-

---

[1] См. книги Дарьи Донцовой «Маникюр для покойника», «Гадюка в сиропе», издательство ЭКСМО, 2000 год.

ство животных: мопсы Муля и Ада, стаффордшир-
ская терьериха Рейчел, «дворянин» Рамик, кошки
Клаус, Семирамида и Пингва. Странная кличка
последней объясняется просто. Мы с Лизаветой
купили этого котенка на Птичке. Животное имело
бело-черный окрас, и Лиза радостно нарекла кис-
ку Пингвином. Через некоторое время выяснилось, что это не кот, а кошка, вот и пришлось
звать ее Пингвой. Кроме того, у нас есть жаба
Гертруда и несколько хомяков.

Поэтому, сами понимаете, тишины и покоя в
нашем доме не дождаться. К тому же, Катюша —
хирург, дома ее никогда нет. Юлечка работает в
ежедневной газете, а Сережа трудится в реклам-
ном агентстве. Долгое время обеды варила я, но
сейчас у меня есть дело по душе, и корабль до-
машнего хозяйства медленно, но верно идет ко
дну.

Решив не обращать внимания на вопли, которые носились под потолком квартиры, я вновь
развернула «Собеседник» и попыталась увлечься
чтением. Не тут-то было. «Дзынь-дзынь» — ожил
дверной замок. Ну вот, прибежала Юля, сейчас закричит: «Безобразие, опять нет хлеба!»

По коридору зашлепали тапки, послышался
высокий голосок:

— Безобразие, опять нет хлеба!

Я уткнулась в газету. «Дзынь». Это Сережка,
который скорей всего начнет возмущаться, увидев
на столе пельмени.

— Отвратительно, — донеслось из кухни, —
пельмени «Дарья». Сегодня явилась рекламода-
тельница, весьма милая, и представилась: «Дарья».
Вы не поверите, меня всего скрючило и перекол-
басило. Мяса хочу, котлет!

— Могу пожарить «Богатырские», — бодро откликнулась Лиза.

— О, увольте! Хочу домашних.

— Хотеть не вредно, — заявил Кирюшка и понесся опять ко входной двери. Насколько я понимаю, пришла Катя. Но в прихожей стояла тишина, потом Кирюшка всунул голову в спальню:

— Слышь, Лампа, выгляни.

Возле вешалки стоял Ваня Комолов.

— Лампа, спаси!

— Что случилось?

— Самолет через три часа!

— Улетаешь? — ласково спросила я. — Куда?

— В Германию, с оркестром, — сообщил Ванька, прижимая к груди футляр со скрипкой.

— Счастливой дороги, — вежливо пожелала я, не понимая в чем дело.

— Лампа, — затарахтел Ванька, — пошли. Я договорился с Королевыми, но сегодня Петька ногу сломал, где их теперь оставить?

Я вздохнула. Понятно. Ванюшке надо пристроить на время гастролей собачку или кошку, впрочем, домашних животных скорей всего двое... Все наши знакомые тащат нам на передержку своих любимцев.

— Ладно, неси, кто у тебя?

— Люся и Капа, — сообщил Комолов, — ща приведу, в машине сидят. Ну спасибо, удружила, а то прямо хоть в петлю лезь!

Он умчался вниз. Я села на стул в коридоре. Скорей всего кошки, Люся и Капа, тихие, милые созданья, забьются в диван — и баиньки. Всех дело-то — покормить их утром и вечером. Дверь распахнулась. Ванька, отдуваясь, втащил чемодан.

— Вот, Капа!

— Где? — изумилась я. — В кофре?

— Ну ты даешь, — хохотнул Ванька, посторонился и велел: — Входи, входи, не стесняйся.

В прихожую вдвинулась девушка, очень худенькая, с ярко-мелированной головой и в обтягивающих джинсах.

— Очень приятно, — растерянно сказала я, пожала протянутую мне хрупкую, неожиданно морщинистую для молодой девицы ладошку, вгляделась внимательно в лицо Капы и чуть не скончалась.

Из-под разноцветных кудряшек выглядывало личико семидесятилетней дамы.

— Люся кто? — ляпнула я. — Полковник в отставке?

Ванька укоризненно посмотрел на меня.

— У тебя офигительное чувство юмора! Люся вот!

Быстрым движением Комолов потянул стальной сверкающий поводок, на лестничной клетке раздалось шуршание, потом цокот, затем в проеме двери появилось нечто, больше всего похожее на гигантскую ящерицу. Огромное, серо-зеленое, с крохотными глазками и гребнем на спине. Маленькие лапы спокойно несли мясистое туловище, подбородок монстра дрожал, ноздри странно подергивались. Животное казалось бесконечным, оно входило и входило. Вслед за туловищем тянулся хвост.

— Вот, — радостно заявил Ванька, — прошу любить и жаловать, Люся!

— Она кто? — прошептала я, ощущая близость обморока. — Какой породы зверюшка будет?

— Варан, — ответил Ваня и, видя мое лицо, быстро добавил: — Очень милая, ласковая, травоядная, а Капа восхитительно готовит, просто блеск, ну я побег.

И, подхватив скрипку, Комолов исчез.

ГЛАВА 2

Спать я легла около двух. Вопреки ожиданиям, наши животные приняли Люсю вполне нормально. Может, посчитали ее особым видом собак? Капу устроили в комнате для гостей. Честно говоря, я недолюбливаю старух, все, кто встречались мне до сих пор, были обидчивы, эгоистичны и не давали вставить даже словечко в бурный поток воспоминаний. Когда к нам в гости является кто-нибудь из многочисленных бывших Катиных свекровей, жди беды, мигом начнутся капризы, обиды, выяснения отношений... Но Капа на первый взгляд показалась мне милой.

Увидев бабусю в джинсах, дети слегка удивились, потом Юлечка очень осторожно поинтересовалась:

— Капитолина... э-ээ...

— Просто Капа, — ответила старушка и сдула со лба челку.

— Кем вы приходитесь Ване? — не утерпела я.

— Двоюродной бабушкой, — спокойно ответила Капа, — а что?

— Ничего, — растерянно ответила я.

— Как это, двоюродная бабка? — удивился Сережа.

Капа хмыкнула.

— Я сестра бабушки Вани, теперь ясно?

— Вполне, — заверил Кирюшка.

— Вот и отлично, — констатировала Капа, — теперь в свою очередь ответьте на пару вопросов. В этом доме все работают?

— Да, — прозвучал многоголосый хор.

— Тогда, думаю, никто не будет против, если я займусь готовкой.

— Нет! — заорали мы с Юлькой.

— Великолепно, едем дальше. Что вы привыкли есть на завтрак, я имею в виду из горячего?

— Из горячего? — протянула Лиза.

— Тостики с маслом, — сообщил Сергей.

— Более вопросов не имею, — сказала Капа и ушла.

Не знаю, как вы, а я очень не люблю, когда посреди ночи раздается звонок по телефону. И хотя чаще всего выясняется, что кто-то спьяну набрал не тот номер, мне хватает тех нескольких секунд, когда, не зная в чем дело, я тянусь к трубке, чтобы перепугаться до потери пульса. Вот и сегодня резкая трель заставила тревожно сжаться мое сердце. «Спокойствие, только спокойствие, — бормотала я, нашаривая в потемках аппарат, — все дома, дети, Катя, животные, опять идиотская ошибка». Но из трубки послышалось сдавленное:

— Лампуша!

— Кто это!

— Надя.

— Господи, что произошло?

Из трубки донеслось всхлипывание. Окончательно проснувшись, я села.

— Мне приехать?

— Пожалуйста, — пробормотала Надя, — если можешь...

Я натянула джинсы, пуловер, схватила ключи от машины и вылетела во двор.

Надюша встретила меня на пороге, кутаясь в уютный стеганый халат.

— Что произошло?

— Ты не поверишь, — ответила она.

— Выкладывай.

Надюша села на стул.

— Где-то около часа раздался звонок в дверь.

К тому времени последние гости давно разошлись, ушла и прислуга, в квартире никого, кроме Нади, не было. Естественно, она насторожилась и глянула в «глазок». На лестнице никого не оказалось. Надя перепугалась и зажгла во всех комнатах свет. Потом зазвонил телефон. Подруга схватила трубку и услышала очень далекий, прерывающийся голос:

— Пусть тридцать девятый поросенок не боится.

— Кто? — подскочила я. — Какой такой поросенок?

Надюша затряслась в ознобе.

— У нас с Богданом игра такая была. Якобы дома жило сорок поросят. Первый отвечал за еду, второй за уборку... Ну баловались мы так, понимаешь? Дурачились. Он меня, когда наедине оставались, постоянно звал: «Тридцать девятый!..»

— Почему?

Надя грустно улыбнулась:

— Поросята все с разными характерами. Восемнадцатый ленивый, двадцать второй обжора, двадцать восьмой фригидный, у него вечно голова болит, а тридцать девятый, наоборот, жутко сексуальный... Понимаешь?

Я кивнула. В каждой счастливой семье есть свои милые, скрытые от посторонних глаз секреты.

— Так вот, — продолжала Надя, — пусть тридцать девятый откроет дверь, ему посылочка пришла.

— А ты что?

— Открыла.

— С ума сошла!!!

— Господи, Лампа, ведь никто про нашу игру не знал, ни одна живая душа, сама понимаешь, о таком не рассказывают посторонним. Мне на секунду показалось: Богдан вернулся... Ну и...

— Посылка была?

— Под дверью стояла.

— Взяла?

Надя заплакала и ткнула пальцем под стул. Я наклонилась, вытащила коробку, подняла крышку и увидела два жутких обгорелых ботинка, шоколадку «Слава» и белый листок бумаги. «Милый, поросеночек мой любименький, привет тебе от главного порося и поцелуй. Уж извини за почерк, но руки обожженные болят, вот и накорябал коекак. Не тоскуй, десятого приду за тобой. Вот только обидно мне, что у всех тут красивые вещи, а я, словно обдерган, в рваной обуви. Пришли мне ботинки Гуччи, те, лакированные, которые я носил со смокингом. Они, если забыла, в гардеробной, на самом верху. Твой Богдан. P.S. Извини, тут можно достать только такой шоколад».

Коробка вывалилась у меня из рук, ботинки шлепнулись на пол.

— Боже!

Надюша зарыдала.

— Ну скажи, кто? Кто издевается? Зачем?

Я осторожно спросила:

— Почерк узнаешь?

— Очень на почерк Богдана похож, — всхлипнула подруга, — он так же «р» писал и «н»... Главное же, содержание. Такое письмо мог написать только мой муж, больше никто! Пойми, никто!

Я посмотрела на ее дергающееся лицо, трясущиеся руки, лихорадочно бегающие глаза, черные синяки под ними и решительно велела:

— Пошли в спальню.

— Мне ни за что не заснуть.

Но я уложила Надю в постель, впихнув в подругу две таблетки радедорма. Через пятнадцать минут из кровати донеслось мерное, спокойное дыхание. Я выключила телефон и выдернула проводки у дверного звонка. Ладно, до утра Надюшку никто не побеспокоит, а там постараемся разобраться что к чему.

Выспаться мне так и не удалось. Не успела я проскользнуть в квартиру и лечь на кровать, как затрещал будильник. Я пошла было в комнату к Кирюшке, но тут мой нос уловил запах чего-то вкусного, жареного... Влетев на кухню, я увидела Капу со сковородкой в руках.

— Привет! — радостно выкрикнула она. — Блинчики будешь?

— С чем? — ошарашенно спросила я.

— Есть с мясом, а эти пустые, можно варенье налить или сметану.

— У нас нет ни варенья, ни сметаны...

— Во, — ответила Капа, показывая на банки, — я клубничное купила.

— Где?

— На проспекте, в круглосуточном магазине.

Я уронила блинчик.

— Где?

— Ну в супермаркете, возле метро, — спокойно повторила Капа, — знаешь, такой огромный, серый дом, а внизу продуктами торгуют. Кстати, выбор хороший, дороговато, правда, но, если срочно чего нужно, очень удобно. Что молчишь? Ты туда не ходишь?

Хожу, естественно. Более того, только туда и бегаю, потому что, как правило, забываю купить продукты и несусь сломя голову в супермаркет.

— Капа, как же ты не побоялась ночью одна идти через дворик? Тут хоть и близко, но очень неприятно в темное время суток.

— Чего бояться? — фыркнула Капа. — На машине ведь.

— На чем?

— На машине, — повторила Капа.

— Господи, — испугалась я, — бомбиста по ночам ловить! Ну придумала! Знаешь, какие люди по темноте из гаража выезжают! Да тебя могли изнасиловать!

Сказав последнюю фразу, я прикусила язык: ну уж это вряд ли, все-таки по московским улицам не бродят стаями геронтофилы. Так что с изнасилованием я явно погорячилась, а вот отнять кошелек или выдернуть из Капиных ушей вполне симпатичные золотые сережки — это запросто.

— Закрыла стекла и поехала, — продолжала старушка, — люблю по ночам кататься, народу никого, парковаться легко.

В моей голове забрезжил рассвет.

— Погоди, ты сама за рулем?!

— Ну да, а что тебя так удивило?

«Нет, ничего, конечно, просто тебе небось стукнуло сто лет», — хотела было ответить я, но удержалась.

— Блинчики!!! — заорал вбежавший Кирюшка. — О-о-о...

Полный восторг выразили и все остальные члены семьи. Потом они бесконечно возвращались с первого этажа назад, хватали забытые портфели, ключи, сигареты... В восемь мы остались с Капой вдвоем.

— Гулять! — закричала я, тряся поводками.

Из всех комнат выскочили собаки. У каждой из

них есть свое любимое местечко. Рейчел обожает супружескую кровать Сережки и Юлечки. Сколько ни выпихивали ребята на пол шестнадцатикилограммовую тушу терьерихи, та упорно возвращается на место. Причем действует крайне хитро. Сначала, пока муж с женой мирно читают книжки, Рейчел спокойно спит на коврике, затем, когда свет гаснет, она кладет на край софы морду, потом пододвигает ее поглубже... Затем втягивает на матрас одну лапу, другую, процесс идет медленно, но неотвратимо. В конце концов Рейчел наглеет и ввинчивается между супругами. Устраивается стаффордшириха со всем возможным комфортом: морда на подушке, тело под одеялом. Один раз Сережа, не разобравшись спросонок, кто дышит ему в лицо, обнял Рейчел и ласково поцеловал в морду. Не ожидавшая от хозяина подобных нежностей, терьериха страстно облизала его в ответ. На крик, который издал парень, принеслись сразу двое соседей: сверху и снизу.

Муля и Ада предпочитают спать со мной. Не скажу, что я в большом восторге от этого факта. Зимой еще ничего, я использую горячие, гладкошерстные тушки вместо грелок, а вот летом от них безумно жарко. Еще собаки имеют отвратительную привычку постоянно делить территорию, каждой охота устроиться в самом сладком местечке, возле шеи хозяйки. В пылу борьбы они садятся мне задом на лицо или забираются на голову.

Рамик ночует на кухне. Очевидно, психологи правы, впечатления, полученные в раннем детстве, самые стойкие. Наш «дворянин» в младенчестве, пока мы не подобрали его, голодал, поэтому сейчас он решил не отходить далеко от того места, где раздают пищу.

Но, что касается прогулки, тут вкусы у всех совпадают, поэтому сейчас четверка радостно скакала вокруг меня.

Нацепив на псов ошейники, я услышала странное шуршание. В коридор вышла Люся. Варвариха выжидательно поглядывала на меня.

— Капа! А с этой что, тоже гулять надо?

— Ага, она обожает по двору шастать, — донеслось из кухни, — только ботинки надень!

— Ты меня за дуру держишь? — обозлилась я.

Мало того, что Сережка, Юля, Кирюшка, Лизавета и Катя постоянно меня воспитывают, так теперь и Капа пытается заняться тем же. Ботинки надень! Она решила, что я без ценных указаний пойду на мартовский гололед босиком?

— Они в моей сумке, — закончила Капа.

— Что?

— Ботинки Люси, — ответила старушка, — сейчас принесу.

Через секунду она возникла в прихожей, держа в руках четыре тапки из ярко-красной кожи.

— Зашнуруй потуже, — посоветовала Капа.

Я присела на корточки и принялась впихивать лапы варана в баретки. Хорошо, что моя покойная мамочка не видит этой картины. Она бы скончалась на месте, узрев любимую дочурку, надевающую ботики на реликтовую ящерицу.

Наконец мы выползли во двор. Стая собак разнеслась по дорожкам. Наш дом стоит в непосредственной близости от метро, и состояние двора до недавнего времени было ужасным. Чтобы пройти и подъехать к дому, следует миновать большую, темноватую даже днем, арку. Все лоточники, торгующие около входа в подземку, использовали ее вместо туалета. А бомжи облюбовали наши садовые скамеечки. Впрочем, бродяги просто спали, а вот студенты из близлежащего института пили у нас под окнами горячительные напитки, горланили песни, матерились, начинали драться. Терпение жильцов лопнуло после того, как Анна Сергеевна из 12-й квартиры наткнулась в подъезде на девушку, сдиравшую со стены почтовые ящики. Несчастная хулиганка оказалась наркоманкой.

Мы собрались все вместе, обсудили создавшееся положение и... заперли двор. Теперь наступила иная жизнь. Вновь появились лавочки, детская площадка... Наших собак жильцы знают и любят. Кое-кто из соседей приносит в дар суповые кости. Псам нельзя давать отварные мослы, только сырые, но я всегда благодарю и принимаю подарки, пусть уж лучше угощают собак, чем злятся на них.

Муля и Ада ринулись к забору. Рейчел полетела к машинам, Рамик принялся жадно жевать снег. Мы с Люсей поползли по дорожкам. Иногда вараниха останавливалась и поглядывала на меня.

— Эй, Лампа, — крикнул Степан, наш сосед из 60-й квартиры, — кто это у тебя?!

— Люся.

— Ну прикол! Где взяла? Она живая?

— Да.

— Собака такая?

Видали когда-нибудь большего дурака?

— Нет.

— Кошка, что ли?

— Нет, — опять коротко ответила я, надеясь, что Степка отцепится, поняв мое нежелание трепаться с ним.

Но от него трудно было избавиться.

— Во, блин, каракатица, — заржал он, — что за монстр?

Я посмотрела на его приплюснутое лицо, глуповатые выпученные глазки и спокойно объяснила:

— Знаешь, у нас жаба живет, Гертруда?

— Ну, — кивнул Степка, — пупырчатая такая, Кирюшка показывал.

— Так вот, два месяца тому назад выяснилось, что это на самом деле жаб, Герман.

— Бывает такое, — согласился сосед, — у меня тесть собачку купил на Птичке. Продавали за кобеля, а потом выяснилось, что она натуральная сучка.

— Знаешь, как мы узнали, что он жаб?

— Ну?

— Поймали его с Рейчел!

— Как?!

— Просто. Он ее... Ну, понимаешь?

Степка обалдело кивнул.

— Вот, — фальшиво вздохнула я, — теперь плод любви воспитываем.

— Ты хочешь сказать, — протянул Степка, — что у него отец жаба, а мать Рейчел?

Я кивнула.

— Именно. Новое слово в зоологии: жаботерьер.

Сообщив последнюю новость, я свистнула собак и пошла в подъезд. Люся с достоинством переступала лапами, обутыми в красивые ботинки. На пороге я обернулась. Степан стоял разинув рот. Ну, если наш сосед такой дурак, что верит в жаботерьеров, то так ему и надо.

ГЛАВА 3

Я уже совсем было собралась на работу, когда раздался звонок.

— Лампуша, — пробормотала Надя, — пожалуйста, зайди ко мне.

На этот раз Надя встретила меня в брюках и свитере, лицо ее было тщательно отштукатурено, но припухшие красные веки объясняли без слез: хозяйка рыдала все утро.

— Что случилось?! — с порога выкрикнула я и, не снимая ботинок, рванула в прихожую. — Что теперь?

Надюша головой указала на простую черную хозяйственную сумку, закрытую на молнию.

— Где взяла? — поинтересовалась я.

— Пошла мусорное ведро вытряхивать, а она возле моей двери стояла.

— Ну ты даешь, — пробормотала я, разглядывая торбу. — Вдруг там взрывчатка.

— Нет, — ответила Надя, — небось опять от Богдана... Только сама боюсь открыть...

Я резко рванула молнию и почувствовала запах гари. Внутри чернело нечто грязное и отвратительное. Сдерживая ужас и брезгливость, я отволокла сумку в ванную и вытряхнула содержимое на пол. Из горла вырвался крик.

— Что там? — колотилась в закрытую дверь подруга. — Открой!

— Сейчас, — прохрипела я, оглядывая кучу обгорелых тряпок и белый лист бумаги.

Пиджак, брюки... на подкладке сохранился ярлычок «Хуго Босс!».

— Надя, — крикнула я, — Богдан какую фирму любил?! Костюмы где покупал?

— «Хуго Босс», — ответила из-за створки Надюша, — открой скорей.

Я быстро запихнула тряпки в сумку и развернула письмо. «Поросеночек мой славный, никогда бы не побеспокоил тебя, но очень уж обидно — вчера все собрались вечерком у Лени Глаголева поболтать, ребята в хороших костюмах, девочки в платьях, Катя Вишнякова в бархате, даже старуха Шершнева в новехоньком прикиде, а я, как бомж, в рванине... Будь добра, пришли мне приличную одежду, лучше всего черную пару, новую. Что же ты меня на тот свет таким уродом отправила? Твой Бубенчик-Богданчик». P.S. Сходи по адресу: Бубновская улица, 17, кв. 8 и передай. Только сегодня, завтра будет поздно».

Я быстро сунула бумагу к себе в карман, потом окинула взглядом ванную. У Надюшки все всегда порядке, надеяться найти тут пустые бутылки даже не стоит... хотя...

Вытащив из шкафчика половую тряпку и бутылку «АСа», я положила их в сумке на самый верх и открыла дверь.

Надя боязливо всунула голову.

— Ну?

— На этот раз ошибочка вышла, — ощущая бешеное сердцебиение, заявила я, — вот смотри — половая тряпка и тетя Ася.

— Что это? — прошептала Надюша. — Зачем мне это подложили?

— Да не для тебя приготовили, — врала я, — небось уборщица пришла рано утром подъезд мыть, они всегда с последнего этажа вниз идут. Оставила сумку с тряпками и побежала за водой, а тут ты выползла. Представь, как бедная баба ругалась, обнаружив, что орудие труда сперли?

Слабая улыбка озарила лицо Надюши. Я перевела дух, кажется, она поверила.

— Лампочка, съезди со мной на кладбище, — попросила подруга.

Я кивнула.

— Только Федьке позвоню.

Федька — это моя начальница, носящая крайне редкое для нынешних времен имя Федора. Ей принадлежит частное сыскное агентство «Шерлок», и я служу в нем начальником оперативно-следственного отдела. Только не надо думать, что Федька владеет огромным офисом из стекла и бетона, где по коридорам, устеленным дорогим ковролином, ходят толпами вооруженные до зубов сотрудники, а в приемных роятся клиенты, записывающиеся в очередь.

Нет, все выглядит по-иному. Федора сидит в старом здании, каком-то НИИ, сдавшем все свои помещения под офисы. В многоэтажном доме Федька занимает крохотную комнатенку, чтобы попасть в «Шерлок», требуется изрядно поплутать по извилистым, кишкообразным коридорам. В оперативно-следственном отделе имеется единственный сотрудник, он же заведующий, и это я. А клиент случился у нас только один раз, в январе. Неизвестно почему, к нам явился мужик и попросил проследить за неверной супругой. Убедившись, что жена ему и впрямь изменяет, он заплатил нам пятьсот долларов и ушел. Больше работы не было. Мы с Федькой регулярно посылаем объявления в бесплатные газеты, типа «Из рук в руки», сидим безвыходно в офисе, но толку чуть. Честно говоря, у меня сильные сомнения по поводу удачливости нашего бизнеса, но Федора полна детского оптимизма. Она уверена, что следует подождать пару месяцев, и народ валом повалит в «Шерлок».

— Алло, — пропела Федька.

— Можно, я опоздаю? Подъеду к трем.

— Хорошо, что позвонила, — обрадовалась начальница, — тут клиент наметился.

— Мчусь в офис на всех парах.

— Как раз не надо, он настаивает на конфиденциальной встрече со мной. Естественно, потом все расскажу, но попозже, ладушки?

Надя не захотела садиться за руль своего «Фольксвагена», правда, мне предложила:

— Давай ты поведешь?

Но я не слишком уверенно управляюсь даже с «копейкой», поэтому ответила:

— Нет уж, сядем в мою.

На кладбище стояла, простите за глупый каламбур, могильная тишина. Что, в общем-то, понятно. День будний, народ в основном на работе. Надюша села на скамейку. Урну с прахом Богдана зарыли в землю, в могилу его родителей. Наде явно хотелось поплакать. Чтобы не смущать подругу, я пробормотала:

— Пройдусь немного, — и двинулась по аллейке, читая надгробные надписи на соседних могилах.

«Леонид Сергеевич Глаголев. 1942—2000. Спи спокойно муж, сын и отец», «Екатерина Феоктистовна Вишнякова. 1959—2001. Дорогой доченьке от безутешной мамы». Из груди вырвался невольных вздох. Глаголеву было всего пятьдесят восемь, а Вишняковой — и вовсе сорок два. Человек не должен так рано покидать землю. Вот Шершнева Евдокия Макаровна пожила всласть. Год рождения у нее 1903-й, а скончалась она в 2001-м. Пару лет не дотянула до ста. Вот это я понимаю, можно успеть переделать все земные дела и уйти на покой. Минуточку! От неожиданной мысли я похолодела. Глаголев, Вишнякова, Шершнева... Осторожно поглядев в сторону Нади и увидев, что она плачет, вытирая слезы платком, я осторожно вытащила из кармана джинсов листок, который прислал «Богдан». Ну, где эта фраза?.. «Вчера все собрались у Лени Глаголева поболтать, ребята в хороших костюмах, девочки в платьях, Катя Вишнякова в бархате, даже старуха Шершнева в новехоньком прикиде, а я, как бомж, в рванине...»

Чувствуя легкое головокружение, я вновь обозрела памятники. Ну ладно, шутничок, посмотрим, кто кого!

Довезя Надюшку до дома, я развернулась и понеслась в сторону Садового кольца. Последняя фраза письма гласила: «Сходи по адресу: Бубновская улица, дом 17, квартира 8, и передай. Только сегодня, завтра будет поздно». Переполненная злобой, я донеслась до нужной улицы и вбежала в хорошо вымытый подъезд кирпичного дома.

— Вы к кому? — подняла от газеты голову женщина примерно моих лет.

— В восьмую, — рявкнула я.

Пусть попробует меня не пустить! Но консьержка неожиданно сочувственно сказала:

— Идите, идите, горе-то какое, господи!

Плохо понимая, что происходит, я взобралась на второй этаж и увидела открытую дверь квартиры. На вешалке громоздились шубы, пальто, дубленки. Я шагнула в прихожую и спросила:

— Хозяева дома?

Откуда-то сбоку вынырнула девушка в черном платье.

— Проходите, — сказала она, — Леночка в гостиной лежит, вот сюда...

Окончательно растерявшись, я послушно двинулась в указанном направлении и через секунду очутилась в квадратной комнате, обставленной дорогой, красивой мебелью. Наверное, здесь, как

правило, уютно, но сегодня кресла и стулья тяну-
лись вдоль стены, а посередине, на большом обеденном столе, покоился гроб. Внутри виднелось
нечто, заваленное цветами. Я ухватилась за косяк.
Не хватало только рухнуть от неожиданности в обморок.

В гостиной дурманяще пахло цветами, сердеч-
ными каплями и чем-то горьким. На стульях и
креслах сидело много людей, в основном женщины. Одна рыдала, уткнувшись в платок, другие тихо переговаривались. Чувствуя себя крайне глупо,
я стояла у двери. Самая толстая тетка, заметив мое
смущение, сказала:

— Вы, наверное, из школы? Проститься пришли? Идите, идите к Леночке.

На мягких ногах я подбрела к гробу и увидела
внутри маленькую, худенькую девочку. Желтова-
тое личико напоминало восковую куклу, на лбу
лежала повязка с молитвой. Справа виднелась кук-
ла Барби в роскошном розовом платье, слева —
дневник.

Еле шевелясь, я выпала в коридор, доползла до
кухни и спросила у девушки в черном платье:

— Господи, как же это, а? Такая маленькая.

— Под машину угодила, — пояснила девушка. — Шла из школы, совершенно спокойно, на
зеленый свет, а откуда ни возьмись грузовик, за
рулем пьяный. Леночка вмиг скончалась. Хорошо,
хоть не мучилась и не поняла, что с ней случилось.
Вы из школы? Я сестра Лены, Таня.

Не зная, как поступить, я кивнула, слова не
шли из горла. Вид покойника не располагает к ве-
селью. А уж если это маленькая девочка...

Таня продолжала рассказывать:

— Арестовали его, а что толку? Лену не вернуть, а у пьянчуги у самого трое по лавкам, жена

прибегала, к маме в ноги кидалась... В общем, полный кошмар — и у нас горе горькое, и у них беда бедой, а все из-за водки! Похороны завтра в десять утра на Митинском кладбище.

Сев в машину, я сначала бездумно стала включать радио, но потом, приняв решение, поехала к Соне Беловой.

Сонечка ясновидящая и предсказательница. Подружились мы с ней весьма странным образом. Я стояла как-то раз на остановке автобуса. Минуты текли и текли, а машины все не было. Было около десяти вечера, когда нужный номер наконец вырулил из-за поворота. Я обрадованно кинулась к ступенькам, торопясь добраться до метро. В тот день я ехала из гостей в чудесном, радостном настроении. Но не успела нога ступить на подножку, как красивая крупная блондинка оттащила меня от входа.

— Эй, эй, — обозлилась я, — ты чего?

— Не садись в него, — отрезала дама.

— С чего это?! — завопила я. — Смотри, народу никого, пустой до метро идет.

— Не надо, — качала головой незнакомка, держа меня за руки.

Меня поразили ее глаза, огромные, голубые-голубые, словно море без дна.

— Не надо, не входи туда.

— Да почему! — взвизгнула я, наблюдая, как совершенно пустой автобус медленно отходит от остановки. — Ну откуда ты взялась на мою голову! Столько времени прокуковала тут на холоде, теперь вновь ждать!

— Судьба тебе меня послала, — странно, одними губами, улыбнулась дама.

Глаза ее, став густо-синими, смотрели строго. Я попятилась. Вот уж повезло так повезло. Столк-

нулась вечером в практически безлюдном спальном районе с сумасшедшей.

— Не бойся, — опять усмехнулась тетка, — лучше ответь, тебя ведь в транспорте укачивает?

— Да.

— И потому всегда садишься в середине, у окна, справа?

— Да.

— Тогда смотри на автобус.

Я перевела взгляд на медленно ползущий «Икарус», хотела было поинтересоваться, какое отношение ко всему происходящему имеет моя при-
вычка усаживаться на третьем ряду кресел, как
вдруг из-за поворота на бешеной скорости вылетела бетономешалка. Огромный грузовик с большим, крутящимся сзади резервуаром. Не успела я
испугаться, как многотонная махина на полной
скорости влетела в несчастный автобус. Тот сло-
жился буквально пополам, «обняв» грузовик. Я села прямо на бордюрный камень. Нос бетономе-
шалки протаранил «Икарус» как раз в том месте,
где находится третий ряд кресел. Вернее, находился, потому что грузовик пробил бедолагу-автобус,
нанизав тот на себя.

Водитель автобуса, совершенно целый и невре-
димый, метался по улице, пытаясь монтировкой
отжать дверь грузовика, чтобы вытащить виновни-
ка аварии. Когда это ему наконец удалось, стало ясно, что шофер пьян в дымину. Страшно подумать,
какая судьба ждала меня, не послушай я тетку.

— Откуда ты знала? — залепетал мой язык.

Дама вздохнула:

— Раз уж так вышло, давай знакомиться.

Вот с тех пор мы и дружим. У Сони имеется са-
лон магии, где она ведет прием, причем работает

не одна, а в компании восьми таких же предсказателей. Не знаю, как остальные, но Соня и впрямь видит нечто, ну вроде как тогда с автобусом. Хотя, если сказать честно, я до сих пор считаю, что просто произошло совпадение. Несмотря на наши дружеские отношения, я никогда не прошу ее мне погадать. Просто боюсь, вдруг она заложит «программу» и мне придется ее выполнять. Поэтому на профессиональной почве мы не общаемся. Соня, очевидно, догадывается о моих мыслях, поэтому, встречаясь, мы просто пьем кофе и болтаем о пустяках. Во всяком случае, на работу я заявилась к ней впервые.

Увидев меня, Соня вскинула брови.

— Надеюсь, ничего серьезного?

— Скажи, как можно передать покойнику посылку?

Подруга не удивилась идиотскому вопросу и задала свой:

— Что попросил?

— Такое часто случается? — оторопела я.

— Достаточно, — кивнула ясновидящая, — похоронят, предположим, женщину в зеленом платке, а покойная хотела синий, вот и просит.

— Как?

— Сниться начинает и говорит о своем желании.

— А если не обратить внимание?

— Замучает, грозить начнет, безобразничать, лучше побыстрей отделаться.

— Но как?

— Просто. Найди дом, где должны состояться похороны и положи в ноги покойнику «посылочку».

— Бред! Идиотство! — вскипела я.

Соня развела руками.

— Прости, но так всегда поступают.

— Кретинство!

Белова хмыкнула.

— Когда Попов изобрел радио, его объявили шарлатаном. Какие такие волны в воздухе? Раз не видим, значит, их нет! Поверь, Лампа, параллельно с нашим, материальным, миром существует другой, незримый, но тоже реальный.

Но мне было некогда выслушивать идиотизмы, я быстрее гепарда неслась к выходу. Письма, обгорелая обувь и одежда, нет, это не работа духов, тут постарался человек, и я обязательно найду гадкого шутника.

ГЛАВА 4

Вечером в доме стояла почти тишина. Дети, получившие на ужин баранью ногу, нашпигованную чесноком и морковью, съели столько вкусного мяса, что у них совершенно не хватило сил на хулиганство. Я забилась под одеяло и принялась так и эдак прокручивать в голове события последних дней.

Кто-то пытается убедить Надюшу, что Богдан шлет ей с того света вести. Ну и ну. Звонки по телефону... И как только подруга не сообразила, что ее дурят? Ладно я, с Богданом не общалась, голос его из трубки не слышала практически никогда. Но жена! Хотя, если вспомнить писки и треск, несущиеся из мембраны... Да и слова долетали словно с другой планеты. Странно другое. Когда на девяти днях я случайно схватилась за трубку, незнакомец принял меня за Надю. Конечно, у нас, как у многих женщин, похожие голоса, в том смысле, что они не мужские. Неужели муж мог забыть сопрано супруги! Ну и чушь мне лезет в голову! Богдан давно мертв, номер набирал мерзкий шутник, ненавидящий Надю. За что?

Я не дружила тесно с Киселевой, вернее, никогда не была ее лучшей подругой, но в гости к Наде ходила довольно часто. Надюша светлый человек, охотно помогающий людям. Она хороший педиатр и всегда пользует детей знакомых, не беря за это ни копейки. Богдан был более жестким, настоящий бизнесмен от медицины. Вот он всегда настаивал на оплате услуг. Дружба дружбой, а денежки врозь.

К слову сказать, очень многие наши общие приятели предпочитали ходить в клинику к Богдану. Он сумел собрать у себя великолепных специалистов и аппаратуру покупал самую навороченную. Даже в суперпрестижной Кремлевке не было такого томографа, как в клинике у Надиного мужа. Вообще-то лечебное заведение официально имело двух хозяев: Надю и Богдана. Но всеми хозяйственными и финансовыми делами заправлял супруг. Надюша только лечила детей. Боюсь, сейчас ей нелегко придется, наверное, наймет управляющего.

Я вздохнула и посмотрела на тумбочку. Каждый человек имеет право на маленький кайф, поэтому сейчас открою новый детективчик. А чтобы стало совсем хорошо, без всяких угрызений совести поужинаю в кровати. Вот тут на тарелочке лежит пара кусков холодной баранины, хлеб...

Не успела я потянуться к еде, как дверь тихонько скрипнула.

— Входите, — вздохнула я.

Было наивно полагать, что мне дадут спокойно полежать. Небось Кирюшке или Лизе понадобилась музыкальная энциклопедия.

Скрип повторился.

— Ну чего вы там топчетесь? Давайте, давайте.

Странное дело, обычно они влетают с такой скоростью, словно в них воткнули батарейку «Дюраселл», а сегодня переминаются у входа.

Дверь распахнулась, и я увидела меланхоличную морду Люси. Вараниха напряженно смотрела на меня. Честно говоря, она меня пугала. Такая спокойная, молчаливая, травоядная... Но жуткая.

— Люсенька, — ласково пропела я, — входи, душенька.

В конце концов, ящерица не виновата, что родилась уродиной.

Словно поняв мои слова, Люся втянулась в спальню и подбрела к кровати. Затем она положила морду на одеяло. Вид у животного был самый что ни на есть несчастный. Вараны тоже имеют душу, и Люся явно переживала, что Ванька, улетев на гастроли, отвез ее к чужим людям.

— Не беда, дорогая, — сказала я и, преодолевая оторопь, положила ладонь ей на спину.

Вопреки моим ожиданиям тело не было ни холодным, ни скользким, на ощупь оно напоминало кожаную сумку, ничего противного. Я принялась осторожно гладить Люсю. Вараниха затрясла кожей под подбородком, потом, приподнявшись, положила на диван две передние лапки. Вот оно как! Доброе слово и ящерице приятно.

— Лампа, — завопил Кирюшка, — беги сюда, скорей, скорей!

Испугавшись, что у мальчика случилась неприятность, я опрометью скатилась с дивана и рванула в его комнату.

— Что? Что стряслось?

— Во, — ткнул пальцем в экран Кирка, — гляди, «Ментов» по каналу ТНТ гонят, будешь смотреть?

— Тьфу на тебя, перепугал! Думала опять розетка загорелась!

— Так всегда, — обиделся Кирюшка, — хочу сделать приятное, а получаю выговор!

Но я уже раскаялась в сказанном.

— Извини, миленький, но я лучше почитаю.

— Дело хозяйское, — вздохнул Кирюшка, — просто ты всегда ворчишь, что мы «Ментов» мешаем смотреть! А тут такой случай!

Я погладила его по вихрастой голове. Кирилл увернулся. Он теперь не любит «бабских слюней», хочет казаться суровым мужчиной. Интересно, сколько лет пройдет, прежде чем он поймет, что настоящий представитель сильного пола должен быть ласков и приветлив? Впрочем, произойдет метаморфоза только в одном случае, если он добьется успеха в жизни. Реализованный мужчина никогда не станет привязываться к женщине с мелочными придирками. Нет, ему не надо ничего себе доказывать и повышать собственную самооценку, унижая других людей. Настоящий мужчина спокойно простит бабу, и в девяноста девяти случаях из ста не обратит внимания на несваренный суп. Просто съест бутерброд. А вот если ваш кавалер не представляет собой ничего особенного, ежели сидит на работе в самом углу, а во время дружеского застолья не знает, чем похвастаться... Ох, не завидую я вам тогда. Голову дам на отсечение, что не будет от него житья жене и детям, он станет придираться и «воспитывать» по каждому поводу. Странное дело, женщины отчего-то боятся связываться с импотентами и геями, но совершенно спокойно идут в загс с парнями, у которых явно выраженный комплекс неполноценности, я бы, как от чумы, бежала от последних, а геи великолепные друзья...

Я доползла до дивана и обнаружила дивную картину. Люся спит на моем месте, по ее бокам устроились сладко похрапывающие мопсихи. На тарелочке белели два кусочка хлеба, баранина исчезла. Вне себя, я шлепнула Мулю пуловером.

— Обжора, как не стыдно!

Мопсиха раскрыла глазки и обиженно уставилась на меня. Вся ее умильно складчатая морда словно говорила: «Ты чего, хозяйка? Сплю себе спокойно. За что?»

— Не прикидывайся овечкой, — кипела я, — знаю, знаю, кто слопал вкусную баранинку. Ада никогда не ворует, а Люся травоядная, ей сегодня на ужин капусту дали. Так что, кроме тебя, некому. А ветеринар, между прочим, велел посадить вас, сударыня, на низкокалорийную диету. Поскольку вы и в ширину, и в длину стали совершенно одинаковы.

Кипя от негодования, я попыталась лечь на место, но не тут-то было. Мопсы не хотели шевелиться. В конце концов мне удалось сдвинуть наглых собак, но тогда возникла следующая проблема. Люся не собиралась покидать уютное местечко, а я побоялась мешать варану. Неизвестно, как отреагирует ящерица, если потяну ее за хвост. Ложиться спать в обнимку с Люсей мне не слишком хотелось, поэтому пришлось идти в комнату для гостей и устраиваться там. Утихомирилась я около двух часов. Взбила подушку, потеплее завернулась в одеяло, вытянула ноги, сладко зевнула и... услышала телефонный звонок.

— Лампа, — пробормотала Надя, — спишь?

— Нет-нет, читаю, опять что-то стряслось?

В трубке стояла тишина, потом раздались рыдания.

— Сейчас приеду, — пообещала я и побрела одеваться.

Надя была на этот раз не в халате, а в свитере и джинсах.

— Опять звонили? — спросила я, снимая сапоги.

— Нет, — прошелестела Надя, нервно ломая пальцы.

— Хуже!

— Что еще?

— Богдан приходил.

Я выронила сапог.

— Как?

Надя, трясясь в ознобе, тыкала рукой в сторону балкона.

— Там, там...

Не сняв второй сапог, я вылетела на лоджию. Никого.

— Тут пусто, успокойся.

Надя покачала головой.

— Он внизу стоял.

— Где?

— У гаражей.

— Ничего не перепутала?

— Сначала зазвонил телефон, — начала Надя.

Подруга сняла трубку и услышала далекий-далекий голос, долетавший сквозь треск и писк.

— Надюша, я же просил костюм. Неужели трудно выполнить такую простую просьбу? Леночка приехала, а никакой посылки нет. Не ожидал от тебя.

— Послушай, — взвилась я, — ты что, не поняла? Кто-то просто издевается. Голос-то не Богдана.

— Не знаю я ничего, — заплакала Надя, — вообще ничего не сообразила. Слышно было плохо, просто отвратительно. Какой костюм? Что за Леночка?

Я прикусила язык. Совсем забыла, что соврала Наде и не рассказала ни про брюки с пиджаком, лежавшие в сумке, ни про визит к маленькой покойнице...

Надя тем временем продолжала:

— Ну, а потом он шепнул: «Иди на балкон, я тебе покажусь».

Загипнотизированная, словно кролик перед удавом, Надюша вышла на лоджию и услыхала тихое:

— Эгей!

Возле гаража-«ракушки» стоял Богдан, одетый в костюм и белую сорочку. Галстук Надюша не разглядела. Супруг поднял руку.

— Скоро встретимся, десятого марта.

— А дальше что? — обалдело спросила я.

— В обморок упала, — поморщилась Надя, — со всей силы затылком о ящичек с картошкой ударилась, болит — жуть. А когда пришла в себя, все, никого.

— Это глюки!

— Нет, я видела очень ясно Богдана, прямо, как тебя.

Я закусила нижнюю губу. Дело плохо, оно пахнет психиатрической клиникой, еще пара таких звонков, и у Нади съедет крыша. Что за дрянь развлекается подобным образом? От лоджии до гаражей довольно далеко. Надюша живет на последнем этаже. Некто, одетый в темный костюм, запросто мог сойти за Богдана. Муж Нади был интересным мужчиной, но, с другой стороны, вполне обычным. Размер одежды, наверное, 50—52, нормальное телосложение, ничего бросающегося в глаза... И потом, ну как она могла разглядеть его? На дворе ночь.

— Под фонарем стоял, — пояснила Надя, — видишь, как около гаражей светло. Владельцы специально прожектор поставили, чтобы воров отвадить. Нет, это Богдан приходил.

И она вновь затряслась в рыданиях. Я понеслась на кухню за валокордином. Но, увидев рюмку с остро пахнущей жидкостью, подруга покачала головой.

— Лампуша, жутко боюсь.

— Чего? Пей, давай.

— Сегодня десятое марта.

— Девятое.

— Десятое, — показала Надя на часы, — уже за полночь, и наступил новый день. Вдруг и правда он за мной придет?

— Глупости! Лучше подумай, кто из врагов может тебя доводить до инфаркта.

— У меня нет недругов, — уверенно заявила Надя.

Я поставила рюмку на столик. Надюша, святая простота, искренне считающая, что в дом к ней приходят лишь благожелательно настроенные люди, хотя я могу назвать парочку заклятых подруг — та же Анюта Шахова, — которые пили у Киселевой кофе, а потом сплетничали о ней же. А в клинике небось есть медсестры, другие врачихи, завидующие Наде. Ведь Богдан кого-то увольнял... Нет, нельзя быть такой наивной, считая всех вокруг друзьями.

— Хотя, — неожиданно прибавила Надя, — мы ведь с тобой особо не дружили, а ты сразу прибежала на зов.

— Мы знакомы всю жизнь, — пожала я плечами. — Наши родители получили квартиры на одном этаже, когда нас еще и в проекте не было. Ты помнишь то время, когда мы были незнакомы?

— Но ведь не дружили, — упорствовала Надюша, — просто поддерживали хорошие отношения, ходили в гости на дни рождения, но особой близости не было, тайнами мы не делились.

— Почему же ты мне позвонила в первый раз? — тихо спросила я.

Надюша грустно улыбнулась.

— Сначала номер Анюты Шаховой набрала, она-то самая близкая была... Все про меня знала, а я про нее... Только Аня мой голос услышала и заявила: «Извини, сейчас не могу, завтра вечером приеду», а ты мигом примчалась.

Я только вздохнула, то, что Аня Шахова не слишком долюбливает Надю, видно всем невооруженным глазом. Только такой крайне незлобивый человек, как Киселева, мог считать ее лучшей подругой.

Я неожиданно вспомнила, как довольно давно, только начав карьеру педиатра, Надя стала обрастать частной клиентурой. Доктор она, как говорится, волею божьей. Маленькие пациенты ее обожают, но, что важнее, Надежда любит своих больных. Согласитесь, не такое уж распространенное качество для врача. И еще. Она изумительный диагност. Так вот, несколько раз с Киселевой происходили такие истории. Визит частнопрактикующего врача стоил по тем далеким временам пять рублей. Часто случалось, что Наде приходилось посещать одного и того же больного несколько раз. Во многих домах с ней расплачивались сразу, протягивая синенькую «пятерку», в других только после завершения «цикла». Но была и третья категория пациентов, которые говорили, разводя руками:

— Простите, доктор, мы люди бедные, хотели вам заплатить, да нечем.

Хотя Надя сразу объясняла, что она занимается частной практикой. Натолкнувшись на обман, она всегда по-детски изумлялась и находила для нечестных людей оправдательные мотивы. Надя вообще думает о человечестве хорошо. Ей принадлежит гениальная фраза: «Конечно, Чикатило негодяй и мерзавец, заслуживающий суровое наказание, но, наверное, в детстве его никто не любил». Даже для серийного маньяка она нашла оправдание.

— Валокордин мне не поможет, — пробормотала Надя, — знаешь, хочу проспать все десятое марта, провести в наркозе, в амнезии.

— Ну прими... Не знаю что! Кто из нас доктор?

— Меня совершенно сносит пипольфен, — пояснила подруга, — съесть бы две таблеточки, и все, двадцать четыре часа без рефлексов.

— За чем дело стало? Где он? В аптечке?

— Я пипольфен дома не держу.

— Почему? Раз так хорошо действует?

Надюша хмыкнула:

— Пипольфен — антигистаминный препарат.

— Какой?

— Против аллергии, из этой же серии супрастин, диазолин, тавегил... Словом, подобных лекарств много. У меня на пипольфен парадоксальная реакция. Человек не должен, проглотив пилюлю от крапивницы, дрыхнуть сутки. Поэтому у нас только супрастин, он не вызвал у меня сонливости, понимаешь?

Я кивнула.

— А сейчас, думается, пипольфен не помешает, только где его взять?

— Хочешь, на проспект смотаюсь? Там аптека круглосуточная.

— Лампа, пожалуйста, вот деньги.

— Да ладно, — отмахнулась я, — у самой есть. Только ты отключи телефон, задерни шторы и дверь никому не открывай, даже не подходи к ней.

— Тогда ключи возьми, — предложила Надя, — а я в ванной запрусь.

Я вышла на улицу и покатила в аптеку. Циферблат показывал три часа ночи... Или это время уже принято называть утром? Но, несмотря на то, что всем людям сейчас положено спать, в аптеке оказалось полно народу. Покупали какую-то глупость. Стоящий передо мной мужик попросил витамины. Они понадобились ему именно в это время. Ну ладно нитроглицерин, валокордин или спрей от астмы. Понятно, почему ночью прибежали за жаропонижающим для ребенка, но «Витрум»? Да уж, на свете полно чудаков.

Получив упаковку с голубыми пилюлями, я добралась назад, поднялась наверх, отперла дверь и крикнула:

— Доставка лекарств на дом, получите пипольфен!

В ответ ни звука. В квартире пахло чем-то сладким, словно тут недавно пекли пироги. В воздухе витал аромат ванили. Я добралась до ванной и постучала в дверь. Полнейшая тишина. Внутри небольшой комнаты было пусто. На стеклянной полочке в изумительном порядке замерли флаконы и пузырьки, полотенца оказались сухими. Похоже, тут никто не мылся.

Внезапно мне стало страшно, даже жутко, по полу носился сквозняк, ноги мигом замерзли. Чувствуя себя как ребенок, забредший в полночь на кладбище, я рванула дверь Надиной спальни. Никого. Кровать не разбирали. Комната идеально прибрана, словно хозяйка не заглядывала сюда пару дней. Ощущая, как липкий ужас поднимается от ног к сердцу, я пошла по коридору, заглядывая во все помещения. Кабинет Богдана, его спальня, кухня... Дом будто вымер. Последней по коридору была гостиная.

Я влетела в нее и затряслась: балкон раскрыт настежь, мартовский ледяной ветер треплет занавески. Несмотря на то, что по календарю пришла весна, погода больше напоминает зимнюю. Желто-красные шторы развевались, как флаги. Обычно их придерживают витые шелковые шнуры, но сейчас кисти болтались у стены, мерно покачиваясь. «Ш-ш-ш» — шелестели занавески, «тук-тук-тук» — отзывались шнуры с кистями, ударяясь о красивые обои, — «тук-тук-тук». Я шла к открытому балкону, словно проваливаясь в зыбучий песок, каждая нога весила по сто килограммов. Ноги не подчинялись хозяйке, колени подламывались. Наконец я оказалась на лоджии, уцепилась трясущимися пальцами за край парапета и сказала себе:

— Не смотри вниз.

Но глаза уже помимо воли глянули на снег под балконом. Надя не соврала. Автовладельцы повесили возле гаражей великолепный фонарь, просто прожектор. И в его ярком, каком-то неестественно белом свете была видна тоненькая фигурка в пуловере и брюках, лежащая лицом вниз на земле. Казалось, Надюша хочет обнять клумбу, на которую упало ее тело. Руки широко раскинуты в разные стороны, левая нога прямая, правая согнула в колене, а возле шеи расплылось темно-вишневое пятно.

СОДЕРЖАНИЕ

УРОЖАЙ ЯДОВИТЫХ ЯГОДОК. *Роман* 5

ХОЖДЕНИЕ ПОД МУХОЙ. *Главы из нового романа* . . . 367

Литературно-художественное издание

Донцова Дарья Аркадьевна
УРОЖАЙ ЯДОВИТЫХ ЯГОДОК

Ответственный редактор *О. Рубис*
Редактор *Т. Семенова*
Художественный редактор *В. Щербаков*
Художник *В. Крупинин*
Компьютерная графика *И. Дякина*
Технический редактор *Н. Носова*
Компьютерная верстка *И. Батов*
Корректор *Н. Овсяникова*

Подписано в печать с готовых монтажей 20.03.2003.
Формат 84×108 ¹/₃₂. Гарнитура «Таймс».
Печать офсетная. Усл. печ. л. 21,84.
Доп. тираж 12 000 экз. Заказ № 4011.

Отпечатано с готовых диапозитивов
в полиграфической фирме «КРАСНЫЙ ПРОЛЕТАРИЙ»
127473, Москва, Краснопролетарская, 16